옆집 여자

하성란 소설

창비

옆집 여자

초판 1쇄 발행/1999년 12월 15일
초판 12쇄 발행/2022년 10월 11일

지은이/하성란
펴낸이/강일우
펴낸곳/(주)창비
등록/1986년 8월 5일 제85호
주소/10881 경기도 파주시 회동길 184
전화/031-955-3333
팩시밀리/영업 031-955-3399 · 편집 031-955-3400
홈페이지/www.changbi.com
전자우편/lit@changbi.com

ⓒ 하성란 1999
ISBN 978-89-364-3656-8 03810

옆집 여자

작가의 말

어느날 아버지께서 말씀하셨다. 우연히 집으로 돌아오는 널 보았다, 넌 생각에 잠겨 줄곧 땅만 바라보고 걷고 있었다, 이제 보니…… 땅을 바라보고 걷는 것은 호주머니에 손을 찔러넣고 걷는 것처럼 그저 좋지 않은 습관 중 하나일 뿐이라고 말씀드릴 수 없었다. 오년 만에 전화를 건 고등학교 친구는 애국조회 시간을 기억해냈다. 난 네가 음치인 줄 알았다, 애국가를 엉터리로 불러댈 때부터 알아봤어야 했는데. 애국가를 합창하면서 들킬까봐 작은 목소리로 한두 번 장난을 한 것이 소설을 쓰게 된 것과 어떤 연관이 있는지 모르겠다. 그들에게는 내가 콜라와 환타, 사이다를 섞어마신 것조차 어떤 기미로 읽힌 것 같다. 섞어마시면 더욱 맛있기 때문에 그렇게 한 것뿐인데, 그때는 모두 뜨악하게 쳐다봐놓구선. 아무튼 소설을 쓰면서 나와 관련된 일들이 조금씩 왜곡되기 시작했다.

어릴 적 읽었던 위인전 속에는 얼마나 많은 관대함이 숨겨져 있는 것일까.

우연히도 첫창작집을 이맘때 냈다. 그때는 경황이 없어 곧 서른둘이 된다는 생각은 아예 해보지도 못했다. 2000년이 되면 난 몇살? 초등학교 때 그런 제목으로 작문을 한 적이 있었다. 그때는 서른넷이라는 나이가 영원히 오지 않을 것 같았다. 그런데 며칠 후면 난 서른네살이 된다. 예전에는 서른을 넘긴 사람들이 모두 어른처럼 보였다. 막상 나 자신이 서른을 넘기고 보니 그들이 저질렀던 실수들이 다 그럴 수도 있는 일이라고 고개를 끄덕이게 된다. 적어도 나는 내 또래 사람의 일들까지 공감할 수 있게 되었다.

이 책에 수록된 단편들을 쓰는 동안 봄이 왔고 여름, 가을이 지났고 겨울이 왔다. 그동안 계절을 잊고 지냈다. 덥다 싶으니 여름이었고 추워 겨울코트를 꺼내 입으니 두번째 창작집이 나오게 되었다. 저녁 밥상을 맛있게 차리기 위해 요리책을 뒤적였던 일이 아주 오래 전 기억 같다. 김치를 담그는 건 엄두도 못냈고 시금치나 깻잎단을 다듬어 나물을 무친 게 손꼽을 정도다. 서둘다보니 나물에서 흙이 씹힌 적도 있었다. 소설들 속에 혹시 흙이 섞여 있으면 어쩌나, 지금 심정이 그렇다.

첫창작집 때보다 조금 능청스러워졌다. 그것이 염불보다 잿밥에 관심이 있는 것처럼 보이지는 말았으면 좋겠다. 물에 물 탄 듯 술에 술 탄 듯한 성격 때문에 어머니한테서 꾸중도 많이 들었지만 소설을 쓸 때만은 명확해지려고 애를 썼다. 소설 한편이 100개들이 귤 상자라고 한다면 난 그 속에 99개도 아니고 101개도 아닌 딱 100개의 귤을 채우고 싶었다.

게다리 모양을 한 튀김이 있다. 먹어보니 정말 게맛이었다. 그런데 포장지에 적힌 재료에는 게살이 1퍼센트도 들어 있지 않았다. 포도맛, 베이컨맛, 피자맛, 훈제 통닭구이맛 등등 우리 주위에는 무슨무슨 맛으로 나와 있는 음식들이 아주 많다. 진짜가 아니면서 진짜맛을 내는 것에 거부감을 느끼고 있다. 하지만 가짜면서 진짜보다 더 맛있는 것이 너무도 많다.

며칠 전 고등학교 후배가 전화를 했다. 언니. 후배는 그렇게 말해놓고 교지에 실을 인터뷰를 하고 싶다고 했다. 귤 한봉지와 생크림 빵을 사들고 교복을 입은 후배 네 명이 집으로 왔다. 십칠년 전 우리 학급의 담임선생님은 졸업앨범 속의 내 사진을 보고 아하, 이 학생, 하고 웃으셨단다. 성실하고 공부 잘했던 학생으로 선생님의 기억에 남아 있지 않을 것이다. 시간이 모든 것을 숨겨주지는 않는다. 그러니 말 한마디도 조심스럽게 내뱉어야 할 것이란 생각이 들었다, 하물며 글은 더더욱. 내 인터뷰는 은행 지점장이 된 선배의 인터뷰와 나란히 실리게 될 것이다.

"내가 소설을 쓴 것이 아니라 소설이 나를 썼다"는 헤밍웨이의 말에 전적으로 공감한다. 더디기는 하지만 나도 조금씩 변하고 있다. 한꺼번에 너무 많은 걸 바라지 말라는 말을 귀에 못이 박이게 들어왔다. 그 말을 하신 어머니께 이 책을 드리고 싶다. 그분을 반만이라도 닮을 수 있으면 좋겠다. 여전히 부족한 글을 책으로 묶어주신 창작과비평사에 감사의 말씀을 드린다. 김성은씨는 내가 놓친 흠을 골라내어 글이 깨끗하게 놓이도록 해주었다. 그리고 이 책을 펼치는 여러분께도 감사를 전한다. 내 본심과는 달리 내 소설들은 여러분의 뒤통수를 치고 싶어한다.

1999년 마지막달에

하 성 란

차 례

옆집 여자

남편이 명희의 어깨를 다독거립니다. 남편은 아예 날 바라보지도 않아요.

명희와 남편, 그리고 내 아들 성환이는 마치 한가족처럼 보입니다.

남편과 내 아이, 다른 물건들처럼 이번에도 돌려주지 않을 작정일까요?

명희, 저 낯선 여자가 누굽니까. 507호, 옆집 여잡니다.

옆집 여자

507호에 새 이웃이 이사를 왔어요. 마침 탈수가 끝난 빨래를 꺼내 빨랫줄에 널려던 참이었죠. 세탁기는 이제 고물이 다 되었습니다. 헹굼에서 탈수과정으로 돌아가면 금방이라도 폭발할 것처럼 요란한 소음을 내며 들썩대기 시작하니까요. 그러다보니 처음 놓았던 자리에서 이십 센티쯤 뒤로 물러났어요. 십년 동안 오로지 세탁 · 헹굼 · 탈수 기능만을 반복해왔으니 낡고 고장이 난 것도 무리는 아닙니다. 세탁기의 뚜껑을 손바닥으로 툭툭 두들기면서 누구에게랄 것도 없이 중얼거립니다. 그만하면 물릴 때도 되었다, 하지만 마지막으로 한번 더 힘을 내자꾸나, 영미야. 안간힘을 쓰며 물기를 쥐어짜내던 세탁기가 가까스로 세탁 완료를 알리는 버저를 울립니다. 영미는 내가 세탁기에 붙여준 이름이에요. 지금은 잘 불리지 않지만 내 이름이기도 하죠. 모터는 세탁기에게 심장이나 다름없답니다. 언젠가 세탁기를 고치러 온 수리공이 말해줬어요. 그 사람 말이 모터의 수명이 다 되었다는군요. 오늘은 무사히 빨래를 마쳤지만 언제까지 이런 위로가 세탁기에 통할지 알 수 없어요.

어느날 세탁기에게 중얼거리고 있다가 남편에게 들키고 말았습니다. 남편은 베란다 이쪽저쪽을 흘끗거리더니 아무도 없고 나 혼자뿐이라는 걸 알자 거기서 뭘 하고 있는 거야?라고 묻더군요. 보시다시피 빨래를 하고 있죠. 딱 잡아뗐어요. 남편은 은행원입니다. 일원짜리 하나도 실수없이 계산해야 하는 은행원들에게 내 말이 통할 리 없었습니다. 세탁기와 이야기하는 중이었다고 솔직하게 말했다간 내 머릿속을 의심받았을 거예요. 남편 말에 의하면 내 머릿속은 공상으로 가득 차 있대요. 그래서 늘 땅에 발을 딛지 못하고 허공에 떠 있다는 겁니다. 남편은 유령 같은 내게 불만이 많아요. 내가 세탁기에 이름까지 붙여주었다는 걸 알면 남편은 아마 기절을 할 겁니다. 당신 드디어 소프트웨어에 에러가 났군. 팔년 전엔 나도 은행원이었어요. 그땐 나도 내가 세탁기와 이야기하게 되리라고는 생각조차 하지 않았습니다. 남편에게 불만이 있는 건 아녜요. 은행원이 은행원다운 건 아주 고무적인 일이죠.

아이 속옷에 튄 간장 얼룩이 채 빠지지 않았습니다. 애벌빨래를 하지 않은 탓이죠. 널어도 될 것과 다시 빨아야 할 것들을 분류하다 보니 겨우 남편의 와이셔츠 한장만이 빨랫줄에 걸렸어요. 남편은 가끔 세탁기가 빨래를 해주고 전기밥솥이 밥을 해주는데 남는 시간 동안 뭘 하고 놀았느냐고 속 모르는 소릴 합니다.

크고 작은 세간이 전동 사다리 위에 실려 오층으로 올라오고 있더군요. 세간은 많지 않았어요. 하기야 십오평 아파트 안을 채우는

데는 그닥 많은 살림살이가 필요치 않지만요. 남의 살림살이나 훔쳐보는 여자쯤으로 오해하진 마세요. 그리고 남의 살림살이를 흘끗거리는 게 법에 저촉되는 일이라도 되나요. 망원경으로 남의 집 창문 안을 들여다보는 것도 아닌데요. 세간은 모두 새것처럼 보이더군요. 낡고 칠이 벗겨진 너저분한 세간은 딱 질색이에요. 지난번 507호에 이사온 사람은 짐 속에 바퀴벌레까지 싣고 왔었죠. 순식간에 우리집도 바퀴벌레 서식지가 되고 말았어요. 십년쯤 결혼생활을 해온 여자라면, 자신이 가지고 있는 가전제품들이 노쇠해지고 장롱과 장식장 다리가 흠집투성이라면 누구나 새 살림살이에 눈독을 들일 만도 하죠.

새것이었지만 신혼 살림살이처럼 보이지는 않더군요. 이를테면 침대 크기만 봐도 그래요. 사다리차의 짐칸에 비스듬히 세워져 있었지만 침대 매트리스는 한눈에도 한 사람용이던걸요. 모든 것을 새것으로 장만하고 홑몸으로 이사를 오는 사람, 어떤 사람일까. 그만하면 궁금증을 불러일으킬 만하죠. 거의 모든 가전제품들이 갓 구워낸 최신형이었어요. 뚜껑이 투명창으로 된 세탁기, 한번도 점화해본 적 없어 불꽃 얼룩이 없는 가스레인지. 한번 불을 붙이려면 몇번이나 스위치를 눌러대야 하는 내 가스레인지와는 비교도 되지 않죠. 아무튼 507호에 새로 이사온 사람은 어떤 사람일까요? 남편이 곁에 있었다면 또 핀잔이나 들었겠죠. 남편 말에 의하면 시간이 남아돌기 때문에 괜히 호기심만 많아지는 거라나요?

안녕하세요.
한눈에 507호에 새로 이사온 사람이라는 걸 눈치챘어요. 여자더군요. 글쎄요, 나이는 스물여덟? 서른셋? 섣불리 짐작할 수 없는 게 요즘 여자들 나이 아닌가요? 두 손 모두 큼지막한 비닐봉투를 들고 있더군요. 차로 두 정거장 떨어진 곳에 있는 백화점의 쇼핑백이었어요. 만만치 않은 무게가 느껴졌죠. 봉투의 비닐 손잡이가 살 속으로 파고들어 그 언저리가 보랏빛이었어요. 난 아이의 자전거를 메고 오층으로 올라가던 중이었습니다. 이 아파트에는 자전거 보관소 하나 없어요. 이 아파트는 내가 고등학교 때 지어졌죠. 십년 전부터 재개발 소문이 있었지만 아직도 진척이 없어요. 하지만 남편은 이 아파트가 투자 가치가 있다고 우겨댑니다. 아무튼 낡고 오래된 아파트라 주차장이 턱없이 모자라죠. 자전거 보관소를 만들려면 자동차 두 대어치의 주차칸이 없어져야 할 거예요. 그러니 자전거 보관소는 꿈도 꿀 수 없어요. 도난당하지 않으려면 매번 이렇게 맨 꼭대기층인 오층까지 끌어올리는 수밖에 없습니다. 자전거는 이십 킬로그램은 좋이 넘을 것 같습니다. 여섯살 난 내 아들아이의 몸무게보다도 넘치죠. 아이는 자전거를 타겠다고 해놓고 금방 싫증을 냅니다. 벌써 며칠째 롤러블레이드를 사달라고 졸라대고 있어요. 사달란다고 덜렁 사줄 수는 없어요. 응석받이로 키울 순 없죠. 그 점에선 유일하게 남편과 내 의견이 일치합니다. 안장 부분을 어깨에 걸치고 올라와야 하는데 이층에 이르면 벌써부터 어깨가 뻐근해집니다. 이층에서부터 오층까지 올라가게 하는 힘은 욕지거리와 짜증입니다.

  여자는 아마도 무거운 짐을 진 채 더디게 올라가는 내 뒤를 따라 올라왔을 겁니다. 자전거가 계단을 가로막고 있어 먼저 올라갈 수도 없었을 거예요. 나 때문에 자연 걸음이 더뎌졌을 텐데도 여자의 얼굴에는 짜증 하나 묻어 있지 않더군요. 게다가 들고 있는 짐의 무게만으로도 버거울 텐데 먼저 인사를 건네는 여유를 보이다니 정말 고마운 일 아닌가요. 엉거주춤 서서 인사를 받을 수밖에요. 비닐봉투 위로 화장실용 청소솔과 고무장갑, 가루비누 상자 따위가 비어져나와 있었습니다. 곱은 손으로 문을 열고는 계단의 쇠창살에 자전거를 그러매는 내 등에 대고 여자가 덧붙였습니다. 잘 부탁드려요.

잘 부탁드려요. 요즘 그런 인사말을 하는 사람 흔치 않죠. 그런 인사는 처음 입사한 신입사원이 상사에게 하는 것 아닌가요. 난 그 여자의 상사도 웃어른도 그 여자에게 세를 내준 집주인도 아닙니다. 기껏해야 옆집 여자에 불과한걸요. 가까운 곳에 싸고 물건이 좋은 슈퍼마켓이 있는데…… 친근감이 섞인 인사말이라고 건넨 말이 이렇습니다. 잘 부탁드려요, 그 말의 의미를 며칠 가지 않아 알게 되었습니다.

남편은 넥타이를 풀다 말고 또 걱정입니다. 무턱대고 사람을 믿어버리는 내가 물가에 내놓은 아이같이 위태위태하다는 겁니다. 전에 남편은 이런 사람이 아니었어요. 다니고 있던 은행이 다른 은행과 합병이 되고 그 과정에서 많은 직원들이 퇴출을 당했죠. 남편은 다행히 직장을 잃지는 않았어요. 그 기간을 남편은 철봉에서 떨어지지 않기 위해 애를 쓰는 것에 비유하고는 했죠. 그 비유는 아주 적절했죠. 오래 매달리기나 턱걸이를 했던 체력장 세대들은 그 고통을 알고 있으니까요. 그 몇개월 동안이 남편의 정수리에 동전만 한 탈모증 흔적을 만들어놓았지요. 그 나이에 혼자 사는 여자 뻔하지 않어? 남편은 혼자 사는 여자란 점이 맘에 걸리는 모양이에요.

당신도 한번 보면 무릎을 칠걸? 아주 겸손한 사람이야. 요즘 그런 사람 보기 드물어. 전에도 그렇게 말한 적이 몇번 있기는 했어요. 하지만 매번 남편의 말이 옳았어요. 남편은 의기양양해서 왜 그렇게 사람 볼 줄 모르냐고 면박을 줬었구요. 뭐하는 여자래? 그 여자에 대해 물론 나는 아무것도 알지 못합니다. 세수를 하던 남편이 뱉은 말 한마디가 저녁상을 차리는 내 등에 와서 송곳처럼 꽂힙니다. 어쨌든 돈거래는 하지 말어.

섭씨 삼십사도를 웃도는 팔월의 더위에 불 앞에 서서 생선을 굽는 것은 고역입니다. 상할까봐 냉동실에 넣어둔 굴비들은 모두 삼십도 각도로 굽어 머리를 쳐들고 있습니다. 누군가 굴비들 위에 무거운 얼음상자를 올려놓았기 때문이죠. 얼음상자에 짓눌려서 배가 터진 것도 있어요. 굴비조차도 내 맘대로 되지 않습니다. 석쇠 위에 올려놓은 굴비들은 석쇠에 닿는 아래쪽부터 익기 시작합니다. 고개를 쳐든 머리를 뒤집개로 누르고 있는데 초인종이 울렸습니다. 옆집 여자더군요. 여자는 성큼 현관 안으로 들어와 우리집 살림살이를 훑어보았습니다. 난 창피했어요. 흠집나고 낡은 것투성이였거든요. 방안 가득 아이의 블록 장난감이 흩어져 있고 사방에 널려 있는 봉제 인형들은 까맣게 때가 탔죠. 게다가 아이의 손도장이 찍힌 벽지는 어떻구요. 마침 세탁기가 심장을 쥐어짜듯 고통스럽게 탈수를 하고 있었습니다. 그런데 이 여자 좀 보세요. 아, 정말 사람 사는 집 같아요. 사람냄새가 나요. 얼마 만인지 모르겠어요. 전에는 나도 이런 집에서 살았었죠. 국물이 흘러넘쳐 씻어도 없어지지 않는 얼룩이 진 냄비들. 수평이 맞지 않아 서랍들은 들쭉날쭉 열려 내용물을 다 드러내놓고 있었어요. 여자가 갑자기 끄응, 하며 한숨을 토해냈어요. 당황할 수밖에요. 울음을 참기 위해 입을 앙다물고 있더군요. 가까스로 마음을 진정시킨 여자가 말했어요. 언니,라고 불러도 될까요?

언니. 당황해서 들어오라는 말조차도 잊고 있었죠. 머뭇거리던 여자가 갑자기 생각난 듯 말했어요. 물건 좀 빌리려구요. 여자는 망설이더니 뒤집개,라고 작게 중얼거렸어요. 뒤집개? 뜻밖의 주문에 난 또 당황했습니다. 육년 동안 이 아파트에 살았지만 뒤집개를 빌리러 온 사람은 한사람도 없었죠. 뒤집개라는 말은 레밍턴 소총이란 단어처럼 생경했죠. 남편과 내 대화 속에 뒤집개란 말이 끼여든 적은 한번도 없었죠. 그렇다고 내가 여섯살 난 아이에게 뒤집개란 말을 할 일이 있겠어요? 그러니 뒤집개란 말이 내 귀와 혀에 거부반응을 일으킬밖에요. 여자가 손가락으로 내 오른손을 가리켰습니다. 오른손에는 굴비를 굽던 뒤집개가 들려 있었죠. 물론 나는 뒤집개에도 이름을 붙여주었죠. 생선을 굽거나 부침질을 하는 건 생각보다 지루한 일이지요. 내게는 무엇보다 이야기할 상대가 필요합니다. 뒤집개에는 식용유와 굴비 살점이 조금 묻어 있었어요. 얼른 두 마리의 굴비를 뒤집고 뒤집개를 빌려주었지요. 고맙습니다, 빨리 쓰고 돌려드릴게요. 여자는 미안해했어요. 겨우 뒤집개인걸요. 불기운을 이기지 못하고 끝이 조금 타들어간 멜라민 재질의 천원짜리 싸구려 뒤집개. 정작 내가 미안했어요. 좀더 좋은 뒤집개를 가지고 있지 못한 것에. 나는 507호로 들어가는 여자의 뒤에 대고 목소리를 높였습니다. 씻어서 써야 해요, 비린내가 날 테니까요.

그 여자에 대해 속속들이 다 아는 것처럼 굴더니 이름조차 몰라?

아침에 남편은 고개를 저으면서 한심하다는 듯 내 얼굴을 내려다보
았죠. 나는 허겁지겁 맨발로 뛰어나가 507호 문에 대고 큰 소리로
물었습니다. 그런데 이름이 뭐예요? 507호 부엌 쪽에서 여자가 목
소리를 높였습니다. 명희예요. 뒤집개로 뭔가를 뒤집고 있는 모양
이었어요. 사이를 두고 여자가 다시 말했어요. 밝을명 계집희, 명
희.

　명희는 스물아홉살이고 미혼이며 초등학생들을 상대로 하는 보
습학원에서 일주일에 사흘, 글짓기를 가르칩니다. 그래 그 여자에
대해 뭣 좀 알아냈어? 남편은 정말 여간 뒤틀린 게 아닙니다. 난 형
사도 아니고 더군다나 명희는 범죄자가 아닙니다. 남편은 여자들의
우정에 코웃음칩니다. 알루미늄 냄비 같은 게 여자들의 우정이래
요. 부르르 끓어넘치다 순식간에 차갑게 식어버리는.

　한 두름을 산 굴비는 아직도 열 마리 넘게 남았어요. 아이는 벌써
부터 노상 굴비냐고 반찬투정을 합니다. 굴비를 석쇠 위에 올려놓
고 나서야 뒤집개에 생각이 미쳤습니다. 365일 뒤집개가 걸려 있던
고리에는 대신 라면 국자가 걸려 있었죠. 싱크대 서랍을 뒤적거렸
지만 찾을 수가 없어요. 굴비에서는 벌써 타는 냄새가 풍기기 시작
했죠. 알았어 알았어, 금방 뒤집어줄 테니 조금만 참아라. 불을 줄
이고 안방까지 다 뒤졌습니다. 하지만 뒤집개가 안방에 있을 리 없
죠. 부엌 바닥을 기어다니면서 싱크대 밑바닥의 틈새를 들여다보았
습니다. 땀이 흐르는 무릎 때문에 몇번이나 바닥에 미끄러집니다.
온몸이 땀투성이입니다.

　언니, 명흰데요, 뒤집개 좀 한번 더 빌려주세요. 언제 들어왔는지
명희가 물끄러미 날 내려다보고 있습니다. 뒤집개는 콩알처럼 작은

게 아니죠. 그러니 바닥 틈새로 들어갔을 리 없잖아요? 할 수 없이 쇠젓가락으로 굴비를 뒤집었어요. 굴비는 채 뒤집히기도 전에 두 토막으로 갈라지고 맙니다.

명희는 이제 초인종을 누르지 않아요. 손잡이를 돌려봐서 문이 잠겨 있지 않으면 스스럼없이 문을 열고 들어옵니다. 나는 그렇게 꽉 막힌 사람이 아녜요. 상대가 먼저 문을 열면 나도 내 문을 열어둡니다. 어제 저녁에도 남편은 도대체 여자들은 이해할 수 없는 동물이라고 했죠. 어떻게 일주일 만에 그렇게 친해질 수가 있느냐는 겁니다. 난 남편의 등에 대고 쏘아붙였죠. 당신이 은행원인 이상 영원히 이해하지 못할 거야. 그리고 한번 더 명희씨에 대해 이러쿵저러쿵하면 가만있지 않을 거야. 당신은 한번도 명희씨를 본 적이 없잖아?

왜 본 적이 없어? 아까 쌀부대를 오층까지 날라다주었는데. 이거 참 겁나는군. 십년을 같이 산 남편보다 고작 칠일 안 여자 편에 서다니. 난 명희가 남편 눈에 들었으면 좋겠어요. 어때? 내 말이 맞지? 이번엔 그렇지? 남편은 이기죽거렸어요. 하드웨어만 보고 어떻게 알어?

뒤집개는 분명 어제 명희가 빌려가서 돌려주지 않았습니다. 그런데 또 뒤집개를 빌려달라니요? 겨우 천원짜리 싸구려 뒤집개의 행방을 명희에게 물어볼 수는 없어요. 하지만 처음부터 이렇게 끝이 흐리면 곤란하죠. 남편 말처럼 무조건 믿어서는 안되는 건가요? 사람은요? 명희도?

언니, 생각 안 나요? 어제 호박부침과 함께 돌려드렸는데. 언니가 이 고리에다 끼워놓았잖아요.

명희가 손가락으로 가리킨 고리는 분명 내가 뒤집개를 걸어두는 그 고립니다. 하리망당해 있는 나를 보면서 명희가 웃습니다. 명희가 생각난 듯 묻습니다. 언니, 벌써 빨래를 다 걷은 거예요? 정말 바지런하네요. 베란다의 빨랫줄은 텅 비어 있습니다. 그제야 빨래가 생각납니다. 세탁기를 돌리고 빨래 넌다는 걸 깜박 잊은 거예요. 허겁지겁 세탁기의 뚜껑을 열어봅니다. 빨래들은 세탁기 안에서 서로 꼬인 채 구덕구덕 말라 있습니다. 아이 바지를 잡아당기자 덩달아 다른 빨래까지 딸려나옵니다. 명희가 웃어요. 나도 웃습니다.

명희에게서 선물을 받았습니다. 예쁜 포장지로 싸고 리본까지 달았군요. 하지만 대번에 속엣것을 짐작할 수 있었습니다. 어머, 명희 씨── 하마터면 눈물이 날 뻔했습니다. 닫힌 안방문 저쪽에서 퇴근해서 텔레비전을 보고 있던 남편이 우리들 대화에 귀를 기울이고 있는 게 느껴졌어요. 갑작스럽게 텔레비전 소리가 줄어들었거든요. 명희가 어서 풀어보라며 재촉했습니다. 뒤집개였어요. 뒤집는 면은 스테인리스인데다가 뒤집는 면과 자루의 각도는 손목에 무리가 가지 않도록 알맞게 굽어 있고요, 실리콘 재질의 손잡이가 달려 열전도가 잘 되지 않는 고급스러운 뒤집개였어요. 백화점에서 그 뒤집개를 본 적이 있지만 가격 때문에 망설였었죠. 뒤집개를 사다가 언니 생각이 나서 똑같은 걸루 두 개 샀어요. 이런 명희를 내가 의심했다니. 그런데요, 언니. 명희 목소리만 들어도 알 수 있어요. 뭘 빌려줄까? 내가 먼저 선수를 쳤죠. 형광등이 아무래도 고장인 것 같아요. 문짝도 좀 이상하구요. 드라이버 좀 빌려주세요.

내 건망증은 웃고 넘길 일이 아닌가봐요. 오전에 명희가 다시 드라이버를 빌리러 왔어요. 드라이버는 어제 저녁 잠깐 쓰고 금방 되돌려주었죠. 신발장 안에 든 공구함을 열어보았지만 드라이버는 보이지 않았어요. 아마도 명희에게 돌려받고 엉뚱한 곳에 던져놓은 것 같아요. 전화를 받는 중이었거든요. 특히 나는 두 가지 일을 한꺼번에 하지 못하는 사람이에요. 은행 창구에서 일을 할 때도 그랬죠. 전화로 쉴새없이 수다를 떨면서도 손으로는 전자계산기를 두드리고 고지서에 수납필 도장을 찍는 여행원들이 참 신기했어요. 전화를 받느라 아무 생각 없이 엉뚱한 곳에 던져두었을 거예요. 안방 장롱 속에서 발견되거나 아이의 장난감통 속에서 발견되겠죠. 어쩌면 쓰레기 봉투 속에 버렸는지도 모르겠어요. 왜 그런 일들 종종 있잖아요. 한손에는 버릴 휴지를 다른 손에는 자동차 열쇠를 갖고 있을 때 말예요. 자동차 열쇠를 휴지통에 버리고 휴지로 차 시동을 걸려다 그제서야 잘못되었다는 걸 깨닫게 되죠.

점심시간에 남편에게서 전화를 받았습니다. 남편은 삼치구이 백반을 시켜놓고 음식 나오기를 기다리고 있다고 했어요. 식당 안은 어수선했습니다. 남편의 목소리 사이사이 스테인리스 밥그릇들이 쨍겅거리면서 부딪쳤어요. 남편이 목소리를 높였죠. 왜 내 서류가방 속에 드라이버가 들어 있는 거지?

변명할 짬이 없었어요. 마침 남편이 시킨 삼치구이 백반이 나왔죠. 아줌마, 물컵에 루주 자국이 묻었어요. 다른 걸로 좀 바꿔주세요. 남편이 젓가락으로 삼치의 살을 발라내면서 말했어요. 내일은 또 뭘 넣을 거지? 제발 성환이는 넣지 마. 하루종일 은행 안을 뛰어다닐 테니까. 되레 내가 화가 치밀더군요. 성환이라니, 그게 새로 나온 껌인가요, 담밴가요? 남편의 웃음소리와 함께 전화가 끊겼습니다.

　성환이는 내 아이의 이름입니다. 내가 그걸 잊을 것 같아요. 그제서야 성환이가 유치원에서 아직도 돌아오지 않은 게 떠오릅니다. 열두시 오십분경이면 집에 도착하고는 했거든요. 그런데 벌써 한시 이십분이 지났습니다. 슬리퍼를 꿰어신고 아파트 입구까지 정신없이 뜁니다. 아이는 땡볕이 내리꽂히는 놀이터에서 그네를 타고 있어요. 뒤에서 그네를 밀어주는 건 명희입니다. 그제서야 뒤늦게 떠오르는 게 있습니다. 어제부터 일주일 동안은 유치원 여름방학입니다.

　명희는 내 건망증에 대해 같이 고민해주었어요. 언니, 자꾸 신경을 쓰면 더할 수 있어요. 그러니까 신경을 쓰지 말아봐요. 하지만 가스레인지에 올려놓은 찻주전자의 물이 졸아 주전자가 새까맣게 탔을 때는 상황이 예사롭지 않다고 생각한 모양이에요. 어디서 들은 이야기인데요, 아주 유명한 시인 한분은 기억력 훈련을 한대요. 이를테면 세계의 모든 수도를 외우는 거죠.

　밤이면 깊은 잠을 잘 수가 없었어요. 새벽 네시에 일어나서 가스 콕을 잠갔는지 확인하기 위해 부엌으로 몇번이나 왔다갔다했죠. 부스럭거리는 소리에 잠이 깬 남편이 신경질을 부렸어요. 가스 콕을 확인하고 나서 자리에 누우면 이번엔 현관문을 잠갔는지 의심이 가는 거예요. 일어나서 가보면 현관문은 잠겨 있습니다.

　밤잠을 설치게 되니 자연히 낮에 졸음이 쏟아졌어요. 아이는 명희와 같이 지내는 일이 잦아졌습니다. 가끔 잠속으로 명희와 아이의 웃음소리가 끼여들기도 했습니다.

　명희와 나는 가끔 쇼핑을 하러 나가기도 합니다. 명희는 나에게 바퀴 달린 쇼핑백을 선물했어요. 명희 것도 똑같은 모양이죠. 우리는 늘 희망쇼핑으로 장을 보러 갑니다. 희망쇼핑은 일년 전에 문을 연 슈퍼마켓이에요. 육개월이 되기도 전에 주위에 있던 크고 작은 모든 슈퍼마켓이 문을 닫아야 했죠. 한둘 남은 작은 슈퍼는 담배를 팔거나 새벽까지 술을 팔며 근근이 버텨내고 있는 형편입니다. 맨 처음 명희를 희망쇼핑에 데리고 갔을 때 그 이야기를 해주었죠. 명희의 반응은 예상 밖이었어요. 적어도 문을 닫은 슈퍼마켓에 동정이라도 해줄 줄 알았죠. 명희는 인스턴트 곱창전골 포장지에 적힌 유통기한을 들여다보며 심드렁하게 대꾸했죠. 언닌 왜 이리로 물건을 사러 오지? 다른 곳에 비해 값이 싸고 무엇보다 쿠폰을 주기 때문이죠. 쿠폰에 적힌 금액이 백만원이 되면 롤러블레이드와 바꿀 수 있습니다. 요즘 롤러블레이드가 아파트 단지 안에서 유행이에요. 롤러블레이드를 타고 아파트 광장을 누비는 아이의 모습이 눈에 선합니다. 것 봐, 모든 게 다 생존경쟁이야, 언니. 어쩔 수 없는 거 아냐?

　희망쇼핑 안에는 곳곳에 유리거울이 걸려 있습니다. 볼록한 거울 속의 쇼핑센터 안은 우스꽝스럽게 일그러져 있습니다. 구석진 곳에는 영락없이 훔칠 시에는 백배 보상해야 함이라고 적힌 종이가 붙어 있죠. 수세미를 고르던 명희가 곁눈질로 날 바라봤죠. 언니, 덥지? 에어컨이 작동되고 있었지만 성능이 좋진 않았어요. 내가 시원하게 해줄까? 명희가 손에 쥐고 있던 철수세미를 별안간 내 가슴에 넣었습니다. 나는 놀라고 겁이 나서 숨이 막히는 줄 알았어요. 재빨리 주위를 둘러보았습니다. 다행히 세 개의 카운터에 앉아 있는 여직원들은 금전출납기를 두드려대느라 정신이 없었죠. 하얗게 질린 내 얼굴을 보고는 명희가 소리 죽여 키득거렸습니다. 언니, 긴장하지 마. 장난이야, 장난. 명희가 카운터와 등지며 가슴에서 꺼낸 철수세미를 진열대 위에 올려놓았습니다. 어때? 더운 게 싹 가셨지? 명희는 볼록거울을 들여다보면서 흐트러진 머리카락을 쓸어올렸어요. 이런 건 모두 다 엄포용이야. 허수아비라구, 참새들을 겁주기 위한. 영악한 참새들은 물론 속지 않지만 말야.

뭔갈 훔쳐본 적이 있는 거야? 장난으로 끝이 났지만 희망쇼핑 밖으로 나온 후에도 내 두 다리는 여전히 후들거렸어요. 아주 어릴 때. 물론 커서는 한번도 없어. 잠깐 동안 슈퍼마켓에서 카운터를 봤거든. 그곳에서 일할 때 도벽이 심한 아줌마들을 수시로 봤어. 철수세미나 껌 같은 값싼 물건은 그냥 눈감아줘. 괜히 소동을 피웠다간 손님만 끊어지지. 주머니 속에 넣어가지고 가는 걸 빤히 보면서도 보내주는 거지. 트렌치코트를 입고 와선 벌꿀 같은 부피가 큰 것을 훔쳐가는 아줌마도 있었어. 그 아줌마들은 모두 다 그곳의 매상을 올려주는 단골이었지.

명희와 나는 정말 동기간 같습니다. 말을 놓고 허물없이 지내죠. 가끔 어린아이들처럼 장난을 치기도 합니다. 이제 나는 세탁기나 뒤집개와 말을 하지 않습니다. 하지만 어떨 때 명희는 아주 낯선 사람 같아요. 명희와 나는 많이 다릅니다. 같은 뒤집개를 쓰고 똑같이 생긴 쇼핑백을 끌고 다닌다고 해서 같아질 수는 없어요. 명희는 나와 비교할 수 없을 정도로 멋쟁이입니다. 집안에서도 트레이닝복 따위를 걸치지 않아요. 명희가 싫어하는 것은 허리에 고무줄을 넣은 바지나 치마예요. 반바지에 목이 늘어난 셔츠를 입고 싸구려 플라스틱 슬리퍼나 질질 끌고 다니는 나와는 비교도 되지 않죠.

어제는 남편이 명희의 집에서 나오는 것을 보았습니다. 언제부터 명희와 아는 사이가 되었는지 모르겠어요. 명희는 아주 자연스럽게 남편을 형부라고 부르더군요. 나를 언니라고 부르니 언니의 남편을 형부라고 부르는 것은 그다지 이상한 일이 아니지요. 남편의 손에는 드라이버가 들려 있었어요. 고장난 형광등을 고쳐주고 나오는 길이라더군요. 낡은 집일수록 남자의 손이 필요한 법이지요. 왜 알루미늄 냄비라며? 금방 끓어넘치고 식는다며? 은근히 비꼬는 말을 남편이 못 알아들었을 리 없어요. 화를 내기는커녕 배실배실 웃기까지 하더군요. 하드웨어는 물론이고 소프트웨어도 괜찮은데? 게다가 형부라고 불리기도 하구 말야. 난 남편이 명희를 수상쩍은 여자로 오해하고 있을까봐 은근히 겁이 났더랬어요. 남편이 명희에게 호감을 갖게 되었다니 정말 잘된 일입니다.

화장실 문이 빠끔히 열려 있었던 모양이에요. 처음 있는 일도 아니지요. 변기에 앉아 있는데 남편이 지나치면서 소리나게 문을 닫습니다. 화장실 문 뒤편에서 비아냥거리는 남편의 목소리가 들려왔어요. 여자가 수치심이라곤 눈곱만큼도 없군. 문틈으로 엿보면서 장난을 치기도 하던 사람이 별안간 수치심이라니요? 물론 나에게도 수치심은 남아 있죠. 난 아무 남자 앞에서 화장실 문을 열어두고 오줌을 누진 않아요. 십년이나 같이 산 남자 앞에서 뭘 더 감추어야 하죠? 감출 건 이미 다 바닥났습니다. 완전히 뒤집어진 호주머니죠. 잠자기 전이었으니 난 속옷 차림이었지요. 삼십도가 넘는 열대야가 며칠째 계속되고 있었습니다. 남편이 담배를 피워물면서 무심코 내게 물었습니다. 왜 당신은 늘 할머니 같은 속옷만 입고 있는 거지? 왜 있잖아, 레이스가 달린 속옷 말야. 그런 것 좀 입어봐. 레이스 속옷처럼 비경제적인 물건이 또 있을까요. 세탁기로 돌리지도 못하고 늘 손빨래를 해야 하죠. 조금만 잘못 다루어도 올이 나가 금방 못 쓰게 되어버리죠. 언감생심 그런 비싼 속옷을 나는 꿈도 꾸지 않아요.

아마도 남편은 명희네 베란다에 널린 명희의 속옷들을 훔쳐보았을 겁니다. 형광등을 고쳐준다는 구실로 시간을 끌면서 이곳저곳을 흘끗거렸겠죠. 명희의 속옷들을 나도 본 적이 있습니다. 물기가 빠지고 나면 손아귀 안에 쏙 감출 수 있는 잠자리 날개 같은 옷들이죠. 내가 수치심이 없다니요. 난 절대로 베란다에 속옷을 널어놓고 집안으로 남자를 불러들이지는 않죠. 가스레인지 위에 뒤집개가 걸려 있습니다. 명희의 가스레인지 위에도 똑같은 뒤집개가 걸려 있을 테죠. 나는 뒤집개에게 명희란 이름을 붙여주었어요. 나는 뒤집개를 만지작거립니다. 명희와 나의 우정의 증표를 말입니다.

명희와 우리 식구는 이제 한가족이나 다름없습니다. 찌개나 나물을 무칠 때면 난 명희의 것까지 준비합니다. 주말 저녁에는 셋이서 술을 마시기도 하죠. 명희는 어디서 그렇게 재미있는 이야기를 들었는지 모르겠어요. 남편과 나를 눈물이 나도록 웃깁니다. 남편과 명희는 말이 잘 통하는 사이 같습니다. 주식 이야기도 하고 신디케이트니 프랜차이즈 같은 전문용어들을 섞어 이야기하기도 합니다. 난 그런 이야기에 관심없습니다. 팔년 전에는 나도 은행원이었죠. 한번도 결근이나 지각을 하지는 않았지만 뛰어난 은행원은 되지 못했어요. 만약 음악을 듣고서 우유 생산이 곱절로 늘었다는 젖소 이야기나 거대한 숲의 바닥에 사는 식물들이 햇빛을 받기 위해 얼마나 많은 노력을 기울이는지 같은 이야기라면 나도 끼여들 겁니다. 남편과 명희가 그런 이야기를 주고받을 때면 난 차를 타오거나 참외를 깎으면서 경청하는 척 고개를 주억거리곤 합니다.

열쇠를 잃어버렸습니다. 희망쇼핑에 갈 때 분명히 문을 걸어잠갔습니다. 명희도 문을 잠근 열쇠를 내가 새끼손가락에 끼우고 흔들어대던 것까지 기억하고 있습니다. 아무래도 내 건망증은 심각한 것 같아요. 도대체 어디에 열쇠를 떨어뜨린 것일까요. 화단을 뒤지고 희망쇼핑까지 천천히 걸어가면서 길 구석구석을 살피지만 열쇠는 눈에 띄질 않네요. 문 앞에 서서 안절부절못하고 있는 사이 명희가 열쇠 수리공에게 전화를 해주었습니다. 오토바이를 타고 온 수리공은 이분도 걸리지 않아 문을 열어주었습니다. 그사이 장바구니에 든 아이의 얼음과자가 다 녹아버렸어요. 놀이터에서 놀고 들어온 아이가 얼음과자를 내동댕이치면서 소리쳤습니다. 엄만 바보야, 바보.

내 눈에서 노여움을 읽은 아이는 신발도 꿰지 않고 줄행랑을 칩니다. 또 명희네 집입니다. 아이는 명희의 치맛자락을 붙들고 명희를 방패막이 삼아 내 눈치만 봅니다. 이리 못 와. 셋 셀 때까지 와. 하지만 셋까지 세 번이나 세어도 아이는 꼼짝도 하지 않습니다. 이제는 이 엄포가 통하질 않는군요. 명희가 일부러 화난 표정을 지으면서 아이를 타이릅니다. 그런 못된 말 하면 엉덩이에 뿔이 돋는다. 알았지? 땟국이 흐르는 아이의 얼굴에서 까만 눈동자가 반짝 빛을 냅니다. 정말이야. 내가 아는 아이도 엉덩이에 이만한 뿔이 돋았는걸. 아이가 마지못해 명희 앞으로 나오면서 내 얼굴은 쳐다보지도 않은 채 대사를 외우듯 중얼거립니다. 엄마, 잘못했어요. 용서해주세요. 언제 저 아이가 제 엄마보다 명희의 말에 더 무게를 두게 되었는지 알다가도 모르겠습니다.

도대체 당신 머릿속은 뭘로 가득 찬 거지? 거울 좀 봐. 행색이 그 모양이니 머릿속이라고 온전하겠어? 꼭 정신나간 사람 같잖아. 남편은 기어코 자물쇠 전체를 새것으로 바꾸어 답니다. 옆에 서 있는 명희가 오히려 안절부절못합니다. 슬리퍼 밖으로 나온 발가락 사이마다 흙먼지가 잔뜩 끼어 있습니다. 열쇠를 찾느라 이곳저곳 헤매고 다녔으니 오죽하겠어요. 거북이 등처럼 튼 발뒤꿈치는 내가 봐도 좀 지저분합니다. 도대체 정신은 어디다 두고 다니는 거야. 당신은 꼭 공 없이 공놀이를 하는 사람 같아. 남편은 이제 내 얼굴을 보려고도 하지 않아요. 왜 이 남자는 나를 정면으로 보지 않는 걸까요.

명희가 뭔가를 들이밉니다. 코팅까지 했군요. 많이 망설였어. 하지만 내 맘 알지? 미국의 수도는 워싱턴, 캐나다는 오타와, 오스트레일리아는 캔버라, 에티오피아는 아디스아바바, 부룬디는 부줌부라…… 자디잔 글씨들이 종이 한장 가득합니다. 같은 학원에 있는 선생님의 도움을 받았어. 혹시 모르잖아요. 난 명희의 정성을 생각해 종이를 냉장고에 자석으로 붙여둡니다.

물을 마시기 위해 냉장고를 열던 남편이 종이를 발견했어요. 아디스아바바? 이건 대체 뭐야? 왜 당신은 쓸데없는 데 신경을 쓰는 거지? 하잘것없는 것을 저장하니까 정작 필요한 자료들을 잃어버리는 거라구. 이번엔 내 가방 속에 뭘 넣을 거지? 뭘 넣어서 날 놀래킬 거냐구.

굴비에 젓가락을 가져가던 아이가 소스라치게 놀라면서 뒤로 물러섭니다. 왜 그러니? 머리카락이라도 있니? 허겁지겁 접시를 살펴보지만 굴비는 멀쩡합니다. 아랫부분이 윗부분보다 조금 더 탄걸 제외하면 말이죠. 아이는 젓가락 끝으로 굴비의 주둥이를 가리켰어요. 기름에 익은 혀는 짙은 회색으로 변해 있었고 입밖으로 밀려나와 접시의 가장자리에 힘없이 늘어져 있었죠. 살찐 애벌레 같았어요. 다시는 고기를 먹지 않을 테야, 엄마. 옆집 이모네 고기는 이렇게 생기지 않았어. 난 얌전한 고기가 좋아.

냉동실에 들어 있던 남은 굴비들을 모두 꺼냈습니다. 굴비를 꿴 지푸라기에서 굴비를 빼내느라 손가락 끝이 다 곱아들 지경이었어요. 굴비들은 하나같이 모두 혀를 빼물고 있었어요. 혀는 굴비의 것이라고 하기에는 지나치게 컸어요. 대체 굴비에게 왜 혀가 필요한 것일까. 맛을 느끼거나 말을 하는 데 필요한 것은 아닐 겁니다. 단지 입안에 든 음식물들을 목구멍으로 넘기는, 불도저의 삽 같은 역할을 했을까요. 굴비들이 혀를 빼문 건 아마도 나를 조롱하기 위해서인 것 같습니다. 바보, 영미 바보. 굴비들의 혀를 모두 잡아빼고 가위로 슴벅슴벅 잘라내기 시작합니다.

희망쇼핑의 여주인은 아무래도 날 눈여겨보는 것 같아요. 그러지 않아도 난 그 여자의 알전구 같은 두 눈이 싫었습니다. 혼탁한 흰자위 뒤에는 의심과 호기심이 숨겨져 있어요. 스위치를 올리면 백촉으로 빛날 의뭉스러운 눈입니다. 쿠폰만 아니라면 아이의 롤러블레이드만 아니라면 난 이곳에 오지 않을 거예요. 게다가 여주인이 저울 눈금을 속이고 있다는 걸 난 알고 있습니다. 여주인은 과일 코너에 앉아 있었죠. 난 여주인에게서 토마토 이 킬로그램을 샀습니다. 그러고는 아이에게 줄 과자를 고르기 위해 과자 코너 쪽으로 왔어요. 칼슘과 비타민이 함유된 과자를 찾자니 이것저것 들었다 놓았다 할 수밖에 없었죠. 그런데 과일 코너에 앉아 있던 여주인이 어느새 내 등뒤에 와 있는 거예요. 눈이 마주치자 여주인은 성급히 과일 코너 쪽으로 걸음을 옮겼습니다. 세제 코너에서 빨랫비누를 쇼핑카트에 넣다 우연히 뒤를 돌아다보았는데 이번에도 또 여주인과 눈이 마주쳤죠. 여주인은 틀림없이 나를 의심하고 있습니다. 어떻게 나 같은 사람을 의심할 수 있을까요. 나는 서둘러 계산을 하고 허겁지겁 희망쇼핑을 벗어났습니다. 이제 이만원어치의 쿠폰만 더 모으면 롤러블레이드를 받을 수 있습니다.

세탁기 앞에 서 있거나 생선을 구울 때면 이제는 세계 각국의 수도를 외웁니다. 벌써 오십개가 넘는 나라의 수도를 외웠어요. 이 방법이 효과가 있었으면 좋겠어요. 찻주전자는 물이 끓으면 버저가 울리는 주전자로 바꾸었습니다. 세탁기가 힘겹게 탈수를 합니다. 세탁기의 원리는 아주 단순하답니다. 탈수는 원심력의 원리를 이용한 거래요. 수리공에게 들었으니 정확할 겁니다. 6.5킬로그램의 빨래를 담을 수 있는 원통형의 빨래통이 날아가지 않는 것은 도망가지 못하도록 빨래통을 감싸고 있는 상자 때문일 테지요. 하지만 언젠가 원심력을 감당해내지 못한 세탁기가 베란다 창을 뚫고 날아갈지 모를 일입니다. 세탁기의 뚜껑을 쓰다듬으면서 나는 누구에게랄 것도 없이 중얼거립니다. 어쩌다 이렇게까지 된 거니?

남편과 명희가 퇴근을 같이 했더군요. 아파트 광장을 나란히 가로질러 오는 두 사람의 모습을 베란다 창 너머로 보았습니다. 7,8호 출입구까지 같이 오던 두 사람은 잠깐 머뭇거리더니 남편만 발걸음을 돌려 놀이터 쪽으로 가더군요. 명희가 오층으로 먼저 올라왔습니다. 명희가 507호의 문을 열고 안으로 들어가는 소리를 들었죠. 십분쯤 후에 남편이 초인종을 눌렀습니다. 며칠 전에 명희가 남편에게 하는 소리를 들었습니다. 천만원이 있는데 형부 은행에 예금을 하고 싶어요. 이자가 높고 세금 혜택이 있는 상품으로 골라주세요. 아마 명희는 예금을 하기 위해 남편 은행에 들렀을 거예요. 거리도 가깝지 않은데 그런 수고를 마다 않다니 참 고마운 일이지요. 그래서 둘은 같이 퇴근을 하게 되었을 거예요. 혹시나 내가 의심하지 않을까, 따로 들어오는 척했겠죠. 남편은 내 머릿속이 공상으로 가득 차 있다고 믿는 사람입니다. 그리고 남편은 여자들의 우정을 믿지 않죠. 사소한 오해 때문에 명희와 나 사이가 벌어질까봐 남편은 배려하는 겁니다. 하지만 우리 둘의 우정은 알루미늄 냄비 같은 게 아녜요.

볼록한 감시경 속에 비친 내 얼굴은 흉하게 일그러져 있어요. 화장기 없는 얼굴엔 핏기라고는 없어요. 잠을 설친 탓에 흰자위에는 핏줄이 섰죠. 내 몸은 정말 남편 말처럼 허공에 떠 있나봐요. 허방을 밟는 것 같아요. 명희는 일종의 강박신경증이래요. 하지만 분명히 희망쇼핑의 여주인은 날 의심하고 있습니다. 언니, 제발 마음을 너그럽게 가져. 괜히 언니가 그렇게 생각하는 것일 뿐야. 자칫 언니 생각에 언니 발목이 잡히지 않을까 나는 그게 걱정돼. 명희 말처럼 모든 게 그저 나의 강박신경증일 뿐일까요? 명희는 아이를 데리고 냉동실 안을 들여다보고 있어요. 명희는 아이의 말을 잘 들어줍니다. 며칠 전처럼 조잡한 장난감이 든 비싼 과자를 사주고 얼음과자를 손에 쥐여줄 테죠. 그러면 버릇이 나빠진다고 받아주지 말라고 하는데도 명희는 내 말을 안 들어요. 나는 그사이 잡화 코너 쪽으로 왔어요. 내 눈앞에는 훔칠 시에는 백배 보상해야 함이라고 적힌 종이가 붙어 있어요. 이런 건 그저 허수아비일 뿐이라고 명희가 말했잖아요. 웃으면서 소리내어 중얼거려봅니다. 명희처럼 철수세미를 손으로 만지작거립니다. 잡화 코너엔 아무도 없어요. 카운터로부터 살짝 등을 돌리면서 재빨리 철수세미를 브래지어 속에 넣었습니다. 짜릿했죠. 뒤를 돌아다보니 여주인은 진열대 사이사이를 건성으로 훑어볼 뿐이었어요. 알전구, 잡고 싶으면 날 잡아봐. 난 여기 있다. 난 속으로 탄성을 질렀어요. 여주인이 무섭지 않았어요. 균형을 맞추기 위해 또 하나의 철수세미를 다른 쪽 브래지어 속에 넣었습니다. 가슴이 굉장히 풍만해졌어요. 나는 그 가슴을 볼록거울 속에 대고 비춰봅니다. 여주인이 날 의심하고 있었다면 당장 내게로 뛰어왔겠죠. 하지만 아무도 눈치채지 못했어요. 명희의 말이 맞는가봅니다. 신경이 예민해진 건 잠을 설친 탓이겠죠.

명희가 쇼핑카트를 끌고 내게로 옵니다. 명희의 손을 잡은 아이의 한손에는 그예 장난감이 든 과자가 들려 있네요. 이제 만원짜리 쿠폰 한장만 더 받으면 롤러블레이드와 바꿀 수 있습니다. 롤러블레이드 이야기를 꺼내자마자 아이가 신이 나 겅둥거립니다. 돈을 지불하고 만원짜리 쿠폰까지 챙겼습니다. 가게문을 나서려는데 별안간 여주인이 내 앞을 가로막았어요. 쇼핑백 안에 든 물건 좀 보여주실래요? 그제서야 철수세미를 가슴속에 넣어둔 채 진열대에 되돌려놓는 걸 잊었다는 생각이 떠오릅니다. 맹세코 철수세미를 훔치려는 마음은 없었어요. 철수세미는 집에 새것으로 두 개나 있거든요. 그저 장난이었습니다.

이거 사람을 뭘로 보고 그래요? 명희가 발끈해서 소리칩니다. 길가던 사람들이 우리를 바라봅니다. 우리는 여주인을 따라 희망쇼핑 안으로 다시 들어갔습니다. 설마 가슴에 넣은 철수세미 두 개를 눈치챈 것은 아닐 테죠? 여주인은 내 쇼핑가방에 들어 있는 물건들을 꺼내 바닥에 늘어놓았어요. 영수증과 물건을 하나하나 대조하기 시작했죠. 쇼핑센터 안에 있던 사람들이 우르르 우리 주위로 몰려들었습니다. 인사를 나눈 적은 없지만 모두 안면이 있는 얼굴들이었어요. 난 이곳에서 육년을 살았죠. 명희가 주인 여자를 향해 큰소리쳤어요. 책임져요, 만약 생사람 잡은 걸로 판명되면.

이 껌 한통은 도대체 뭐죠? 여주인이 내 코앞에 껌을 들이대고 다그칩니다. 쥬시후레쉬 껌이었죠. 난 맹세코 그 껌을 산 적이 없습니다. 명희가 내 대신 소리쳤어요. 그깟 삼백원짜리 껌을 훔칠 사람으로 보여요? 정말 문 닫고 싶은 거예요? 여주인도 지지 않습니다. 정신이 아득해지고 명희와 여주인의 목소리만 귓가에 왕왕거립니다.

명희가 남편에게 전화를 걸었습니다. 어떻게 명희가 남편의 직장 전화번호를 외우고 있는지 모르겠어요. 놀란 아이가 울기 시작합니다. 명희가 아이의 손을 꼭 붙들고 눈물을 닦아줍니다. 난 그 껌을 훔치지 않았습니다. 하지만 내 마음도 모르게 내 손이 껌 한통을 집어들었는지도 모르겠어요. 온몸에 땀이 흐릅니다. 철수세미에 살갗이 쓸리면서 화락화락 따가워지기 시작합니다. 잘못하다간 살갗이 벗겨질지도 모르겠네요.

　남편이 왔습니다. 밖에서 보니 남편은 참 말쑥합니다. 아침에 다려준 와이셔츠에는 벌써 구김이 졌어요. 남편이 내 어깨를 붙들고 흔들어댑니다. 영미야 영미야, 도대체 어떻게 된 일이야. 말해, 영미야. 왜 이렇게 이 남자가 내 이름을 불러대는지 모르겠어요. 설마 내가 내 이름마저도 잊어버린 걸로 생각하는 건 아닐 테죠. 명희가 눈물을 흘립니다. 언니가 왜 그랬는지 모르겠어요. 다 내 잘못이에요. 남편이 명희의 어깨를 다독거립니다. 남편은 아예 날 바라보지도 않아요. 부끄럽겠죠. 아마 내가 전혀 모르는 남이었으면 좋겠다고 생각하고 있을 거예요. 남편은 그전의 남편이 아닙니다. 희망쇼핑에서 쇼핑을 하던 사람들이 남편과 나, 명희의 얼굴을 번갈아 바라보며 지나칩니다. 나는 얼음과자를 넣어둔 냉동고 옆에 주저앉아 여주인과 이야기를 나누는 남편의 얼굴을 물끄러미 쳐다볼 뿐입니다. 남편과 명희는 오래 전부터 알았던 사람들 같아요. 언제 저 둘이 저렇게 친해졌죠? 알루미늄 냄비처럼 금세 달았다 식는 건 여자들 아니던가요?

　오스트리아의 수도는 빈, 레바논은 베이루트, 레소토는 마세루, 시리아는 다마스쿠스…… 이런 상황에서 왜 세계 각국의 수도가 떠오르는지 알 수가 없어요. 머릿속에 떠오른 단어들을 이제는 입으로 중얼거립니다. 멈출 수가 없어요. 명희가 내 쪽으로 걸어와 내 입에 귀를 가져다대더니 화들짝 놀라면서 얼굴을 찡그립니다. 명희가 아무도 듣지 못하도록 작은 소리로 욕설을 내뱉듯 중얼거리는 걸 똑똑히 들었어요. 미쳤군, 아주 돌아버렸어. 하지만 난 멈추지 않습니다. 점점 더 가속도가 붙습니다. 오스트레일리아는 캔버라,

부룬디는 아디스아바바, 미국은 마세루, 오스트리아는 워싱턴, 일본은 쿄오또…… 내 기억력은 아직 쓸 만합니다. 막힘이 없이 줄줄 외웁니다. 명희가 살짝 얼굴을 찡그렸습니다. 아니 어떻게 보면 피식 웃은 것도 같습니다. 명희가 왜 나를 향해 저렇게 웃는 거죠?

어쩌면 명희는 내게서 빌려간 뒤집개를 아예 돌려주지 않았는지도 모릅니다. 드라이버를 남편의 서류가방 속에 넣은 것도 명희 짓인지 몰라요. 남편의 서류가방은 늘 거실 찬장 위에 있으니까요. 찻주전자를 태우거나 세탁해놓은 빨래를 널지 않는 건 누구에게나 있을 수 있는 사소한 일일지도 몰라요. 우리집 열쇠도 명희가 숨겼는지 모릅니다. 명희가 내게서 빌려간 것들의 목록을 하나하나 떠올려봅니다. 세계 각국의 수도를 외우는 훈련이 내게 큰 효과가 있는 것 같습니다.

뒤집개, 드라이버, 병따개, 우산, 열쇠, 마늘다지기…… 그리고.

명희와 남편, 그리고 내 아들 성환이는 마치 한가족처럼 보입니다. 남편과 내 아이, 다른 물건들처럼 이번에도 돌려주지 않을 작정일까요?

명희, 저 낯선 여자가 누굽니까. 507호, 옆집 여잡니다.

〔현대문학 1999년 9월호〕

깃발

전신주를 지나칠 때마다 거리 계산을 하는 버릇 대신

그 꼭대기에 올라가고 싶은 충동이 일고는 한다.

그 꼭대기 위에 나도 내 깃발을 꽂아두고 싶다.

하지만 지금까지 난 가까스로 그 충동을 잘 참아내고 있다.

깃발

1

　정전사고는 어젯밤 열두시 십분경에 일어났다. 사람들이 잠들어 있는 동안 집안의 모든 가전제품들이 작동을 멈췄다. 몇몇 아이들이 잠이 깨 보챘다. 냉장고 모터나 선풍기 날개가 회전하면서 내는 소음들은 아이들에게 자장가만큼 친근했다. 아침식사 준비를 위해 냉장고를 열던 주부들은 냉동실에 얼려둔 돼지고기가 핏물이 떨어지며 검붉게 변해 있는 걸 발견했다. 얼음과자는 나무꼬챙이와 분리된 채 비닐봉투 안에 녹아 있었고 시금치 나물에서는 쉰내가 났다. 고온다습한 칠월의 날씨는 모든 것을 금세 부패시킨다. 123 전화가 폭주하기 시작했다.
　1980년대 초반까지만 해도 정전사고는 아주 흔한 일이었다. 시험 전날 벼락치기로 공부를 하던 학생들은 별안간 꺼져버린 전깃불 때문에 촛불을 켜놓고 책을 들여다보았다. 촛불로 인한 화재가 가끔 있었다. 하지만 1997년에는 그 모든 것이 추억거리가 되어버렸다.

정전구역은 넓지 않았다. 광명아파트 라동과 연홍아파트 1·2·3동이었다. 변압기가 노쇠했거나 아니면 고압선 위에 앉아 있던 새 한마리 때문일 수도 있었다. 새들이 감전되지 않고 고압선 위에 앉아 있을 수 있는 것은 양전류나 음전류 한 선 위에만 앉아 있기 때문이다. 하지만 가끔 깜박 졸다 다른 선에 몸이 닿으면서 감전사하는 새들이 있었다. 지도를 들여다보며 그 구역에 해당하는 전신주 번호를 확인했다. 8619E 021번이었다. 8619E로 시작하는 전신주들이 박힌 골목길로 접어들었다. 경사가 급한 내리막길로 오십 미터의 간격을 두고 십육 미터 높이의 전신주들이 정렬해 있었다. 오전 열시가 채 되지 않은 시간이었지만 태양은 벌써부터 지글거리면서 광명아파트 가동 환풍구 위에 걸쳐 있었다.

콘크리트 기둥에 붙은 번호표를 들여다보며 내려가다보니 어느새 내리막길이 끝나는 곳에 서 있었다. 내가 지나온 뒤로 여덟 개의 전신주들이 서 있었다. 전신주 갯수로 거리를 환산하는 것이 습관이 되었다. 삼백오십 미터나 걸어온 후에야 내가 찾던 021번 전신주 앞에 섰다. 이곳으로 전근을 오기 전에는 경기도에서 일했다. 그곳에서는 하루에 한번꼴로 정전사고 신고가 접수되고는 했다. 까치 때문이었다. 까치가 변압기 위에 둥지를 틀면서 고압선을 건드렸거나 사기 재질의 애자가 떨어져나가기도 했다. 까치에게 전신주는 평생 살 집을 지을 만한 튼튼한 상수리나무로 보이는 모양이었다. 그곳에서는 변압기를 갈거나 선을 교체하는 일 외에도 나무 위에

까치집을 보급하는 일까지 덤으로 해야 했다. 하지만 이 도시에서 까치라니. 도시의 아이들은 조류도감에서나 까치를 볼 뿐이다.

전신주를 올라가는 일은 식은 죽 먹기였다. 송배전과에 다녔던 고등학교 삼년 동안 내 별명은 원숭이였다. 실습장에 박혀 있는 오십개의 모의 전신주를 가장 빨리 올라갔다 내려온 학생이 바로 나였다. 공구가 빼곡이 끼워진 가죽혁대를 두르고 디딤쇠를 올라가려는데 발에 물컹한 것이 밟혔다. 검정색 가죽구두였다. 뒤가 꺾인 구두 안에는 빗물이 고여 있었다. 술 취한 사람이 흘리고 간 것은 아니었다. 뒤가 구겨지고 구둣굽이 심하게 닳아 있었지만 두 짝의 구두는 현관에 벗어놓은 것처럼 가지런히 놓여 있었다. 정수리께로 물방울이 떨어졌다. 비가 오려나? 무심코 하늘을 올려다보았다. 전신주에는 땅에서 이 미터 높이에 첫번째 디딤쇠가 박혀 있었다. 물방울은 구두 주인의 것으로 짐작되는 양복 상의의 밑단에서 떨어지고 있었다. 들쭉날쭉 내리던 비는 어제 새벽에 멈췄다.

전신주 곳곳에는 발걸이로 쓰이는 디딤쇠들이 어긋나기로 박혀 있었다. 내 시선은 디딤쇠를 차례로 밟고 조금씩 위로 올라갔다. 불 꺼진 외등이 외눈박이 괴물처럼 위압적인 자세로 나를 내려다보고 있었다. 물기가 덜 빠진 양복 바지는 양복 상의가 걸린 곳의 반대편, 두 칸 위의 디딤쇠에 걸려 있었다. 그리고 그 반대편 디딤쇠에 걸린 소매가 둘둘 말린 흰 와이셔츠는 바람을 안고 나풀거렸다. 와이셔츠는 밤새 바람에 말라 있었다. 그 위의 디딤쇠에는 땀에 전 러닝셔츠가, 그 위에는 느슨하게 잡아풀어 목에서 그대로 빼어 건 듯 매듭이 풀리지 않은 넥타이가 걸려 있었다. 두 짝의 양말은 발바닥이 내 얼굴을 향한 채 바람 빠진 풍선처럼 축 늘어져 흔들거렸다.

그리고 내가 고개를 한껏 뒤로 젖히고 올려다본 전신주의 맨 꼭대기에는 흰 바탕에 검정 줄무늬가 촘촘히 들어간 삼각팬티가 깃발처럼 걸려 동남쪽을 향해 힘차게 나부끼고 있었다.

정전은 사내의 혁대에 부착된 금속 버클이 바람에 날리면서 양전류와 음전류가 맞닿는 바람에 일어난 것 같았다. 사내는 구두를 벗고 양복을 걸고 조금씩 전신주 위로 올라가면서 옷가지를 하나씩 벗었다. 그리고 마지막으로 몸에 걸치고 있던 팬티마저 벗어 꼭대기에 걸어두었다. 실오라기 하나 걸치지 않은 사내는 태초의 인간 아담의 모습이 되었다. 사내는 발가벗은 채로 전신주 위에 걸터앉아 있었다. 한줄의 전선 위에 앉아 있는 새들처럼 그는 또다른 전선을 건드리지 않기 위해 바싹 긴장했을 것이다. 술에 취한 사람이라면 전신주에 올라갈 엄두조차 내지 못했을 것이다. 전신주의 첫 발걸이는 남자 키치고는 장신인 내 키보다도 높은 곳에 박혀 있으니까 말이다. 장담하건대 사내는 맨정신이었다. 어쩌면 그 사내 또한 나처럼 송배전과 출신인지도 모른다는 생각이 스쳤다.

두 개의 변압기를 지나고 외등을 건너 올라가자 6600볼트의 전류가 흐르고 있는 고압선이 아래로 펼쳐졌다. 공구 혁대를 끌러 허리와 전신주를 함께 묶으면서 잠깐 망설였다. 활선작업을 하는 선배들을 본 적이 있었다. 그들은 전류를 차단하지 않고 전선을 손보았다. 그들 중의 몇은 엄지손가락과 검지손가락 단 두 개로 전기를 춤추게 할 수 있다고 농담을 하기도 했다. 다행히 변압기가 타버린 것은 아니었다. 금속 버클이 전선에 닿으면서 변압기의 자동차단기가 작동된 것이었다.

거리는 텅 비어 있었다. 가까운 곳에 초등학교가 있는 듯 풍금소리와 함께 아이들의 노랫소리가 들려왔다. 전신주가 끝나는 곳까지 올라갔다. 내가 지나온 길과 담으로 가려져 있던 초등학교의 운동장이 오롯이 드러났다. 하늘색 체육복을 입은 조무래기들이 호루라기 소리에 맞춰 전력 질주를 하고 있었다. 나는 혁대에 체중을 싣고 두 발로 전신주를 버팅기면서 비스듬히 서서 십육 미터 아래로 펼쳐진 풍경들을 내려다보았다. 지상에서는 입체적으로 보이던 모든 것들이 전개도처럼 펼쳐져 속을 드러내 보이고 있었다. 손바닥을 눈썹 위에 대면 먼곳의 풍경까지 가깝게 다가왔다. 길 건너편 아파트의 오층 창문이 열리면서 머리가 긴 처녀가 밖을 내다보았다. 나와 시선이 마주친 처녀는 허겁지겁 창에서 멀어지며 소리나게 창문을 닫았다. 풍금은 낡은 것 같았다. '솔'을 칠 때마다 풀무질 소리가 났다. 아이들은 목청을 돋우어 발악하듯 노래를 불렀다. 나는 그때까지도 바람에 너푼거리고 있던 사내의 팬티를 손가락 끝으로 들어 올렸다. 전신주를 발로 차고 내려오면서 자동차단기의 스위치를 올렸다. 땅바닥에는 올라오면서 걷어, 하나 둘 떨어뜨린 사내의 옷가지들이 널려 있었다.

양복 안주머니에 업무일지로 보이는 작은 수첩이 들어 있었다. 지갑은 벌써 누군가 가져간 모양이었다. 호주머니를 다 뒤졌지만 보이지 않았다. 빗물은 양복의 속주머니까지 스며들어 수첩에는 세계전도 같은 누런 얼룩이 배어 있었다. 날짜와 요일이 적힌 바둑판 모양의 메모칸은 깨알 같은 글씨로 채워져 있었지만 빗물에 번져 읽기가 어려웠다. 바쁘게 산 사람임이 분명했다. 이름과 생일, 결혼 기념일로 보이는 날짜가 세 장 가득 빼곡하게 적혀 있었다. 중간에 사이를 두고 뒷부분에는 일기로 보이는 글이 적혀 있었는데 비에 젖어 두 장이 맞붙은 곳이 많았다. 조심스럽게 떼어내려 했지만 덜렁 찢어져버렸다. 전신주에 등을 기대고 앉아 읽었다. 글씨가 뭉치고 번져 알 수 없는 부분은 건너뛰었다. 가끔 고개를 젖히고 전신주의 꼭대기를 올려다보기도 했다.

허물만 남겨놓고 알몸의 그 사내는 어디로 갔을까.

2

4월 3일.

고층빌딩의 옥상 위에 두 개의 철제 빔 다리가 달린 거대한 광고탑이 서 있다. 지상의 낙원. 지금 곧 하와이로 오세요. 꽃무늬 비키니를 입고 레이라고 불리는 꽃목걸이를 건 원주민 처녀가 거리를 내려다보면서 웃는다. 처녀의 뒤로 산호초에 따라 물빛이 바뀌는 태평양의 바다가 펼쳐져 있다. 삼각파도 끝에 위태위태하게 올라선 구릿빛 피부의 청년들이 파도타기를 한다. 코코넛나무 꼭대기마다 뭉쳐 달린 과육들은 단맛이 들었다.

버스는 좀처럼 움직이지 않는다. 나는 플라스틱 손잡이를 붙들고 선 채 유리창 밖으로 광고판을 올려다본다. 서류가방을 든 오른손은 뒤에 선 사람들의 엉덩이와 엉덩이 사이에 끼여 꼼짝할 수 없다. 가방 속에는 명함을 붙인 카탈로그와 껌과 사탕을 넣어 포장한 작은 비닐봉지들이 가득 들어 있다. 팔에 감각이 없어진 지 오래다.

버스가 급정거할 때마다 여자들이 비명을 질러댄다. 버스가 한쪽으로 쏠릴 때마다 뒤에 선 여자의 젖가슴이 내 등을 비벼댄다. 정류장을 거칠 때마다 승객들이 점점 불어나 나는 어느새 버스 뒤칸까지 쓸려와버린다. 앞에 선 사람들의 몸이 창문을 가로막을 때마다 나는 고개를 기웃거리면서 작은 틈새를 찾는다. 정류장을 알리는 안내방송이 들리고 누군가 출입구 쪽으로 허겁지겁 나가면서 조심성 없이 내 머리통을 친다. 안경이 덩달아 튀어나오면서 내 얼굴에 비스듬히 걸친다. 하지만 난 개의치 않는다.

지난 이년 동안 이 상습정체 구간을 지나면서 나는 그 광고판을 하루도 빠짐없이 올려다보았다. 그것은 그저 하와이 여행객을 유치하려는 한 여행사의 광고판에 불과했다. 광고판은 그사이 조금씩 변색되었다. 직사광선이 내리꽂히고 정체되는 차들이 내뿜는 배기가스 속에서 색이 바래고 군데군데 안료가 들뜨고 일어나는 곳도 생겼다. 처녀가 목에 건 레이의 빛깔도 화려함을 잃었다. 하지만 광고판 속의 처녀는 이년 전 처음 보았던 그 모습 그대로 변함없이 웃고 있다. 나는 오리털 파카 속에 자라처럼 목을 움츠리고 서서 자꾸 김이 서리는 안경 너머로, 장마 때는 우산대를 타고 내리는 빗물이 발등을 다 적시는 것도 잊은 채 그 처녀를 올려다보았다.

어느 때부턴가 그 처녀가 나를 향해 웃기 시작했다.

4월 29일.

크라이슬러 한국지사 제3영업소는 번화가의 한 모퉁이에 자리잡고 있다. 대로로 향한 두 면에는 바닥부터 천장까지 통유리가 끼워져 있다. 가까이 다가가야 출입문이라고 쓰인 자동문이 통유리의 한쪽에 흠집처럼 나 있는 것을 알아챌 수 있다. 아침부터 해가 질 때까지 이 통유리창으로 햇빛이 고스란히 쏟아져 들어온다. 나는 신호등이 바뀌기를 기다리면서 내가 일하는 곳을 건너다본다. 영업소는 마치 식물원처럼 보인다.

　사무실에 앉아 있을라치면 거리를 지나치는 사람들과 자꾸 눈이 마주치고는 한다. 자동차 전시장 겸 영업소가 있는 이곳은 가까운 곳에 시청과 백화점 둘, 터미널, 은행들이 군집해 있다. 코를 푼다거나 흘러내린 바지의 허리띠를 고쳐맨다거나 하는 아주 인간적인 행동들을 이 안에서는 할 수 없다. 언제 어디서 누군가의 시선이 이 안을 들여다볼지 모르기 때문이다. 사무실의 모든 구조는 책상과 의자, 화분 한개까지도 이 안에서 근무하는 사람들이 아닌 진열된 자동차들 위주로 꾸며졌다. 일반적으로 사무실이라고 하면 떠올릴 수 있는 것들이 이 안에는 없다. 복사본 그림 액자도 혹여 자동차들보다 돋보이게 될 것을 염려해서 걸어두지 않았다.

　조례가 시작되기 전까지 나는 유리창을 닦는다. 하루만 걸러도 유리창에는 먼지와 얼룩 들이 묻어 있고는 했다. 지난 삼년 동안 이 영업소의 세일즈맨으로 일하면서 나는 유리창을 깨끗이 닦는 법을 터득했다. 하지만 정작 뛰어난 세일즈맨이 되는 법은 알지 못하고 있다. 신문지에 물을 묻혀 유리창을 초벌로 닦아내고 다시 헝겊으로 남아 있는 물기를 제거하면 유리창은 날아가는 새가 머리를 박을 정도로 깨끗해진다. 쇼윈도우는 대한극장이나 피카디리의 스크린만하다. 쇼윈도우의 윗부분에는 '세계의 명품 크라이슬러'라는 영문자가 흘림체로 적혀 있다. 지난밤 사이에 누군가 쇼윈도우 앞에 토악질을 해놓았다. 골목길로 들어가면 붉은 장미, 카사블랑카, 루비, 겨울나그네라는 간판을 단, 속이 보이지 않는 작은 술집들이 즐비하게 늘어서 있다. 그곳에서 술을 마신 사람들이 택시를 잡기 위해 대로로 나오면서 한 짓이다. 쇼윈도우 아랫부분에까지 토사물이 튀어 붙어 있다. 물뿌리개에 물을 담아와 유리창에 뿌리고 얼룩이 남지 않도록 세심하게 유리창을 닦는다.

쇼윈도우 안에는 왁스칠이 잘된 고급 승용차가 놓여 있다. 승용차는 둥근 원반 위에 얹혀 있는데 원반 밑에 기계장치가 되어 있어 하루종일 쉼없이 돌아간다. 전시효과로는 그만이다. 최소한 원반이 제자리로 돌아오는 동안만큼이라도 사람들의 시선을 붙잡아둘 수 있다. 원반 위에서 돌고 있는 저 차 한대값이면 서울 변두리의 소형 아파트 한채를 살 수 있다. 삼년 동안 나는 아직 저 차를 팔아보지 못했다.

어쩌면 오늘은 저 차 계약을 할 수 있을지도 모른다.

5월 3일.

사무실이 텅 빌 때가 있다. 전화를 받는 미스 김마저 은행에 가기 위해 자리를 비우면 내가 사무실을 지킨다. 그럴 때면 나는 원반 위로 올라가 승용차의 문을 열고 운전석에 앉아보기도 한다. 시트의 비닐커버를 벗기지도 않았다. 천연가죽 시트에서는 화공약품과 노린내가 섞여 난다. 부드럽게 당겨지는 기어 변속기 막대는 참나무 무늬결을 그대로 살린 원목 손잡이가 달려 있다. 계란 크기만한 손잡이는 손바닥 안에 쏙 들어온다. 나는 이 승용차의 광고전단지의 글을 토씨 하나 틀리지 않고 외우고 있다. 물론 판매를 위해서는 세일즈맨 자신이 상품에 대해 샅샅이 알고 있어야 한다. 가끔 혼자 있을 때면 한편의 시를 낭송하듯 광고문구를 읊기도 한다. 속도를 낼수록 땅과 하나가 되는 안락한 승차감. 게다가 계기판 옆에는 자이로스코프라는 둥근 공이 반쯤 돌출된 채 박혀 있다. 운전을 하면 이

공은 수시로 움직인다. 운전자는 운전을 하면서 지구가 자전한다는 것을 실감할 수 있다. 충돌시 운전석과 조수석의 전면과 측면에서 각각 부풀어오르는 두 개의 크림색 에어백. 내 상상 속에서 백번도 넘게 에어백이 터졌다.

유리창을 다 닦기도 전에 조례가 시작된다. 이십분 동안의 조례로 하루 일과가 시작된다. 사십여명 남짓한 세일즈맨들이 다 모이는 것도 이 자리다. 저녁 퇴근시간은 들쭉날쭉하다. 성장을 한 직원들이 정렬해 있다. 이 조례도 모두 밖의 시선들을 의식하고 하는 일종의 쇼다. 참고로 말하자면 우리 영업소 세일즈맨 사십명의 평균 키는 178.6센티이다. 시청과 백화점으로 출근길을 서두르던 아가씨들도 이 조례 장면을 흘끔거리면서 지나간다. 나는 얼른 뛰어들어가 맨 뒷줄에 선다.

판매에 나서기 직전 우리들은 사무실 뒤편의 휴게실에 모인다. 휴게실이라고 해야 남자 화장실 앞의 여유공간에 긴 의자 두 개가 놓인 것이 전부다. 사무실에 없는 것들이 휴게실에 다 놓여 있다. 이를테면 재떨이나 휴지통 같은 것 말이다. 담배를 피우거나 새롭게 유행하는 넥타이 묶는 법을 배운다거나 자동판매기에서 뽑은 종이컵 커피를 마실 수도 있다. 빌딩으로 들어가다가 수위에게 붙들려 쫓겨난 이야기, 지하 주차장에서 자동차의 전면 유리창의 와이퍼에 광고전단을 끼워나가다가 맞은편에서 전단을 끼우며 오는 다른 회사의 세일즈맨과 맞닥뜨린 이야기를 주워들으면서 나는 넥타이를 새로 매고 머리에 무스를 바른다.

5월 11일.

나는 단박에 그 여자를 알아보았다.

일요일 당직은 언제나 내 차지였다. 당직은 사십명의 직원들이 돌아가면서 하게 되어 있지만 당직 차례가 오면 매번 발뺌들을 한다. 변명의 주메뉴는 경조사다. 한두 번 대신 해주던 것이 이젠 아예 습관이 되어버렸다. 나에게는 일요일을 같이 보낼 가족도 애인도 없다. 하지만 일요일마다 빈 사무실을 지키면 이득이 없는 것도 아니다. 일요일에 차를 사러 오는 고객은 모두 내 손님이 된다. 경승용차지만 일요일에 두 대를 팔았다. 적은 금액이지만 특별수당도 꽤 짭짤한 편이다. 백평이 넘는 텅 빈 영업소의 셔터를 올리고 안으로 들어와 승용차 밑의 원반이 돌아가도록 전원을 올리고 나면 남는 시간은 유리창을 닦는 데 보낸다. 유리창을 절반도 닦지 않아 오전시간이 훌쩍 지나가버린다.

창에 붙어서서 입김을 불고 손톱으로 얼룩을 긁어내고 있는데 유리창 위로 흐릿하게 한 여자의 모습이 반사되었다. 여자는 쇼윈도우 앞의 차도에 차를 세워두고 차 밖으로 나와 쇼윈도우 속의 원반 위에서 돌아가고 있는 승용차를 홀린 듯이 들여다보고 있었다. 나는 재빨리 사무실 안으로 들어가 둘둘 말아올린 와이셔츠의 소맷자락을 내리고 양복 상의를 걸쳤다. 크라이슬러의 명성에 어울리도록 세일즈맨들의 복장 또한 말끔해야 한다고 교육을 받았다. 여자는 폭스형의 선글라스를 끼고 있었다. 갸름한 얼굴에 아주 잘 어울렸다. 팔에는 빨강 리본을 맨 애완견을 안고 있었다. 흔한 마르티스종이었다. 여자는 쇼윈도우 가까이로 다가와서 얼굴을 들이대고 승용차를 들여다봤다. 쇼윈도우에 여자의 콧김이 서렸다. 여자는 영업소 안으로 들어올지 말지에 대해 수없이 망설이는 것 같았다. 윗니로 아랫입술을 잘근잘근 깨물고 있었다. 여자가 출입문 앞으로 다가설 때마다 자동문이 열렸다. 마음이 바뀐 여자가 문에서 멀어지면 다시 자동문이 닫혔다. 나는 책상에 앉아 서류를 보는 척했다. 자동문이 열리고 닫히기를 반복했다. 드디어 여자가 안으로 들어서며 선글라스를 벗었다. 어서 오십쇼. 내 입에서 나온 목소리는 내가 듣기에도 멋졌다. 동료들이 저음의 목소리로 세련되게 이야기하는 것을 보고 나도 따라 배웠다. 여자는 독특하게 걸었다. 상체는 움직이지 않고 엉치뼈의 관절만을 움직이며 두 다리를 내디뎠는데 마치 유령처럼 허공에 살짝 뜬 채 날아오는 것 같았다. 여자의 얼굴은 너무도 낯이 익었다. 나는 훌륭한 세일즈맨이 되지는 못하지만 세일즈맨의 기본에 대해서는 알고 있다. 세일즈맨의 기본은 첫째도 둘째도 기억력이다. 나는 나도 모르게 손가락으로 여자를 가리키며 격앙된 목소리로 소리치고 말았다.

지상의 낙원. 지금 곧 하와이로 오세요. 맞죠? 그쵸?

여자는 바로 광고판 속의 그 원주민 처녀였다. 매일같이 버스가 정체되는 십여분 동안 뚫어지게 보아온 처녀의 얼굴을 내가 못 알아볼 리 없었다. 난 거의 기절할 지경이었다. 지성이면 감천이라고, 매일 자신을 쳐다보는 걸 안타깝게 여긴 광고판 속의 처녀가 마침내 그림에서 빠져나온 모양이라고, 창피하지만 그런 상상을 하고 있었다. 여자가 멋쩍은 듯 웃었다.

절 한번에 알아보는 분도 계시네요. 전 유명하지도 않은데.

여자는 그 광고판 속 원주민 처녀의 실제 모델이었다. 피부가 갈색으로 그을린 광고판 속의 처녀와는 달리 내 앞에 선 여자는 투명

하리만치 하였다. 키가 작고 통통하게 살이 쪘을 거라는 내 짐작과
는 달리 여자는 나와 비슷한 큰 키였고 앙상하게 말라 광대뼈가 도
드라져 있었다. 간판쟁이는 실제보다 훨씬 풍만한 몸집으로 여자를
그려놓았다. 여자는 광고판 속에서처럼 나를 향해 활짝 웃었다. 여
자는 승용차로 가까이 다가가 완만하고 자연스러운 곡선으로 구부
러진 보닛을 손바닥으로 훑어보았다. 여자가 혼잣말처럼 중얼거렸
다.

정말 멋지군요.

한번 운전석에 앉아보시겠습니까?

여자는 조금 망설이더니 팔에 안고 있던 애완견을 나에게 건네고
운전석에 앉았다. 여자를 태운 승용차는 여전히 천천히 돌고 있었
다. 여자는 계기판에 부착된 스위치들을 하나씩 눌러보았다. 유리
창이 열렸다 닫히고 좌석과 운전대 사이가 넓어졌다가 좁아졌다.
원반이 한바퀴 제자리로 돌아올 때마다 이곳저곳을 살피고 있는 여
자가 보였다.

그런데 하와이는 어때요? 정말 낙원 같겠죠?

여자는 핸들을 돌리면서 건성으로 대꾸했다.

하지만 사람이 너무 많아요. 전 소매치기에게 여행경비를 몽땅
도둑맞았지요.

여자는 뒷좌석에 달린 음료수 냉장고도 열어보고 파초 무늬가 조
각된 재떨이들도 잡아당겨보았다. 그동안 내가 안고 있던 개는 내
넥타이에 침을 잔뜩 묻혀놓았다. 여자가 승용차를 사지 않으리라는
것을 난 짐작했다. 삼년 동안 이곳에서 일하면서 차를 살 사람과 사
지 않을 사람을 어렴풋이 분간할 수 있었다. 동료들은 그것을 '감

이 온다, 감이 오지 않는다'라고 말했다. 여자에게서는 그 감이란 것이 오지 않았다. 아니나다를까.

좀더 생각해보죠.

여자는 내게서 강아지를 되받아 안고 문밖으로 나갔다. 밖에 나가서도 몇번이나 쇼윈도우 안을 들여다보았다. 여자는 길가에 세워둔 승용차로 갔다. 1995년에 이미 단종된 르망 GTI였다. 여자의 차가 속력을 높이면서 순식간에 내 시야에서 사라졌다.

5월 26일.

유리창을 닦고 있는데 오래 전부터 소장이 뒤에 서 있었던가보다. 소장이 영업소 안으로 들어가면서 내게 한마디 던졌다. 유리창만 잘 닦는다고 대수는 아냐. 나는 소장의 그 충고를 받아들이기로 했다.

5월 28일.

오늘 또 그 여자를 보았다.

서울역에 내려 힐튼호텔까지 택시를 탔다. 남산 순환도로는 데이트를 하는 연인들로 가득했다. 젊은 운전사는 창밖을 흘끔거리느라 자꾸 중앙선을 넘었다. 십일층 객실로 올라가기 전에 화장실에라도 들를 참으로 이곳저곳을 기웃거리다 지하 일층까지 내려갔다. 열린 문 안에서 새어나온 조명 불빛이 맞은편 벽 위에 어울거리고 있었다. 크리스털 볼룸이라고 쓰인 넓은 홀 입구에는 '이강자 추동의상 발표회'라는 플래카드가 붙어 있었다. 쇼가 시작된 지 한참 지난 모양이었다. 매표를 위해 준비해놓은 책상에는 아무도 없었다. 나는 문가에 선 채 홀 안을 훔쳐보았다. 흰 테이블보를 두른 둥근 탁자들이 여기저기 놓여 있었고 사람들은 식사를 하면서 쇼를 보고 있었다. 화려한 조명 아래에서 모델들이 음악에 맞춰 천천히 걸어나오고 있었다. 모델들은 T자 모양의 무대 맨 앞에 와서 잠깐 걸음을 멈추고 포즈를 취하고는 다시 뒤돌아서서 무대 중앙으로 걸어갔다. 모델들은 모두 짙은 눈화장을 하고 있었다. 십년 전이던가, 우리나라에 왔던 키메라라는 이름의 가수가 한 화장과 비슷했다. 가을옷이 끝나고 가죽과 모피를 소재로 한 겨울옷들을 선보이기 시작했다. 짙은 화장을 했지만 난 이번에도 그 여자를 단박에 알아보았다. 여자는 하얀 여우털로 만든 발목까지 내려오는 코트를 입고 있었다. 언젠가 고객에게 들은 말이 기억났다. 여우는 스트레스를 받으면 털 빛깔이 금세 추해진다고 했다. 그래서 털 빛깔이 바뀌지 않도록 빠른 시간 안에 도살해야 하기 때문에 감전사시키는 방법을 쓴다고 했다. 여우털 코트를 입은 여자의 표정은 파란 조명 아래에서 고혹스러웠다. 나는 가까이 서 있던 행사요원에게 여자의 이름을 물어보았다. 여자의 이름은 이민재였다. 모르세요? 요즘 한창 뜨는 모델인데. 행사요원이 덧붙였다.

내가 십일층으로 올라갔을 때는 약속시간에서 한 시간이 지난 후였다. 1105호실의 벨을 눌렀다. 문은 열리지 않았다. 손잡이를 돌려보았지만 문은 잠겨 있었다. 자신을 미세스 한이라고 밝힌 중년 여자는 나를 기다리다 집으로 돌아간 모양이었다. 날짜를 헤아려보니 여자의 남편이 미국에서 돌아온 건 어제 아니면 그제였을 것이다. 그 여자는 몇번이나 늦지 말라고 내게 다짐을 받았었다. 나는 원반 위에서 돌고 있는 승용차를 팔 기회를 놓쳐버렸다.

6월 3일.

나는 다섯 블록이 넘는 거리를 걸었다. 구두 밑창을 갈아야겠다고 벼른 게 며칠째인데 아직까지 구두 수선소에 가지 못했다. 지난 삼년 동안 자동차를 판 것보다도 구두를 산 숫자가 더 많았다. 빌딩 지하 주차장에서 승용차의 와이퍼에 명함이 박힌 광고전단을 끼우고 지상으로 막 올라오려는데 휴대폰의 벨이 울렸다.

상혁이라는 남자로부터의 전화다. 얀마, 오랜만이다. 나야, 기억하지? 왜 여드름 많구, 언젠가 학생주임한테 잡혀서 바리깡으로 머리를 십자 모양으로 밀렸잖어. 허기사 날 모르면 간첩이지. 성진이를 통해서 겨우 네 전화번호를 알았다. 상혁은 바로 내일모레가 자신의 결혼식이라고 말했다. 그날은 분명히 법정 공휴일이므로 오지 않으려면 아주 특별한 핑곗거리를 찾아야 할 것이라고, 하객들 사이에서 네 얼굴이 보이지 않으면 그것으로 우리 둘 사이는 끝이라고 전화기 속에서 으름장을 놓았다. 전화를 끊고 나서야 나는 상혁이라는 동창을 본 지 벌써 십년이 넘었다는 것을 생각해냈다. 기억을 더듬어보니 상혁을 마지막으로 본 것은 아마도 고등학교 졸업식 날인 것 같다. 상혁의 얼굴 생김새는 떠오르지 않는다. 고등학교 때 여드름 많고 바리깡으로 머리칼을 밀린 사내애들이 어디 한두 명이었는가.

이렇게 해서 나는 상혁이라는 고등학교 동창의 결혼식에 가게 되었다. 기념촬영에도 빠지고 시작된 술자리는 신랑과 신부를 공항으로 보내고 나서도 계속 이어졌다. 야 성진이, 너 오랜 만이다. 작년에 보고 처음이지? 성진이는 고등학교 동창들과 계속 연락이 되고 있는 모양이었다. 덩치 하나가 내가 앉은 좌석으로 끼여들었다. 나는 술집 벽에 걸린 멀티비전을 보고 있었다. 좀비 분장을 한 마이클 잭슨이 여러 명의 좀비들과 춤을 추면서 밤거리를 배회하는 오래된 비디오였다. 노래를 따라 부르려 했지만 가사가 기억나지 않았다. 혹시 너 땜통 아냐? 맞지? 갑자기 덩치가 내 뒤통수를 손바닥으로 내리쳤다. 그 바람에 들고 있던 맥주잔이 흔들리면서 사타구니에 맥주를 쏟고 말았다. 나는 머리통을 어루만지면서 덩치의 얼굴을 올려다보았다. 하지만 오늘 결혼한 상혁이와 마찬가지로 덩치의 얼굴은 기억에 없었다. 내가 너무 살이 붙어서 잘 기억 못할 거다. 덩치는 내 옆에 붙어앉아 고등학교 때 자신이 저질렀던 일화들을 꺼내며 내게 자신을 기억해내도록 강요했다. 기억나지? 이번에는 정말 기억날 거다. 덩치는 이야기 중간중간 내 머리통을 툭툭 쳤다.

이차 삼차로 이어지면서 점점 수가 줄고 마지막에는 덩치와 성진, 나를 포함한 여덟 명만이 남았다. 야, 마지막은 내가 마무리한다. 기막힌 데로 모실 테니까. 덩치에게 이끌려 우리는 택시 두 대에 나눠타고 한강 다리를 건넜다. 택시에서 내려서도 한참 동안 골목 안으로 깊숙이 들어갔다. 노란 바탕에 검은 글씨로 쓰인 '그대 눈동자에 건배'라는 간판이 보였다. 마치 교각이나 막다른 길에 붙어 있는 주의 표지판처럼 정신을 환기시켜 술이 깬 다음날에도 머릿속에 남아 있었다. 문에는 셔터가 내려져 있었다. 하지만 덩치가 셔터를 흔들자 안에서 종업원이 문을 열어주었다. 우리는 계단으로 한꺼번에 몰려들었다. 먼저 내려가던 동창들이 계단을 헛딛고 쓰러졌다. 우리는 고등학생처럼 웃고 떠들었다. 홀의 가장자리에는 불투명한 유리문을 단 방들이 나란히 붙어 있었다. 우리는 그 방 중의 하나로 휩쓸려 들어갔다. 방에는 영화 「카사블랑카」의 한 장면이 패널로 걸려 있었다. 덩치가 방으로 달려들어온 여종업원의 어깨에 팔을 두르면서 큰 소리로 김마담을 불렀다. 거대한 체구의 나이든 여자가 가슴을 흔들면서 다가왔다. 옷 밖으로 드러난 여자의 살갗은 비곗덩어리처럼 두툼해 보였다. 검정색 그물스타킹을 신은 허벅지가 치마의 옆트임 사이로 슬쩍슬쩍 비쳤다. 그물스타킹 사이사이로 살들이 비어져나와 규칙적으로 마름모꼴 모양을 만들고 있었다. 그때 방안으로 여러 명의 여자들이 몰려들어왔다. 천장에 매달린 미러볼이 돌아가면서 커다란 식탁 위에 불빛 조각들이 떨어졌다. 식탁 위로 올라간 여자 한명이 내 손을 잡아 일으켜세웠다. 엉거주춤 일어서려는데 어디선가 날아온 망치 같은 것이 내 뒤통수를 쳤다. 나는 식탁 위에 그대로 무너졌다.

조갈증으로 잠에서 깼을 때 옆에는 날 땜통이라고 불렀던 덩치가 누워 코를 골고 있었다. 좁은 방에는 동창들이 구겨진 양복 차림 그대로 겹쳐 누워 있었고 그들이 내는 다양한 코골이 소리는 박자, 음정 모두 서툰 어린아이들의 합창처럼 들렸다. 목욕탕으로 들어가서 수도꼭지에 입을 대고 물을 들이켰다. 찬물로 세수를 하고 나니 그제서야 조금 정신이 맑아졌다. 크지는 않았지만 깨끗한 방이었다. 머리가 쑤셨다. 손으로 머리를 더듬어보니 머리에 거즈가 붙어 있었다. 머리 속에 '땜통'이 또 하나 생기는 참이었다. 나는 어둠속에서 성진이를 찾아 흔들어 깨웠다. 성진이가 덩치의 양복 주머니를 뒤적거려 담뱃갑과 만원짜리 지폐 두 장을 꺼냈다. 우리는 구두를 찾아 신고 복도로 나왔다. 복도에는 팥죽색 카펫이 깔려 있었다. 카펫이 발자국 소리를 빨아들였다. 그때 엘리베이터의 문이 열리면서 남자와 여자가 내렸다. 늙고 머리가 벗겨진 중년 남자는 이미 만취해 있었다. 중년 남자의 팔을 어깨에 두른 여자가 복도를 기웃거리면서 방을 찾고 있었다. 내 앞에 커다란 전신 거울이 걸려 있었다. 나는 그 남녀로부터 등을 돌리고 있었지만 거울 속으로 모든 것을 볼 수 있었다. 여자는 폭스형의 선글라스를 쓰고 있었다. 새벽에 선글라스라니. 선글라스 때문에 여자는 더욱 주의를 끌었다. 조도가 낮은 호텔 복도 불빛 아래서도 난 그 여자를 단박에 알아보았다. 이민재였다.

우리는 호텔을 빠져나왔다. 길 하나를 사이에 두고 건너편으로 강이 흐르고 있었다. 나이든 미화원이 리어카를 힘겹게 끌고 와서 우리가 어젯밤 쏟아놓은 토사물 따위를 빗자루로 쓸어내고 있었다. 우리는 한강 둔치에 나란히 앉아 담배를 피웠다. 내년이면 서른이 되는 나이에 이렇게 살아도 되는 거냐? 새벽인 탓이었을까, 아니면 몸에 밴 탓이었을까. 성대를 타고 올라온 목소리는 평소 내 목소리가 아닌 차를 팔 때나 내던 저음의 목소리였다. 성진이의 웃음소리가 강물소리에 섞였다. 야, 너 어제 재범이가 던진 맥주잔에 머리를 맞더니 어떻게 된 거 아냐? 나는 담배를 필터 끝까지 빨아 피웠다. 재범이라면 혹시 그 덩치? 성진이가 내게 담뱃불을 붙여주면서 말했다. 그래. 너 이제서야 걔가 누군지 기억났구나? 네가 자길 몰라본다고 화가 난 재범이가 이렇게 하면 생각날 거라고 하면서 그만. 우린 어제 너무 취했었어.

우리는 덩치의 지갑에서 빼낸 이만원으로 해장국을 먹고 헤어졌다.

새벽의 버스는 손님 셋을 태우고 속도를 높였다. 저 멀리 광고탑이 보이기 시작했다. 버스는 순식간에 광고탑 아래를 지났다. 나는 아예 상반신을 돌리고 비스듬히 앉아 한팔을 의자 등받이 위에 걸쳐놓은 채 조금씩 멀어지는 광고판을 올려다보았다. 좌회전 신호를 받기 위해 잠깐 버스가 멈춰섰다. 그때 광고판 속 처녀의 눈동자가 조금씩 흔들리는 것을 보았다. 처녀는 자신을 쳐다볼지도 모르는 시선을 의식하면서 조심스럽게 누군가를 찾고 있었다. 유리구슬이 굴러가듯 또르르 구르던 처녀의 눈동자가 사거리 아래의 한 지점에 멈췄다. 창을 마주하고 나와 처녀의 시선이 맞부딪쳤다. 처녀가 나를 향해 활짝 웃었다. 도대체 간판 속의 처녀가, 그림이 웃다니. 나는 두 눈을 씀벅거리면서 머리를 저었다. 어젯밤 머리에 받은 충격 때문이라고 생각했다. 버스가 빌딩을 끼고 둥그렇게 돌았다. 내가 다시 광고판을 쳐다보았을 때 그 속엔 이미 처녀가 없었다. 처녀가 그려져 있던 자리에는 흰 테두리만 남아 있을 뿐이었다. 마치 잡지나 신문지에서 인물사진만 칼로 도려낸 것처럼 처녀는 사라졌다.

문이 빠끔히 열려 있었다. 분명 어제 아침에 나올 때 열쇠로 잠그고 손잡이를 돌려 확인까지 했었다. 현관의 타일 위에는 물이 흐른 흔적이 있었다. 집안으로 들어서던 순간 나는 희미하게 생미역 냄새를 맡았다. 현관의 물자국을 들여다보았다. 그것은 물이 흐르거나 튄 자국이 아니었다. 물이 묻은 발이 찍어놓은 발자국이었다.

물 발자국은 모노륨을 깔아놓은 마룻바닥에도 찍혀 있었다. 나는 발자국 위에 내 발을 얹어보았다. 작은 발이었다. 물이 양말로 스며들어 맨살에 닿았다. 발자국은 안방으로 이어져 있었다. 방문을 살짝 밀었다. 침대 위에 한 여자가 엎드려 있었다. 내 쪽으로 향한 등은 보랏빛으로 고르게 타 있었다. 숨을 쉴 때마다 견갑골이 도드라졌다가 살 속에 숨었다. 깊은 숨을 몰아쉬면서 여자가 몸을 돌려 누웠다. 긴 머리카락이 얼굴 위에 담쟁이덩굴처럼 달라붙어 있었지만 이목구비는 분간할 수 있었다. 이민재였다.

이민재는 늘어지게 잠을 잤다. 마루로 나와 이민재가 잠에서 깨기를 기다리면서 이민재가 어떻게 내 집을 알아냈고 왜 내 방에서 자고 있는가에 대해 조금의 의심도 품지 않았다. 이민재가 마루로 나왔다. 눈두덩은 조금 부어 있었지만 분명 이민재였다. 이민재는 엉치뼈를 움직여 걷는 특이한 걸음걸이로 내게 다가왔다. 난 당신이 어떤 여잔지 잘 모르겠어. 나는 호텔에서의 일 때문에 조금 화가 났다. 이민재는 말을 하면서도 계속 활짝 웃었다. 난 이민재가 아녜요. 난 당신이 매일 쳐다본 그 처녀지요. 나와 같이 가요. 365일 활짝 웃고만 있는 내 얼굴이 지겨워지지 않을 거란 약속만 해요. 이민재는, 아니 광고판 속의 처녀는 내 어깨를 다독거렸다.

내 어깨를 흔들어 깨운 것은 버스 운전사였다.

7월 18일.

셔터를 올리고 영업소 안으로 들어섰다. 원반의 스위치를 올리고 유리창을 닦기 위해 화장실로 갔다. 밤사이 누군가 쇼윈도우 바로 아래 토악질을 해놓았다. 물뿌리개에 물을 담아 나오는데 원반 위에 전시된 승용차의 운전석에 누군가 앉아 있었다. 이민재였다. 그동안 머리가 어깨까지 자라 있었다. 그 머리카락을 노랗게 염색해 이민재는 바비인형처럼 보였다. 이민재가 영업소 뒷문에 서 있는 나를 발견하고 활짝 웃었다.

이제 그걸 살 각오가 서셨군요.

이민재의 얼굴을 보는 순간 확실하게 감이 왔다.

좀 몰아볼 수 있나요?

그럼요. 시승할 수 있구말구요, 이민재씨.

나는 열쇠를 찾아가지고 와 운전석에 앉았다. 이민재는 조수석에 앉아 콘솔을 열고 이곳저곳을 살펴보고 있었다. 시동을 걸자 계기판에 불이 들어왔다. 자이로스코프가 천천히 움직이기 시작했다.

여우털 코트가 정말 잘 어울리더군요.

어머, 쇼에 오셨었군요. 어떻게 그런 곳엘 다.

아주 우연히 보게 되었습니다. 그리고 다른 곳에서 우연히 또 이민재씨를 봤죠.

백미러 속으로 비친 이민재의 얼굴에 날이 섰다. 이민재가 백미러 속에 비친 내 얼굴을 향해 코웃음을 쳤다.

괜한 걸 트집잡아 내 땅을 침범할 생각은 꿈에도 말아요. 난 호락호락하지 않아요. 이 찰 팔 맘이 있긴 있겠죠? 그렇담 얼른 저 유리문이나 여시구요.

여부가 있겠습니까. 출발합니다.

나는 액셀러레이터를 질끈 밟았다. 승용차의 앞바퀴가 원반 아래로 내려가고 나서야 쇼윈도우를 떠올렸다. 자동문의 센서를 끈 후에 그 문을 통해 나가야 했다. 유리창이 너무도 깨끗해서 난 내 앞에 유리창이 있다는 생각을 잠시 잊었다. 유리창을 너무도 맑게 닦은 내 탓이었다. 승용차는 쇼윈도우의 유리를 단번에 뚫고 나갔다. 브레이크를 밟을 틈도 없었다. 차 지붕 위로 유릿조각들이 우르르 쏟아져내리고 이민재가 두 손으로 얼굴을 가리며 새된 비명을 질렀다. 쇼윈도우를 뚫고 나간 승용차는 보도를 가로질러 인도턱에 서 있는 가로등을 박고 멈췄다. 푸아앙, 소리와 함께 내 시야는 온통 하얀색으로 뒤덮였다.

정신을 차렸을 때 내 얼굴은 전면과 측면에서 부풀어오른 에어백에 감싸여 있었다. 에어백은 광고전단에서처럼 크림색이었다. 그제서야 나는 조수석에 앉아 있던 이민재가 생각났다. 이민재의 얼굴도 양측에서 터져나온 에어백에 휩싸여 있었다.

이민재는 목뼈가 조금 어긋났다. 갑자기 튀어나오면서 부풀어오른 에어백 때문이었다. 내가 찾아갔을 때 이민재는 목을 고정시키는 석고 칼라를 한 채 반쯤 누워 텔레비전을 보고 있었다. 이민재는 나를 보자 고함을 지르면서 내가 사간 장미꽃 다발을 내휘둘렀다.

시승용 승용차는 보험에 들어 있었기 때문에 이민재의 병원비와 흠집이 난 승용차의 범퍼를 새것으로 교환하는 비용은 보험회사에서 맡았다. 난 또 원반 위의 승용차를 팔 기회를 놓쳐버렸다.

여전히 그곳은 상습정체 구역이었고 나는 오늘도 광고판 속의 처녀를 올려다본다. 정류장을 알리는 안내방송이 들리고 누군가 출입구 쪽으로 허겁지겁 나가면서 내 머리통을 친다. 안경이 덩달아 튀어나가 버스 바닥에 떨어진다. 사람들이 출입구로 몰리면서 안경을 밟는다. 왼쪽 안경알이 다섯 조각으로 금이 갔다. 하지만 난 개의치 않는다. 금이 간 안경알로 이제는 다섯 명의 처녀가 보인다.

3

　물에 젖은 양복은 마르면서 조금씩 줄어들었다. 나는 사내의 양복과 속옷, 양말, 넥타이를 잘 접어 라면상자 안에 보관하고 있다. 구두는 곰팡이가 슬어 재활용품 종이상자에 던져넣었다. 나는 사내가 올라갔던 전신주 위에 종이를 붙여놓았다.

　이곳에서 양복과 소지품을 찾는 분은 아래의 연락처로 문의 바람. 태광아파트 가동 207호. 전화번호 345-2100.

　이따금 장난전화가 걸려오기도 했다. 하지만 시간이 지나자 장난전화마저 끊겼다. 전신주를 지나칠 때 보니 내가 붙인 종이 위에 다른 종이가 덧붙어 있었다. 어깨동무미술학원 원아모집이라는 광고 전단이었다. 나는 사람들의 손이 닿지 않는 곳에 종이를 붙이기 위해 또다시 전신주를 올라가야만 했다. 전신주 맨 꼭대기에 연락처가 적힌 종이를 붙여놓고 내려왔다.

　회사로 걸려오는 전화에도 신경을 곤두세우게 되었다. 그 사내가 또다른 전신주 위에 올라갈지도 모르고 그 표시로 정전사고가 생기게 될지도 모른다는 생각에서였다. 하지만 전화의 대부분은 전화요금 문의에 관한 것이었다. 1997년에도 그랬지만 1999년에 정전사고란 더욱더 아련한 추억거리가 되어버렸다. 가끔 밥을 먹으러 가거나 상가 앞을 지나칠 때 유난히 깨끗한 유리창들이 눈에 띄면 그 안에 들어가보고 싶다. 저 음식점 안에, 저 구두가게 안에서 일하고 있는 사내와 만날 수 있을지도 모른다. 얼마 전 나는 내가 버린 사내의 구두를 다시 보았다. 헌옷과 구두 따위가 든 재활용품 종이상자를 수거해가는 필리핀 남자가 그 구두를 신고 있었다.

여전히 나는 그 사내로부터의 전화를 기다린다. 하지만 나는 알고 있다. 허물을 벗어버린 뱀은 다시 그 허물을 찾지 않는다는 것을 말이다. 전신주를 지나칠 때마다 거리 계산을 하는 버릇 대신 그 꼭대기에 올라가고 싶은 충동이 일고는 한다. 그 꼭대기 위에 나도 내 깃발을 꽂아두고 싶다. 하지만 지금까지 난 가까스로 그 충동을 잘 참아내고 있다.

〔문학동네 1999년 여름호〕

악몽

창문은 안에서 잠겨 있지 않았다.

사내는 침대에 누워 자고 있는 여자에게로 다가왔다.

자고 있던 여자의 눈꺼풀이 열렸다.

사내가 수건을 들이대자 여자가 가볍게 고개를 저었다.

사내가 주춤거리며 한발짝 물러섰다. 여자가 나지막하게 말했다.

비에 젖은 사람은 뛰지 않아.

악몽

자명종이 울리지 않는 아침이었다. 여자는 노래기처럼 둥그렇게 몸을 말고 누워 아래층 거실의 괘종시계가 여섯 번 울리고 멈추는 것을 들었다. 오래된 괘종시계는 늘 오분이 늦었다. 여자를 깨운 것은 「동물농장」이라는 노래의 한 소절이 반복되는 자명종의 전자음이 아니라 습관과 햇빛이었다. 열 개의 손가락이 다지류의 발처럼 머리맡을 설설 기어올라갔다. 여자의 두 손이 가닿은 그곳에서 단단하고 모가 난 차가운 쇠붙이의 감촉은 느껴지지 않았다.

여자는 또래의 아이들보다 훨씬 먼저 자명종을 가졌다. 부모님은 늘 바빴다. 여자가 아홉살이 되었을 때부터 집안에는 여자의 아침잠을 깨워줄 만한 사람이 없었다. 밥상 위에는 차갑게 식은 국과 밥이 놓여 있었다. 수건을 쓰고 그 위에 차양 넓은 싸구려 햇빛 가리개를 덧쓴 어머니가 땅바닥에 엎드리듯 앉아 잡초를 뽑고 있었다.

여자는 그날 학교에 지각했다. 부모님이 여자에게 무관심했다는 것은 아니다. 단지 두 사람이 감당하기에 과수원은 너무 넓었다. 매일 잡초를 뽑았지만 그 자리에서 더욱 질긴 잡초들이 자라났다. 자명종이 매일 아침 여자의 잠을 깨워주었다. 자명종은 엄마처럼 이젠 널 깨우기에도 지쳤다,라고 푸념을 하지 않았다. 일년에 한번 정도 건전지만 갈아주면 되었다. 여자의 열 손가락이 다시 침대로 내려와 무릎 위에 깍지 끼어졌다. 드문 일이지만 자명종이 울리는 시간에 일어나지 않아도 되는 날이 있다. 여자는 자신에게 속삭였다. 얘, 더 자렴. 푹 자두렴. 이불을 얼굴 위까지 끌어당겼지만 햇빛이 홑이불을 뚫고 들어와 눈까풀을 쏘아댔다. 집은 얕은 구릉지 위에 지어져 있었다. 집 앞의 작은 마당을 제외하면 그 나머지는 모두 배밭이었다. 하루 해가 길었다. 과수원터로는 안성맞춤이었다. 햇빛이 과육을 익히고 속까지 단맛이 배어들게 했다.

숨을 들이쉴 때마다 홑이불 자락이 코로 달라붙었다. 콧김으로 축축해진 이불에서는 여러가지 냄새가 났다. 하이타이와 아이보리비누, 시큼한 침냄새에 섞여 바람냄새가 났다. 비가 내리기 직전 과수원의 배나무들 사이를 통과해 불어오는 비릿한 바람냄새. 사내의 옷과 숱 많은 머리카락에서도 그 냄새가 났었다.

여덟자 여섯자 크기의 방안은 무균실처럼 깔끔하게 정돈되어 있었다. 여자가 자신을 방어하기 위해 내던진 책들은 어느새 책꽂이에 꽂혀 있었고 뜯겨나간 잠옷의 단추들도 제자리를 찾아 단단하게 바느질되어 있었다. 하지만 공기 속에서는 벌써 부패의 냄새가 났다. 종종 날것처럼 싱싱한 꿈들을 꾸곤 했다. 억센 손에 의해 벼랑아래로 떼밀렸고 구둣발 소리에 쫓기다 막다른 골목에 몰렸다. 시속 백오십 킬로로 달리는 자동차의 제동장치가 말을 듣지 않고 처음 보는 낯선 사내가 여자의 귓가에 대고 후끈한 입김을 내뿜었다. 꿈을 꾸는 동안 여자는 키가 컸다. 하지만 오늘 아침 자명종은 울리지 않았다. 괘종시계가 여섯시 삼십분을 알렸다. 요의 때문에 아랫배가 뭉근히 쑤셔오기 시작했다. 습관이란 무서웠다. 바닥에 내려놓은 발꿈치가 각진 물건을 밟았다. 몸이 외로 틀렸다. 침대보 자락에 가려져 있었지만 그것은 자명종이었다. 시계 바늘은 두시 삼십오분에 멈춰 있었다. 오늘 아침 자명종이 울리지 않은 것은 방바닥에 떨어질 때의 충격으로 튀어달아난 건전지 때문이었다. 고양이가 그려진 1.5볼트짜리 건전지는 방 어디에도 보이지 않았다. 자명종의 모서리에 호박씨만한 크기의 핏자국이 말라붙어 있었다. 그건 꿈이 아니었다.

지난 새벽, 여자는 아래층으로 통하는 계단을 뛰어내려갔다. 나무로 짜맞춘 속이 빈 계단은 여자의 가벼운 체중에도 텅텅 소리를 내며 울렸다. 안방문이 열리고 얼굴이 나와 허공을 두리번거렸다. 사이를 두고 거실 천장의 형광등이 켜졌다. 어머니가 내의 속에 손을 넣어 소리나게 살갗을 긁었다. 잠이 덜 깬 주름진 눈꺼풀이 활짝 열렸다. 어머니는 단추가 뜯겨나가 벌어진 앞섶 안으로 봉긋하게 솟은 딸아이의 젖가슴을 보았다. 분홍빛의 유두는 그 소란과 관계없이 생동감 있었다. 딸아이의 입은 수건으로 재갈이 물려 있었다. 어머니는 딸에게 생긴 일을 직감했다. 뒤늦게 뛰어나온 아버지가 이층 여자의 방으로 뛰어올라갔다가 내려왔다. 거칠게 열린 현관문이 벽에 부딪치며 뚱기쳤다. 앞마당을 지나고 배밭을 가로질러 뛰어가는 아버지의 발짝소리가 멀어졌다. 아버지 뒤로 가벼운 개 발짝소리가 따라갔다.

과수원 한쪽에 임시로 지은 가건물 안에는 서른 명 남짓한 일꾼들이 자고 있었다. 아버지는 일꾼들이 깨는 걸 원하지 않았다. 막사 앞을 지나갈 때는 발소리를 죽였다. 어머니가 우황청심환을 갠 숟가락을 여자의 입에 들이밀어 억지로 흘려넣었다. 사레질 때문에 약은 입밖으로 뿜어져나왔다. 먼곳에서 개들이 사납게 짖어댔다. 그건 개들이 낯선 사람을 발견했다는 표시였다. 진정제 탓이었는지 자꾸 졸렸다. 아버지는 아주 늦게 돌아왔다. 아버지가 말했다. 배나무 사이로 도망친 건 사람이 아니라 옷가지였어. 막사에서 일꾼들이 빨아 널어놓은 옷 말야. 게다가 창문은 안에서 걸려 있었어. 어머니가 아버지의 말을 되받아 못을 박듯 이야기했다. 그래요, 틀림없이 창문은 안에서 걸려 있었어요. 여자가 잠든 곳은 거실의 긴 의자 위였다. 눈을 떴을 때 아무 일도 없었던 듯 여자는 이층 자신의 방 침대 위에 누워 있었다.

화장실로 가면서 여자는 다리를 절었다. 엉치뼈가 뻐근했다. 자는 사이 엉덩이에 꼬리가 자란 것 같았다. 양변기에 앉아 참고 참았던 오줌을 길게 누었다. 수도꼭지를 힘껏 틀어놓고 세수를 했다. 세면대에 튄 물이 여자의 잠옷 앞자락을 흥건히 적셨다. 거울에 뿌연 김이 서렸다. 손바닥으로 닦은 거울 속에 여자의 얼굴이 담겨 있었다. 그 얼굴을 찬찬히 들여다보고 있으려니 눈과 코, 입의 부조화가 느껴졌다. 피카소의 그림처럼 눈 코 입이 엉뚱한 곳에 달린 거울 속의 여자가 질책했다. 잘도 내 얼굴을 망쳐놓았겠다?

주방 쪽에서는 여느 날 아침과 다름없이 밥물이 끓는 냄새와 사기그릇들이 부딪치는 소리, 칼이 도마에 닿는 소리가 정겹게 들려왔다. 현관문이 열리고 조간을 갖고 들어오던 아버지가 계단 중간쯤에 선 여자를 보고 활짝 웃어주었다. 여자는 아버지와 신문을 나눠들고 앉아 기사를 읽었다. 신문의 날짜를 보고서야 여자는 뭔가 잘못된 것을 깨달았다. 여자가 자고 있던 사이 하루라는 시간이 증발해버린 것이었다. 신문 한 귀퉁이에 지난밤 사이 교통사고로 목숨을 잃은 신원 미상의 사내에 관한 기사가 아주 작게 실려 있었다. 그것은 눈에 띌 만한 기사는 아니었다. 뺑소니 차사고란 흔했다. 하지만 그 사고현장은 과수원에서 한 시간 거리에 있는 국도변이었다. 어제 새벽 여자는 잠속에서 저속 기어로 놓은 트랙터가 과수원을 빠져나가는 소리를 들었다. 트랙터는 날이 밝기 전에 다시 과수원으로 되돌아왔다. 아버지는 돋보기를 걸치고 일기예보를 소리내 읽고 있었다.

아침 밥상의 차림도 예전과 다를 것이 없었다. 콩나물 무침과 고등어 구이, 뭇국, 단조로운 식단이었다. 콩나물을 짜고 맵게 무치는 어머니의 음식 솜씨도 여전했다. 무언가 큰일이 있었던 다음날 아침의 밥상치고는 너무도 평범했다. 다른 어머니였다면 아침상을 차리기는커녕 이불을 뒤집어쓰고 앓고 있었을 것이다. 그랬다면 여자는 되레 어머니 곁에 앉아 어머니의 손을 잡고 위로했을 것이다. 난 괜찮아요, 그러니 아무 걱정 마세요. 아버지가 음식이 너무 짜다면서 소금이 과하면 독약과 마찬가지라고 핀잔을 늘어놓았다. 늘 보던 광경이었다. 부모님은 자신의 캐릭터를 완벽하게 소화해내는 중견 배우처럼 어느 평범한 중산층 가정의 아침식사란 제목의 영화 한 장면을 연기하고 있었다.

반찬을 헤적이는 딸을 향해 아버지가 걱정스럽게 물었다. 아버지는 딸을 사랑했다. 왜, 입맛이 없니? 그러고는 어머니에게 그것 봐, 음식이 늘 이 모양이니 어디 입맛이 당기겠어? 하고 말했다. 여자는 둥글고 매끈한 아버지의 이마를 쳐다보며 말했다.

아버지, 그렇게 웃지 않으셔도 돼요. 간밤에 있었던 일 말이에요.

부모님이 의아스럽다는 듯 수저를 놓고 여자의 얼굴을 바라보았다.

왜? 무슨 몹쓸 꿈이라도 꾼 거니?

아버지도 그 남자를 보셨지요? 배밭 사이로 도망치던 하얀 옷의 사내를 말예요.

네가 지난밤 뭘 봤는지 몰라도 말야, 아마 그건 일꾼들이 빨아넌 옷가지들이겠지. 아니면 술을 먹고 어슬렁거리던 일꾼이었거나. 그저께 낮에 사다리에서 떨어진 후로 넌 오늘 아침까지 내처 잠만 잤단다. 몹쓸 꿈을 꾸었구나.

하지만 분명 누군가 내 방에 들어왔었다구요.

아버지가 숟가락을 들어 여자의 말을 막았다.

앞쨃은소리 마라. 내가 있는 한 우리집은 안전하다. 그건 꿈이다. 더이상 아무 말 말자.

여자는 맨밥을 삼키듯 말문을 닫았다. 부모님은 딸의 장래에 대해 걱정했다. 결혼 적령기에 접어들자 딸에게 걸려오는 전화에도 신경을 곤두세웠다. 전도 유망한 젊은이의 아내가 되고 건강한 아이들을 낳고 도시의 아파트에서 잡초를 뽑는 대신 피아노를 치면서 여유롭게 살기를 바랐다. 부모와 딸 사이에도 털어놓고 말하지 못하는 것들이 있었다. 치기 싫은 피아노를 배우면서 여자의 가슴속에 지하실이 생겼다. 철이 들면서 지하실은 조금씩 넓어지고 깊어졌다. 부모님은 집을 방문한 사촌이나 친구들에게 여자를 말수가 적고 조용한 아이라고 소개했다.

초등학교 육년 동안 여자는 학교 옆의 스마일문방구에서 공책과 연필 들을 샀다. 학교 주변에는 문구점들이 다닥다닥 붙어 있었다. 스마일문방구에서는 색칠놀이와 판박이, 사탕 등을 덤으로 주었다. 수업이 끝난 아이들은 문방구에 모여 시간을 보냈다. 창이 없는 문방구 안은 늘 어둠침침했다. 낭하처럼 폭이 좁고 긴 문방구의 제일 안쪽에는 문방구 주인이 밥을 해먹고 잠을 자는 방이 있었다. 얼굴이 희고 담배를 많이 피우던 주인 남자는 자주 기침을 했다. 주인 남자는 가끔 공책을 사러 온 여자아이들을 무릎에 앉히고 볼을 비비거나 허벅다리를 쓰다듬었다. 주인 남자의 손바닥은 차고 축축했다. 여자아이들이 앙탈을 부리면 사탕 한개를 더 주었다. 어느날 초등학교 육학년 여자아이가 행방불명되었다. 그 아이는 문방구 제일 안쪽 주인 남자의 방에서 묶인 채 발견되었다. 주인 남자는 그 아이에게 인형을 주겠다고 꾀어 그 방으로 데리고 갔다. 문방구가 문을 여는 낮 동안 여자아이는 입에 재갈이 물리고 두 손이 문고리에 묶인 채로 인형과 단둘이 방에 남겨졌다. 부모님은 여자를 다그쳤다. 너도 그 문방구에 갔었니? 여자는 고개를 저었다. 난 그 문방구 안 가요. 난 학교 앞의 똘똘이문방구에 가요. 어두운 지하실에 던져진 것들 위로 먼지가 쌓이고 거미줄이 드리워졌다.

아버지는 새벽 늦게 집으로 돌아왔다. 잠결에 아버지의 트랙터 소리를 들었다. 아버지는 그 흰 옷의 사내를 끝까지 쫓아갔을 것이다. 팔천평 넓이의 이 과수원을 아버지는 손바닥 들여다보듯 훤히 꿰고 있었다. 아버지는 사내가 도망치는 길목에 먼저 가 사내를 기다렸을 것이다. 이곳 지리에 어두운 사내는 분명 같은 자리를 맴돌았을 테고 아버지는 그 사내의 등을 향해 곡괭이를 내리쳤다. 사내를 트랙터의 짐칸에 싣고 아버지는 인적이 없는 국도변으로 갔다. 행여 사내가 깰세라 라디오를 크게 틀어놓았다. 혼절한 사내는 깨어날 틈도 없었다. 사내의 몸 위를 드라이브 나온 차 한대가 그대로 통과했다.

꽃이 많이 떨어졌는데요, 어쩌죠?

오늘은 날씨가 좋을 거야. 신문에 씌어 있는걸. 아버지가 십장 아저씨의 얼굴에 신문을 들이대고 흔들었다. 십장이 백태 낀 눈을 슴벅이며 능청을 떨었다. 맨눈에 그 글자가 봐지나요? 형님은 일기예보 아직도 믿으세요? 작년 여름 우박 생각 안 나요? 우박이 꽃들을 죄다 찢어놓았지요. 내 무르팍이 바로 기상청입니다. 이렇게 쿡쿡 쑤셔대니. 늘 십장에게 당하는 아버지의 모습도 익숙했다. 십장을 시작으로 일꾼들이 들이닥치기 시작했다. 배꽃은 열흘 동안 피었다 진다. 꽃이 핀 열흘 동안 화접일을 끝내야 한다. 일꾼들의 머리 위에 배꽃이 떨어져 있었다. 간밤에 비바람이 친 모양이었다. 꽃잎은 네 개거나 세 개였다. 어느 것 하나 온전한 것이 없었다. 일꾼들이 손으로 머리를 툭툭 털며 거실로 올라섰다. 여자는 어머니 일을 거들어 거실 한쪽에 늘어놓은 밥상 위에 반찬과 밥이 담긴 그릇들을 옮겨놓았다. 일꾼들에게서는 다 바람냄새가 났다. 일꾼들은 잇속이 다 드러나도록 하품을 해댔다. 구리텁텁한 입냄새 끝에 술냄새가 묻어나왔다. 그들은 일이 끝난 오후에 읍내에 나가 자정이 지난 후에야 어슬렁거리며 막사로 돌아와 잤다. 그들 중 몇몇은 날이 새기 직전에서야 구겨진 옷을 걸쳐입고 막사로 돌아온다. 흰자위가 충혈

되고 머리카락과 모공 속에 밴 살코기 탄 냄새와 여자들의 분냄새
가 채 가시지 않았다. 이곳은 배 산지로 이름난 곳이다. 읍내를 둘
러싼 산기슭이 온통 배밭이다. 봄과 가을이면 읍에 있는 버스터미
널에 낯선 사람들이 내렸다. 전국 각지에서 온 버스들이 터미널에
집결했다. 버스들이 먼곳에서 사내들을 싣고 왔다. 터미널 앞으로
술집과 음식점들이 즐비하게 들어서 있다. 밤이면 공터마다 포장을
친 간이술집들이 자리잡았다. 여자의 피아노 교습소도 그 가운데
끼여 있었다. 여자는 항상 정오가 지난 시간에 교습소의 문을 열었
다. 버스에서 내려 그때까지도 문을 열지 않은 가게들 앞을 지나갔
다. 토사물이 가끔 발에 밟히기도 했고 골목길 안에서 오줌 지린내
가 진동했다. 가게는 오후 두시가 넘어서야 문을 열기 시작했다. 부
스스한 머리와 화장 안한 맨얼굴의 여종업원들이 슬리퍼를 끌고 삼
삼오오 짝을 지어 거리로 쏟아져나왔다. 여자들의 옆구리에는 플라
스틱 세숫대야가 끼워져 있었다. 대야 속에는 샴푸와 비누, 작은 우
유팩 등속이 담겨 있다. 일꾼들은 화접 시기인 봄과 배를 따는 늦여
름에서 초가을까지 이곳에 머물렀다. 일을 마치고 버스터미널에서
집으로 돌아갈 버스를 기다리는 그들의 수중에는 간신히 버스표 값
만 남아 있었다.

　비좁은 현관에는 일꾼들이 꿰어신고 온 운동화와 군화, 플라스틱
슬리퍼 들이 잔뜩 쌓였다. 모두 낡고 때가 묻었다. 여자는 이층 계
단참에 앉아 일꾼들을 내려다보았다. 간혹 사촌뻘 되는 사람들이
섞여 있었지만 대부분 낯선 얼굴들이었다. 술과 담배에 찌들고 햇
빛에 탄 피부는 재생용지 같았다. 한번도 그들의 얼굴을 눈여겨본
적이 없었다. 읍에 나가거나 돌아올 때면 부리나케 배나무 사이를

뛰었다. 배나무 사이에서 휘파람이나 짓궂은 웃음소리가 따라왔다.

그날 밤 개들은 짖지 않았다. 개들은 영리해 멀리서 아버지가 모는 트랙터의 소리만 듣고도 꼬리를 흔들었다. 사내는 이층으로 연결된 홈통을 타고 기어올라와 여자의 방으로 숨어들었다. 읍내에 갔다온 일꾼들은 술에 취해 막사에서 자고 있을 시간이었다. 묶어 놓지 않은 두 마리의 셰퍼드는 밤새 집 주위를 배회했다. 사내가 셰퍼드의 눈을 피할 수는 없었을 것이다. 인기척을 느낀 여자가 비명을 지를 시간도 없었다. 사내가 손바닥으로 여자의 입을 틀어막았다. 손바닥이 불덩이처럼 뜨거웠다. 입을 막지 않은 다른 손으로 여자를 일으켜세워 뒤에서 껴안았다. 여자의 머리가 사내의 빗장뼈에 닿았다. 등으로 쥐어짜는 듯 뛰는 사내의 심장이 느껴졌다. 사내가 잠깐 주춤하는 사이 여자는 사내에게서 벗어나며 손에 닿는 물건들을 집어던졌다. 사내의 주먹이 여자의 아랫배를 세게 쳤다. 고통으로 벌어진 입속에 재빨리 수건을 쑤셔넣었다. 창밖은 활짝 핀 배꽃 때문에 희붐했지만 사내의 얼굴은 윤곽조차 보이지 않았다. 키가 컸고 힘이 셌다. 사내의 몸이 여자의 몸 위에 실려왔을 때 여자는 운신을 할 수가 없었다. 사내의 딴딴한 허벅지가 여자의 다리 사이를 비집고 들어와 주리를 틀듯 벌려놓았다. 중학교 때 여자는 쌓아놓은 배상자들이 무너지면서 그 밑에 깔린 적이 있었다. 그때도 지금처럼 몸을 움직일 수가 없었다. 일꾼들이 뛰어와 배상자를 들어낸 후에도 상자들의 하중은 기억에 남아 있었다. 사내의 체중은 여자가 깔렸던 십오 킬로그램짜리 배상자로 다섯 상자가 넘는 무게였다. 여자는 두 팔을 허우적거리면서 흉기가 될 만한 것을 찾았다. 손에 자명종시계가 만져졌다. 자명종을 사내의 얼굴로 던졌다. 지난밤 여자가 알 수 있었던 건 사내의 체중뿐이었다.

야, 먹물. 일꾼 하나가 맞은편에 앉은 일꾼들 중의 한명을 턱짓으로 불렀다. 부엌에 가서 주전자 좀 갖고 와. 일꾼의 말에 어정쩡하게 사내가 일어섰다. 어깨가 구부정했지만 큰 키였다. 사내가 주방으로 가서 12리터들이 양은 주전자를 두 손으로 들고 왔다. 주전자를 든 손목이 후들거렸다. 일꾼의 밥그릇에 물을 따라주고 사내가 상체를 일으켜세웠다. 일꾼들 가운데 가장 나이가 어려 보였다. 하관이 빤 흰 얼굴에 여자의 시선이 가닿았다. 사내의 턱밑에 일회용 반창고가 붙어 있었다. 사내가 별안간 고개를 들어 계단에 앉아 있는 여자를 보았다. 그 바람에 주전자의 물이 앉아 있던 일꾼의 사타구니로 쏟아졌다. 일꾼이 황급히 일어서며 물을 털었다. 앉아 있던 일꾼들이 소리 높여 웃었다. 사내도 멋쩍게 웃었다. 제자리로 돌아가 여자에게 등을 보이고 앉은 채 사내는 남은 밥을 먹었다. 옆에 앉은 일꾼 하나가 큰 소리로 웃으면서 가끔 사내의 어깨를 쳤다. 사내는 후닥닥 밥 한그릇을 비우고 제일 먼저 밖으로 나갔다. 십장 아저씨가 아버지에게 소곤거렸다. 곰바지런한 녀석이에요. 서울서 대학엘 다니다 지금은 휴학중이라나봐요. 손은 느리지만 꾀는 부리지 않죠.

여자는 배나무 그늘을 지나 막사 쪽으로 걸어가는 사내를 내려다보았다. 사내는 청바지 뒷주머니에 한손을 찌르고 땅만 보고 걸었다. 구부정한 어깨 때문에 머리통은 보이지 않았다. 「노트르담의 꼽추」란 영화의 등에 혹이 난 꽈지모도와 흡사했다. 막사는 어른 걸음으로 십분 거리에 있었다. 여자는 과수원 중간에서 사내를 놓쳐버렸다. 여자의 시선이 막사 앞에 먼저 도착해 기다렸지만 사내는 막사로 오지 않았다. 배나무 그늘에 숨어 서서 오히려 이층 창문가에 선 여자를 훔쳐보고 있는지도 몰랐다. 여자는 신작로까지 흘걸치는 배꽃들을 따라갔다. 배꽃은 더이상 아름답지 않았다. 마치 하이타이 거품이 둥둥 뜬 개천 같았다.

바느질이 단단하게 된 잠옷의 단추들을 하나씩 당겨보았다. 사내의 우악스러운 손이 잠옷을 잡아당겼을 때 단추들은 맥없이 떨어져 나갔다. 어머니는 여자가 잠든 사이에 떨어져나간 단추들을 재빨리 꿰맸을 것이다. 하지만 위에서 두번째 단추는 원래 헐거웠다. 여자는 촘촘히 바느질된 두번째 단추를 당겨보았다. 어머니는 그것까지 신경쓰지 못했다. 여자의 방은 더이상 안전한 곳이 못되었다. 이 창으로 들어오는 것은 햇빛만이 아니었다.

비가 왔다. 배꽃들이 더 많이 떨어졌다. 일기예보에서는 오늘 화창한 날씨가 될 거라고 했었다. 십장이 쏟아지는 빗줄기를 쳐다보며 말했다. 것 보세요, 내가 뭐랍디까? 그래도 일기예볼 믿으세요? 비가 그치면 질긴 놈들만 달려 있을 겁니다. 그런 꽃엔 졸짜리 작은 열매가 아니라 특상품 굵직한 것들만 열리겠지요. 십장과 아버지는 오전 내내 바둑을 두었다. 여자는 우산을 받쳐들고 일부러 일꾼들이 머무는 가건물 앞을 지나갔다. 시멘트 건물은 비를 맞아 짙은 회색으로 변해 있었다. 방문이 빠끔히 열려 있었다. 문지방 위에는 일꾼들이 벗어 올려놓은 신발들이 쌓여 있었다. 미처 올려놓지 못한 신발들이 비를 맞고 있었다. 여자는 항상 막사에서 멀리 떨어진 곳으로 골라 과수원을 벗어나고는 했다. 막사 옆에 박아놓은 펌프에서는 늘 찬물이 끌려올라왔다. 날씨가 서늘한 날에도 일꾼들은 펌프 가에서 알몸을 드러내고 목욕을 하고는 했다. 방안에서는 읍으로 나가지 않은 일꾼들이 방바닥에 손으로 머리를 고이고 눕거나 벽에 기대앉아 텔레비전을 보고 있었다. AFKN 방송이었다. 장내 아나운서가 격앙된 목소리로 경기를 중계했다. 한가운데 위치한 링 위에 거구의 레슬러들이 올라가 서로 싸우고 있었다. 모니터 구석, 남은 시간을 알리는 자막의 숫자가 0이 되면 카메라는 링에서 물러나 관람석 사이로 뚫린 출입구를 비추었다. 요란한 음악이 터지고 오색 풍선으로 장식된 출입구에서 염색을 하거나 마스크를 쓴 레슬러들이 등장했다. 볼 거리를 위해 개를 끌고 나오거나 바비인형처럼 치장한 미인들을 양팔에 끼고 나왔다. 레슬러들은 링까지 달려가며 옷을 벗고 링 위로 뛰어올랐다. 일꾼들이 보고 있는 건 배틀 로열 매치라고 부르는 프로레슬링의 한 종목이었다. 시간이 지날수록 사각의 링 안은 레슬러들로 가득 찼다. 제 기량을 보일 만한 공간도 없었다. 희한한 복장과 헤어스타일을 한 레슬러들이 서로 치고 받으면서 경기를 펼쳤다. 강자를 쓰러뜨리기 위해 잠깐 한편이 되었던 레슬러들은 순식간에 등을 돌리고 서로의 얼굴에 주먹을 날렸다. 링 밖으로 떨어지지 않은 마지막 한사람이 최후의 승자가 되었다. 일꾼들 대부분이 돈을 건 쪽은 검은 마스크를 쓴 레슬러였다. 게임에서 누가 이기든간에 그들은 오늘 저녁에도 구실을 붙여 읍내에 나갈 것이다.

사내는 습기로 눅눅한 장판에 배를 붙이고 누워 건성건성 책장을 넘기고 있었다. 가끔 일꾼들이 소리를 지르면 텔레비전에 시선을 두었다가 다시 책을 보았다. 사내가 보고 있는 건 원색 화보가 실린 얇은 잡지였다. 일꾼 중의 한명이 시선은 여전히 텔레비전에 박은 채 발가락으로 사내의 옆구리를 툭툭 건드렸다. 일꾼의 팔뚝에는

'一心'이라는 문신이 새겨져 있었다. 문신의 색이 바랜 만큼 일꾼의 귀밑에는 흰 머리카락이 돋아 있었다. 야, 먹물, 지금 쟤네들이 뭐라고 씨부렁대는 거냐? 사내는 웃기만 할 뿐이었다. 일꾼이 사내의 머리통을 쳤다. 제기럴, 대학물 먹은 놈이 이딴 것도 몰라? 다른 일꾼이 오징어 다리를 올공거리면서 말했다. 대학생 좋아하네, 저 자식이 대학생이면 난 대학교수다. 머리통을 손으로 쓱쓱 문지르던 사내가 막사 밖에 선 여자를 발견했다. 짙고 숱이 많은 눈썹이 송충이처럼 꿈틀거렸다. 반창고를 뗀 입가에 작은 상처가 벌어져 있었다. 여자는 종종걸음으로 막사를 지나갔다. 여자는 사내가 혼자 있는 때를 노렸다.

유리창 위를 흐르는 빗물 때문에 길 하나를 사이에 둔 터미널은 아주 먼곳에 있는 것 같았다. 의자 위에 앉아 다리를 건들거리던 여자아이가 피아노 건반을 주먹으로 내리쳤다. 유리창이 파르르 떨렸다. 잠깐 동안 유리창을 타고 흐르던 빗물의 흐름이 바뀌었다. 날씨가 흐리거나 비가 오는 날에는 아이들도 몸살을 앓았다. 터미널에 버스가 들어오고 문이 열리면서 승객 두어 명이 내렸다. 승객들은 비를 맞지 않기 위해 터미널 처마밑으로 뛰어들어갔다. 여자는 아예 의자를 돌려놓고 창밖을 내다보고 있었다. 색색의 우산을 받쳐 든 사람들이 종종걸음으로 가게 앞을 지나쳐갔다. 가끔 우산을 쓰지 않은 사람들이 비에 흠뻑 젖은 채 걸어갔다. 비에 젖은 사람들은 뛰거나 종종걸음치지 않았다. 선생님. 여자아이가 어느새 여자 곁에 다가와 서 있었다. 제가 문제낼게요, 알아맞혀봐요. 비가 막 내릴 때 말예요, 걷는 사람하고 뛰는 사람하고 누가 더 비를 많이 맞게요? 교습소 앞에 트럭이 와서 멈춰섰다. 글쎄, 걷는 사람? 아이가 깔깔거리며 웃었다. 땡, 것도 몰라요? 뛰는 사람이에요. 뛰면 앞에 내리고 있는 비까지 몽땅 맞으니까요. 푸른색 트럭이었다. 트럭의 짐칸에 새싹농장이라고 쓰인 글씨가 보였다. 짐칸에 타고 있던 일꾼들은 트럭이 서기가 무섭게 뛰어내렸다. 운전석에 앉아 핸들을 쥐고 있던 사내가 창을 내리고 교습소 안을 들여다보았다. 일꾼들이 먹물이라고 부르던 바로 그 사내였다. 여자와 눈이 마주치자 사내가 눈인사를 했다. 터미널 옆의 공용 주차장에 트럭을 주차하고 난 후 사내는 느릿느릿 일꾼들 뒤를 따라갔다. 목포식당이라는 간판이 달린 술집이었다. 사내가 들어간 후에도 구슬을 꿰어 만든 발이 흔들렸다. 선생님, 선생님, 어디 계세요? 어디 가신 거예요? 여자아이가 여자의 옆구리를 연필로 찌르며 얼굴을 빤히 쳐다보고 있었다. 그렇구나, 그래서 우산 없이 비를 맞는 사람들은 뛰지 않는구나.

환하게 불을 밝힌 술집들 안에서는 고함소리와 노랫소리가 새어나왔다. 가게 앞을 지나칠 때 구수한 지짐이 냄새를 맡았다. 거리한가운데에서 여종업원 둘이 머리채를 잡고 욕설을 퍼부으면서 싸움질을 하고 있었다. 둘은 한덩이가 되어 흙바닥에 나뒹굴었다. 짙은 화장을 하고 있었지만 기껏해야 열아홉 스무살로밖에 보이지 않았다. 두 눈 시퍼렇게 뜨구 있는데 니가 내 손님을 채가? 엉? 배를 깔고 앉은 여종업원이 밑에 깔린 여종업원을 내려다보며 게거품을 물었다. 밑에 깔린 채 배 위에 앉은 여종업원의 머리카락을 그러쥐고 있던 여종업원도 큰소리쳤다. 지 손님 좋아하네. 손님 마빡에 니이름이라도 써놨어? 사람들이 하나 둘 몰려들었다. 싸움을 말리는 사람은 없었다. 가끔 술 취한 사람들이 가게에서 나와 여종업원의 어깨에 팔을 두르고 어두운 골목으로 사라졌다.

배나무마다 사다리가 걸쳐졌다. 수꽃술을 떼어 암꽃술 위에 붙여 주는 화접일을 하느라 일꾼들은 모두 사다리 위에 있었다. 나무 아 래에서는 사다리 맨 꼭대기에 걸쳐 있는 일꾼들의 아랫도리와 더러 운 신발들만이 보였다. 일꾼들은 분주히 손을 놀리면서도 쉴새없이 떠들어댔다. 지럴허게 날씨 좋다. 이깟 꽃 나부랭이도 짝을 찾는데 하물며 만물의 영장이라는 사람인 난 뭐냐, 허구헌 날 독수공방이 니. 옆의 배나무 사이에서 욕설이 튀어나왔다. 니미럴, 저 새낀 만날 그 타령이야. 잔말 말고 일이나 해. 십장이 배나무 사이사이를 돌면 서 일을 재촉했다. 입 놀릴 시간 있으면 일에 박차를 가해. 그렇게 떠들다간 반도 못해서 꽃이 다 떨어질 거야. 그러면 일당은커녕 밥 도 없어. 일꾼 하나가 말을 받았다. 아무렴 그렇지, 그렇구말구.

배나무에 매달린 일꾼들 중에서 사내를 찾기란 쉽지 않았다. 여 자를 발견한 일꾼들이 휘파람을 불었다. 여자는 느릿느릿 집으로 올라왔다. 마당에 서면 팔천평에 육박하는 과수원이 한눈에 내려다 보였다. 가끔 일을 마친 일꾼들이 사다리에서 내려와 다른 나무로 사다리를 옮겨놓고 올라가는 것이 보였다. 아지랑이가 아른아른거 렸다. 현기증이 났다. 날 찾고 있어? 대뜸 반말이었다. 여자는 뒤를 돌아보지 않고도 목소리의 주인을 단번에 짐작할 수 있었다. 사내 가 두어 걸음 뒤에 서서 눈으로 여자의 몸매를 훑고 있었다. 부엌에 서 나온 모양이었다. 한손에는 점심식사 때 곁들여 마실 막걸리가 담긴 양동이를 들고 있었다. 셰퍼드가 사내의 곁에 바싹 붙어서서 혀로 사내의 운동화를 핥았다. 니가 나한테 눈독 들이고 있다는 걸 알어. 사내가 이죽거렸다.

우린 할 얘기가 있어. 여자가 사내를 앞서 걸었다. 양동이 속에 든 막걸리가 출렁이는 소리가 들려왔다. 세퍼드가 따라붙었다. 비너스라고 이름을 붙여준 암캐였다. 수캐 아폴로는 빈 밥그릇을 혀로 핥고 있었다. 땅을 발로 차며 으름장을 놓았지만 비너스는 잠깐 뒤로 물러섰다 다시 쫓아왔다. 여자는 돌멩이를 던져 개를 쫓았다. 막사 옆의 창고로 갔다. 이 시간에 인적이 없는 곳은 이곳뿐이었다. 창고 한면에는 노란 플라스틱 상자들이 포개져 천장까지 쌓여 있었다. 선반 위에는 데리스, 헥사코니졸이라고 쓰인 살충제병들이 놓여 있었고 구석의 플라스틱 상자들 속에는 순지르기나 가지치기 때 쓰는 가위들과 호미, 곡괭이 따위의 농기구들이 가득 들어 있었다. 가위들은 녹이 슬어 있었다. 사내는 손에 든 양동이를 내려놓고 담배를 피워물었다.

할 얘기란 게 뭐야. 난 바빠. 사내가 눈짓으로 술이 든 양동이를 가리켰다. 술기운이 없음 일하지 못하는 작자들이니까.

턱밑의 그 상처, 어쩌다 난 거야? 여자는 낮고 앙칼지게 사내에게 쏘아붙였다. 사내는 대답 대신 담배를 깊이 빨아들였다가 입을 오므리며 연기를 내뿜었다. 고리 모양의 연기가 입속에서 연거푸 피어올랐다. 기억이 안 난다면 내가 알려줄까? 너지? 그날 밤 내 방에 숨어든 쥐새끼가.

사내가 꼬리 긴 휘파람을 불었다. 히야, 이거 얼굴하곤 딴판인걸. 그러니까 그날 밤 누군가 네 방으로 숨어들었단 거야? 그런데 지금 그게 나란 거야? 피우다 만 담배꽁초를 발로 비벼끄며 코웃음을 쳤다. 칫, 웃기고 있네. 읍에 나가면 여자는 쌔고쌨어.

그럼 그 상처는 뭐야? 넌 내가 던진 자명종에 얼굴을 맞았어. 그 상처가 바로 그 증거야. 여자는 껌을 씹듯 빠르게 중얼거렸다.

이 상천 면도하다 베인 거야. 면도를 안하는 건 애들하고 여자들 뿐이야. 이곳에는 남자들 천지구. 사내가 다가와 여자의 어깨를 움켜쥐었다. 손가락이 살을 파고들었다. 사내의 손가락이 피아노 치듯 움직이며 간지럼을 태웠다. 넌 꿈을 꾼 거야. 처녀들은 곧잘 그런 꿈을 꾼다지? 일종의 예행연습이랄까? 사내는 구석으로 가서 플라스틱 상자를 뒤적였다. 사내가 골라쥔 것은 가위였다. 사내는 주먹쥔 여자의 손을 펴고 가위를 쥐여주었다. 다시 그런 꿈을 꾸게 되면 말야, 그놈의 얼굴을 이 가위로 찔러. 니 말처럼 꿈이 아니라면 그놈의 얼굴에 커다란 상처가 나겠지. 사내는 양동이를 들고 밖으로 나가려다 뒤를 돌아보았다. 너의 그 꿈얘기는 아무에게도 말하지 않을 거야. 충고 한마디 할까? 다신 막사 근처나 배나무 아래에서 어슬렁대지 마. 그치들은 단순한 사람들이거든. 니가 자기를 좋아한다고 오해를 할 거야. 이층 창문을 타넘는 건 식은 죽 먹기야. 그럼 이번엔 꿈이 아니라 현실이 될 테니까. 사내가 나가자 어디선가 뛰어온 비너스가 캉캉 짖어댔다. 사내가 비너스를 얼러대는 소리가 들렸다. 사내가 건넨 가위를 들여다보았다. 끝이 가늘고 날카로운 적심 가위였다. 여자는 옷 속에 가위를 숨겼다.

배꽃이 지고 일꾼들은 돌아갔다. 일꾼들을 실은 버스가 터미널을 빠져나갔다. 여자는 피아노 교습소의 창으로 일꾼들이 떠나는 것을 보았다. 술집 주인들이 터미널을 지키고 서 있다가 밀린 외상값을 받기도 했다. 일꾼들이 떠난 읍내는 행락객들이 떠난 유원지처럼 썰렁해졌다. 거리에 내놓은 평상 위에 걸터앉아 술집 여종업원들이 한가롭게 화투패를 뗐다. 매조에 비, 그리고 사꾸라니까, 보자, 달밤에 님을 만나 산보를 하겠구나. 어저께까지만 해도 손님을 놓고 싸우던 여자들이 모여앉아 끼드득거렸다. 앳된 얼굴과는 달리 노파처럼 쉰 목소리를 냈다. 여자들은 길가에 쭈그리고 앉아 담배를 피웠다. 공터에 들어섰던 포장마차도 걷히고 며칠 후에는 여종업원들도 하나 둘 읍을 떠났다. 읍은 다시 조용해졌다. 자명종은 여전히 아침 여섯시에 잠을 깨워주었고 여자는 오전 내내 싸구려 차양모자를 수건 위에 덧쓰고 김을 맸다. 잡초들은 금방 무성해졌고 배나무로 갈 양분까지 빨아먹느라 뿌리가 질겨졌다. 뿌리를 뽑을 때면 덩달아 여자의 몸도 나동그라졌다. 오후가 되면 읍내로 나가 피아노 교습소의 문을 열고 다섯시가 될 때까지 열다섯 명의 아이들을 가르쳤다. 소음에 가까운 피아노 소리가 듣기 싫었다.

막사 안에는 일꾼들이 흘리고 간 물건들이 남아 있었다. 막사의 방바닥은 오른쪽으로 갈수록 경사가 졌다. 비용을 아끼느라 미장이를 쓰는 대신 아버지가 직접 시멘트를 발랐기 때문이었다. 소주병 두 개가 오른쪽 벽까지 굴러가 있었다. 사내가 보던 잡지가 둥글게 말려 있었다. 외국 여자들의 사진이 실린 도색 잡지였다. 잡지 곳곳에는 낯뜨거운 낙서가 적혀 있었다. 때 전 이불과 베개가 쌓인 곳에 화툿갑이 있었다. 여자는 신발을 신은 채로 들어가 앉았다. 몸이 기우뚱 오른쪽으로 쏠렸다. 현기증이 났다. 여자는 술집 여종업원이 하던 것처럼 한쪽 다리를 세우고 앉아 바닥에 화투장을 늘어놓았다. 마음가는 대로 몇장을 주워들었다. 여자는 화투를 할 줄 몰랐다. 여종업원이 했던 말투를 흉내내어 중얼거렸다. 보자, 달밤에 님을 만나 산보를 하겠구나.

주말이면 아버지의 차를 몰고 서울로 갔다. 그곳은 여자에게 눈길을 줄 사람들이 없었다. 거리가 훤히 내다보이는 까페의 유리창

앞에 앉아 길 가는 사람과 눈을 맞추면서 담배를 피웠다. 선홍색 루주를 바르고 친구들을 따라 물이 좋다는 나이트클럽을 찾아 한강을 건너기도 했다. 말을 걸어오는 남자와 술을 마시고 스스럼없이 춤을 추었다. 모든 남자들에게서는 바람냄새가 났다. 차 안에서 잠을 자고 술이 깨면 집으로 돌아왔다. 자명종은 더이상 여섯시에 울리지 않았다. 하지만 여자는 새 건전지로 바꿔 끼우지 않았다. 오후 두시가 넘어서야 교습소의 문을 열었다. 몇몇 아이들이 문 닫힌 교습소 앞에서 여자를 기다리다 되돌아갔다. 장마가 시작되었다. 우산을 챙기지 못하는 날이 많았다. 고스란히 비를 맞으며 버스정거장까지 걸어갔다. 여자의 곁으로 책이나 손바닥으로 머리를 가린 사람들이 뛰어갔다. 비가 여자의 머리카락과 속옷까지 흠뻑 적셨다. 읍내는 아주 작은 곳이었다. 새싹농장집 외동딸이 비를 흠뻑 맞고 정신나간 여자처럼 거리를 휘젓고 돌아다니더란 소문이 났다. 아이들이 서서히 줄었다. 텅 빈 교습소에 나가 하루종일 거리를 내다보았다. 터미널에 낯선 사람들이 하나 둘 내리기 시작했다. 그들은 근처의 가게로 들어가 담배를 사면서 주인에게 농장의 일자리를 물어보았다. 텅 비었던 막사에 불을 땠다. 장마가 지나는 동안 도배지와 장판에 곰팡이가 슬어 있었다. 밤에도 일할 수 있도록 전기를 끌어와 배나무와 배나무 사이에 알전구들을 매달았다.

일꾼들이 돌아왔다. 올해는 배 풍년이었다. 배값이 떨어질 거라고 아버지가 십장과 얘기하는 것을 들었다. 적게 열려 고가에 적게 파는 것이나 많이 열려 싼값에 많이 파는 것이나 그게 그거 아니냐고 십장이 큰소리쳤다. 신고배 특상품이라고 인쇄된 종이상자들이 집안 가득 쌓였다. 피아노 교습이 없는 날이면 하루종일 꼬박 상자를 접었다. 막사 안은 다시 일꾼들로 붐볐다. 공터에 포장마차가 들어서고 앳된 얼굴의 여자들이 터미널에 내렸다. 술집 종업원들은 플라스틱 세숫대야를 옆구리에 끼고 목욕탕을 드나들었고 오후 네 시가 되면 문을 활짝 열어놓고 짙은 화장을 했다. 어머니는 식당용 대형 전기밥솥을 꺼냈고 집안은 밥물이 끓어오르는 냄새로 가득 찼다. 현관에는 더럽고 낡은 운동화와 군화 들이 쌓였다. 여자는 아침 밥상에 앉은 일꾼들을 눈으로 훑었다.

사내는 막차를 타고 읍에 도착했다. 과수원까지 오는 차편이 끊긴 뒤라 과수원까지 걸어왔다. 아침 밥상에서 여자는 밥을 먹고 있는 사내를 발견했다. 좀 야위어 광대뼈가 튀어나왔고 머리카락이 자라 어깨에 닿으면서 밖으로 말려 있었다. 과수원에는 천여 그루의 배나무들이 있었다. 배나무들마다 달고 물이 많은 과육들이 빽빽이 달려 있었다. 가끔 배 무게를 이기지 못한 잔가지가 부러지기도 했다. 배나무에 일꾼들이 올라가 있었다. 사다리를 기대놓고 올라가 배를 따서 과구리라고 불리는 광주리에 넣었다. 알이 굵어 채 열 개도 따지 못해 과구리가 가득 찼다. 과구리가 차면 사다리 아래로 들고 내려와 군데군데 놓인 플라스틱 상자에 쏟아부었다. 십장이 나무 사이사이를 헤치고 다니면서 일꾼들에게 잔소리를 늘어놓았다. 이것들 봐, 조심조심들 다뤄. 상처 안 나게 하란 말야. 상처가 나면 일당은 없어. 나무 위에서 일꾼이 넉살좋게 받아쳤다. 처녀 엉덩이 만지듯 살살 하라구. 일꾼들이 키득거렸다.

조심히 다루어도 배는 흠집이 났다. 배들은 자신이 가진 유일한 흉기인 꼭지로 서로에게 흠집을 냈다. 배나무 위에는 까치가 파먹고 남은 배들이 썩고 있었다. 벌레들은 당도가 높은 배만 골라 파먹었

다. 상처가 나거나 벌레 먹은 배를 사러 읍내에서 손님들이 왔다. 그
들은 터미널 앞이나 시장 한 귀퉁이에 앉아 상처난 배를 헐값에 팔
았다. 헐값에도 팔리지 않은 배들이 곯으면서 냄새를 풍겼다. 금방
구더기가 끓었다. 종이를 씌우지 않은 배들은 달지만 때깔이 좋지
않았다. 그런 배는 특상품이 되지 못한다. 저녁이면 알전구 아래에
서 배를 때깔·크기대로 분류하고 스티로폼에 싸서 상자에 넣어 포
장하는 작업이 이루어졌다. 집으로 돌아올 때면 먼곳에서도 집어등
불빛 같은 알전구들이 보였다. 새벽이면 배상자를 가득 실은 트럭들
이 서울의 백화점과 농산물센터로 뿔뿔이 흩어졌다. 배나무 아래를
지날 때면 일꾼들이 여자를 향해 휘파람을 불었다. 종종걸음치거나
뛰지 않았다. 휘파람 소리 따윈 아무렇지도 않았다. 가끔 늦은 밤 짐
칸에 일꾼들을 태운 트럭이 과수원으로 돌아왔다. 휘청거리는 그림
자들이 사라진 후에도 욕설과 유행가 가락은 늦게까지 실려왔다.

　사내가 이층 여자의 방으로 숨어든 것은 새벽 두시가 넘어서였
다. 사내는 밤고양이처럼 발자국 소리도 없이 가뿐하게 여자의 방
발코니로 숨어들어와 창문을 밀쳤다. 창문은 안에서 잠겨 있지 않
았다. 사내는 침대에 누워 자고 있는 여자에게로 다가왔다. 자고 있
던 여자의 눈꺼풀이 열렸다. 사내가 수건을 들이대자 여자가 가볍
게 고개를 저었다. 사내가 주춤거리며 한발짝 물러섰다. 여자가 나
지막하게 말했다. 비에 젖은 사람은 뛰지 않아. 십오 킬로그램짜리
배상자로 다섯 상자의 하중이 여자의 몸 위에 실렸다. 사내의 몸에
서 바람냄새와 함께 술냄새가 풍겼다. 사내가 여자에게 입을 맞추
었다. 어둠속에서 사내의 등 위로 올라온 여자의 손이 포물선을 그
리며 떨어졌다. 사내가 침대 아래로 고꾸라졌다. 여자는 침대 아래

에 숨겨두었던 삽자루로 사내의 머리를 내리쳤다. 사내는 꼼짝하지 않았다. 멀리서 배가 둔탁한 소리를 내며 땅바닥으로 떨어졌다. 사내의 등에는 사내가 건네주었던 적심 가위가 박혀 있었다. 등 위로 솟은 가위의 손잡이는 마치 태엽장치처럼 보였다. 태엽을 돌렸다 놓으면 사내가 로봇 인형처럼 드르륵드르륵 춤을 출 것 같았다. 여자는 사내의 두 다리를 잡아끌고 계단으로 갔다. 사내의 머리통이 계단의 수직판에서 디딤판으로 곧장 떨어지면서 맨 마지막 계단까지 훑고 내려갔다. 살갗 위로 땀방울이 맺혔다. 땀에 젖은 면 잠옷에 허벅살이 쓸렸다. 거실과 안방 쪽은 조용했다.

마당에 세워놓은 외발 수레를 끌어왔다. 비너스와 아폴로는 햄조각을 먹고 있었다. 그림자를 보고 잠깐 경계하는 듯했지만 여자인 걸 알자 다시 게걸스럽게 햄을 먹었다. 비너스가 사내를 따른 이유를 알 수 있었다. 외발 수레에 실을 때 사내가 앓는 소리를 냈다. 여자는 들고 있던 삽으로 사내의 얼굴을 내리쳤다. 신음소리가 그쳤다. 외발 수레에 삽도 던져넣었다. 여자는 외발 수레를 밀며 과수원을 가로질러갔다. 일꾼들의 막사는 피해갔다. 수레 밖으로 나온 사내의 머리와 두 다리가 바퀴가 돌부리에 걸릴 때마다 들썩였다. 가끔 인기척이 느껴질 때면 멈춰서서 어둠을 노려보았다. 바람에 배가 떨어지는 소리였다. 썩은 배들이 발에 밟히며 발밑에서 터졌다. 그제서야 신발을 신지 않은 것이 생각났다. 수레는 자꾸 여자의 생각과는 다른 방향으로 달아났다. 수레가 다른 곳으로 갈 때마다 여자는 일꾼들처럼 나지막하게 거친 욕설을 내뱉었다. 집이 멀어졌다. 어두웠지만 과수원 안은 손바닥 들여다보듯 익숙했다. 배나무가 끊기고 산중턱이 나타났다. 그 주변은 이미 배를 딴 곳이었다.

배를 딴 나무 앞을 어슬렁거릴 사람은 없었다.

삽으로 구덩이를 파내는 일은 쉽지 않았다. 삽 끝은 흙부스러기만 튀겨낼 뿐이었다. 외발 수레 속에서 사내는 유모차에 누운 아이처럼 곤히 자고 있었다. 여자는 자신이 파놓은 구덩이까지 외발 수레를 밀고 가 수레를 기울였다. 사내의 몸이 구덩이 속으로 떨어졌다. 구덩이는 너무 작고 얕았다. 구덩이를 파낸 흙으로는 겨우 사내의 두 다리만 덮을 수 있었다. 흙으로 가리지 못한 부분은 배나무 잎을 쓸어모아 덮었다.

아버진 꿈이라고 했지만 그건 꿈이 아니었어요. 제 손에 묻은 흙을 보세요. 전 그 사내가 시키는 대로만 했을 뿐이에요. 꿈이라면 가위는 제 가슴을 뚫었을 거예요. 부모님은 딸아이의 눈이 발광체처럼 빛을 내는 것을 보았다. 손바닥에는 물집이 잡혔고 발톱이 부러진 발가락에서 피가 흐르고 있었다. 부모님은 딸아이를 따라나섰다. 앞마당에는 여자가 끌고 온 외발 수레가 놓여 있었다. 수레 속에 삽과 전정 가위가 들어 있었다. 가위 끝에는 피가 묻어 있었다. 가위에 묻은 혈흔과 등에서 빠져 떨어져 있는 것으로 보아 그렇게 깊게 찌른 것 같지는 않았다. 아버지는 가위를 빈 개집 속에 던져넣었다. 삽머리를 위로 향하게 하고 가슴께에서 움켜쥐었다. 과수원 안은 너무도 익숙해서 플래시는 필요없었다. 플래시 불빛 때문에 일꾼들이 깰 수도 있었다. 여자는 어둠을 두 팔로 휘적이면서 배나무 사이를 뛰어갔다. 뛰어가면서도 격앙된 목소리로 떠들어댔다. 전 죄가 없어요. 가위를 준 건 바로 그 남자였어요. 아침에 경찰서로 가겠어요. 정당방위였다는 걸 믿어줄까요? 아니, 아무도 모를 거예요. 국도변으로 갈까요? 거긴 교통사고 다발구역이잖아요. 아

네요, 그냥 거기가 좋겠어요. 뜨내기 한명 사라진다고 누가 알겠어
요. 딸아이를 따라잡느라 부모님은 숨이 찼다. 이슬이 바짓가랑이
를 적셨다. 이윽고 여자가 배나무 아래에 섰다. 무릎을 꿇고 앉아
나뭇잎을 긁어냈다. 나뭇잎 더미 속에는 아무것도 없었다. 이상하
다, 여기가 아닌가봐요. 맞아요, 저 나무 밑이에요. 여자는 옆의 배
나무 밑으로 가 나뭇잎을 긁어냈다. 하지만 이번에도 사내는 없었
다. 아버지가 물었다. 표시를 해두었니? 여자는 아버지에게서 삽을
빼앗아 쥐었다. 아뇨, 과수원은 구석구석까지 훤한걸요. 여자는 다
른 배나무 아래로 뛰어가 삽질을 했다. 그곳에도 사내는 없었다. 아
버지가 여자를 일으켜세워 어깨를 흔들어댔다. 팔천평 과수원에 들
어찬 배나무들 밑을 다 파볼 수는 없는 일이야. 여자가 소리쳤다.
아녜요, 배를 딴 나무 밑에 묻었어요. 아버지가 여자의 입을 막았
다. 땀으로 미끈거리는 손바닥에서 쇠 비린내가 났다. 아버지가 낮
은 목소리로 여자를 진정시켰다. 배를 딴 나무만 해도 칠백 그루가
넘을 거다. 그리고 날이 밝으면 배를 딴 나무의 수는 더욱 늘어나겠
지. 여자는 비명을 질렀다. 아버지의 손바닥에 갇혀 비명은 소리로
터져나오지 못했다. 여자에게 현실은 영원히 깨지 않을 악몽이었
다. 어슴푸레 사위가 밝아오고 있었다. 이제 얼마 후면 일꾼들이 잠
에서 깰 시간이었다. 아버지가 여자의 뒤에 선 어머니와 모종의 눈
길을 교환했다. 어머니가 텅 빈 구덩이를 가리키며 걱정스러운 듯
여자에게 말했다.
　이것 좀 보렴, 애야. 이건 전부 꿈이란다, 꿈. 그러니 이제 제발
꿈에서 깨어나렴.

〔문예중앙 1999년 여름호〕

즐거운 소풍

모터보트 밑에 구명조끼를 숨겨놓고 과열된 엔진이 폭발하기 직전에

자신은 보트에서 뛰어내려 구명조끼를 입는다.

보트에 탄 입주자들이 허둥대는 동안 배는 서서히 가라앉을 것이다.

북한강의 거센 물살이 보트와 그들을 삼켜버릴 것이다.

즐거운 소풍

태광빌딩 입주자들을 한자리에 모이게 한 것은 오케이치킨에 들른 단골이 취중에 내뱉은 말 한마디였다. 그들은 정각 일곱시 삼층 한빛속셈학원에서 모이기로 했다. 속셈학원 원장은 칠판 중앙에 태광빌딩 입주자 긴급대책회의라는 글씨를 써놓고 그들을 기다렸다. 일곱시 이십분이 지났지만 아무도 나타나지 않았다. 원장은 교실 끝으로 걸어가 자신이 방금 칠판 위에 적어놓은 글씨들을 찬찬히 바라보았다. 가까이에서는 알아챌 수 없던 것들이 조금 멀어지자 단번에 눈에 띄었다. 두번째 글자 '광'부터 조금씩 기울어지기 시작해서 끝글자 '의'는 첫글자보다 한뼘 가량 내려앉아 있었다. 늙으면 평형감각까지도 낡는 모양이라고 생각했다. 젊었을 때는 한번에 분필 두 개를 손가락 사이에 끼우고서 오선을 아주 정확하게 긋고는 했다. 마음은 늘 백 미터를 십삼초에 주파하던 열일곱살에 머물러 있었다. 마음아, 제발 나이와 같이 뛰어라. 원장은 젊음을 그리워하는 자신을 꾸짖었다. 앞으로도 해야 할 일들이 산더미 같았다. 칠판으로 다가가 첫글자만 남겨놓고 모두 지웠다. 원장은 혀까지 빼물고 첫글자의 높이에 맞춰 글씨를 다시 쓰기 시작했다. 정신을 집중하고 마지막 글자의 획을 그으려는 순간 학원문이 덜컹 열렸다. 플라스틱 슬리퍼 끌리는 소리가 뒤통수까지 다가왔다. 그 바람에 글씨의 마지막 획이 삐치고 말았다. 어떤 손님이 또 탬버린을 슬쩍 했어요. 벌써 다섯번째예요. 도대체 탬버린을 훔쳐다가 뭘 하려는 걸까요? 지하 일층 빌보드노래방의 처녀였다. 원장은 칠판 지우개를 세워 다른 글자가 지워지지 않도록 조심하면서 삐친 획을 지우고 마저 조심스럽게 내려그었다. 교탁 위에 선 원장은 슬리퍼 안에 든 처녀의 맨발을 내려다보았다. 지금이 일곱신가? 자넨 아직 젊어서 잘 모를 테지만 시간은 기다려주는 법이 없다네. 나처럼 늙은 뒤에 후회 말고 오늘이 지구의 마지막날이다,라는 각오로 살게. 처녀는 대답 대신 슬리퍼를 발에 꿴 채로 털어댔다. 튀김기름 냄새를 풍기면서 일층 오케이치킨의 장마담이 들어섰다. 장마담이 교실 안을 휘둘러보며 소란을 떨었다. 어머, 지금이 몇신데 아직도 다 안 모인 거예요? 속이 비치는 꽃분홍색 원피스 위에 비닐 소재의 앞치마를 두르고 있었다. 앞치마의 색이 날아가 원래 색이 무엇이었는지 알 수 없었다. 앞치마의 배 부분에는 식용유와 물에 갠 튀김반죽이 점점이 튀어 있었다. 아, 이거 죄송합니다. 게임이 이제서야 끝난 걸 전들 수가 있나요. 두 판 이기면 한 판은 져줘야 물러서거든요. 팔에 토시를 끼고 손가락에 초크를 허옇게 묻힌 이층 핀토스당구장의 정사장이 올라왔다. 하루종일 시간 계산을 하고 당구공들을 노려보았을 두 눈은 충혈되어 있었다. 박마담은 학원 계단을 올라오면서 부터 투덜거렸다. 아니 낼모레면 단합대횐데 그때 가서 회의를 하면 될 것이지 무슨 일로 바쁜 사람을 오라 가라 하는 거야. 계단을 올라설 때마다 잔소리도 잠깐잠깐 끊겼다. 급작스럽게 불은 체중 때문에 계단을 올라가는 일조차도 힘겨워졌다. 문가로 모습을 드러낸 박마담이 한손으로 문을 짚고 숨을 골랐다. 사층 고구려태권도장의 김사범이 흰색 도복과 실내화 차림으로 뛰어내려왔을 때는 일곱시 사십분이 지나 있었다.

그 시간에 그만한 수의 사람들이 모일 만한 장소는 그곳뿐이었다. 초등학생 몸에 맞춰 주문 제작한 나무책상과 걸상 들이 칠판을 보며 정렬해 있었다. 덩치가 큰 어른들이 앉으면서 교실 안의 책상 줄이 비뚤어졌다. 그들은 칠판 앞에 서서 백묵을 쥔 속셈학원 원장을 응시하면서 불편한 자세를 자꾸 바꿨다. 영업시간이 달라 입주자들이 한자리에 모이는 것은 일년에 한번 단합대회 때뿐이었다. 그들은 그들을 한자리에 모이게 한 그 사내에 대해서 이야기하기 시작했다.

사내는 밤 열두시가 지난 시간에 오케이치킨의 문을 밀치고 들어섰다. 주방에서 닭을 튀기고 있던 장마담이 문 열리는 소리를 듣고 주방 칸막이 밖으로 얼굴만 내민 채 콧소리로 사내를 맞았다. 사내는 초점이 풀린 두 눈으로 치킨집 구석구석을 휘둘러보며 젖버듬하게 서 있었다. 바지춤에서 빠져나온 와이셔츠 단이 종잇장처럼 잘게 구겨져 있었다. 장마담은 재빨리 앞치마를 벗어 걸고 사내를 부축해 2번 칸막이 안으로 데리고 갔다. 오라버니, 많이 취하셨나봐. 장마담은 술 취한 손님들에게 익숙했다. 그들은 미친개처럼 난폭하

기도 했고 갓난 강아지처럼 순하기도 했다. 이곳은 다른 곳에서 일
차 이차를 거친 사내들이 마지막으로 입가심을 하기 위해 잠깐 들
르는 곳이었다. 열두시가 넘은 시간 칸막이 곳곳에서는 이미 만취
한 사내들이 의자 등받이에 몸을 기대고 앉아 술을 들이켜고 있었
다. 사내는 양념치킨 반마리와 500cc 맥주 한잔을 주문했다. 하지
만 주방으로 들어간 장마담은 중닭 한마리를 토막내 튀김옷을 입히
고 압력 튀김솥에 넣었다. 온도가 높은 튀김기름은 닭이 들어가자
들끓어올랐다. 장마담이 닭을 튀기고 잔에 맥주를 따르는 동안에도
칸막이 위로 손들이 올라와 장마담을 불러댔다. 장마담은 주문받은
맥주와 절인 무를 가져가거나 때로는 손을 잡히기 위해 이리저리
옮겨다녔다. 장마담은 사내의 곁에 바싹 붙어앉아 사내의 입을 벌
리고 손으로 찢은 닭살을 쑤셔넣었다. 닭의 대부분이 조도 낮은 의
자 아래로 떨어졌다. 나무 바닥에는 다른 손님들이 흘린 뭇조각과
마요네즈가 묻은 양배추 가닥들이 널려 있어 붉은 조명등 아래 희
번덕거렸다.

　꼬치구이 전문점의 박마담이 장마담의 이야기를 가로막고 나섰
다. 사설 한번 기네. 지금 내 가게 꼬치구이들이 다 숯덩이가 될 판
이란 말야. 게다가 술 취한 사내 말 어디 믿을 수 있나? 박마담이
검지손가락을 머리카락 속에 넣어 긁어댔다. 손가락이 닿은 두피에
서 금세 비듬이 피어올랐다. 원장이 칠판에 백묵으로 글씨를 썼다.
신빙성. 술 손님이라고 다 같은가? 꼬치구이 놓고 술 먹는 사내들
은 허튼 소리만 하는가보네. 장마담이 팔짱을 끼고 얼굴을 외로 틀
었다. 박마담이 벌떡 일어서는 바람에 엉덩이에 붙어 있던 나무걸
상이 저만치 나뒹굴었다. 오냐, 너 말 한번 잘했다. 술 손님이라고

다 같고 술 판다고 다 같더냐. 백여우처럼 분 바르고 술 취한 사내 호려 호주머니 돈이나 끌어내는 주제에. 난 술을 팔지 웃음은 안 판다. 장마담은 흥분해 소리치는 박마담을 힐끗 쳐다보았다. 무식하고 가난한 건 나라님도 손을 못 댄다니까. 박마담과 장마담 사이에 끼여앉아 있던 당구장 정사장이 둘을 말렸다. 지금 그게 문젭니까. 일단 애기나 들어봅시다. 박마담의 엉덩이 살집에 의자가 파묻혔다. 원장이 백묵으로 신빙성이란 글자 밑에 줄을 그었다. 장마담은 기승전결에 맞춰 간략하게 이야기해요, 이제 곧 손님들이 들이닥칠 시간이니. 장마담이 손으로 입을 가리면서 웃었다. 어머, 원장님, 전 그런 거 못해요. 일단 해보기는 할 테지만 말예요. 그나저나 어디까지 했죠. 당구장 정사장이 도왔다. 가게 밑바닥에 사내가 닭고기를 흘린 것까지요.

사내는 입안에 닭고기를 가득 문 채 맥주를 들이켰다. 맥주잔 안으로 떨어진 닭조각이 거품 위에 둥둥 떴다. 장마담은 사내의 엉덩이에 자신의 엉덩이를 갖다붙이면서 콧소리를 냈다. 닭이 싫으시면 뭐 딴거 준비할까요. 아침에 과일 사다놓은 거 있는데. 사내의 두 눈동자가 제각각 딴곳을 향해 벌어졌다. 나 안 취했어. 내가 장마담한테 비밀 한가지 말할까? 사내가 장마담의 얼굴을 두 손으로 잡고는 자신의 얼굴로 바싹 끌어당겼다. 사내의 입에서 고기냄새와 술냄새, 이가 썩는 고약한 냄새가 났다. 이건 비밀야, 내가 말했다는 거 절대 발설하면 안돼. 내가 장마담 사랑하는 거 알지? 이 건물 말야, 얼마 후면 다른 사람 손에 넘어가. 요 너머 유원지 있지? 그 사장이 인수할 거야. 이 건물을 뜯고 새 건물을 올린다는 거야. 독신자용 아파트.

장마담이 말을 마쳤다. 원장을 비롯한 사람들이 잠시 침묵했다. 혹시 헛소문 아닐까요? 당구장 정사장이 손가락을 만지작거렸다. 초크가 묻은 손가락 끝마다 건선으로 살이 터 있었다. 아녜요. 저도 그냥 술 취한 사람 이야기려니 했죠. 하지만 돈 계산 하난 정확하더 군요. 잔돈 천팔백원을 백원짜리 동전 하나 빠뜨리지 않고 다 챙겨 갔어요. 오늘 아침 전활 걸었어요. 화들짝 놀라면서 발뺌을 하는 거 예요. 사실이 아니라면 그렇게 발뺌을 하겠어요. 당구장 정사장이 맞장구쳤다. 거개가 다 건주정이라니까요. 술 취한 척해서 여자 몸 한번 더 손대려는 수작들이지요. 칠판 위에는 원장이 핵심만 추려 써놓은 글씨들이 빼곡했다. 유원지, 인수, 신축, 독신자용 아파 트……

체구가 작지만 근육질의 몸 때문에 미국 액션배우의 이름에서 딴 아놀드라는 별명으로 불리는 태권도장 사범이 말했다. 결사반댑니 다. 말을 조금 더듬는 그의 말씨가 오히려 비장하게 들렸다. 원장이 백묵을 힘껏 눌러 크게 썼다. 학생들에게 중요한 사항을 암기시킬 때 쓰는 습관이었다. 결사반대. 글씨의 획마다 으깨진 백묵가루가 붙어 있다. 그럼 누가 우리의 의견을 사장한테 이야기할까요? 일제 히 원장을 처다보았다. 원장은 대답 대신 입술을 입속으로 말아넣 고 앙다물었다. 아무래도 단합대회 때 얘기를 꺼내는 게 좋겠죠? 술도 한잔씩 할 테고 분위기가 느슨해졌을 때. 오케이치킨 장마담 의 말에 모두 동의했다.

사람들이 하나 둘 흩어지고 원장은 책상의 줄을 맞췄다. 심란한 마음 때문인지 책상 줄은 자꾸 비뚤어졌다. 칠판 위에 다시 고쳐쓴 글씨도 처음 것과 다름없이 기울어져 있었다. 그 글씨들이 마음에 들지 않았다.

　허겁지겁 일층으로 내려가는 장마담을 뒤따라나오던 꼬치구이집 박마담이 잡아세웠다. 환한 데서 보니 잔주름투성인데? 서른넷이라는 거 정말야? 진짜루 몇살야? 장마담이 뒤로 휙 돌아 서너 계단쯤 위에 선 박마담을 치떠보았다. 박마담은 펑퍼짐한 고무줄 바지를 입고 있었다. 고무줄은 허릿살 사이에 파묻혀 보이지 않았다. 근데 이 아줌마가 왜 사사건건 시비야? 정말 호된 맛을 보고 싶어 그래? 박마담이 바지를 추켜올리면서 이죽거렸다. 화내지 마, 얼굴에 주름살 다 드러난다구. 장마담이 계단을 내려가면서 쏘아붙였다. 중국산 은행알을 사다간 국산 은행으로 속여 파는 주제에. 유통기한 지난 닭똥집을 쓴다며? 순식간에 뛰어내려온 박마담이 장마담의 머리채를 잡아 돌렸다. 니가 봤어? 그 두 눈알로 봤어? 장마담이 질질 끌려가며 새된 비명을 질렀다. 장마담은 두 손을 뒤로 뻗어 버둥거리면서 박마담의 얼굴과 가슴을 할퀴었다. 당구장 정사장과 태권도장 아놀드가 뛰어내려와 박마담을 떼어놓았다. 남자 둘이 뒤에서 잡았지만 박마담은 줄행랑치는 장마담을 잡으려 발버둥쳤다.

　박마담은 니스냄새가 채 가시지 않은 꼬치구이점 앞에 섰다. 가게의 전면창에는 여러 종류의 꼬치구이가 담긴 접시들이 진열되어 있었다. 모두 플라스틱 모형이었다. 실물보다 모형이 훨씬 더 맛있고 싱싱해 보였다. 이주일 전에 가게 개조공사가 끝났다. 비좁은 가게 안에 다닥다닥 붙어 있던 좌석의 수를 줄이고 꼬치구이 그릴이 보이도록 스탠드를 만들었다. 붉고 어두운 색전구를 뜯어내고 조도가 높은 형광등을 달았다. 이년 전 유망 부업이라고 신문에 실린 광고만 믿고 꼬치구이 전문점을 이곳에 냈다. 남편의 죽음과 맞바꾼

돈이었다. 하지만 며칠 못 가 이미 자신이 후발 주자라는 것을 깨달았다. 꼬치구이 체인점만 오십개가 넘었다. 사람들에게 꼬치구이점은 이제 한물간 것이었다. 모든 꼬치구이 전문점들이 나무로 짜맞춘 비슷한 실내구조를 하고 있었고 메뉴도 똑같았다. 딱딱한 나무 의자에 앉으면 상대편의 무릎과 맞닿을 정도로 좌석이 비좁았다. 가게에 물건을 대주던 본사 또한 튼실한 회사가 아니었다. 어느날부턴가 꼬치구이 재료와 양념소스를 배달해주던 회사의 냉동차가 가게에 들르지 않았다. 전화를 걸었지만 그 전화번호는 결번이었다. 보증금조차 찾을 수 없었다. 몇달 동안 손님도 없이 월세만 지불했다. 큰아이가 중3이었고 작은아이가 초등학교 육학년이었다. 통장에 남아 있던 돈을 가게 개조에 투자했다. 실내장식을 바꾸고 어린이와 젊은이의 입에 맞도록 고추장에 토마토 케첩을 섞은 양념소스도 개발하고 가짓수도 다양하게 늘렸다. 술 손님이 오지 않는 낮 동안에는 가게 전면창 한쪽에 뚫어놓은 창문을 열고 그 앞에 그릴을 놓아 길을 지나다니는 어린아이들과 주부들에게 꼬치구이를 팔았다. 이제 손님이 하나 둘 늘기 시작할 때였다. 박마담은 가게 앞에 선 채 간판을 올려다보았다. 가게문을 여는 오전 열시부터 밤 열두시까지 꼬박 서서 그릴 위의 꼬치를 구웠다. 석쇠 위에 올려놓은 똥집과 닭살, 은행, 버섯에 바른 양념이 타면서 눈을 찔러댔다. 두 눈은 언제나 충혈되어 있었다. 연기를 고스란히 쐬고 있는 얼굴은 훈제실에 매달린 소시지처럼 탄력이 없어졌다. 장마담이 할퀸 상처가 따끔거렸다. 먼저 시비를 걸어 싸움을 했지만 명치께에 울화가 남아 있었다. 그제서야 석쇠 위에 얹어둔 꼬치구이가 떠올랐다. 꼬치에 꿴 닭고기 조각은 숯처럼 타 형체를 알아볼 수 없었다.

흐트러진 머리카락을 빗어내리니 빗에 한움큼의 머리카락이 딸려나왔다. 절대 얕보여서는 안되었다. 눈물을 보여서도 안되었다. 먼저 싸움을 걸지는 않았지만 누군가 싸움을 걸어오면 절대 지지 않았다. 그것이 꼬치구이 박마담이든 태광빌딩 곽사장이든 상관없었다. 술 취한 사내의 멱살을 잡고 끝내 술값을 받아내기도 했다. 사내들 앞에서 거짓눈물을 흘려본 것말고 진짜로 눈물을 흘린 게 언제였는지 까마득했다. 장마담은 분통을 열어 스펀지 분첩에 듬뿍 분가루를 묻혔다. 분통의 뚜껑 안쪽에 붙은 작은 거울 속으로 부챗살 모양의 주름살이 보였다. 늘 웃고 있어 생긴 주름이었다. 분첩으로 마른논 같은 주름을 꾹꾹 눌렀다. 늘 조도가 낮은 치킨집 안에 있어야 마음이 편했다. 가게 안에서만은 언제나 서른네살이었다. 햇살이 스며들지 않도록 거리로 향한 창에는 색비닐을 덧씌웠다. 가게 안에는 창이 없었다. 닭을 다 튀기고 나면 압력 튀김솥 안의 김은 뒷문으로 연결된 배출구로 빼냈다. 벽을 뚫어 단 두 개의 환풍기가 연방 돌아가며 담배냄새와 빙초산, 튀김기름 냄새를 빼주었다. 기름 때문에 끈적끈적해진 환풍기의 날개마다 자석에 붙은 철가루 같은 먼지가 켜켜이 쌓여 있었다. 새벽 두시가 되어 가게문을 닫으면 집으로 돌아가 정오가 될 때까지 잠을 잤다. 튀김기름에 쐬어 끈적끈적한 머리카락은 두 번이나 비누질을 해야 했다. 어려서부터 짙은 화장을 한 탓에 얼굴색은 납빛으로 죽었다. 화장은 더욱 두꺼워졌다. 생닭과 튀김가루, 양념을 대주는 차가 오는 저녁 다섯시경에 맞춰 가게로 나갔다. 인건비를 아끼기 위해 주문 판매는 하지 않았다. 앞치마를 두르고 맨 처음 하는 일은 튀김반죽을 개고 기름 위에 뜬 튀김 찌꺼기를 망으로 건지는 일이었다. 오래된 기름에서는 거품이 일었다. 가게 바닥을 비질하고 가끔 마른 쑥을 태웠다. 곧 손님들이 들이닥칠 시간이었다. 장마담은 머리핀을 꽂고 앞치마를 둘렀다. 나무를 가로로 켜 만든 둥근 도마는 칼질 때문에 가운데가 움푹 패었다. 장마담은 아랫입술을 지그시 깨물고 보이지 않는 무언가에 분풀이하듯 뭉툭하고 네모난 무쇠칼을 내리쳐 닭을 토막냈다.

몸에서 당이 빠지고 있다는 것을 알게 된 것은 일년 전 태광빌딩 단합대회에서였다. 간이화장실 앞에는 행락객들이 줄지어 서 있었다. 원장은 인적이 없는 곳을 찾아 비탈길을 내려갔다. 소변이 흐른 곳으로 개미들이 몰려들었다. 원장은 아이들의 책상에 쭈그리고 앉아 찬합에 싸온 도시락을 먹었다. 아내가 싸준 반찬은 싱겁고 조미료를 넣지 않아 썼다. 하지만 식이요법을 지키지 않으면 금방 당 수치가 올라갔다. 입주자들 모임 때문에 저녁식사가 늦어졌다. 아내는 늘 점심과 저녁 두 개의 도시락을 싸주었다. 선생들이 돌아간 뒤에도 늦게까지 남아 정리할 것들이 많았다. 원장은 남은 밥을 꾸역꾸역 마저 다 먹었다.

태광빌딩의 소유주인 곽은 삼십대 중반의 건장한 사내였다. 아홉 시가 되지 않은 시간이었지만 곽은 벌써 취해 있었다. 교통경찰의 눈을 피해 골목길만 골라 차를 몰았다. 태광빌딩 뒤의 작은 주차장에 주차하고 나자 긴장이 풀리면서 졸음이 몰려왔다. 곽은 검정색의 BMW의 시동을 끄고 주차장으로 나와 건물을 올려다보았다. 건물의 뒤는 앞보다 훨씬 더 낡아 있었다. 오케이치킨의 환풍기에서 끈적하고 냄새나는 김이 뿜어져나와 곽의 아랫도리를 감쌌다. 주차장 한쪽에 쌓아놓은 쓰레기 봉투에서 악취가 풍겼다.

곽은 건물을 한바퀴 돌아 정문 앞에 섰다. 사내 둘이 오케이치킨의 문을 열고 사라졌다. 색비닐이 찢긴 곳에서 내부의 붉은색 불빛이 새어나왔다. 어두웠지만 건물 외벽에 붙인 타일의 부분부분이 떨어져나가고 깨진 곳이 보였다. 건물 현관 입구에 박은 태광빌딩이라는 글자도 모두 떨어져나가고 자음 ㅌ만 간신히 붙어 있었다. 낮에는 글자들의 테두리에 낀 먼지 자국으로 글자들을 읽을 수 있었다. 곽은 주머니에 양손을 끼고 서서 건물을 훑어올라갔다. 빌보드노래방, 오케이치킨과 꼬치구이집, 당구공 모양의 동그라미를 창문마다 붙여놓은 핀토스당구장, 한빛속셈학원, 고구려태권도장. 그 모든 가게들이 건물의 품격을 떨어뜨리고 있었다. 이런 사람들 틈에 끼여 내일모레 단합대회라는 걸 가야 하다니. 생각만으로도 짜증이 났다. 건물 입주자들과 일년에 한번 단합대회를 갖는 것은 아버지의 생각이었다. 아버지가 죽고 나서도 여전히 곽은 아버지의 영향권 안에 있었다. 아버지는 이 건물 오층에 독서실을 운영하면서 아이들의 푼돈을 긁어모았다. 아버지는 고등학교를 졸업한 곽을 미국으로 유학 보냈다. 곽의 학력고사 점수로 갈 수 있는 대학이 이곳엔 없었다. 곽이 외화를 쓰면서 공부한 것들은 실생활에 도움이 되지 못하는 것이었다. 아버지의 죽음으로 곽은 한국에 돌아왔다. 아버지의 재산은 고스란히 곽의 것이 되었다. 맨 처음 곽이 한 것은 독서실을 폐쇄하는 것이었다. 아버지처럼 독서실 입구에 의자를 놓고 앉아 학생들에게 몇천원의 대여료를 받거나 남학생실과 여학생실을 번갈아 감시하면서 일생을 보내고 싶지 않았다. 독서실을 다니는 학생들에게 아버지는 올빼미라고 불렸다. 건물에는 학기초마다 유명 대학에 붙은 학생들의 명단이 적힌 플래카드가 걸리고는 했다. 아버지는 곽의 이름이 그 플래카드 속에 찍히기를 바랐다. 곽은 그 플래카드를 얼마 전까지 꿈속에서 보았다. 독서실을 채웠던 칸막이 달린 나무책상과 의자 들이 건물 밖에 쌓였을 때에야 기분이 홀가분해졌다. 건물을 수리해보려는 생각도 하지 않은 건 아니었다. 하지만 재래식 건물의 수리비용은 비전문가의 생각에도 만만치 않을 거였다. 게다가 낮 동안이면 아래층 태권도장에서 아이들의 기합소리가 올라왔다. 건물을 팔고 도시 외곽에 라이브 무대가 있는 레스또랑을 짓고 싶었다. 계단으로 향한 화장실 문은 빠끔히 열려 있었다. 암모니아 냄새 때문에 눈이 아렸다. 곽은 발길질로 문을 닫았다. 하지만 경첩이 녹슨 문은 도로 열렸다. 곽은 양미간을 찌푸리고 오층 자신의 숙소까지 걸어올라갔다. 낡은 건물 속에는 애시당초 엘리베이터 같은 건 없었다. 이 건물이 이십층짜리 고층 빌딩이라 해도 아버지는 전기세를 아끼기 위해 엘리베이터를 만들지 않으려 했을 것이다.

속셈학원의 원장은 아버지의 오래된 벗이었다. 곽은 원장을 아저씨라고 불렀다. 원장은 유머를 모르는 사람이었다. 곽의 아버지 또한 마찬가지였다. 오층으로 올라가는 곽을 어느새 따라온 원장이 불러세웠다. 원장은 곽의 등뒤에 바싹 서서 곽이 열쇠로 문을 열기를 기다렸다. 스위치를 올리자 원룸으로 탁 트인 방이 펼쳐졌다. 이상한 소문이 떠다니던데? 하루종일 강의를 한 원장의 입에서 구리텁텁한 냄새가 났다. 곽은 아무 말도 하지 않았다. 대답하지 않는 건 긍정으로 받아들이라는 의민가? 이번에도 곽은 대답하지 않았다. 술기운 때문에 온몸이 나른했다. 침대에 누워 잠을 자고 싶었다. 이 건물에는 자네 아버지의 피와 땀이 서려 있지. 이 건물을 판다는 건 아버지의 뜻을 하루아침에 저버리는 행위야. 곽은 의자로 가 걸터앉았다. 곽의 앞에 있는 진열장에는 트로피와 상패 들이 진열되어 있었다. 상패의 내용은 한결같이, 귀하는 지역 발전에 이바지한,으로 시작되었다. 곽은 그 트로피들을 아꼈다. 자꾸 말씀 돌리지 마세요. 아시잖아요? 전 단순한 놈예요. 빙빙 돌려 말하면 잘 이해 못해요. 저 먼저 단도직입적으로 말할게요. 아저씬 벌써 두달째 임대료가 밀렸어요. 임대료가 근처의 건물들에 비해 턱없이 싸다는 걸 누구보다 아저씨가 잘 아실 테죠. 아버지 때문에 봐주고 있었던 겁니다. 이곳은 학원자리로 맞지 않아요. 당구장이나 술집에 드나드는 사람들을 보고 아이들이 뭘 배우겠어요. 딴곳보다 저렴한 임대료 때문에 아저씬 참으셨겠지만요. 아저씨 사정을 봐드리느라 이낡고 더러운 건물을 계속 둘 수는 없어요. 원장의 맥박이 조금씩 빨라지고 있었다. 크게 숨을 들이마셨다. 하지만 자넨 아버지의 유지를 받들어야 하네. 곽의 윗입술이 비틀어졌다. 여전히 교과서 같은 말만 골라 하시네요. 이제 아저씬 선생이 아니고 저도 더이상 학생이 아녜요. 돌려 말하지 말고 차라리 비세요. 그런 게 오히려 마음을 움직이죠. 더이상 아버지를 물고 늘어지지 마세요. 아버진 돌아가셨어요. 원장은 천천히 돌아섰다. 하지만 원장의 속에서 아직 마르지 않은 이십대의 혈기가 일어섰다. 허기사 너에게 뭘 바라겠니? 넌 어려서부터 늘 네 아버지가 하지 말라는 짓만 골라 했지. 난 그때 네 아버지에게 말했었다. 외아들이라고 그렇게 키우지 말라고 말야. 1984년도, 네가 동급생을 때려 경찰서에 들어가 있을 때도 난 그 녀석 혼쭐나게 며칠 그곳에 두라고 했어. 하지만 네 아버진 내 말을 듣지 않았지. 너 같은 아이들을 난 숱하게 봤다. 그들의 종말이 어떻게 됐는지도 다 알지. 이 건물을 팔고 넌 여전히 흥청망청 돈을 쓰겠지. 돈을 다 쓰고 빈털터리가 되면 넌 무용지물인 자신을 보게 될 거야. 그제서야 내 충고가 생각날 거야. 곽이 일어나 원장에게 다가갔다. 곽의 키는 원장보다 얼굴 두 개가 더 컸다. 곽은 원장의 벗겨진 머리통을 내려다보았다. 모공 자국이 없는 살갗 위에 핀 검버섯이 보였다. 곽의 혀는 술기운과 졸음 때문에 풀려 있었다. 1984년이 아니라 1985년이었어요. 그놈의 훈계, 이젠 지겨워. 잘도 지껄이는군. 곽이 두 손으로 원장의 양복을 움켜쥐었다. 곽의 손에 몸이 딸려올라가 바닥에는 간신히 원장의 발가락 끝이 닿았다. 곽은 움켜쥐었던 손을 놓으면서 원장의 몸을 떼밀고 의자에 앉았다. 이제 그만 나가달라는 뜻이었다. 원장의 몸이 조금 뒤로 기우뚱거렸다. 양팔을 물속 오리의 발처럼 경망스럽게 휘둘렀다. 원장의 한 손이 무언가 짚을 만한 것을 더듬었지만 아무것도 없었다. 한발을 뒤로 옮겨 온몸의 체중을 지탱하면 되었다. 젊었을 때는 제자리에서 공중제비를 하고 똑바로 착지할 수도 있었다. 하지만 한발을 뒤로 내디딜 시간조차 없었다. 원장은 걷잡을 수 없이 뒤로 쓰러졌다. 원장은 쓰러지는 자신에게 화가 났다. 또 그놈의 평형감각이 문제라니까. 원장이 유리 진열장을 덮쳤다. 유리 칸막이가 깨지면서 트로피들이 붉게 변한 원장의 얼굴 위로 쏟아져내렸다. 원장이 깊은 숨을 토했다.

　곽은 여전히 의자에 앉은 채로 깨진 유리 파편들과 흐트러진 트로피들, 입에 거품을 문 원장을 보았다. 저 노인이 왜 저기 누워 있는 거지? 곽은 의아스러웠다. 시간이 좀 흐르자 현실을 따라잡을 수 있었다. 원장을 흔들어 깨웠지만 아무 소용이 없었다. 전화 수화기를 집어들고 119를 눌렀지만 상대방이 받기 전에 수화기를 내려놓고 말았다. 곽은 우선 출입문을 잠갔다. 의자에 앉아 두 시간이 넘도록 곰곰이 생각했다. 자신이 한 것이라고는 원장의 무게중심을 조금 옮겨놓은 것뿐이었다. 정글에서 표범 한마리 죽는 건 이야깃거리도 되지 않는다. 하지만 이곳은 정글이 아니었고 게다가 사람이었다. 아무도 자신의 결백을 믿지 않을 것이었다. 뉴욕에 사는 동안 곽은 눈앞에서 총을 맞고 사람이 쓰러지는 것을 보았다. 총을 쏜 사람은 죽은 사람의 양복 주머니에서 지갑을 꺼내 도망쳤다.

원장을 일으켜세우려 했지만 강파른 노인의 몸은 생각보다 훨씬 무거웠다. 사후 경직이 시작되어 턱과 목의 근육이 굳고 있었다. 숱이 없는 뒤통수에서 자그마한 혹이 만져졌다. 곽은 원장의 축 늘어진 한팔을 들어 자신의 목 뒤에 걸쳤다. 한팔은 원장의 허리를 감싸쥐었다. 원장의 몸이 가까스로 세워졌다. 일층까지 이어진 계단 앞에 서자 엘리베이터가 없는 이 건물에 정나미가 떨어졌다. 사람들의 눈에 띌 것을 우려해 계단의 등은 켜지 않았고 발소리를 죽였다. 곽은 어둠속에서 계단을 디디고 내려가면서 날이 새는 대로 당장 이 건물을 팔아치워버리겠다고 작정했다. 다행히 사층 태권도장의 문은 잠겨 있었다. 삼층 속셈학원 앞을 지나가다가 몇번이나 원장을 놓칠 뻔했다. 속셈학원의 문은 열려 있었다. 문 안으로 정리정돈이 잘 된 책상과 의자들이 보였다. 이층으로 내려가려는데 누군가 화장실 문을 열어놓고 서서 오줌을 누고 있었다. 오줌발이 타일바닥에 튀는 소리가 났다. 그 앞을 지나치려는데 바지를 추스르면서 누군가 곽에게 말을 걸어왔다. 어디 나가세요? 당구장 정사장이었다. 곽은 대답 없이 고개만 까딱했다. 그런데 옆에 부축하고 계신

분, 혹시 원장님 아니세요? 곽은 대충 둘러댔다. 제 방에서 술을 좀 하셨거든요. 정사장이 곽에게로 다가왔다. 그럼 제가 좀 도와드리지요. 원장님, 저예요, 당구장 정이에요. 그때 당구장 안에서 사내의 목소리가 정사장을 찾았다. 어쩌죠? 도와드려야 하는데. 정사장이 안에 대고 소리쳤다. 예에, 곧 갑니다, 가요. 곽의 어깨가 뭉그지르게 쑤셔오기 시작했다. 정사장이 미적거리면서 당구장 안으로 사라졌다. 건물 현관을 나서려는데 셔터문을 내리던 꼬치구이집 박마담이 알은체를 했다. 여자들은 남자들보다 의심이 많았다. 벌써 가게문을 닫으세요? 땀으로 젖은 머리카락이 이마에 달라붙었다. 박마담이 오케이치킨을 가리켰다. 사장님도 아시다시피 저흰 밤늦게까지 술 파는 데가 아녜요. 아이들도 데리고 와서 식사를 할 수 있는 곳이죠. 술을 원하는 손님에게는 술을 내주기는 하죠. 곽은 흘러내리는 원장의 몸을 다시 치켜올렸다. 어세 가보세요, 아이들이 기다릴 텐데. 보시다시피 아저씨가 많이 취하셨어요. 아무래도 댁까지 모셔드려야 할 것 같은데요. 박마담이 원장의 건강을 염려했다. 사모님이 아시면 걱정하실 거예요. 곽은 주차장으로 갔다. 원장의 두 발이 땅에 질질 끌렸다. 하수구에 튀김기름을 붓고 있던 오케이치킨 장마담이 인기척에 놀라 벌떡 일어섰다. 마담은 어둠속에서도 곽과 원장의 얼굴을 단번에 알아보았다. 어머, 원장님 많이 취하셨네? 곽은 자신의 외제차 앞으로 걸어갔다. 장마담이 곽의 등에 대고 콧소리를 냈다. 참 이상도 하네, 술이라면 한방울도 입에 대지 않는 양반인데. 차문을 열기 위해 원장의 체중을 한팔로 견뎌내야 했다. 주차장 통로로 봉고차가 천천히 들어섰다. 헤드라이트 불빛 때문에 안에 타고 있는 사람은 보이지 않았다. 곽은 눈이 부셔 양미간을 찌푸린 채 그대로 서 있었다. 헤드라이트 불이 꺼지면서 운전석에 앉아 있던 사내가 뛰어내렸다. 사장님. 말을 더듬는 것으로 보아 태권도장 사범이었다. 문을 열고 뒷좌석에 원장을 태웠다. 원장의 몸이 시트 위로 쓰러졌다. 곽은 원장의 몸을 일으켜세워 좌석에 기대앉혔다. 그러고는 큰 소리로 떠들었다. 아저씨, 제가 댁까지 모셔다드릴게요. 도착하면 깨워드릴 테니 푹 주무세요. 속은 괜찮으세요? 태권도장 사범이 재빨리 봉고차에 올라타고 주차장 안으로 들어오며 길을 터주었다. 봉고차 옆을 지날 때 보니 차의 보조석에는 노래방의 미스 김이 앉아 있었다. 백미러로 태권도장 사범이 봉고차의 짐칸에서 맥주캔과 새우깡이 든 비닐봉지를 꺼내는 것이 보였다.

　원장을 싣고 무작정 도로로 나왔지만 막상 갈 곳이 없었다. 곽은 원장의 집을 알지 못했다. 한번도 자신의 차에 원장을 태운 적이 없었다. 백미러 속으로 자는 듯 앉아 있는 원장의 얼굴이 비쳤다. 꽉 다문 입술이 고집스러워 보였다. 세 시간 전만 해도 곽은 취했고 침대로 가 잠을 잘 생각뿐이었다. 하지만 지금은 취기와 졸음이 다 달아나버렸다. 곽은 골목길로 접어들었다가 다시 도로로 빠져나오는 일을 되풀이했다. 아파트가 건설되고 있는 매립지까지 가보았지만 그곳은 유원지와 그 앞에 빼곡이 들어선 유흥업소의 불빛으로 대낮처럼 밝았다. 다행히 보안등이 고장난 골목길을 찾았다. 곽은 헤드라이트를 끄고 기어를 일단에 놓은 채 골목길로 깊숙이 들어갔다. 땅을 팔 만한 도구를 찾기 위해 트렁크를 열었다. 부러진 스키 폴대가 있었다. 스키 폴대를 잡고 땅을 찔러보았지만 콘크리트 바닥이었다. 맨땅을 찾았지만 아무데도 없었다. 스키 폴대로 콘크리트를 찔러보던 곽이 신경질을 냈다. 어떻게 된 게 이 도시엔 맨땅 하나 없는 거야. 곽은 뒷좌석에서 원장을 끌어내 트렁크에 눕혔다. 좁은 트렁크 안에서 원장의 몸은 자궁 속의 아이처럼 동그랗게 말렸다. 원장을 싣고 다시 태광빌딩 주차장으로 되돌아왔을 때는 새벽 세시가 넘어 있었다.

　그 시간 빌보드노래방의 카운터는 태권도장 사범 아놀드가 지키고 있었다. 간판의 불은 진작에 껐다. 건물이 후미진 곳에 위치한 것이 다행이었다. 열두시가 넘으면 문을 내리고 손님을 받았다. 그 시간 대부분의 손님이 술을 찾았다. 노래방에서는 술을 파는 것이 금지되어 있었다. 빌보드의 주인인 처녀는 노래방 부스 하나를 개조해 그곳에서 잠을 잤다. 그젯밤 처녀는 노래방을 아놀드에게 맡겨놓고 밤외출을 했다. 화장실에 다녀오는 길에 아놀드는 태광빌딩 사장과 나란히 걸어오는 처녀를 보았다. 처녀는 사장 앞에서 소리 죽여 울었다. 사장은 담배를 피워물고 엉뚱한 곳에 시선을 두고 있었다. 부모님이 하던 노래방을 처녀가 맡게 된 것은 일년 전이었다. 햇볕이 들지 않고 통풍도 되지 않는 지하실이 아버지의 건강을 망쳐놓았다. 아버지와 어머니는 시골로 내려갔다. 시골집에 생활비와 병원비를 보내드리기 위해 처녀는 술을 팔기 시작했다. 새벽까지 영업을 하고 술을 판다는 소문이 돌아 손님이 늘었다. 가끔 술 취한 손님들이 처녀의 손을 붙들고 놓아주지 않았다. 아놀드가 노래방 일을 도와주면서 손님들의 짓궂은 장난은 없어졌다. 카운터 옆의 부스 문이 열리면서 새우잠을 잔 처녀가 슬리퍼를 끌며 나왔다. 아놀드는 햇빛을 받지 못해 희디흰 처녀의 얼굴을 쳐다보았다. 아놀드는 처녀의 얼굴을 똑바로 보지 못했다. 낼모레 야외로 나가니까 그때 해바라기나 실컷 해요. 자외선 차단제 같은 걸 바를 생각은 마요. 낮에는 이 지하실에만 있지 말고 가끔 도장으로 올라와요. 운동을 하지 않음 몸은 점점 약해질 거예요. 처녀는 양미간을 찌푸리고 아놀드가 더듬더듬 내뱉는 말을 들었다. 이야기를 듣는 것만으로도 힘이 들었다. 처녀는 아놀드의 말을 끊었다. 이제 몇팀이나 남은 거죠? 제발 빨리 가주면 좋으련만. 아놀드는 처녀에게 묻고 싶은 말을 도로 꿀꺽 삼켰다. 그젯밤 왜 운 거예요?

처녀는 아놀드가 자신에게 마음을 주고 있는 걸 진작부터 알고 있었다. 하지만 끝까지 모른 척할 것이다. 아놀드와 태광빌딩 소유주인 곽은 너무도 달랐다. 지난 삼개월 동안 곽은 자신이 필요할 때만 처녀를 불러냈다. 유원지에 있는 호텔방에 처녀를 혼자 두고 먼저 가버린 적도 있었다. 그젯밤 곽은 처녀에게 이제 더이상 만나지 말자고 말했다. 모자란 게 있으면 고칠게요. 애원도 해보고 이 사실을 소문내겠다고 겁도 주었다. 곽은 끄떡도 하지 않았다. 소문을 낼 테면 어디 한번 내봐. 누가 더 불리할까. 너도 닭이나 튀기고 사내들에게 웃음을 팔면서 중년을 맞고 싶은 거야? 몇시간 전 곽은 아놀드의 봉고차에 타고 있는 처녀를 보았다. 주류 판매가 금지된 노래방에서 버젓이 술을 팔고 있다는 것도 알아챘을 것이다. 곽에게 처녀를 떼어낼 좋은 구실이 생겼다.

곽은 열시가 넘어 눈을 떴다. 바닥에 흩어진 유릿조각과 트로피들을 보자 어젯밤 일이 고스란히 떠올랐다. 지금도 원장은 자신의 차 트렁크에 있을 것이다. 오월이었다. 오월의 더위는 부패를 촉진할 것이다. 생물의 사체를 영양원으로 하는 스캐빈저만이 더디게 생기길 바랄 뿐이다. 곽은 창문을 열고 주차장을 내려다보았다. 단합대회가 내일로 다가와 있었다. 트렁크에 시체를 넣어둔 사람이라면 누구라도 한가롭게 놀러 갈 마음이 생기지 않을 거였다. 하지만 곽은 마음을 바꿨다. 남이섬에서 북한강의 상류로 한 시간쯤 더 들어가면 강기슭에 곽의 작은 별장이 있다. 여름이면 그곳에 가서 모터보트를 타고 수상스키를 즐겼다. 단합대회 장소는 곽의 별장에서 모터보트를 타고 가면 나타나는 무인도였다. 섬이라기보다는 강물 위로 올라온 둔덕이었다. 곽은 그 둔덕을 고래등이라고 불렀다. 그곳의 토양은 모래와 점토로 이루어져 있다. 그곳이라면 백개가 넘는 구덩이를 팔 수도 있었다.

속셈학원에 맨 처음 나온 사람은 국어 담당 여선생이었다. 언제나 원장이 먼저 출근해 문을 열어두고는 했다. 문은 잠겨 있지 않았다. 출입구와 가까운 책상 위에 뚜껑을 잘 닫지 않은 찬합이 놓여 있었다. 보리 알갱이와 반찬의 양념이 묻어 있었다. 찬합에서 쉰내가 났다. 여선생은 걸레를 빨아 책상들을 훔치고 학원 한쪽 원장의 책상으로 갔다. 책상 밑에 원장의 검정색 구두 두 짝이 반듯하게 놓여 있었다. 원장은 출근을 하자마자 구두를 벗어놓고 실내화로 갈아신었다. 구두를 벗어놓은 걸 보면 먼곳으로 외출한 것은 아니었다. 칠판 지우개를 집으러 칠판으로 갔다. 지우개로도 지워지지 않은 글씨 흔적이 남아 있었다. 지우개에 힘을 주고 닦았지만 글씨는 지워지지 않았다. 여선생은 소리나게 읽었다. 결사반대. 원장 집으로부터 전화를 받은 후에야 여선생은 어젯밤 원장이 집으로 돌아가지 않았다는 걸 알았다. 하지만 출근하셨는걸요, 지금은 잠깐 어디 가셨지만요. 여선생이 대답했다. 원장은 오후가 되어도 나타나지 않았다. 하지만 그날 하루는 조용히 흘러가고 있었다. 원장 부인은 원장이 학원에 출근한 것으로 알고 있었고 여선생은 학원에 출근한 원장이 볼일을 보러 나간 것으로 알았기 때문이었다. 아무도 원장이 실종되었으리라고는 생각하지 않았다.

당구장 정사장은 초록색 우단 위에 놓인 세 개의 공의 각도를 가늠하며 큐대에 초크를 칠했다. 옆에는 아놀드가 큐대를 세워 쥐고 정사장의 손놀림을 유심히 들여다보고 있었다. 정사장의 큐가 어긋나면서 흰 공이 엉뚱한 곳에 가 부딪쳤다. 정사장의 실수는 아주 드문 일이었다. 그러니까 아침 일찍 나간 원장이 아직 돌아오지 않았단 말이지? 아놀드가 대답 대신 고개를 주억거렸다. 정사장이 손가락으로 천장을 찔러댔다. 위에다 물어봤어? 어젯밤 같이 나가는 걸 봤는데. 아놀드가 당구대에 바싹 엎드린 채 말했다. 아침에 학원에 출근하셨다니까요. 학원선생이 그러더라구요. 정사장이 요구르트를 한모금 마셨다. 술독 때문에 어디 목욕탕에라도 처박혀 자고 있는 거 아냐? 아놀드가 공을 따라 당구대를 돌았다. 하지만 시계 같은 분 아닙니까. 정사장이 큐대를 고쳐잡았다. 시계라도 언젠가 한번은 서게 돼 있는 거야. 게다가 낡고 고물일수록 자주 서는 법이지.

아래층으로 내려가다 말고 멈춰서서 당구장 안의 정사장과 아놀드를 보았다. 정이 가끔 손가락을 위로 치켜올렸고 아놀드는 고개를 갸웃거렸다. 어젯밤 두 사람 모두 곽이 원장을 부축해 가는 것을 보았다. 정사장이 언뜻 문밖에 선 곽을 본 것도 같았다. 하지만 정사장은 허겁지겁 곽에게서 등을 돌렸다. 태광빌딩 입주자 모두가 목격자였다. 곽은 다시 오층 자신의 방으로 올라갔다. 창문을 열고 담배를 피웠다. 주차장이 내려다보였다. 곽의 차로 가까이 다가온 여자가 차 안을 들여다보고 있었다. 여자가 고개를 들어 실눈을 뜨고 오층 곽의 방 창문을 올려다보았다. 오케이치킨 장마담이었다. 곽은 허겁지겁 창문 아래로 몸을 숨겼다. 참 이상도 하네, 술이라면 한방울도 입에 대지 않는 양반인데. 어젯밤 곽의 뒤에 대고 했던 장마담의 목소리가 또렷하게 떠올랐다.

태광빌딩 입주자들은 사층 태권도장에 모였다. 매트리스가 깔린 바닥에 흩어져 앉았다. 당구장 정사장이 조심스럽게 말을 꺼냈다. 내일 아침까지도 원장님이 나타나지 않는다면 우리 일은 모두 수포로 돌아갈 겁니다. 조리있게 이야기를 할 분은 그분뿐인데 댁에도 아무 연락을 안하셨다니. 그건 그렇고 가지고 갈 것들을 좀 확인해야겠어요. 오케이치킨 장마담이 껌을 질겅거리며 말했다. 닭은 넉넉하게 튀길게요, 소주나 맥주도 좀 준비하구요. 박마담이 머리를 긁적였다. 그럼 쌀하고 밑반찬은 내가 해야겠네, 김치도 좀 있어야겠구. 당구장 정사장이 준비해온 수첩에 할당 품목을 적었다. 차는 태권도장 봉고차를 쓰면 되겠고 기름값은 내가 내겠어요. 태권도장 아놀드가 말했다. 운전은 걱정 마세요. 안전하게 여행지까지 모실 테니까요. 저녁에 당구장 정사장과 마신 술로 얼굴이 불콰해 있었다. 술에 취해 있을 때면 말을 더듬지 않았다. 당구장 정사장은 마지막으로 빠진 것이 없는지 꼼꼼하게 목록을 확인했다. 꼬치구이집 박마담이 말을 꺼냈다. 지금 단합대횐지 뭔지가 중요한 게 아냐. 이제 어떻게 할 거예요? 오케이치킨 장마담이 한숨을 내쉬었다. 이 건물이 팔리는 건 불 보듯 뻔한 일이에요. 요즘 들어 사장의 외출이 부쩍 늘었어요. 문제는 팔 때 팔더라도 시기가 언제냐는 거죠. 박마담의 얼굴이 금세 파랗게 질렸다. 잠 한숨 못 잤어요. 남아 있는 돈을 모두 가게 개조에 썼는데 건물을 팔다니. 게다가 건물을 헐고 오피스텔인가 뭔가를 세운다니. 권리금은커녕 가게 개조비까지 몽창 날리고 거리로 나앉게 생겼어요. 박마담이 윗도리 자락을 당겨 얼굴을 훔쳤다. 장마담이 박마담의 손을 쥐었다. 박마담도 그 손을 뿌리치지 않았다. 장마담의 얼굴이 일그러지면서 주름이 드러났지만 눈물은 나오지 않았다. 눈물을 흘려본 것이 언제였는지 까마득했다. 그래도 자식 있는 언닌 행복한 사람야. 자식 한번 실어보지 못하고 다 늙은 나는 어떻구. 닭을 튀기고 술 취한 사내들 짓궂은 장난 다 참아내면서 기껏 단골 몇 만들어놨더니 건물이 헐린다니. 열심히 돈을 모아 시골에 집을 짓고 조용히 살면서 말년을 보내고 싶어. 난 이 가게 인수할 때 권리금을 줬어. 그럼 그 권리금은 도로 받아 나가야 할 것 아냐. 단골손님 끊기는 건 정사장님도 마찬가지죠? 당구장이야말로 단골들이 아니면 꾸려나갈 수 없었다. 새로운 곳에 가서 자리를 잡으려면 처음부터 다시 시작해야 한다. 태권도장 아놀드가 갑자기 웃으면서 이야기를 꺼냈다. 우리 모두 단 한사람 때문에 이렇게 고통을 받고 있어요. 원장님까지 여섯 명이 단 한 명을 상대로 이렇게 맥없이 나동그라지다니, 돈이 그렇게 힘이 센가요. 젠장 그 한명만 없어지면 모든 게 깨끗해질 텐데요. 아놀드가 홧김에 내뱉은 말에 사람들의 얼굴이 백지장처럼 하얗게 질렸다. 노래방 처녀는 살갗에 푸르스름한 소름이 돋는 걸 보았다. 아놀드가 중얼거렸다. 사고사야 흔하니까요. 처녀는 사람들의 눈에서 살의를 읽었다. 눈빛 속에 날이 선 도끼날을 감추고 있었다. 박마담과 장마담이 동시에 작게 따라했다. 아무렴, 사고사야 흔하지, 그렇구말구. 처녀는 무릎을 두 손으로 쥐고 온몸을 작게 움츠렸다.

　그때 체육관 문이 열리고 곽이 들어섰다. 단합대회 준비들 하세요? 체육관에 앉아 있던 다섯 명의 시선이 일제히 곽의 얼굴로 쏠렸다. 곽은 그 얼굴들마다에서 비밀을 들켰을 때의 당혹스러움과 적의를 느낄 수 있었다. 곽은 사람들이 앉아 있는 곳까지 가지 못했다. 어디선가 돌이 날아올 것 같았다. 곽은 분위기를 애써 떨치면서 큰 소리로 웃었다. 술이랑 고기 같은 건 걱정하지 마십시오. 들고 가려면 괜히 짐만 되니까요. 제가 전화로 미리 준비해두라고 일러놓죠. 곽은 떠밀리듯 문밖으로 나왔다. 곽은 정신없이 뛰어 자신의 방으로 올라왔다. 보조 열쇠까지 모두 잠갔다. 유릿조각을 치웠지만 유리를 맞추지 못해 트로피들이 방 한쪽에 늘어서 있었다. 그들 모두 어젯밤 일을 알고 있었다. 곽은 바닥에 앉아 마른 수건으로 트로피들을 닦았다. 머릿속으로는 내일 있을 단합대회를 계획했다. 북한강까지는 차로 가서 곽의 별장에 여장을 풀고 섬까지 모터보트로 들어가야 했다. 주말이라 수상스키를 즐기려는 사람들이 몰려올 테지만 그곳은 곽만이 알고 있는 비밀장소였다. 모터보트에 입주자들을 태우고 가다가 모터보트를 뒤집을 수도 있다. 하지만 아놀드나 해병대였다는 당구장의 정이 염려되었다. 트로피들이 반짝반짝 광이 났다. 일은 무인도에서 나오는 길에 이루어져야 했다. 그때쯤이면 사람들은 만취해 있을 것이다. 사람들이 술을 마시고 있는 동안 모터보트로 와서 엔진을 조금 조작해두면 될 것이다. 모터보트 밑에 구명조끼를 숨겨놓고 과열된 엔진이 폭발하기 직전에 자신은 보트에서 뛰어내려 구명조끼를 입는다. 보트에 탄 입주자들이 허둥대는 동안 배는 서서히 가라앉을 것이다. 북한강의 거센 물살이 보트와 그들을 삼켜버릴 것이다.

태광빌딩 입주자들이 한곳에 모였다. 오케이치킨 문고리에는 정기휴일이라는 팻말이 걸렸다. 장마담은 눈가의 주름을 가리기 위해 짙은 선글라스를 끼고 서 있었다. 일찍 일어난 탓에 연거푸 엷은 하품을 해댔다. 박마담은 새로 산 운동화 때문에 발이 아팠다. 얼음을 채운 아이스박스 속에는 고기 잰 것과 야채 들이 들어 있었다. 맥주와 소주병이 꽂힌 플라스틱 상자가 차에 실렸다. 당구장 정사장은 카메라를 들고 그늘 아래 서 있는 장마담을 찍어댔다. 외제차를 몰고 사장이 나타났다. 약속시간인 아침 아홉시가 지났지만 원장은 나타나지 않았다. 원장이 올 때까지 무작정 기다릴 수는 없었다. 주말이었고 더이상 지체하다가는 정체 차량 속에서 꼼짝도 할 수 없을 것이다. 원장님이 같이 가시면 훨씬 더 좋을 텐데. 오케이치킨 장마담의 말은 곽에게 협박처럼 들렸다. 곽은 속엣말을 했다. 서운해 마세요. 원장님도 우리와 같이 단합대회에 가십니다. 그들은 가게 앞에 세워둔 봉고차를 배경으로 기념촬영을 하기로 했다. 전원이 다 찍힐 수 있도록 거리를 지나가는 청년을 불러세웠다. 소풍 가세요? 부럽습니다. 청년은 카메라를 받아쥐고 뒤로 물러섰다. 당구장 정사장이 곁에 선 장마담의 어깨에 손을 얹었다. 청년이 웃었다. 얼굴이 다 굳었어요. 웃으셔야죠. 김치. 태광빌딩 사장과 입주자들은 청년이 시킨 대로 김치 하고 입을 벌리며 카메라 렌즈를 향해 어색하게 웃었다.

〔한국문학 1999년 여름호〕

촛농 날개

너는 한쪽 다리로 버티고 일어나 시소 쪽으로 갔다.

모래밭 위에 너의 그림자가 길게 늘어져 있다.

너는 그림자마저 생기지 않는 아래 잘린 다리의 그림자를 굽어보았다.

그림자 속에서 너의 몸 반쪽은 영원히 허공에 떠 있을 수 있었다.

촛농 날개

너의 시계는 세시 십사분에서 멈췄다. 초침은 시계의 유리덮개가 깨질 때 떨어져 달아났다. 너는 시계가 멈춘, 일이분 후에 의식을 잃었다. 네가 단지 조금 긴 낮잠을 자는 거라고 생각한 그동안에 너의 병실에서 내려다보이는 시립병원의 앞마당에는 서서히 계절이 바뀌고 있었다.

혼자 걸을 수 있을 무렵 너는 자주 링거병을 매단 삼각대를 밀고 마당에 나가 해바라기를 했다. 누군가를 기다리는 사람처럼 가끔 손목시계를 들여다보았다. 언제나 세시 십사분이었다. 고지대에 자리잡은 마당에서는 병원 정문이 고스란히 내려다보였다. 그곳은 구급차들과 한손에 음료수 상자를 든 문병객들로 늘 혼잡스러웠다. 커다란 책가방과 신주머니를 든 채 사방을 두리번거리며 병원문 안으로 들어서는 계집아이는 그 분주한 풍경 속에서 한눈에 띄었다.

아이는 인도가 아닌 차도 한복판으로 조심조심 걸어올라오고 있었
는데 응급환자를 실은 구급차와 손님을 태운 택시 들이 아이를 그
대로 통과하며 속도를 높였다. 그때마다 아이의 모습은 난시청 지
역의 텔레비전 화면처럼 조금 흔들릴 뿐이었다. 너는 의자에 앉은
채로 그 계집아이를 기다렸다. 시공을 뛰어넘어 신기루처럼 열살의
네가 스물일곱살의 너를 문병하러 오는 중이었다.

　　운동장을 가로질러 열살의 네가 걸어간다. 너는 오늘도 아이들
사이에 끼이지 못하고 혼자다. 실내화로 갈아신는 너의 몸을 치면
서 앞다퉈 교문 밖으로 달려나간 아이들은 지금쯤 학교 앞 분식점
이나 만화방, 문방구를 기웃거리고 있을 것이다. 너는 네 또래의 여
자아이들에 비해 키가 두 뼘 정도 작다. 아이들 틈에 끼여 있을 때
면 너의 작은 몸은 단박에 두드러진다. 기껏해야 예닐곱살 정도로
밖에 보이지 않는다. 같은 반 아이들은 너를 참새라고 부른다. 등에
짊어진 책가방 끈이 양어깨에 파고들고 한손에 든 신발 주머니가
땅에 닿아 질질 끌린다. 네가 걸어간 뒤로 구불구불한 금이 그어진
다. 아이들이 모두 빠져나간 텅 빈 운동장은 오늘따라 유난히 넓어
보인다. 너는 단 한번도 이렇게 운동장을 가로질러 간 적이 없었다.
항상 운동장의 가장자리, 학교 건물의 그림자 속으로만 걸어다녔
다. 너는 벌써부터 가로질러 걷는 것이 힘에 부친다. 이후로 다시는
넓은 운동장이나 호텔의 로비·라운지 같은 곳을 가로질러 간 적이
없다. 아이들을 뒤쫓아가려는 성급한 마음에 지름길을 택했지만 너
의 걸음걸이는 자꾸 더뎌진다. 가까스로 교문까지 왔지만 너에게는
교문을 나가 아이들에게 말을 붙일 용기가 없다. 색색으로 칠한 폐

타이어들이 박힌 놀이터 쪽으로 온다. 방금 누군가 타다 갔는지 그네에는 여운이 남아 있다. 너는 책가방을 진 채로 그네의 나무 밑신개에 엉덩이를 걸친다. 무심코 시작한 발장난에 그네는 앞뒤로 조금씩 흔들리기 시작하고 어느 순간부터 너는 그네를 탄다. 책가방과 신주머니를 모래밭 위에 던져놓고 그네 위에서 발을 구른다. 요령이 생기면서 어느덧 너와 그네의 움직임이 일치되고 너는 파도에 떠다니는 미역처럼 그네에 실려 멀어졌다가 되돌아온다. 그네의 원이 조금씩 커지고 너의 작은 발이 실린 그네의 밑신개가 두 개의 쇠사슬이 매달린 가로대까지 올라오고 너의 몸은 땅바닥과 수평을 이룬다. 너의 몸은 어느새 땀으로 범벅이 되고 입에서는 단내가 풍긴다.

어느날 그네를 굴러 가로대 위까지 차고 올라왔을 때 두 손으로 붙잡은 그네의 쇠줄을 놓아버린다. 그네에서 벗어난 너의 몸이 공중으로 솟구친다. 아주 짧은 시간이었지만 너는 네가 날고 있다고 생각했다. 사과나무에서 땅바닥으로 사과알을 떨어뜨리는 만유인력이라는 것이 없었다면 너는 그대로 날아올라 운동장 가에 심긴 플라타너스의 이파리를 훑고 지나가 오층 높이의 학교 건물 뒤로 사라졌을 것이다. 하지만 땅은 너의 작고 가벼운 몸을 끌어당겨 너는 그네에서 얼마 떨어지지 않은 모래밭 위에 사뿐히 내려앉았다.

너는 너의 몸이 공중에 떠 있는 시간이 다른 아이들보다 조금 길다는 것을 어렴풋이 깨닫게 된다. 그네봉에는 모두 다섯 개의 그네가 매달려 있어 어떨 때는 다섯 명의 아이들이 그네를 탈 때가 있다. 같이 그네를 타던 아이들이 너를 따라 덩달아 그네에서 뛰어내린다. 아이들은 그네에서 뛰어내리자마자 그넷줄 바로 앞에 떨어지

며 모래밭에 나뒹군다. 하지만 이제 너는 그네를 구르는 동안 미리
착지할 곳을 정해놓기도 한다. 네가 착지한 모래밭 위에는 새 발자
국처럼 단정한 너의 발자국 두 개가 찍혀 있다.

　싫증난 아이들이 그네에서 정글짐, 시소로 옮겨가는 동안에도 너
는 줄곧 그네만 탄다. 그네를 타는 동안 너는 좀더 먼곳에 떨어지는
방법을 연구하고 그네에서 땅으로 떨어지기 직전, 공중에서 조금
더 머물 수 있는 방법을 궁리하기도 했는데 마침내 떨어지는 동안
에 몸을 말아 돌려 한바퀴 공중제비를 해내게 되었다. 운동장 여기
저기에 흩어져 놀던 아이들이 삽시간에 네 주위로 몰려들었다. 그
런 건 나도 할 수 있어. 너를 시샘한 같은 반 아이 하나가 너처럼 그
네에서 뛰어내린다. 하지만 둔탁한 소리와 함께 머리부터 곧장 모
래밭에 내리꽂힌다. 모래에 얼굴이 긁히고 코피가 쏟아지면서 아이
가 모래알이 잔뜩 든 입을 벌리고 울기 시작한다. 담임선생님이 뛰
어온다. 이런 위험한 장난은 좋지 않아. 누가 먼저 시작했지? 아이
들의 눈이 일제히 너에게로 쏠린다. 아이들의 눈빛은 좀전과는 다
르게 싸늘하다. 그후로 적어도 학교 운동장에서만큼은 그네에서 뛰
어내리는 아이들을 볼 수 없다. 너도 두번 다시 그네 근처에 얼씬거
리지 않는다.

　선생님, 전 하늘을 날고 싶어요. 하지만 자꾸 땅이 날 잡아당겨
요. 너는 아이들이 모두 돌아간 텅 빈 교실에 선생님과 마주앉아 있
다. 선생님은 처음으로 너의 생김새를 꼼꼼하게 살펴본다. 아주 작
은 아이로구나. 선생님은 얼마 전 새로 사서 세탁을 잘못해 줄어든
모직 원피스를 떠올린다. 이 아이는 줄어든 옷처럼 모든 것이 조금
씩 작은 아이로구나. 순간 선생님의 마음 한구석에 스쳐가는 것이

있다. 하늘을 날고 싶어하는 이 아이가 혹시 학교 옥상 같은 곳에서 몸을 날리는 것은 아닐까. 선생님은 고개를 설레설레 저으며 불길함을 떨쳐버린다. 하지만 선생님의 머릿속에서 너는 수십번도 넘게 옥상에서 떨어져내린다. 선생님은 너의 작은 눈을 들여다보며 한 자 한 자 꼬집듯 힘주어 이야기한다.

잘 들어라. 새들만 하늘을 날 수 있단다. 사람은 절대루 날 수 없다. 단지 넌 다른 아이들에 비해 체공시간이 조금 길 뿐이란다. 어머니를 모셔오겠니? 하지만 너의 어머니는 매일 저녁 일곱시에 집으로 돌아온다. 엄마는 학교에 올 수 없어요. 하루 결근이면 삼일치 월급을 까니까요. 선생님은 하는 수 없이 하늘을 날고 싶다는 너에게 칠판 가득 글씨를 쓰게 한다. 너의 작은 키 때문에 "사람은 하늘을 날 수 없다"는 글자는 칠판 절반만 가득 메운다. 선생님은 글씨를 쓰고 있는 너의 뒷모습을 바라본다. 그래서 아이들이 널 참새라고 부르는구나.

중학교에 들어간 너는 잠시 하늘을 날 수 있다는 생각을 접어두기로 한다. 이제 너는 더이상 그네를 탈 나이도 아니었고 누군가에게 하늘을 날고 싶다는 이야기를 털어놓을 만큼 어리석지도 않다. 너는 너의 몸을 자꾸 땅으로 끌어당기던 만유인력이라는 것에 대해서도 구체적으로 알게 된다. 그때 아이들 사이에서는 공책 안쪽에 좌우명 같은 것을 써놓는 것이 유행이었는데 너는 "내일 지구가 멸망하더라도 나는 오늘 한그루의 사과나무를 심겠다"는 유의 글 대신 "만유인력의 크기는 질량의 곱에 비례하고 거리의 곱에 반비례한다"고 써놓았다. 만유인력이라는 것에서 벗어날 수 있다면 사람도 하늘을 날 수 있다고 너는 믿었다. 하지만 만유인력의 크기를 작게 만드는 것조차 중학생인 너에게는 숙젯거리다. 중학생이 되었지만 여전히 너의 키는 네 또래보다 작다. 그때 여자 중학생의 평균키가 154센티였는데 너의 키는 평균에도 훨씬 못 미치는 143센티였다. 체육시간이 끝나고 교실로 들어가려는 너를 체육선생님이 불러 세운다.

작은 실내체육관의 콘크리트 바닥에는 떨어지고 부닥쳐도 다치지 않을 두툼한 매트리스들이 가득 깔려 있다. 체육관 안은 냉장실처럼 서늘해서 너는 몸을 부르르 떨었다. 어두컴컴한 체육관 안쪽에서 누군가 너를 부른다. 네가 체육선생님이 말한 그 아이니? 이리 가까이 와봐. 바닥 가득 깔린 매트리스 때문에 너는 주춤거린다. 오늘만 그냥 밟고 와, 앞으론 절대 할 수 없을 테지만 말야. 너는 목소리를 향해 똑바로 걸어갔지만 푹신한 매트리스 때문에 자꾸 뒤뚱거린다. 육단 높이의 뜀틀 위에 짧은 머리의 젊은 여자가 앉아 있다. 한손에는 길다란 막대기를 들고 있었는데 그 끝이 바닥에 닿았다. 삼월이었지만 아직도 차가운 날씨였다. 짧은 치마 아래로 드러난 다리는 스타킹도 신지 않은 맨다리였다. 뜀틀 이단쯤에서 대롱거리는 작은 두 발에는 학생들이 신는 실내화가 신겨 있다. 어디 좀 볼까. 젊은 여자가 단 위에서 뛰어내려와 너의 앞에 선다. 가까이에서 보니 여자의 키는 너의 짐작보다도 훨씬 더 작다.

이제 너는 방과후면 곧장 체육관으로 달려간다. 이곳에서 너는 더이상 참새란 별명으로 불리지 않는다. 그곳에 모인 아이들 전부가 너처럼 자그맣다. 너는 모처럼 마음이 평화롭다. 너는 선배들이 쓸 뜀틀을 옮기고 훈련이 끝난 뒤면 체육관을 청소한다. 가끔 화창

한 날에는 수십개의 매트리스를 밖으로 들어내서 볕에 말린다. 너의 학교는 언덕 위에 있었는데 체육관 앞에 빈틈없이 널린 매트리스들은 언덕 아래 버스정류장에서도 보였다. 햇빛을 받은 매트리스들은 만년설 같았다. 매트리스에서 앞뒤구르기를 하고 다리 일자벌리기로 훈련이 시작된다. 애써 다리를 벌리고 앉아 있으면 코치의 지시에 따라 선배들이 달려들어 어깨 위에 무동을 탄다. 비명을 지르면 코치가 들고 있는 몽둥이로 사정없이 배를 찌른다. 너의 사타구니 여린 살갗에 피멍이 든다. 너는 다른 체조부원들과 똑같이 맞춘 체조복을 입는다. 살집 없는 작은 엉덩이 때문에 체조복은 자꾸 위로 기어올라가 엉덩이가 드러난다. 너의 귀가시간은 점점 늦어진다. 이번에는 엄마가 너를 기다린다. 매일 늦는 너를 위해 엄마는 너에게 손목시계를 사준다. 너의 가는 손목 때문에 시곗줄에 새로운 구멍을 뚫어야 했다. 여름이 되고 네가 뜀틀 연습을 하는 동안 시계는 너의 손목에 하얀 띠 모양을 만들어놓았다. 가죽끈 안에 고인 땀 때문에 살갗이 불어오르지만 넌 늘 그 시계를 차고 있었다. 네가 체육관에 깔린 수많은 매트리스 위에서 굴러가는 동안 가을이 지나고 겨울이 지난다.

웬일인지 너에게는 아직 초조(初潮)가 없다. 너는 네 옆에 앉은 친구가 한달에 한번 아주 은밀하게 책가방을 열어 무언가를 꺼내 후닥닥 옷 속에 숨겨 화장실에 다녀오는 것을 본다. 그것말고도 너에게는 이차 성징의 징후가 없다. 가슴 위로 올라가는 브래지어를 자꾸 끌어당기는 중학교 일학년 여자애들의 버릇이 너에게는 없다. 아이들의 책가방에는 네가 가지고 있지 않은 것들이 들어 있다. 아이들은 백인 금발머리 남자애와 가수·탤런트 들의 사진을 모은다.

방과후면 방송국의 공개 방송을 보기 위해 몰려가는 아이들을 보며 너는 체육관으로 올라간다. 아이들은 네가 관심있는 코마네치나 넬리 김에 대해 잘 모른다. 연습과 시합 때문에 너의 책상은 빈자리일 때가 많아진다. 너는 수업을 빠질 수 있다는 것 때문에 아이들의 부러움을 산다.

이학년이 되면서 너는 누군가를 훔쳐보는 습관이 생겼다. 두 학년 위인 연희라는 이름의 체조부 선배다. 고등학교 일학년인 연희는 전국체전 서울대표로 나가 평균대 종목에서 금메달을 땄다. 너는 가끔 중학교 건물을 벗어나 조금 떨어진 고등학교 운동장을 기웃거린다. 연희가 평균대 시범을 보일 때면 너는 홀린 듯 그 모습을 바라본다. 평균대에 올라서는 자세부터 연희는 다른 사람들과 다르다. 대부분 도약대를 평균대 끝에 놓는데 연희는 평균대 한가운데 도약대를 놓는다. 도움닫기로 뛰어와 도약대 위에서 발을 굴러 뛰어올라 곧바로 평균대 위에 일자뻗기로 앉는다. 평균대의 폭은 십 센티밖에 되지 않는다. 너는 아직도 기본동작을 훈련중이지만 아무도 없을 때 평균대 위에 올라가보기도 한다. 한발 한발 내디딜 때마다 너는 중심을 잡기 위해 두 팔을 날개처럼 퍼드덕거려야 했다. 너는 그 선배를 따라 머리를 기르기 시작한다. 머리를 정수리에서 동여매고 빠지는 짧은 머리카락을 고정하려면 열 개가 넘는 실핀이 필요하다. 바싹 묶은 머리 때문에 눈과 눈썹이 당겨올라가 너의 얼굴 표정은 늘 화가 난 것처럼 보인다.

너의 주종목은 이단평행봉이다. 2.3미터와 1.5미터 높이의 두 봉 사이를 번갈아 오갈 때 너의 작은 몸과 긴 체공시간은 두드러진다. 하지만 봉 위에서 물구나무서기로 정지할 때면 몸을 지지한 두 팔이 자꾸 흔들린다. 물구나무서기에서 회전, 다시 낮은 봉으로 건너 뛰고 높은 봉을 다시 옮겨잡을 때 몸을 뒤바꾸는 연습중에 너는 쥐고 있던 봉을 놓치고 바닥으로 떨어진다. 그럴 때마다 코치의 긴 막대기가 너의 아랫배를 쿡쿡 찔러댄다. 너는 벌로 체육관 한가운데 물구나무서기 자세로 한 시간 동안 서 있는다. 몸이 굽거나 넘어지면 처음부터 다시 시작이다. 얼굴로 피가 몰리고 몸을 지지한 두 팔이 사정없이 휘뚝거리기 시작한다. 너의 눈앞으로 희고 붉고 누르스름한 맨다리들이 지나간다. 지나가는 다리들은 벌을 서고 있는 너에게 한마디씩 농담을 던진다. 가늘고 흰 다리가 네 앞에 선다. 발목에 두른 각반 위의 종아리와 허벅지에는 검보라색 멍이 들었다. 너는 벌건 얼굴을 들어 그 다리의 주인을 올려다본다. 연희다. 연희이기 때문에 너의 얼굴은 더욱 붉어진다. 물구나무서기를 할 때 두 손바닥으로 네 몸을 받치고 있다는 생각을 하지 말고 바닥을 들고 있다고 생각을 해봐. 내 경우엔 효과가 있었어. 아까 착지할 때, 너무 멋지더라.

체육관에서 연희의 모습을 볼 수 없다. 연희는 아시안게임의 주전선수로 뽑혀 선수촌으로 들어갔다. 매일 밤 너는 연희에게 편지를 쓴다. 체육관에 가는 것도 시들하다. 지각한 벌로 너는 토끼뜀을 뛰거나 물구나무서기를 하거나 철봉에 매달려 있다. 신문에서 아시안게임 유망주라는 코너에 나온 연희의 사진을 본 적이 있다. 너는 물론이고 코치까지도 연희가 평균대 부문에서 메달권 안에 들 거라고 확신했다. 하지만 메달 소식보다 연희의 사고 소식이 먼저 들려왔다. 뜀틀 연습을 하던 도중 연희는 공중에서 떨어져 목이 꺾였다. 신경이 다쳐 목 아래의 사지를 쓸 수 없다는 소식이었다.

아시안게임이 끝난 후에도 연희는 학교로 돌아오지 않는다. 너는 이제 물구나무서기의 정지동작에서도 더이상 흔들리지 않는다. 높은 봉에서 회전을 하고 착지동작으로 이어지는 과정에서 두 번 반 공중돌기를 할 수 있게 되었다. 그 무렵 너는 그네를 타던 열살 때의 기억을 되살려내서 하늘을 날고 싶다는 생각에 다시 사로잡혀 있었다. 이단평행봉 위에서 연습하는 동안 너는 어릴 적 그네에서 그랬던 것처럼 너의 몸을 잡아끄는 중력과의 싸움을 시작했다. 삼학년으로 올라갈 무렵 너는 학교의 주전선수가 되었다. 턱과 발뒤꿈치를 들고 온몸을 쭉 편 채로 걷는 독특한 걸음걸이가 몸에 뱄다.

단 한번, 너는 체육관으로 가는 대신 연희를 찾아갔다. 연희는 여전히 병원에 입원중이었다. 네가 갔을 때 연희는 점심을 먹고 있었다. 어머니로 보이는 중년 여자가 숟가락으로 밥을 떠넣어주고 있었는데 연희는 입을 꾹 다문 채 좀처럼 벌리지 않았다. 어머니가 숟가락 끝으로 입을 벌리기 위해 애를 쓰다 연희의 머리통을 쳤다. 연희는 침대 가로 쓰러져 베개에 얼굴이 파묻혔지만 일어나지 못한다. 어머니가 울면서 연희를 잡아일으켜 등뒤에 베개를 대준다. 침대에서 어설프게 기대앉아 있는 연희는 예전의 연희가 아니었다. 얼굴과 온몸에 하얗게 살이 올라 있었다. 환자복 아래로 드러난 손목도 살이 겹쳐 누에 같았다. 정수리에 단정하게 묶었던 머리카락은 귓바퀴가 훤히 드러나도록 짧게 잘라져 있었다. 너는 병실 안으로 들어가지 못하고 되돌아왔다. 너는 그날로 너의 머리를 짧게 잘라버렸다. 코치는 연습시간을 빼먹은 것과 머리를 짧게 잘라버린 것 때문에 몽둥이로 너의 아랫배를 찔러대며 목소리를 높였다. 너는 일학년들이 해야 할 체육관 청소를 하고 빼먹은 연습시간만큼

밤늦게까지 남아 연습을 한다. 너는 자꾸 평행봉에서 떨어지고 뜀틀로 뛰어가다 중간에서 멈춰서기를 반복한다. 평균대 위에서는 발 한번 딛지 못하고 매트리스 위로 나동그라진다. 순간 아랫배가 코치의 몽둥이에 찔릴 때처럼 와락와락 쑤셔온다. 초조다.

고등학생이 되었지만 변한 것은 없다. 체육관을 들락거리고 맨다리의 코치에게서 훈련을 받는다. 대회를 앞두면 수업은 하나도 들을 수 없다. 회전·지지·도약을 반복하는 동안 네 몸에는 멍자국이 늘어간다. 굳은살이 박인 두 손으로 하루종일 로진백을 쥐었다 놓는다. 떨어지거나 미끄러지지 않기 위해서는 어쩔 수 없다. 손에만 묻히는 데도 온몸이 로진가루투성이다. 체조복과 다리, 팔에는 누군가 손바닥으로 때린 것처럼 허연 손바닥 자국이 찍혀 있다. 맨소래담 로션 냄새는 이제 너의 체취가 되어버렸다. 너의 얼굴은 조금 각이 졌고 지지동작과 평행봉이 익숙해지면서 너의 상체는 역삼각형 모양으로 근육이 잡혔다.

너는 차고 있던 시계를 끌러 한칸 뒤의 구멍에 끼워넣는다. 가죽끈의 구멍을 한칸 늘려 끼우면서 무언가 불길한 징조를 느낀다. 전국체전 서울대표 선발전에서 너는 이단평행봉 연기를 한다. 그때 그 불길한 조짐은 현실로 다가왔다. 너는 그 연기를 수없이 반복 연습해 눈을 감고도 할 수 있었다. 일단에서 이단으로 뛰어올라 봉을 잡고 흔들어오르고 물구나무서기로 정지동작, 연거푸 세 번 손을 놓았다가 회전하며 다시 봉을 잡는 그 동작은 숨을 쉬는 것만큼이나 익숙해져 있었다. 하지만 너는 봉을 잡는 대신 허공을 두 손으로 쥐었고 너의 몸은 걷잡을 수 없이 매트리스 위로 떨어졌다. 너는 남은 연기를 하기 위해 다시 봉으로 뛰어오르지만 한번 엉클어진 동작은 수습할 수 없었다. 너는 착지동작에서 무리한 욕심을 냈다. 떨어진 점수를 만회하려는 생각이었다. 두 번 반의 공중돌기를 세 번으로 늘려보려 했다. 너는 혼자서 세 번 공중돌기를 연습하고 있었다. 하지만 열 번 시도 끝에 겨우 두 번 정도 성공했을 뿐이었다. 너는 봉에서 날아올라 세 번 공중돌기를 한다. 하지만 너는 두 발로 착지하는 대신 엉덩방아를 찧었다. 너는 10점 만점에서 7.8점을 받았다. 대표선수 자격은 다른 학교의 학생에게 돌아갔다.

교실에서 너의 자리는 복도에서 가장 가까운 맨 앞자리였다. 칠판에 적힌 수학문제를 필사하고 있었지만 잦은 결석 때문에 전혀 이해가 되지 않았다. 그때 뒷자리에 앉아 있던 급우가 연필로 너의 등을 찔렀다. 야, 고개 좀 숙여줄래? 네가 칠판을 다 가리고 있잖아. 일학년 가을에서 이학년 봄까지 너의 키는 십 센티가 넘게 자랐다.

너는 이제 중고등학교 체조선수들을 통틀어 가장 큰 선수가 되어버렸다. 이단평행봉에서 착지동작을 위해 회전을 할 때면 채 두 번을 돌기도 전에 엉덩이부터 바닥에 떨어졌다. 너의 엉덩이는 어느새 펑퍼짐하게 벌어져 바닥에 닿으면서 둔탁한 소리를 냈다. 잘 익은 홍시가 땅바닥에 떨어지면서 터지는 것 같았다. 연습하던 체조부원들이 너를 보며 웃음을 터뜨렸다. 너는 다시 참새라고 불리게 되었는데 그전과는 다른 뜻의 별명이었다. 너는 매일 혼자 남아 훈련을 했다. 하지만 철봉에 매달려 있는 것조차도 조금씩 힘이 들기 시작했다. 철봉에 매달려 있으면 두 팔에 너의 몸무게가 전해졌다. 어릴 적 그네에서 떨어지면서 얼굴부터 모래밭에 박히던 여자아이가 떠올랐다. 너는 자꾸 떨어졌고 그때마다 손바닥에 로진가루를 묻히고 침을 뱉어 다시 뛰어올랐다. 나중에는 손바닥에 뱉을 침마저 입안에 고이지 않았다. 너의 사방에는 체조에 사용할 기구들이 널려 있었다. 그 앞에 설 때마다 너는 올라가는 것보다 떨어지는 것에 대해 점점 더 많이 생각하기 시작했다.

신발을 벗으려는 너를 향해 코치가 말한다. 금방이면 돼. 그냥 걸어와. 너는 맨 처음 코치를 만난 그날을 떠올린다. 너는 신발을 신은 채 매트리스 위를 걸어간다. 코치의 얼굴을 너는 언제부턴가 내려다보고 있었다. 코치는 그사이 결혼을 하고 두 아이의 엄마가 되어 있었다. 하지만 코치는 오년 전 그대로였다. 늘 짧은 치마를 입었고 맨다리였다. 코치는 한손에 든 몽둥이로 뜀틀을 툭툭 친다. 도대체 너, 뭘 먹은 거야? 내가 모르는 사이에 키가 커지는 약이라도 발명된 거야? 코치의 목소리가 체육관 안을 돌아 웅웅거린다. 하루 아침에 콩나물처럼 자라버렸으니, 내 참. 네가 이렇게 커버릴지 누가 짐작이나 했겠니? 코치가 되레 화를 내고 있다. 너는 코치 앞에서 정말 먹지 말아야 할 것을 먹은 사람처럼 고개를 숙이고 서 있다. 아킬레스건을 다치고 목이 다쳐 체조를 그만둔 경우는 봤지만 이런 경우는 처음이야. 어쩌면 잘된 일인지도 몰라. 어차피 체조선수의 생명은 너무도 짧으니까 말야. 체육관 문을 밀치는 너의 뒤에 대고 코치가 소리친다. 최선을 다해 공부해라. 알았지? 너는 혼자 비탈길을 내려오며 네가 할 수 있는 것에 대해 궁리해본다. 너는 비누로 막 씻은 손바닥에서도 늘 로진향과 시큼한 침냄새를 맡았고 수학 영어 국어보다 이단평행봉과 뜀틀, 평균대가 익숙했다. 너는 너 또한 너의 코치처럼 더이상 크지 않을 것이라고 믿었다. 꿈에도 키가 큰 너를 생각해본 적이 없었다.

　너는 이학년 여름방학을 앞둔 어느날 교실로 되돌아왔다. 아이들 틈에 끼여 보충수업을 하고 집으로 돌아오면 밤 열한시가 지나 있다. 일학년 책을 다시 꺼내 펼쳤지만 모르는 것투성이다. 가끔 체육관으로 나가 훈련을 하기도 했다. 실수를 해도 코치는 너에게 달려오지 않는다. 더이상 벌을 세우지도 않는다. 체육관 앞까지 가놓고도 안으로 들어가지 못하고 주위를 어슬렁거린다. 체육관 창문으로 새어나오는 오렌지 불빛이 따스하다. 너는 문밖에 서서 몸이 매트리스 위로 떨어지는 소리와 기합소리, 코치의 앙칼진 목소리를 듣다 돌아온다.

　스포츠 가방을 들고 체육복 차림의 네가 창경궁 앞에 서 있다. 왜 하필 그곳에 갈 생각을 했는지 지금도 알 수 없다고 너는 두고두고 이야기했다. 아마도 너는 어릴 적 갔었던 동물원을 떠올린 것 같다. 하지만 동물원은 다른 곳으로 이전한 후였다. 창경궁 문이 열리기를 기다리면서 너는 핫도그와 오뎅국물로 요기를 한다. 아침 일찍 이런 고궁을 찾는 사람은 없었다. 그 시간, 네가 유일한 방문객이었다. 너는 천천히 창경궁을 지나 다리를 건너서 창덕궁 쪽으로 갔다가 몇번이나 되돌아온다. 그사이 일본 관광객으로 보이는 사람들이 우르르 몰려왔고 네 옆에서 모깃소리 같은 이국어로 떠들어댔다. 너는 고가의 뒤편, 사람들이 잘 찾지 않는 곳에 놓인 벤치에 앉는다. 비둘기떼들이 모여들어 부리로 땅바닥을 쪼아대고 있었다. 너는 매점에서 팝콘 한봉지를 산다. 네가 팝콘을 던질 때마다 비둘기떼가 팝콘알들을 쫓아 우르르 날아오른다. 비둘기떼 사이에는 왼쪽 발가락 한개가 잘린 비둘기도 있고 한쪽 눈에 게뚜더기가 앉은 것도 있다. 게걸스럽게 팝콘을 향해 달려드는 비둘기들 가운데 가만히 선 채 까무룩까무룩 눈을 감는 비둘기를 너는 유심히 본다. 폐관을 알리는 구내 방송이 들린다. 가방을 메고 일어나려는 네 앞에서 비둘기 한마리가 별안간 주저앉는다. 너는 생명체의 몸에서 생명이 빠져나가는 순간을 처음 목격한다. 사람들의 발길이 끊기고 매점의 직원이 퇴근했을 때에도 너는 그 자리에 우두커니 서 있다. 해가 기울기 시작하면서 사위는 금방 어둑신해진다. 비둘기들은 모두 어디론가 날아가고 너의 발치에는 따라가지 못하고 조금씩 경직되기 시작하는 비둘기가 있다. 가방을 열어 땅을 파낼 만한 것을 찾았지만 너의 가방 속에는 체조복과 물파스, 공책 한권과 볼펜 몇자루가 들어 있을 뿐이다. 너는 볼펜으로 땅을 파기 시작한다. 땅은 생각보다 단단해서 볼펜이 부러진다. 손으로 흙을 긁어내 작은 구덩이를 만든다. 흙이 긴 손톱 새에 피가 맺힌다. 체조복으로 비둘기를 둘둘 말아 구덩이에 넣고 흙을 덮어 발로 다진다. 경비원 둘이 네가 앉은 쪽을 향해 걸어올라오고 있었다. 너는 네가 앉았던 의자 뒤의 고가 위로 기어올라간다. 비둘기들에 정신이 팔려 눈여겨보지 않은 곳이다. 경비원의 플래시 불빛이 멀어졌다. 너는 기와지붕에 앉아 숲과 호수와 다리를 바라보았지만 짙고 옅은 어둠만 보였다. 너는 어둠속을 더듬어 동물원이 있던 자리를 가늠해보기도 했다. 너는 지붕 위에 앉은 채로 날이 밝아오는 것을 보았다. 지붕에서 내려와 정문까지 오지만 문은 닫혀 있다. 창경궁의 담쯤이야 너에겐 식은 죽 먹기였다.

　네가 하루 결석했지만 학교에서는 아무도 눈치채지 못했다. 네가 교실에 나타나지 않는 것이 나타나는 것보다 더 자연스러웠기 때문이다. 너는 더이상 체육관에 가지 않았다. 그 무렵 연희의 소식을 들었다. 신학 공부를 하고 있다고 했다. 체조부에서 탈퇴했을 때 너의 키는 168센티까지 자라 있었다.

너의 오래된 시계는 이제 자주 멈춰선다.

아가씨, 지금 몇시나 됐죠? 은행 마감시간에 맞춰 허겁지겁 뛰어가 예금을 하고 오는 길이다. 상고를 졸업한, 너보다 여섯살 많은 경리 아가씨는 늘 늑장을 부리다가 은행 마감시간이 다 돼서야 일을 마친다. 너는 늘 은행까지 뛰어간다. 돌아오는 길은 배로 더디다. 너는 아파트 관리실에서 경리 보조일을 하고 있다. 몇시나 됐냐니까요? 그제서야 너는 네 앞을 막고 있는 스쿠터를 깨닫는다. 너는 너의 낡고 오래된 손목시계를 들여다본다. 두시 삼십분요. 남자가 고개를 갸우뚱거리며 너의 얼굴을 올려다본다. 거 이상하네, 아까 짜장면 먹을 때가 그때쯤이었는데. 정말, 두시 삼십분 맞아요? 남자의 두 눈동자가 짓궂다. 너의 시계는 멈춰 있다. 시계를 귀에 바싹 대보지만 초침소리는 들리지 않는다. 언제 시계가 멈춰선 걸까. 아주 오랫동안 너는 시계를 들여다보지 않았다는 것을 깨닫는다. 암튼 고맙습니다. 그런데 혹시 62번 버스를 타나요? 남자의 느닷없는 물음에 너는 당황한다. 매일 똑같은 시간에 버스정류장에 서 있는 것을 보았죠. 소금쟁이 알아요? 아주 긴 다리를 가진 물벌렌데 말이죠, 수면 위에 서 있죠. 버스정류장에 서 있는 모습이 소금쟁이 같았어요. 그건 그렇고 시계수리점은 요 앞 큰길가에 있어요. 그 시계수리점 바로 옆으로 영화동네라고 쓰인 커다란 간판이 보이죠. 난 거기서 일합니다. 바로 버스정류장 앞이죠. 그럼 다음 기회에. 툴툴거리면서 스쿠터가 점점 멀어진다. 남자가 너를 향해 소리친다. 참고로 말씀드리자면 지금은 오분 전 다섯십니다. 제 이름은 강혁준이구요.

시계수리점의 주인이 너의 시계에 약을 갈아끼우는 동안 너는 유리창 밖을 내다본다. 사차선 도로 건너편으로 네가 버스를 기다리는 정류장이 보인다. 히하, 정말 오랜만에 보는 시계로군요. 저도 어릴 적 이 상표의 시계를 찼었죠. 이제 이 회사에서는 이런 시계를 만들어내지 않죠. 대신 이런 걸 뽑아내죠. 주인은 유리상자를 열고 하얀 솜 위에 진열된 손목시계 두어 개를 꺼내 진열대 위에 올려놓는다. 자, 보세요. 이게 모두 그 회사 제품입니다. 디자인과 품질 모두 외제 못지않죠. 사시라는 건 아닙니다. 구경 한번 해보시라는 거죠. 그리고 요즘 시계 두서너 개 가지고 있는 거야 보통 아닙니까? 요 가죽끈으로 된 시계는 캐주얼한 옷차림에 어울리고 요 금장시계는 정장 차림에 잘 어울리죠. 시계를 귓가에 대고 초침소리를 듣기 위해 신경을 모은다. 하지만 시계수리점 안은 크고 작은 시계 초침소리로 가득하다. 거리로 향한 벽 한면에는 각양각색의 시계들이 걸려 있다. 벽걸이시계에서부터 만화 캐릭터를 본뜬 자명종시계까지 크고 작은 바늘들이 같은 시간을 가리키고 있다. 너는 벽에 걸린 수많은 시계 중의 하나를 쳐다보고 손목시계의 바늘을 맞춘다.

너는 동네 서점에 들러 곤충도감을 산다. 원색 화보 속에 소금쟁이의 사진이 실려 있다. 소금쟁이의 긴 네 다리가 수면에 떠 있다. 네 개의 다리는 기타줄처럼 팽팽하게 긴장하고 있다. 빗방울에 맞거나 갑자기 물의 흐름이 거세지면 물속으로 휩쓸려들 것 같다. 하지만 불안해 보이는 만큼 매혹적이다. 왜 소금쟁이는 물위에 서 있어야 할까. 네 발을 딛고 설 안전한 땅은 쌔고쌨다. 소금쟁이는 표

면장력을 이용해 물위에 설 수 있는 것이고 게다가 다리의 긴 털을 이용해 물위를 달려갈 수도 있다. 너는 물위를 달려가는 소금쟁이를 머릿속에 그려본다.

영화동네의 유리창에는 신프로 출시 비디오 포스터들이 잔뜩 붙어 있다. 너는 버스정류장에 서서 버스를 기다리는 동안 건너편 비디오가게를 힐끗거린다. 남자는 전화로 비디오를 주문하는 사람들에게 비디오를 가져다주고 회수해오는 일을 한다. 가끔 가게 앞 가로수에 남자가 타고 다니는 스쿠터가 비스듬히 세워져 있기도 했다. 스물세살의 너는 연희를 숨어보던 것처럼 남자를 지켜본다. 너를 태우지 않은 62번 버스가 그대로 지나간다. 이봐요, 버스가 그냥 가는데 어디다 정신을 놓고 있는 거예요? 너는 네 뒤로 다가와 서 있는 스쿠터를 미처 보지 못했다. 안 들려요? 62번 버스가 막 떠났다구요. 벌써 두 대째예요.

스쿠터를 타고 있을 때는 눈치채지 못했는데 남자는 네 키에 훨씬 못 미치는 작은 키다. 너는 세번째 62번 버스를 타는 대신 남자와 함께 자댕이라는 이름의 커피전문점에 앉아 있다. 녹색 앞치마를 두른 아가씨가 탁자에 커피 두 잔을 내려놓고 간다. 와, 생각보다 키가 큰데요? 백칠십? 고등학교를 졸업한 후로도 너의 키는 조금 더 자랐다. 재본 적은 없지만 아파트 관리실의 남자 직원들과 이야기할 때면 거의 모두 눈을 맞출 수 있었다. 이제 너는 아동복 코너에서 옷을 고르던 조그만 중학생이 아니다. 키 작은 남자 좋아해요? 남자가 커피에 설탕을 타며 멋쩍게 웃는다. 너는 여러 대회에 출전하면서 남자 체조선수들을 보았다. 남자 선수들 또한 제 또래 학생들에 비해 키들이 작았다. 키가 작은 남자 체조선수들에게 너는 익숙해 있었다.

　남자는 한때 어린이 드라마의 주인공을 맡았던 아역 탤런트 출신
이라고 했다. 아직도 가끔 내 얼굴을 기억해주는 사람들이 있어요.
싸인을 해달라고 할 땐 정말 곤혹스럽다니까요. 남자는 함께 공연
했고 지금은 유명 연예인이 되어 있는 탤런트 몇몇의 이름을 입에
올렸다. 너도 알 만한 사람들이었다. 하지만 남자의 키는 열다섯살
이후로 성장하지 않았다. 남자는 아직도 브라운관에 데뷔할 기회를
엿보고 있다고 했다. 그래서 연기 공부도 할 겸 비디오를 공짜로 실
컷 보는 재미로 비디오가게에서 잔심부름을 맡고 있었다. 남자는
영화의 멋진 대사들을 외우고 험프리 보가트처럼 담배를 입에 문
채 이야기를 할 수도 있었다.

　자라야 할 사람은 자라지 않고 자라야 하지 않을 사람은 이렇게
크게 만들어놓는 게 삶이죠. 삶이란 것이 자기 뜻대로 되는 것은 아
니죠. 「로마의 휴일」 봤어요? 거기 나오는 말이에요.

　연인 사이가 그렇듯이 너는 남자와 맥주를 마시러 가기도 하고
심야영화를 보기도 한다. 남자는 때와 장소에 맞게 영화의 대사들
을 말하고는 했는데 맥주잔을 부딪칠 때면 "당신의 눈동자에 건배"
라는 「카사블랑카」의 대사를 빌려오고 너를 집 앞까지 데려다주고
돌아갈 때는 "예술도 자연도 이제까지 그대보다 아름다운 것을 만
들어내진 못했소"라는 말을 해서 너를 웃게 했다. 남자와의 첫 입맞
춤 때 네가 들은 말은 "키스하지 말아요. 또다시 입맞춤을 한다면
난 당신 곁을 떠날 수 없을 거예요"였다.

　남자는 너와 만나기로 한 약속장소에 나타나지 않는다. 너는 비
디오가게 문앞에서 남자의 스쿠터가 나타날 때까지 기다린다. 하지

만 스쿠터에는 남자가 아닌 낯선 사내가 앉아 있다. 강혁준씨 오늘 안 나오셨나요? 스쿠터의 사내는 그런 사람을 잘 모르겠으니 가게 안으로 들어가보라고 한다. 대여 비디오의 제목을 컴퓨터에 입력하고 있던 주인 남자가 너를 알아본다. 그 자식 오늘부터 여기 안 나옵니다. 이런 데 있는 애들 뻔하죠, 뭐. 여기저기 옮겨다니는 철새들 같으니까요. 아가씨가 오면 이걸 전해주라고 하던걸요. 주인 남자는 너에게 편지 한통을 건넨다. 십육절지 편지지 한가운데 단 한 줄의 글이 씌어 있다. 당신을 파멸시키기보다는 차라리 당신을 잃겠어요. 그 글 아래로 깨알 같은 작은 글씨가 덧붙여 있다. 「마리아의 연인」 중 마리아의 대사.

뭐랍니까? 혹시 아가씨한테 자기가 탤런트였네 그런 헛소리는 안합디까. 혁준이라는 이름, 그것도 가짭니다. 이름만 해도 열 개가 넘을 겁니다, 내 참. 너는 주인 남자의 말을 믿지 않기로 한다. 횡단보도를 건너 버스정류장 앞에 선다. 62번 버스가 그냥 지나간다. 너는 남자의 이름조차도 알지 못한다. 지난 육개월 동안 남자가 너에게 한 말과 행동은 모두 영화 속 주인공들의 대사와 유명한 장면들을 흉내낸 것인지도 모른다. 영화 대사를 빌려 작별인사를 했지만 당신을 파멸시키기 싫어 차라리 당신을 잃겠다는 그 말은 진실일 거라고 너는 생각한다. 너는 언젠가 본 적이 있는 영화의 한 장면을 떠올린다. 오드리 헵번이 캐리 그랜트를 향해 말한다. 난 당신을 사랑해요. 아담 알렉스 피터 오브라이언, 이름은 아무래도 좋아요. 너는 거리를 걸으면서 오드리 헵번처럼 중얼거린다. 난 당신을 사랑해요. 혁준 경식 은호 창민 민수, 이름은 아무래도 좋아요.

땅은 단단해서 네가 준비해간 부삽으로도 잘 파이지 않는다. 게

다가 네가 땅을 팠던 곳도 짐작할 수 없다. 그렇게 깊게 묻지 않았으므로 부삽으로 땅을 찔러보면 느낌이 올 것이었다. 비둘기는 벌써 썩고 흔적조차 남아 있지 않을 것이다. 하지만 네 체조복은 나일론이 섞인 값싼 것이었다. 네 체조복은 네가 죽은 후에도 썩지 않을 것이다. 어쩌면 폭우에 흙이 쓸려가 땅 위로 드러난 것을 청소부가 치웠는지도 모를 일이다. 너는 해가 질 때까지 네가 올라갔던 기와집 앞에 수십개의 구멍을 파놓았다. 하루종일 짐작가는 곳을 찔러보았지만 너는 아무것도 발견할 수 없었다. 급기야는 네가 비둘기와 체조복을 파묻은 곳이 이 근방이 아닌 다른 곳일지도 모른다는 생각이 든다. 창경궁 안이 아니라 창덕궁일 수도 있다. 너는 그날 창경궁과 창덕궁을 다섯 번도 넘게 오갔다. 네가 뛰어넘은 담이 돈화문이었는지 홍화문이었는지 그것도 확실하지 않다. 옛 건물은 안목 없는 네 눈에 모두 똑같아 보였다.

스물여섯살의 너, 하늘을 난다. 너는 그네에서 뛰어내리는 동안 잠깐 머물렀던 공중을 이제 맘껏 날아다닌다. 너는 '이카로스'라는 행글라이딩 동호회의 일원이다. 하늘에서 내려다보면 집은 집들끼리 나무는 나무들끼리 어깨를 맞대고 있다. 지상에서의 연습과 낮은 구릉에서의 시험비행이 끝난 후 너는 조금 높은 곳에서도 행글라이딩을 할 수 있게 되었다. 너는 한달에 한번, 행글라이딩 동호회 모임에 나간다. 이카로스는 백랍으로 만든 날개를 달고 하늘을 날았다는 신화 속의 인물이다. 그는 너무 높이 날아올라 태양에 날개가 녹는 바람에 바다에 떨어졌다. 동호회의 회장은 초보자들에게 늘 주의를 주었는데 지나친 욕심은 부리지 말라는 거였다. 행글라이딩에는 체공시간을 겨루는 것과 목표지점에 착륙하는 것을 겨루는 것이 있다. 아직 숙달되지 않았지만 네가 탄 행글라이더는 너와 같이 시작한 초보자들보다 조금 더 오래 공중에 떠 있다. 방향을 바꿀 때면 몸을 왼쪽 오른쪽으로 비튼다. 두 손으로 쥔 컨트롤 바가 움직이며 세일(sail)의 방향을 바꿔 원하는 방향으로 비행할 수 있다. 착지할 때면 너의 순발력은 돋보인다. 엉덩이를 오리처럼 뒤로 빼고 뒤뚱거리면서 행글라이더에 끌려가다 넘어지는 사람들 틈에서 너는 완벽한 착지를 해낸다.

너는 숙련자들을 따라 산을 올라간다. 자동차가 갈 수 있는 곳까지 차로 싣고 간 행글라이더는 산 위까지 지고 올라가야 한다. 방수 파카 안으로 너의 내의는 흠씬 땀에 젖는다. 행글라이더를 조립하고 세일을 끼우고 나면 헬멧을 쓴다. 비상시에 대처하는 법을 너는 숙지하고 있다. 경력이 오래된 사람이 먼저 행글라이딩을 시작한다. 행글라이더가 천천히 원을 그리면서 산 아래로 내려간다. 기류를 잘 감지하고 알맞게 세일을 조정해줘야 한다. 기류는 온도와 지형에 따라 변화하기 때문에 너는 먼저 비행하는 사람을 유심히 보아둔다. 절벽 아래는 짙푸른 상록수림이 울창하다. 푸른색 사이로 간간이 암석이 돌출해 있다. 계획대로라면 그 위를 지나 편평한 곳에 착지해야 한다. 도약을 위해 달려와 절벽 아래로 뛰어내린다. 허공에 너의 행글라이더가 떠오른다. 달리는 차 밖으로 얼굴을 내민 것처럼 상쾌하다. 올라오면서 흐른 땀이 천천히 식는다. 네가 올라온 길이 저 멀리 뱀처럼 꿈틀거린다. 소나무숲을 지나니 저 아래로 착지점이 보인다. 먼저 내려간 회원들이 너를 향해 손을 흔든다. 착지를 하기 위해 몸을 세우려는 순간 갑자기 세일이 떨며 요란한 소리를 낸다. 얼굴에 와닿는 바람의 방향이 급변했다. 컨트롤 바를 왼쪽으로 기울이는 순간 세일 아래에서 불어온 바람 때문에 행글라이더가 위로 솟구친다. 순식간에 너는 착지점에서 멀어진다. 컨트롤바를 이리저리 움직여보지만 세일은 말을 듣지 않는다. 또 한번 거센 바람이 분다. 이번에는 너의 오른쪽에서다. 행글라이더가 빠른 속도로 곤두박질친다. 너는 조금 더 떠 있기 위해 버둥거려보지만 아무 소용이 없다. 너는 소나무숲 속으로 순식간에 빨려들어가버린다. 널찍한 암석이 네 얼굴 위로 불쑥 다가올 때 너는 바를 쥐었던 두 손으로 얼굴을 감싼다.

　네 침대 옆의 사물함 위에는 동호회 회원들이 다녀갔는지 꽃바구니가 놓여 있었다. 빠른 쾌유를 빕니다. 이카로스 동호회 일동이라고 쓰인 분홍색 리본이 달려 있다. 장미꽃은 검붉게 말라가고 있었다. 네가 그나마 적게 다친 것은 세일 덕이었다고 어머니는 동호회 동료의 말을 그대로 너에게 전했지만 너는 너의 남다른 체공시간 때문일 거라고 생각했다. 자고로 사람이란 땅에 두 발을 단단히 딛고 서 있어야 하는 거다. 어머니는 네가 깨어날 때마다 같은 말은 되풀이한다. 중환자실에서 일반실로 자리를 바꾸었다. 방문객들의 잡담과 동전 넣는 텔레비전의 소음 때문에 항상 시끄러운 곳이었다. 흉터가 아물고 얼마간의 재활치료를 받은 후에 너는 집으로 돌아왔다.

　동호회 회장이 가끔 안부전화를 건다. 너는 그에게 다시는 그런 실수를 하지 않겠노라고 다짐을 한다. 너의 그 일로 여성회원 둘이 동호회에서 탈퇴했고 다음 비행은 전라도 쪽으로 갈 예정이라고 했다. 너는 공중에 떠 있을 때의 그 기분을 생생히 기억하고 있었다. 산길을 걸어올라가 행글라이더를 탈 때면 자신이 한참 동안 걸어올

라온 소로가 오롯이 드러났다. 이번엔 좀 힘들겠고 다음 비행엔 꼭
끼워주셔야 해요. 너는 웃으면서 전화를 끊는다. 하지만 다음 비행
때 연락을 준다던 회장에게서는 좀처럼 전화가 걸려오지 않는다.

　잠이 오지 않는 밤이면 너는 베란다로 나가 창밖을 내다보았다.
하지만 곧잘 밖의 풍경을 놓쳐버리고 유리창에 비친 너의 얼굴을
보는 일이 많아졌다. 이 정도의 불면은 다시 운동을 시작하면 없어
질 거였다. 보안등 불빛 속에 놀이터의 모래밭이 빙판처럼 빛나고
있었다. 모래밭 위로 그네 그림자가 길어졌다 짧아졌다 너울거리고
있었다. 그제서야 그네를 보았는데 두 대의 그네 가운데 한쪽의 그
네에 계집아이가 앉아 있었다. 너는 그 계집아이를 알아보았다. 열
살의 너는 여전히 그네를 타고 있었다. 너는 스웨터를 걸치고 밖으
로 나가는 문을 열었다. 밖의 공기를 쐬는 것이 참으로 오랜만이었
다. 그네까지 걸어가는 길은 어릴 적 학교 운동장을 가로질러 갈 때
만큼이나 힘이 들었다. 계집아이는 어느새 돌아가고 없었다. 너는
그네에 걸터앉아 쇠줄을 부여잡았다. 그네에 앉은 채로 멀찍이 물
러섰다가 땅에 디딘 두 발을 떼어냈다. 그네가 조금씩 흔들리기 시
작했다. 놀이터 앞에 놓인 게시판이 불쑥 다가왔다 멀어졌다. 너는
조금 현기증을 느꼈다. 그네의 줄이 걸린 나사못에서 삐걱거리는
소리가 났다. 그네의 가로대까지 그네를 띄워올린 것은 어릴 적보
다 훨씬 오래 걸려서였다. 그네가 가로대에 올라가는 순간 너는 너
도 모르게 움켜쥐었던 두 손을 놓고 풀썩 모래밭으로 뛰어내렸다.
너의 몸이 허공에 떴다. 너는 공중제비를 하기 위해 두 다리를 잡고
머리를 가슴에 대고 몸을 동그랗게 말았다. 하지만 한번의 공중돌

기를 할 시간도 없었다. 너의 몸은 부댓자루처럼 모래밭 위에 나뒹굴었다. 땅에 닿은 두 다리가 삐끗하면서 오른쪽 다리가 어긋나는 소리가 들렸다. 순간 너의 치맛자락 속에서 튀어나온 무언가가 시소 쪽으로 날아가 부딪치며 떨어졌다. 아, 내 다리. 빠져 달아난 플라스틱 의족을 집으러 몸을 일으켜세우다 손목시계를 보았다. 조도 낮은 보안등 불빛으로도 두 개의 시계침을 읽을 수 있었다. 세시 십사분이었다. 네가 중환자실에서 깨어났을 때, 너는 잎이 둥글게 말리며 변해가는 장미꽃 화환과 너를 덮고 있던 하얀 시트를 보았다. 불룩하게 드러난 왼쪽 다리와 달리 오른쪽 다리를 덮고 있어야 할 시트는 주름 하나 없이 밋밋하게 펼쳐져 있었다. 너는 한쪽 다리로 버티고 일어나 시소 쪽으로 갔다. 모래밭 위에 너의 그림자가 길게 늘어져 있다. 너는 그림자마저 생기지 않는 아래 잘린 다리의 그림자를 굽어보았다. 그림자 속에서 너의 몸 반쪽은 영원히 허공에 떠 있을 수 있었다.

〔21세기문학 1999년 봄호〕

당신의 백미러

백미러로 볼 수 없는 사각지대를 보기 위해 자동차 내부의 창에

굴절이 심한 '보조 백미러'로 불리는 작은 거울을 부착하기 시작했다.

빛과 그림자처럼 각이 있는 모든 곳에는 사각지대가 생기게 마련이다.

매장 직원들 사이에서 남자는 '보조 백미러'로 불린다.

당신의 백미러

남자가 밟고 선 곳은 스무 개의 원통형 고정대 가운데 하나다. 남자를 가운데 두고 왼쪽에는 속살이 비치는 투명한 블라우스와 몇겹의 페티코트를 치마 속에 받쳐입은 마릴린 먼로가, 오른쪽에는 청교도 여자들이 입던 부대처럼 헐렁한 검정 원피스 차림의 마릴린 먼로가 서 있다. 먼로들은 한결같이 지하철 환기구의 바람에 뒤집히는 치맛자락을 두 손으로 추스르는 그 유명한 포즈를 취하고 있다. 먼로들은 구로동에 있는 한 공장의 같은 사출성형기에서 태어났다. 발꿈치를 들고 선 발등 위에는 굵은 나사못이 박혀 있다. 나사못은 발등을 뚫고 들어가 고정대에 단단하게 박혀 있다. 쇼윈도우의 마네킹들 사이에 끼여선 채 남자는 하루종일 똑같은 노래들을 듣는다. 랩과 빠른 템포의 최신 댄스곡 메들리는 반복 버튼이 눌려 있어 폐장시간까지 쉼없이 반복된다. 맨 처음 시작곡이 무엇이었는지 알 수 없다. 노래가 한바퀴 돌아 제자리로 오는 데 걸리는 시간은 사십오분에서 오십분 사이다. 소음처럼 알아들을 수 없던 노랫말들이 어느 순간부터 또렷하게 들려오기 시작했다.

벌리고 선 두 발 사이로 나사못이 박혔던 작은 구멍이 내려다보인다. 마네킹의 옷을 갈아입히느라 나사를 풀고 조이는 것이 되풀이되면서 나사못이 회전해 들어간 구멍이 커져버린 고정대는 남자의 몫이 된다. 매장의 가장자리를 따라 일정한 간격을 두고 신상품 의류를 입은 먼로들이 남자처럼 똑같이 원통형 고정대 위에 서 있다. 발등 위로 나사못이 뚫고 들어오는 듯한 통증을 느낀 후부터 나사못이 박혔던 자리에는 서지 않는다. 고정대 위로 올라갈 때 시작된 노래가 다시 돌아오면 십분 동안의 휴식시간을 갖기 위해 고정대 아래로 내려온다. 십분 동안 화장실도 다녀오고 졸음을 쫓기 위해 자동판매기에서 커피를 뽑아 마시거나 간단한 맨손체조도 할 수 있다. 그리고 선글라스 안경알에 달라붙은 먼지를 티슈로 닦아낸다. 이곳은 유난히 먼지가 많은 곳이다. 정전기가 잦아지는 계절이 오면 바지 아랫도리에까지 실오라기들이 날아와 붙는다.

남자는 지난 이년 동안 오십 센티 남짓한 높이의 고정대 위에서 보냈다. 합판으로 짜맞춘 고정대는 남자의 체중을 이겨내지 못하고 네 번이나 부서졌다. 고정대 위에 서면 백평 넓이의 '코스모스 종합상가'가 남자의 눈 아래 펼쳐진다. 주력상품은 의류지만 종합선물세트에 든 껌이나 캐러멜처럼 레코드와 팬시 코너까지 모두 갖추고 있다. 남자의 시야 한가운데는 가장 넓은 매장을 가진 의류 코너가 자리잡고 있다. 레일처럼 빛나는 옷걸이의 스테인리스 봉마다 덕장의 황태들처럼 옷가지들이 걸려 있다. 지상에서는 반듯하게 정렬된 것처럼 보이던 것들도 이 위에 서면 비뚤배뚤하게 보인다.

쇼핑몰 곳곳에는 감시 카메라가 은닉되어 있다. 감시 카메라는 천천히 좌우로 회전한다. 남자의 바로 앞에는 세 대의 감시 카메라가 송신해오는 그림을 비춰주는 세 대의 모니터가 놓여 있다. 하지만 감시 카메라로도 잡을 수 없는 곳이 있다. 감시 카메라의 바로 아랫부분이나 감시 카메라가 오른쪽으로 간 사이의 왼쪽은 모니터에 나타나지 않는다. 그 부분을 남자는 사각지대라고 부른다. 초보 운전자들을 당혹스럽게 하는 것은 백미러에 비치지 않는 사각지대다. 백미러의 볼록거울로도 잡히지 않는 부분이 있다. 급브레이크를 밟아 자동차의 흐름을 방해하거나 차선을 변경하려다 옆차선에서 달리고 있던 자동차를 들이박는 사고는 대부분 사각지대 때문에 생긴다. 백미러로 볼 수 없는 사각지대를 보기 위해 자동차 내부의 창에 굴절이 심한 '보조 백미러'로 불리는 작은 거울을 부착하기 시작했다. 사각지대는 결코 운전자들만 경험하는 것은 아니다. 빛과 그림자처럼 각이 있는 모든 곳에는 사각지대가 생기게 마련이다. 매장 직원들 사이에서 남자는 '보조 백미러'로 불린다.

코스모스는 명동 한복판에 자리잡고 있다. 하루에도 수백명의 손님들이 밀물처럼 왔다가 썰물처럼 빠져나간다. 남자는 고정대 위에 선 채 팔짱을 끼고 매장 안을 감시한다. 출입구 건너편의 고정대 위에는 정이 올라가 있다. 시선을 감추기 위해 쓴 거울형 선글라스는 남자가 시선을 바꿀 때마다 매번 다른 광경들을 반사한다. 매장 곳곳에 천장을 받치고 선 기둥들과 나비 표본처럼 기둥에 걸린 옷과 옷걸이 사이사이의 복도에서 움질거리는 사람들의 머리통이 남자의 안경알 속에서 파노라마처럼 흘러간다. 의류 코너를 훑고 팬시 코너로 가려던 남자의 시선이 다시 의류 코너로 돌아와 멈춘다. 두 개의 안경알에 한 여자의 모습이 담긴다.

남자에게서 등을 돌리고 선 여자는 소매와 치마통이 펼쳐진 채 기둥에 붙어 있는 원피스를 바라보고 있다. 스판덱스 재질의 원피스 위로 작은 엉덩이의 실루엣이 그대로 드러난다. 긴 목과 허리, 발목, 손목에 이르기까지 단 한곳도 군살이 붙지 않은 몸매다. 남자는 재빨리 마네킹들을 훑어본다. 어느새 남자는 마네킹들에 익숙해져 있다. 하지만 일년 내내 같은 포즈만 취하고 있는 마네킹과는 달리 여자는 연방 꼼지락거린다. 이마로 흘러내리는 머리카락을 붙잡아 귓바퀴 뒤로 끼우고 댄스곡의 박자에 맞춰 고개를 까딱거린다. 여자가 보고 있는 것은 요사이 한창 유행하고 있는 회색 주름치마다.

남자는 이 위에 선 채로도 파도처럼 밀려와 사라지는 유행의 흐름을 한눈에 파악하고 있었다. 지난번 유행은 속살이 비치는 씨스루룩(see through look)이었다. 잠자리날개 같은 옷들은 조명등 아래에서 갈치비늘처럼 광채를 냈다. 유달리 눈이 피곤했다. 잠자리날개 옷들의 자리를 회색 끈바지와 주름치마들이 잠식해들어오기 시작했다. 잠자리날개 옷들은 이제 매장 한켠의 옷걸이 하나로 밀려나 '쎄일 40%'라는 꼬리표를 달고 있다. 여자는 원피스가 걸린 기둥 앞을 떠나 천천히 신발 코너 쪽으로 간다. 진열장으로 다가가 모양을 훑어보고 구두를 뒤집어 밑창까지 꼼꼼하게 살핀다. 남자는 여자의 뒤를 밟는다. 속옷 코너로 갔다가 쎄일이라 써붙인 옷걸이를 기웃거리면서 매장을 한바퀴 돌아 또다시 옷이 걸린 기둥 앞에 가 선다. 여자에게는 뭔가 묘한 구석이 있다. 네모들 속에 섞인 세

모 같다. 여자는 다시 매장을 한바퀴 돈다. 건성건성 진열대를 눈으로 훑으면서 산책 나온 사람처럼 느릿느릿 걷는다. 산책의 끝은 언제나 기둥에 걸린 회색 주름치마 앞이다. 목적지를 포위하듯 산을 에워싸면서 천천히 정상을 향해 오르는 등산가 같다. 기둥 앞에 홀린 듯 서 있던 여자가 갑자기 획 고개를 돌려 사방을 두리번거린다. 남자는 재빨리 레코드점으로 얼굴을 돌린다. 고개를 갸웃거리면서 여자가 다시 기둥 쪽으로 얼굴을 돌리고 남자는 다시 여자를 내려다본다. 여자가 다시 기둥에서 멀어진다. 메들리가 두 번이나 제자리로 오는 동안 여자가 한 것은 그것이 전부다. 아무것도 사지 않는다. 여자는 생각난 듯 손목시계를 들여다보고 황급히 매장을 가로질러 출입구 밖으로 나간다.

씨스루룩의 옷들이 모두 사라지고 매장 안이 온통 회색으로 변했을 때, 여자가 다시 매장에 나타났다. 거의 한달 만이다. 중고등학교의 중간고사가 끝나는 날이었고 거리에도 매장 안에도 교복차림의 여학생들이 한꺼번에 몰려와 있다. 자동문은 닫힐 틈도 없이 연거푸 열린다. 케첩을 바른 핫도그를 쥐고 쌕을 멘 학생들이 떼를 지어 팬시 코너로 간다. 남자는 유리알처럼 두 눈알을 굴리면서 여학생들의 뒤를 쫓는다. 물건이 가장 많이 없어지는 때가 바로 이때다. 풍선껌을 질겅거리면서 레코드점의 진열대 앞에 혼자 선 여자아이가 자꾸 눈에 거슬린다. 여자아이가 신은 운동화에는 때가 잔뜩 끼어 있다. 같은 CD를 들었다 놓았다 하면서 그 앞을 떠나지 않는다. 여자아이가 분 풍선이 터지면서 입가에 들러붙는다. 여자아이는 혀로 껌을 떼어내 다시 입속에 밀어넣고 턱관절이 흔들리도록 껌을 질겅거린다. 하지만 한명만 주의해서 보기엔 매장 안에 여학생이 너무 많다. 십분 동안의 휴식시간도 건너뛴다. 점심도 매장 앞의 포장마차에서 즉석면으로 허기만 때우고 다시 고정대 위로 올라야만 했다. 시선을 끄는 여자아이들은 속옷 코너에도 있다. 남자와 정에게서 등을 돌린 두 명의 여자아이는 바싹 붙어서서 귀엣말을 주고받으며 은밀한 눈웃음을 짓는다. 부피가 작은 속옷은 곧잘 도난당한다. 모니터를 들여다보지만 여자아이들의 앞모습은 볼 수 없다. 여자아이들은 사각지대에 서 있다. 남자의 시선은 다시 레코드점으로 되돌아온다. CD 진열대 앞에 서 있던 여자아이가 보이지 않는다. 여자아이를 찾아 허둥지둥 매장을 뒤진다. 쉴새없이 움직이는 남자의 시선이 기둥에 가 멈춘다. 그곳에 그 여자가 서 있다. 남자는 한눈에 여자를 알아본다. 여학생들에게 등이 떼밀리고 기둥에 바싹 붙어서서 길을 비켜주면서 한달 전에 그랬던 것처럼 회색 원피스를 홀린 듯 쳐다본다. 조심성 없는 여자아이가 여자의 등에 핫도그의 케첩을 묻힌다. 하지만 여자는 아랑곳하지 않는다. 여자는 다른 것에는 별로 관심이 없는 것 같다. 사람들에 휩쓸려 매장 이곳저곳에 모습을 나타내지만 건성으로 쳐다볼 뿐이다. 사람들 속에서 남자는 자꾸 여자의 모습을 놓친다. 하지만 쉽게 찾을 수 있다. 교복을 입은 올망졸망한 여자아이들 틈에서, 작달막하고 다리가 짧은 처녀들 사이에서 여자는 단연 돋보인다. 여자는 생각난 듯 손목시계를 보고 허겁지겁 카운터에 와서 선다. 카운터 앞으로 줄이 길게 늘어서 있다. 자신의 차례가 오기를 기다리는 동안에도 여자는 뒤를 돌아 원피스가 걸린 기둥을 흘끔거린다. 여자가 카운터에 올려놓은 것은 조가비처럼 생긴 끈 없는 브래지어 두 개다.

　남자는 여자가 서 있던 기둥 앞으로 다가간다. 폐점시간이 지나고 직원들도 모두 퇴근해 매장 안은 텅 비어 있다. 하지만 사람들의 온기가 남아 있고 하루종일 매장에 꽉찼던 소음이 잔향처럼 남자 귀에서 웅웅거린다. 기둥 위에 걸린 원피스는 평범하다. 특이한 디자인이었다면 먼로 중의 한명이 입고 있을 거였다. 원피스의 어떤 점이 여자의 마음을 사로잡았는지 알 수 없다. 원피스의 안감에서 딸려나온 코스모스라는 도장이 찍힌 가격표가 달랑거린다. 남자의 한달 월급의 반에 해당되는 금액이다.

자동문이 열리면서 비릿한 비냄새가 스며든다. 빗줄기가 거세 열린 문 안까지 비가 들이닥친다. 출입구에서 가까운 곳에 선 남자의 아랫도리가 서늘해진다. 닫혀야 할 자동문은 열린 채다. 감지 센서를 살피기 위해 내려서다가 남자는 여자를 발견한다. 여자는 매장 안으로 들어서지 않고 자동문 바로 앞에 서 있다. 그래서 자동문이 계속 열려 있었던 모양이다. 비에 젖은 머리카락이 얼굴을 감싸고 낙지다리처럼 달라붙어 있다. 우산으로 가리지 못한 발목까지 오는 치마는 빗물을 빨아들여 허벅다리까지 물기가 스며들어 있다. 여자는 흘러내린 머리카락을 쓸어올리고 치맛자락을 무릎께로 모아 힘껏 비틀어 물기를 짜낸다. 개점 직후이고 비가 와서 매장에 손님은 없다. 푸른색 유니폼을 입은 판매원들은 담당구역을 벗어나 매장 한쪽에 모여 커피를 마시고 있다. 여자는 레코드점을 지나고 속옷 코너를 지나 남자의 예상대로 기둥 앞에 가 선다. 빗물에 젖은 옷 때문에 군살 없는 몸매가 더욱 두드러진다. 여자는 천천히 얼굴을 돌려 매장을 훑어본다. 여자의 시선이 고정대 위에 선 남자의 얼굴에 잠깐 머무르다 떠난다. 손님이 없어 남자의 반대편에 놓인 고정대 위는 비어 있다. 고정대 아래로 내려간 정은 카운터를 보는 여직원 앞에 서서 과장된 손짓·발짓을 섞어가며 우스갯소리를 들려준다. 매장 안에는 바이올린 선율이 흐른다. 「찌고이너바이젠」이라는 곡이다. 기둥 앞에 서 있던 여자가 가볍게 한숨을 쉰다. 여자는 들어왔던 것과 역순으로 걸어나온다. 속옷 코너를 지나고 레코드점의 진열대 앞에 선다. 바이올린의 선율은 이 곡의 백미인 '집시의 다리' 부분에 이른다. 진열대에는 가나다 순으로 정리된 CD들이 빽빽하게 꽂혀 있다. 여자가 진열대를 등지며 천천히 돈다. 핸드백을 들지 않은 여자의 한손이 아주 재빠르게 진열대 위를 훑는다. 여자의 손에 어느새 CD 한장이 들려 있다. 여자의 두 손이 엑스자 모양으로 교차한다. 맞물린 여자의 두 손목이 서로 떨어진다. 여자의 두 손은 열개 스무개로 보이다가 돌고 있는 선풍기의 날개처럼 보이지 않기도 했다. 여자의 두 손은 바이올린 선율에 맞춰 느려지다 빨라진다. 남자는 숨을 죽이고 여자를 내려다본다. 주먹을 쥔 여자의 손가락이 꽃잎 열리듯 새끼손가락부터 천천히 열린다. 여자의 손에 방금 전까지 들려 있던 CD가 어디론가 사라지고 형광등 아래 활짝 편 손바닥은 텅 비어 있다. 여자의 하얀 손바닥만 반짝인다. 모든 것이 아주 짧은 순간에 일어났다. 검이 공중을 가르는 순간, 잠자리가 풀잎에 앉았다 날아오르는 순간. 여전히 바이올린의 선율은 '집시의 다리' 부분에 머물러 있다. 하지만 남자는 십년이라는 시간이 단 몇분 동안 자신을 관통하고 빠져나간 것 같다. 남자가 되레 허겁지겁 매장 안을 살핀다. 판매원들은 정을 에워싸고 서 있다. 정의 목소리가 도드라지고 여직원 몇이 자지러지듯 웃는다. 자동문이 열린다. 여자는 우산꽂이에서 우산을 빼어든다. 우산을 펴는 동안 자동문은 닫히지 않는다. 우산이 펼쳐진다. 자동문이 닫힌다. 여자는 빗속을 걸어 명동역 쪽으로 사라진다.

여자가 사라진 후에야 남자는 진열대 맨 위에 꽂혀 있던 CD 한 장의 자리가 비어 있다는 것을 안다.

여자는 정확히 이십팔일 주기로 매장에 들른다. 그때마다 기둥에 걸려 있는 회색 원피스 앞을 기웃거렸고 인조 다이아몬드가 깨알처럼 박힌 머리핀 한쌍과 인조견 스카프, 손수건, 양말 한켤레를 훔쳤다. 하지만 남자는 일부러 여자를 못 본 척했다. 그래서 여자는 주기적으로 매장에 온다. 남자는 여자가 오는 날짜를 수첩에 표시해두었다. 남자의 예상이 맞다면 오늘은 여자가 오는 날이다.

기말고사가 끝나 점심시간이 되기도 전에 매장 안은 여학생들로 꽉찼다. 대체 무슨 시험이 이렇게 많은 거야. 정이 투덜거린다. 고정대 위에 선 정과 남자는 팔짱을 낀 채 매장 안을 살핀다. 여자아이들이 한꺼번에 몰려들어 매장 안은 물이 끓어오르는 주전자 속처럼 소란스러워진다. 정이 남자를 향해 나지막이 휘파람을 한번 분다. 휘파람은 남자와 정 사이의 암호였다. '냄새가 난다'일 때는 휘파람을 한번, '증거를 잡았다'는 휘파람을 연방 분다. 정이 턱짓으로 방향을 가리킨다. 여학생이겠지라고 생각하면서 정이 가리키는 곳을 바라본다. 기둥 앞에 여자가 서 있다. 여자는 기둥에 걸려 있던 옷과 똑같은 옷을 판매원에게서 받아들고 탈의실의 커튼 안으로 사라진다. 잠시 후 회색 원피스 차림의 여자가 나온다. 맞춤복처럼 품이 딱 맞는다. 여자는 등신대 거울 앞에 서서 뒷모습과 앞모습을 찬찬히 비춰본다. 어머, 모델 같아요. 판매원은 호들갑스럽다. 여자는 손가락으로 먼로들 중의 하나를 가리킨다. 판매원이 그 옷을 가져오고 여자는 탈의실의 커튼을 젖히고 들어간다. 여자는 쉽게 옷을 결정하지 않는다. 여자가 갈아입은 옷이 옷걸이 위에 수북이 쌓이기 시작한다. 옷걸이에서 다른 옷을 빼어 여자에게 건네주며 따라붙던 판매원의 얼굴에 짜증이 앉기 시작한다. 마침 처녀 한명이 판매원에게 말을 걸었고 판매원은 다시 웃으면서 새로운 손님에게 다가간다. 여자가 다시 탈의실 안으로 사라졌고 잠시 후 나타났을 때는 입고 온 옷이 아닌 맨 처음 입어보던 기둥에 걸린 회색 원피스 차림이다. 회색 원피스를 입은 여자가 매장 안으로 들어오는 사람들을 피하면서 조금씩 출입구 쪽으로 다가온다. 남자의 귓속으로 호루라기 같은 정의 휘파람이 쏟아진다. 자동문이 열리고 여자의 몸이 빠져나가려는 순간 남자는 살짝 그 앞을 가로막는다. 정의 눈이 있었고 원피스는 매장 안의 물건 중에서도 고가품에 속한다. 남자는 여자의 겨드랑이 사이로 팔을 낀다. 얇은 옷 속에 여자의 살은 따뜻하고 말랑말랑하다. 몇번 팔을 빼내려 하던 여자가 얌전히 남자를 따라간다.

공장으로 반품하지 않은 불량제품들과 손님들이 수선을 부탁한 옷들이 선반 가득 쌓여 있다. 매캐한 냄새는 옷에서부터 풍겨온다. 창고로 들어서자마자 여자가 재채기를 한다. 장마철이 시작되지는 않았지만 비가 자주 내렸다. 바닥에서 가까운 곳에 놓인 옷 위에는 하얗게 곰팡이가 피어 있다. 눈에 보이지 않는 벌레들이 꾸물거리고 있을 것이다. 옷상자들 뒤에는 실오라기 하나 걸치지 않은 마네킹들이 수북이 쌓여 있다. 온전한 것이 없다. 조립을 하지 않아 팔과 다리, 몸통이 분리되어 있다. 남자는 그제서야 여자에게서 팔을 뺀다. 마네킹을 수없이 조립하고 판매원을 거들어 마네킹에 옷을 입히기도 했다. 먼로 포즈의 마네킹은 다른 마네킹보다 옷을 입히는 것이 어려웠다. 판매원들은 신경질을 냈다. 하지만 매장에 들어오는 손님들의 대부분은 먼로 포즈를 한 마네킹을 신기해한다. 가끔 장난처럼 벌거벗은 마네킹을 끌어안고 블루스를 춘 적도 있다. 하지만 몸을 움직일 때마다 다리에 스치는 마네킹의 몸은 딱딱하고 차가웠다. 경고문은 보았겠죠? 가구가 없는 공간에서 남자의 목소리가 울린다. 물건을 훔칠 경우 오십배 보상해야 한다는 팻말 말예요. 여자는 남자가 물어보는 말에 대꾸를 하지 않는다. 물론 보았겠죠. 하지만 이번 것은 너무 컸어요. 눈감아주기에는 말예요. 게다가 정의 눈에 먼저 띄어버렸으니까요. 여자의 어깨가 조금 움찔한다. 왜 물건을 훔치는 거죠? 하기야 아무도 물건을 훔치지 않는다면 당장 우리 밥줄이 끊어지겠지만요. 연락할 곳이 있어요? 여전히 여자는 대답이 없다. 대신 얼굴을 들어 남자의 얼굴을 올려다본다. 가까이에서 본 여자의 얼굴은 조금 낯설어 보인다. 밀랍처럼 짙은 화장 속에서 두 눈은 우물처럼 깊다. 서늘한 지하수가 담겨 있을 것 같은 눈빛이다. 어쩔 수 없군요. 하지만 아무 말도 안하니. 여자는 순순히 남자에게 핸드백을 건넨다. 립스틱과 분통 같은 잡동사니 속에 낱개 포장된 생리대가 섞여 있다. 생리를 할 때마다 습관적으로 물건을 훔치는 여자들을 많이 보아왔다. 그러고 보니 여자는 이십팔일 주기로 매장에 왔다. 여자 또한 그 부류인가보다. 먼지와 곰팡이 냄새 속에 섞여 여자의 짙은 화장수와 땀 냄새가 풍겨온다. 여자는 그 향수를 오랫동안 사용해온 것 같다. 체취와 잘 섞여 있다. 여자의 목덜미 부근에서 비어져나온 가격표가 대롱거린다. 핸드백 안에서 신분증이나 명함 따위를 발견할 수 없다. 대신 일회용 라이터가 들어 있다. 액체 가스 속에 헝겊꽃이 들어 있다. 남자는 담배를 문다. 불을 뿜어내며 꽃잎이 나풀거린다. 라스베이거스. 미희 항시 대기중. 그 밑으로 7로 시작되는 전화번호. 이렇게 하죠. 옷만 돌려받고 보내드리죠. 하지만 한번뿐예요. 다음부터는 나도 어쩔 도리가 없어요. 여자가 입고 온 옷은 매장 탈의실에 그대로 걸려 있다. 창고 안에서 옷을 갈아입고 나온 여자가 뒷문으로 나가려다가 되돌아와 남자의 바지 주머니에 무언가를 찔러넣는다. 빨간 꽃잎이 하늘거리는 라스베이거스 라이터다.

예정대로라면 여자는 25일에 이곳에 와야 한다. 하지만 일주일이 지나도 나타나지 않는다. 그사이 유행은 다시 바뀌기 시작했다. 니트류가 매장을 조금씩 점령하기 시작한다. 한달이 되기도 전에 여자가 쳐다보던 원피스는 매장에서 자취를 감출 것이다. 남자의 거울형 선글라스에는 기둥의 원피스가 자주 들어와 있다. 남자는 라이터에 적힌 전화번호로 전화를 건다. 변성기의 소년 같은 목소리가 전화를 받는다. 자가용을 이용하실 건가요?라고 목소리가 묻는다. 전철을 탈 거라는 남자의 대답에 잠깐 기다리세요, 하고 목소리가 멀어진다. 목소리는 누군가를 불러 전철을 타면 어디서 내려야 하느냐고 고함을 친다. 가까운 전철역은 용산역과 한남역이랍니다. 하지만 많이 걸어올라오셔야 해요, 이태원 쪽으로요. 일단 거기까지 오시면 간판이 보입니다,라고 말한 목소리가 말꼬리를 단다. 현관에서 웨이터 '오십원'을 찾아주세요. 공중전화 요금인 '오십원'입니다.

라스베이거스. 네온싸인은 웨이터의 말대로 먼곳에서도 한눈에 뜨인다. 고층빌딩의 옥상에 걸린 네온간판은 켜졌다 꺼졌다를 반복하면서 주의를 끌고 있다. 한글로 쓰인 라스베이거스라는 오렌지색

글자가 사라지면 영문자로 쓰인 라스베이거스라는 연보라색 글자가 나타난다. 남자는 전철 대신 택시를 탔다. 전철을 갈아타고 걷고 할 마음의 여유가 없었다. 옥상에 붙은 네온간판과는 달리 라스베이거스는 깊은 지하에 있었다. 식빵처럼 두툼한 문을 잡아당기자 팥죽색의 깔개가 깔린 계단이 펼쳐진다. 블루스곡이 끈적끈적하게 계단 위로 올라오고 있다. 계단 끝에 유리문이 있다. 유리문을 밀치자 넓은 홀이 나타난다. 중앙의 둥근 스테이지 위에는 부둥켜안은 남녀들이 4분의 4박자로 움직이며 연체동물처럼 흐느적거린다. 미러볼이 각양각색의 불빛조각을 바닥으로 떨어뜨리면서 천천히 돌고 있다. 홀 곳곳의 기둥 위에는 비키니 차림의 무용수들이 서서 음악에 맞춰 춤을 춘다. 스테이지를 제외한 나머지 공간은 흰 테이블보가 덮인 둥근 탁자들로 메워져 있다. 남자는 테이블로 가지 않고 홀 한쪽의 스탠드로 가 스툴에 걸터앉는다. 막상 이곳까지 오기는 했지만 남자는 여자의 이름조차 알지 못한다. 여자의 인상착의 또한 애매하다. 밀랍처럼 하얀 얼굴, 마네킹 같은 몸매, 우물처럼 깊은 눈동자. 이곳의 웨이터 누구라도 남자의 이 말만으로는 여자를 떠올리지 못할 것이다. 붉은 전구가 든 손전등을 들어올리려는 순간 음악이 끝난다. 스테이지에서 춤을 추던 사람들이 하나 둘 좌석으로 가 앉고 조명이 어두워지면서 스테이지 위로 한줄기 빛이 내리쏜인다. 그때 스테이지 위로 왜건처럼 생긴 박스를 밀며 한 여자가 올라선다. 짙은 무대 화장을 했지만 그 여자다. 테이블에 앉아 있던 사람들이 환호성을 지른다. 여자는 어깨끈이 달린 원피스 수영복 같은 무대복 차림이다. 여자가 움직일 때마다 옷에 붙은 스팽글이 광채를 내며 키질 소리를 낸다. 셔츠를 받쳐입지 않은 맨목에

나비 넥타이를 매었고 머리에는 실크 해트를 쓰고 있다. 엉덩이에
는 새의 꽁지처럼 깃털 다발을 꽂고 있는데 여자가 사뿐사뿐 걸을
때마다 깃털이 부채처럼 팔랑거린다. 여자는 인사 대신 스테이지
아래로 내려와 한 사내 앞에 선다. 사내는 만취해 있다. 넥타이의
한자락을 와이셔츠 주머니에 꽂고 연방 오징어다리를 씹으면서 게
슴츠레 여자를 올려다본다. 여자의 손이 남자의 어깨를 스치자 공
중으로 하얀 비둘기 한마리가 날아오른다. 사람들이 탄성을 지른
다. 여자는 종종걸음으로 자리를 옮겨 다른 사내의 어깨를 살짝 어
루만진다. 하얀 장갑을 낀 손가락이 공중에서 차례로 열리면서 또
한마리의 비둘기가 날아오른다.

　고깔 모양으로 접은 신문지 안으로 부은 물이 순식간에 사라지고
손님이 쥐고 있는 카드의 패를 한번에 알아맞힌다. 쇼가 조금씩 무
르익기 시작한다. 여자가 플라스틱 화분에 꽃을 피우는 마술을 하
는 동안 웨이터가 스테이지 중앙으로 중형 냉장고만한 은색 상자를
밀어다 놓는다. 문 위에는 사람 형상이 그려져 있다. 세 개로 나뉜
문짝마다 얼굴과 손발을 내놓을 수 있는 구멍이 뚫려 있다. 밴드의
드럼 주자가 북을 연달아 치면서 긴박감을 고조시킨다. 여자가 눈
으로 홀 안을 훑는다. 여자의 눈이 남자의 얼굴에 와서 멈춘다. 스
탠드 너머에 서서 칵테일을 만들고 있던 바텐더가 당황한 남자를
떠민다. 테이블에 앉은 사람들이 모두 뒤를 돌아 일제히 남자를 쳐
다본다. 남자는 마지못해 일어서서 스테이지로 걸어간다. 스테이지
위에 선 여자가 점점 다가온다. 박수소리가 양쪽 귓가에서 울린다.
여자가 남자의 얼굴을 바라보면서 날 믿으세요,라고 재빠르게 중얼
거린다. 남자는 상자 안으로 들어가 선다. 세 개의 문이 차례로 닫

히고 남자는 여자가 시키는 대로 얼굴과 손발을 구멍에 끼워넣는다. 밖으로 나온 남자의 손가락에 여자가 손수건을 쥐여준다. 여자는 상자를 한바퀴 돌린다. 남자는 밖으로 내민 눈으로 여자의 모습을 지켜본다. 여자가 날이 시퍼런 칼을 손님들을 향해 들어올린다. 남자는 이 마술을 본 적이 있다. 여자는 칼을 옆으로 뉘어 남자의 가슴 부분에 찔러넣는다. 상자를 통과한 칼날은 남자의 몸에 닿자마자 스프링처럼 오그라든다. 누군가 휘파람을 분다. 상자의 가운데 토막이 서랍처럼 밀리면서 남자의 몸은 상자 끝으로 밀려가 좁은 틈에 짓눌린다. 몸이 에스자 모양으로 휘어진다. 사람들에게는 남자의 몸이 토막난 것처럼 보일 것이다. 손을 흔들어봐요. 남자는 손수건을 하늘하늘 흔든다. 발가락도 옴질거린다. 다시 서랍이 제자리로 돌아가고 여자가 가볍게 기합을 넣는다. 문이 열리고 남자는 스테이지 중앙으로 나온다. 온몸은 긴장과 흥분 때문에 땀으로 범벅이 되어 있다. 남자는 박수소리를 뒤로 하고 다시 스탠드로 가 앉는다. 여자는 왜건을 끌고 꽁지를 흔들면서 홀 뒤로 사라진다. 미러볼이 움직이고 빠른 음악이 흘러나오면서 스테이지는 술 취한 사람들로 꽉찬다.

맥주를 두 병째 비웠을 때 사각거리는 천이 스치는 소리가 난다. 여자는 무대복 위에 발목까지 내려오는 망또 같은 가운을 덧입고 있다. 무대복의 꽁지 때문에 가운의 뒤는 들떠 부풀어 있다. 매장에서 CD를 훔치거나 손수건을 훔칠 때, 꽃망울이 벌어지듯 유연하게 움직이던 손의 비밀을 이제서야 깨닫는다. 고맙습니다. 빨갛고 작은 입에서 쉰 목소리가 흘러나온다. 여자는 남자의 옆 의자에 걸터앉는다. 바텐더가 여자를 향해 은밀한 웃음을 보내며 여자 앞에 빈

맥주잔을 내려놓는다. 여자가 바텐더에게 살짝 눈을 흘긴다. 남자
는 여자의 잔에 맥주를 따른다. 절 위기에서 두 번이나 구해주셨어
요. 여자가 맥주를 홀짝인다. 손님들 중에서 아무나 지명하는 것처
럼 보이지만 사실은 미리 정해져 있죠, 벌써 아셨겠지만. 전 무대에
올라서고 나서야 같이 일하는 사람이 오지 않았다는 걸 알았죠. 못
온다는 전화 한통 없이. 그때 선생님이 눈에 띄었어요. 아 참, 제 이
름은 최순애예요. 여기선 루나라고 불리죠.

　다음 스테이지로 올라가기 위해 일어서던 최순애가 남자의 귀에
대고 속삭인다. 마술사의 파트너는 아무나 하는 게 아녜요. 아버지
와 딸이거나 남매지간이거나 부부거나 아니면 연인 사이.

　이제 매장에서 최순애를 볼 수는 없다. 이번에는 남자가 최순애
를 보기 위해 라스베이거스로 간다. 최순애는 라스베이거스에서 두
타임, 그리고 라스베이거스에서 한 블록 떨어진 환타지아에서 두
타임을 뛰고 있다. 장소를 이동할 때마다 마술도구들은 봉고차에
실어나른다. 의자가 접힌 봉고차의 뒤칸에는 마술에 쓰이는 잡동사
니들과 조롱 안에 든 비둘기 세 마리, 스팽글이 붙고 꽁지가 달린
무대복 여러 벌이 있다. 최순애를 만나러 가는 횟수가 늘어나면서
남자는 자연스럽게 최순애의 조수 역할을 한다. 최순애가 손님들
사이에서 남자를 지적하면 남자는 머뭇거리고 쑥스러워하는 능청
스러운 연기까지 해냈다. 쇼가 시작되기 전이면 남자는 최순애와
함께 출연자 대기실에서 연습을 한다. 마술에는 눈속임과 빠른 손
동작 이렇게 두 가지의 기술이 있어요. 남자는 궤짝 안에 들어간다.
최순애가 궤짝의 뚜껑을 닫고 커다란 자물쇠를 건다. 최순애가 기
합을 넣고 다시 궤짝의 뚜껑을 열면 남자는 온데간데없이 사라지고

궤짝 안은 비어 있다. 궤짝 밑에는 보이지 않는 빈 공간이 있다. 궤
짝 안으로 들어가 뚜껑이 닫히면 남자는 재빨리 궤짝 바닥의 비밀
덮개를 열고 그 밑의 좁은 공간 속에 몸을 숨긴다. 하지만 남자의
덩치 때문에 덮개를 감쪽같이 닫기란 쉽지 않다. 아버지에게는 내
가 유일한 혈육이었죠. 아버지의 파트너는 엄마가 했었어요. 엄마
가 돌아가신 후 자연스럽게 내 차지가 되었구요. 어렵진 않았어요.
내가 태어나기도 전에 아빠는 마술사였으니까요. 나는 장난감 대신
마술도구들을 가지고 놀았죠. 밤무대에 서지 않는 나머지 시간들을
아버지는 새로운 마술을 연구하는 걸로 보냈어요. 나중에 비밀 노
트를 보여줄게요. 난 초등학교 오학년 때부터 밤무대에 섰죠. 텀블
링이나 원반돌리기로 흥을 돋우기도 했죠. 중학교에 들어가니까 공
부 따라잡기가 힘이 들데요. 자연스럽게 흥미도 없어졌구요. 겨우
중학교는 졸업했어요. 내가 여자애가 아니라 남자애였더라면 어땠
을까요? 그럼 아버지에게는 파트너가 없었을 거예요. 재잘거리던
최순애가 갑자기 입을 앙다문다. 그럴 때면 최순애의 두 눈은 두레
박이 가닿지 않는 깊은 우물처럼 보인다.

정과 남자는 사장실에 서 있다. 사장실은 코스모스가 들어 있는
건물의 맨 꼭대기층에 있다. 노크를 했을 때 사장은 등받이가 높은
의자에 반쯤 기대앉아 졸고 있었다. 이제 갓마흔을 넘긴 사장은 자
리를 고쳐앉으며 가볍게 하품을 한다. 사장은 집게손가락으로 남자
를 가리킨다. 너, 이곳에서 일한 지 얼마나 되었지? 연말이면 꽉찬
삼년이다. 삼년이면 매너리즘에 빠질 때도 되었겠지. 너는? 사장이
턱끝으로 정을 가리킨다. 정은 남자보다 한달 늦게 이 일을 시작했
다. 삼년이면 백미러의 거울에 녹이 낄 때가 되기도 했겠지. 사장은

의자에서 일어나 창가로 가 명동 거리를 내려다본다. 너희놈들의 매너리즘 때문에 내 광에서 쌀이 새고 있지. 거리에 나가면 일하겠다는 애들 천지야.

남자와 정은 시말서를 썼다. 사장은 월급날인 오늘부터 세 달 동안 월급의 20퍼센트를 깎겠다고 엄포를 놓았다. 라스베이거스와 환타지아의 쇼를 끝내고 집으로 돌아오면 새벽 두시다. 고정대 위에 서면 아침부터 졸음이 엄습한다. 집중력이 떨어지고 폐점시간이 되기만을 기다린다. 자꾸 감기는 눈꺼풀은 선글라스로 가릴 수 있었다. 문을 닫고 나가는 남자의 뒤에 대고 사장은 짜증이 섞인 목소리로 돈을 받으려면 돈값을 하라고 한다. 화장실에서 남자와 정은 줄담배를 피운다. 야, 이럴 땐 정말 내가 자동차의 백미러가 된 기분이라니까. 정은 울분을 터뜨렸지만 목소리는 기어들어갈 듯이 작았다. 정은 카운터를 보는 미스 리와 연애중이다. 누가 먼저 이곳을 그만두는지 우리 내기하자. 정은 화장실 바닥에 담배를 비벼끄고 고정대 위로 올라간다.

오늘은 평일이었고 개점 바로 직후여서 매장은 한산했다. 매장 안에는 고작해야 열 명 남짓한 손님이 있을 뿐이었다. 방심한 것이 화근이었다. 남자는 졸고 있었고 정은 고정대 위에서 카운터를 내려다보며 미스 리와 이야기를 주고받고 있었다. 마침 매장을 순찰하러 들른 사장의 눈에 한 여자애가 잡혔다. 여자애는 품이 큰 트렌치코트를 입고 있었다. 가을이기는 했지만 한낮의 기온은 아직도 이십오도를 맴돌고 있었다. 때이른 옷을 입은 것에 경계를 했어야 했다. 남자가 여자애를 주목한 것은 달아나려는 여자애의 팔목을 두 손으로 잡고 도둑이야 도둑,이라고 소리치는 사장 때문이었다.

코트를 벗기자마자 코트 안에 질러넣은 물건들이 바닥에 우르르 쏟아져내렸다. 코트 안에 저렇게 많은 것을 숨길 수 있다니, 남자는 경악했다. CD 네 장, 작은 핸드백, 청바지 두 벌, 구두 한 켤레, 벨트, 월요일에서 일요일까지 바꿔입는 요일팬티 한 상자. 그것이 코트 안에서 나온 훔친 물건의 품목이었다. 그 많은 것을 훔치는 동안 네놈들은 뭘 했느냐면서 사장이 정과 남자를 다그쳤다. 여자애의 부모가 왔다. 여자애는 고등학교 삼학년생이었고 입시를 앞두고 있었다. 입시 스트레스 때문에 이런 짓을 한 것 같다고 부모는 울먹이면서 선처를 바랐다. 사장은 경찰서로 가든가 오십배에 해당하는 금액을 물어내라고 했고 부모는 오십배를 무는 쪽을 선택했다. 퇴근 때 남자는 20퍼센트가 삭감된 월급을 받았다.

매장의 쇼윈도우와 출입구에는 셔터가 내려져 있다. 불 꺼진 쇼윈도우 안의 허공 속에 희끄무레한 마네킹들의 얼굴이 둥실 떠 있다. 남자와 최순애는 봉고차를 길 건너편 주차장에 세우고 일부러 길을 에둘러 걸어온다. 환타지아에서 마지막 쇼를 끝내고 명동으로 오니 새벽 두시 십분이다. 을지로1가역에서 명동역 쪽으로 걸어오는 동안 두어 명의 취객을 만났다. 골목 안쪽에서 바람에 실려 지린내와 토사물 냄새가 풍겨온다. 인기척이 있으면 최순애가 휘파람으로 신호를 보낼 것이다. 셔터의 열쇠구멍은 눈을 감고도 찾을 수 있다. 남자는 정과 교대로 셔터문을 열고 닫는다. 남자는 한번에 셔터문의 자물쇠를 따고 자동문 위에 설치된 보안장치의 뚜껑을 연다. 비밀번호를 누르자 보안장치의 전원이 꺼진다. 최순애를 먼저 들여보내고 남자가 뒤따라 들어간 후 셔터를 내린다. 보안등 불빛이 닿지 않는 매장은 안으로 들어갈수록 점점 어두워진다. 남자는 두 팔을 허우적거린다. 매장 안에 가라앉아 있던 먼지가 일면서 코끝을 쏜다. 손끝이 자꾸 옷걸이들을 건드린다. 하마터면 넘어지면서 CD 진열장을 흐트러뜨릴 뻔하기도 한다. 아무런 표시 없이 들어왔다가 나가야 한다. 내가 할게요. 최순애가 남자를 앞지른다. 최순애는 한 걸음에 기둥 앞에 가 선다. 그리고 기둥 아래를 더듬어 옷걸이에 걸린 옷을 빼어낸다. 남자는 마네킹들 사이에 선 채 망을 본다. 최순애는 출입구 쪽으로 나오면서 머리핀과 브로치, 연필 한 다스를 집는다. 무대복 위에 덧입은 망또 속으로 물건들이 사라진다. 최순애가 허리를 굽혀 거리로 나가고 뒤따라나가려던 남자는 매장 가장자리에 둘러선 마네킹들을 훑어본다. 미안. 나 먼저 떠난다. 보안장치를 다시 가동시키고 셔터를 내려 잠근다.

최순애가 가져온 것은 최순애가 항상 쳐다보던 원피스다. 원피스를 무릎 위에 펼쳐놓고 최순애가 어린아이처럼 웃는다. 망또 안에서 꺼낸 자디잔 물건들을 바닥에 늘어놓는다. 노획물이라도 되는 것처럼 의기양양하다. 눈치채지 못하게 가져왔어요. 그리고 안다 해도 무슨 걱정이에요? 당신이 깎인 월급만큼만 가져왔는걸요. 남자와 최순애는 봉고차 뒤칸에 앉아 사발면을 먹는다. 이제 한시간 후면 아침이다.

숯불구이 오징어는 눅눅해지면서 봉지의 잉크냄새가 배어버렸다. 최순애는 오징어를 맛있게 먹는다. 여자의 얼굴에는 순박한 최순애와 화려한 최루나의 얼굴이 동시에 들어 있다. '루나'는 달의 여신이래요. 맨 처음 아버지를 따라 밤무대에 섰을 때, 그곳 사장님이 예명을 지어줬어요. 훨씬 나중에야 루나가 누군지 알게 되었어요. 내 쇼를 보던 대학생이 대기실로 날 찾아왔었죠. 루나는 양치기 소년을 사랑해서 소년에게 영원한 잠을 재우고 밤마다 함께 보냈대요. 루나는 또다른 이름으로 불리는데 그건 잊어버렸어요. 그런데 나한테 루나와 비슷한 면이 있는 것 같아요. 이 옷에 대한 집착만 봐도 알 수 있죠. 지금 최순애는 '코스모스'에서 가져온 회색 원피스를 입고 있다. 주름치마는 엉덩이가 작은 최순애의 몸매에 아주 잘 어울린다. 차창 밖으로 펼쳐지는 풍경을 보며 종알거리던 최순애는 의자 등받이에 기대 잠을 자고 있다. 종착지인 부산은 이제 사십분 정도면 도착할 것이다. 어서 오십시오. 여기서부터 부산입니다. 잠이 들지 않은 채 경계선을 건너고 싶다. 최순애는 부산의 광안리 부근에 새로 신축된 미라보 관광호텔의 나이트클럽에 새 일자리를 구했다. 호텔 이름이 미라보예요. 이름을 듣고 한번에 결정했죠. 미라보 관광호텔. 멋지지 않아요? 최순애는 들떠 있다. 이제 남자는 최순애의 정식 파트너가 된다. 일단 거처가 결정되면 최순애의 마술도구들은 화물로 부쳐질 것이다. 비가 내리기 시작한다. 금방 사위는 어둑신해진다. 앞에 달리는 차들이 미등을 켜기 시작한다. 운전사가 브레이크를 짧게 연거푸 밟아 속도를 떨어뜨린다. 운전사는 백미러를 흘끔거리면서 차선을 바꾸려고 한다. 하지만 미등을 켠 차들이 경적을 울리며 버스 옆으로 벌레들처럼 달라붙는다. 버스가 갑자기 휙 방향을 바꾼다. 차체가 조금 왼쪽으로 기울면서 바퀴가 미끄러진다. 우리 아이들도 장난감 대신 마술도구들을 가지고 놀까? 남자는 앞 차창을 바라본다. 두 개의 와이퍼가 번갈아가며 빗물을 쓸어낸다. 차창 위에는 작은 액자가 걸려 있다. 이국 소녀가 무릎을 꿇고 앉아 기도를 올린다. 아빠 오늘도 무사히. 갑자기 몸이 한쪽으로 쏠리면서 이국 소녀의 모습이 빙그르르 돈다. 창밖의 풍경들이 엿가락처럼 늘어지면서 언덕 아래로 펼쳐진 감탕밭이 남자의 얼굴로 확 달려든다. 남자의 몸은 세탁기 속의 빨래처럼 몇 번이나 돈다.

　남자는 꿈결처럼 눈을 뜬다. 눈 위가 찢겨 피가 뺨을 타고 흐른다. 의자들은 뒤집혀진 채로 남자의 얼굴 위에 매달려 있다. 안전벨트로 의자에 거꾸로 매달린 사람들의 두 팔과 두 다리가 힘없이 대롱거린다. 남자의 오른 발목은 환기구의 문틈에 끼여 있다. 남자는 허겁지겁 최순애를 찾는다. 앞 차창은 심하게 균열이 가 있어 밖의 풍경을 볼 수 없다. 여기저기서 신음소리가 새어나온다. 남자가 고개를 돌리자 버스의 측면에 달린 커다란 백미러가 눈에 들어온다. 백미러는 휘어지고 깨어져서 거미줄 같은 금들이 가 있다. 모자이크화 같은 백미러 속으로 버스 내부가 비친다. 버스의 차창들은 깨어져 있다. 깨어져내린 유릿조각이 수북이 쌓여 있다. 창가에 걸렸던 커튼이 뒤집힌 채 바람에 펄럭인다. 구겨지고 탈선된 의자들이 지금이라도 바닥으로 떨어질 것처럼 흔들거린다. 삼천리여행사라고 적힌 등받이 시트를 물들인 피와 마네킹처럼 꼼짝하지 않는 사람들의 팔과 다리가 보인다. 버스는 상하가 바뀐 채 뒤집혀져 있다. 자디잔 조각들 틈에서 남자는 최순애의 회색 주름치마를 본다. 발을 빼내보려 하지만 다리로는 힘이 전달되지 않는다. 남자는 흘러내려 시야를 가리는 피를 손으로 닦아내면서 백미러를 들여다본다. 얼굴은 보이지 않지만 분명 최순애의 주름치마가 분명하다. 치마는 들춰져 있다. 의자 등받이에 걸친 두 다리는 축 늘어져 있다. 남자의 시선이 두 다리를 따라올라가 사타구니에 머문다. 군더더기 하나 없는 최순애의 몸 가운데 그 부분에 유일하게 군더더기가 붙어

있다. 달라붙은 속옷 위로 감추지 못하고 드러나 있는 불룩 솟은 군
살 덩어리. 불룩한 성기. 와지끈 소리가 나면서 위에서 대롱거리던
의자가 사정없이 남자의 머리를 덮친다. 팟, 소리와 함께 화면이 꺼
진다.

남자는 온통 흰색투성이인 8인용 병실의 철제 침대에서 눈을 뜬
다. 남자의 신경은 간호사가 찌른 주삿바늘에 반응했고 남자가 눈
을 뜨고 처음 내뱉은 말은 아야,였다. 스테인리스 사각통에 든 앰풀
병들이 달그락거리면서 멀어진다. 맨 처음 눈에 띈 것은 새로 페인
트를 칠한 희디흰 천장이었고 천장에서 내려온 노란 액체를 흘려보
내는 플라스틱 대롱이다. 노란 액체가 담긴 링거병에서 시작한 대
롱의 끝은 남자의 왼팔에 꽂혀 반창고로 고정되어 있다. 허벅지까
지 깁스를 한 다리가 허공에 들려 있다.

언뜻언뜻 눈을 뜰 때마다 앰뷸런스가 가까이 다가오는 소리를 들
었고 날이 개면서 푸르게 높아지는 하늘과 들것에 옮겨 날라지는
사람들이 보였다. 앰뷸런스가 설치물 아래를 지나갔다. 남자는 커
튼이 쳐진 앰뷸런스 창문 틈으로 "어서 오십시오. 여기서부터 부산
입니다"라고 적힌 글씨를 보았던 것 같다.

잘 주무셨나? 건너편의 침대 위에 비스듬히 앉아 있던 중년 사내
가 남자를 보고 알은체를 한다. 예, 꿈도 꾸지 않고 푹 잤습니다. 남
자는 그제서야 중년 사내의 모습을 훑어본다. 머리에 붕대를 친친
동여매고 있다. 붕대 위로 피가 살짝 비쳐 있다. 잘 잤을 수밖에. 나
흘 동안 한번도 깨지 않고 자더군. 이제 자네가 깼으니 말벗이 생겼
구먼. 그나저나 그 버스에 동행은 없었나? 어렴풋이 눈앞에서 뱅뱅
돌던 '아빠 오늘도 무사히'란 글씨가 떠오른다. 하지만 남자의 머릿

속은 조각들이 뒤섞인 퍼즐 맞추기 같다.

누가 죽었답니까?

사람은 아니오. 버스가 언덕 아래로 계속 굴렀다면 아마 살아남은 사람은 없었을 테지. 하지만 마침 방목해놓은 소 한마리가 언덕에서 풀을 뜯고 있었다더군. 버스가 구르면서 소를 덮쳤지. 소가 굄돌 역할을 해서 계속 굴러떨어질 뻔한 걸 막았다는군.

그럼 죽은 건 소 한마리뿐이로군요.

아니, 소 두 마리지. 마침 어미소는 새끼를 배고 있었다는군. 그런데 머리는 어때? 욱신거리지는 않는가? 남자는 한손을 이마로 가져간 후에야 자신의 머리에도 붕대가 감겨 있다는 것을 안다. 얼굴 위로 걷잡을 수 없이 쏟아져내리던 빨간 의자가 순간 떠오른다.

입원 환자 중에 최순애란 이름의 환자는 없다. 입원한 지 일주일이 지나서야 휠체어를 밀고 병실 밖으로 나갈 수 있었다. 로비의 간호사는 육층 여자 입원실 로비로 인터폰을 넣어 최순애란 환자가 있는지 물었다. 여자 병실에는 그런 분이 안 계시네요. 남자는 혹시 다른 병원으로 후송된 환자가 있는지도 물었다. 아네요. 사고현장에서 우리 병원이 제일 근처에 있었고 그 고속버스의 승객들은 다 우리 병원에 입원했죠. 경미한 부상을 입어 벌써 퇴원한 사람들도 있다. 최순애는 그 속에 섞여 있을까.

아직도 남자의 기억은 퍼즐을 맞추고 있다. 어제는 난데없이 '최순애'라는 이름이 떠올랐다. 하지만 이 퍼즐조각과 맞닿아 있는 다른 퍼즐조각들을 구할 수가 없다. 떨어지면서 의자의 쇠다리가 남자의 이마에 내리꽂혔다. 기억나지 않는 건 머리에 받은 충격 때문이고 개인차는 있지만 자연스럽게 온전한 기억이 돌아올 것이라고

의사는 말했다. '깨진 백미러 속으로 보이던 두 다리'가 선명히 떠올랐다. 이번에는 낱말이 아닌 선명한 그림이다.

혼자서 화장실도 갈 수 있게 되었다. 한조각 한조각씩 기억이 되살아난다. 남자의 기억은 일년 전 가을, 마릴린 먼로를 닮은 마네킹들 사이에 서 있다. 남자는 복도를 꺾어가다가 반대편에서 나오는 한 사내와 부딪친다. 사내는 링거병이 달린 쇠받침대를 들고 아주 천천히 발걸음을 떼어놓고 있다. 어깨까지 내려오는 장발이다. 들쭉날쭉 삐친 머리카락 사이로 멍이 들고 찢긴 얼굴이 보인다. 열일곱살로도 서른두살로도 보일 얼굴이다. 남자를 발견한 사내가 활짝 웃는다. 부어 내려앉은 눈꺼풀 속에서 사내의 눈빛이 반짝 빛난다. 혹시 절 아세요? 남자는 사내의 얼굴을 바라보며 묻는다. 사내의 얼굴은 조금씩 굳어졌고 두 눈동자는 우물 속처럼 어두워진다. 죄송합니다. 제가 사람을 잘못 보았군요. 제가 아는 사람과 너무도 비슷해서. 사내는 쇠받침대를 먼저 앞으로 옮겨놓고 두 다리를 천천히 내딛는다. 실롑니다만 혹시 사고난 그 버스에 타고 계셨나요? 남자는 조금씩 멀어지는 사내의 등에 대고 소리친다. 사내는 뒤를 돌아보지 않은 채 고개만 가로 젓는다. 잠깐 스쳤지만 사내의 눈빛은 너무도 낯이 익다. 하지만 남자는 온통 '최순애'라는 여자에 대한 생각뿐이다. 대체 그 여자는 누굴까.

순간 전광석화처럼 남자의 머릿속에 새로운 단어가 떠오른다. 남자는 조심스럽게 입속으로 단어를 굴려본다. 몇번 되새기다가 마침내 입밖으로 말을 내뱉는다.

미라보 관광호텔.

〔창작과비평 1998년 겨울호〕

곰팡이꽃

남자는 아파트에 살고 있는 사람들의 취향을 환히 꿰고 있다.

애매모호한 설문지보다는 쓰레기장을 뒤지는 것이 더욱 확실한 방법일 것이다.

쓰레기는 거짓말을 하지 않는다. 도대체 알 수가 없다니까.

진실이란 것은 쓰레기 봉투 속에서 썩어가고 있으니 말야.

곰팡이꽃

오층 아래로 내려다보이는 놀이터는 빗물이 고여 작은 웅덩이 같다. 이틀 전 내린 폭우로 놀이터 곳곳에는 채 빠지지 않은 흙탕물이 고여 있다. 여자가 걸터앉은 시소의 반대쪽도, 아이가 매달려 있는 '구름사다리' 아래도 물이 고여 있다.

여자는 콩을 까고 있다. 깍지를 비틀 때면 벌어진 깍지 사이로 얼룩무늬의 강낭콩 알들이 나란히 나타난다. 여자의 손가락은 풋내가 물씬하다. 깍지에서 튄 콩이 모래밭 위로 날아가면 여자는 허겁지겁 엉덩이를 공중으로 쳐들고 콩을 줍는다. 여자가 걸터앉은 시소가 무게중심을 찾아 위로 조금 떠오른다. 아이의 체중은 철봉에 매달린 오른손에 실려 있다. 사내아이는 지금 셋째칸에서 넷째칸으로 건너가기 위해 숨을 고르는 중이다. 발을 적시지 않고 마른 땅으로 내려오려면 어쩔 수 없이 구름사다리를 다 건너가야만 한다. 흘러내린 바지와 오른팔 쪽으로 치켜올라간 윗옷 사이로 드러난 맨살에 눈이 부시다.

여자는 남자로부터 등을 돌리고 앉아 있다. 남자에게는 여자의 구부린 등과 모래밭에 놓인 플라스틱 바구니만이 보일 뿐이다. 어느덧 바구니에는 강낭콩이 수북이 쌓인다. 오늘 저녁 강낭콩 밥을 지으시게요? 남자는 여자에게 넌지시 말을 건다. 하지만 여자는 대답하지 않는다. 여자에게까지 남자의 목소리는 가닿지 않는다. 그 맛을 어떻게 잊겠어요? 이 사이에서 아삭아삭 씹히는 맛이 일품이죠. 저에게도 좀 나눠주시겠어요? 남자는 베란다 창가에 선 채 계속 입술을 달싹거린다. 콩깍지를 덮고 있는 가실가실한 솜털의 촉감과 콩깍지의 틈을 벌리느라 엄지손톱에 낀 섬유질까지 전부 다 상상할 수 있다. 다행히 여자는 아까부터 남자가 자신을 내려다보고 있는 것을 눈치채지 못한다. 여자는 지금 콩에만 열중하고 있다. 수학문제를 푸는 학생 같다. 아이는 건너편으로 건너가지 못하고 여전히 철봉에 매달린 채 입을 앙다물고 있다.

남자는 바지 뒷주머니에 끼여 있던 수첩을 꺼내든다. 엉덩이에 눌린 수첩은 완만하게 구부러들어 있다. 한장을 넘기려니 덩달아 다른 장까지 붙어 넘어간다. 갈피 사이에 음식 찌꺼기가 묻은 채 그대로 말라버렸기 때문이다.

콩깍지, 시소, 구름사다리, 사내아이, 물웅덩이.

남자는 그 여자를 기억할 만한 몇개의 단어들을 적는다. 콩을 까고 버린 콩깍지는 수많은 쓰레기 봉투 가운데서 그 여자를 식별하는 유일한 단서가 될 것이다. 남자는 그 여자가 몇호에 사는지 알지 못한다. 남자가 살고 있는 아파트는 다행히 한 동뿐이지만 모두 90

세대가 살고 있다.

오늘 아침뉴스에서 기상 캐스터는 노란 비옷에 노란 우산을 받쳐 들고 일기예보를 했다. 저기압 전선이 서해안과 경기지방 일대에 걸쳐 크게 발달하고 있다고, 일주일 내내 들쭉날쭉 봄비가 예상된 다고 말했다. 사월에 때 이른 한여름 더위가 찾아온 것은 엘니뇨 현 상의 일종이라고 덧붙이는 것도 잊지 않았다. 더위와 습기찬 날씨 가 이렇게 계속된다면 남자의 일은 더욱 장애를 받게 될 것이다.

벽을 건너오는 새된 여자의 목소리에 남자는 눈을 떴다. 새벽 두 시가 조금 넘은 시간이다. 유리가 깨지면서 와르르 무너져내리고 발소리가 이곳저곳에서 분주하게 난다. 젊은 여자가 연방 소리치고 있지만 내용은 알아들을 수 없다. 507호와 면한 남자의 방 벽에는 장롱과 오디오 따위들이 놓여 있다. 남자는 침대에서 일어나 장롱 으로 다가가 귀를 기울인다. 507호의 현관문이 열리면서 사정없이 벽에 부딪친다. 밖으로 떼밀려나온 누군가가 미끄러지면서 엉덩방 아를 찧는다. 뒤이어 현관 밖으로 던져진 냄비뚜껑이 저 혼자 요란 한 소리를 내며 떨다 멈춘다. 다시는 내 앞에 얼씬거리지 마. 여자 의 격앙된 목소리와 함께 문이 닫히고 이중으로 잠금쇠가 돌아간 다. 남자는 발소리를 죽여 현관으로 다가가 어안렌즈를 들여다본 다. 불이 꺼진 바깥은 동굴처럼 음침하다. 이제 곧 조간신문을 배달 하는 아이가 들이닥칠 시간이다. 문이 닫히고도 삼십분이나 지나서 야 계단을 내려가는 발자국 소리가 들린다. 구두의 뒤를 꺾어 신고 있는 모양이다. 나막신 소리가 난다. 남자는 구둣발 소리가 계단을 다 내려가 아파트 광장으로 나설 때까지 기다린다.

반평 남짓한 다용도실에 들어서자 남자의 양어깨가 양쪽 벽 사이에 바듯하게 낀다. 남자가 버린 쓰레기들이 습한 공기 속에서 벌써 역한 냄새를 풍기며 부패하고 있다. 선반에서 플라스틱 양동이를 꺼내든다. 고무장갑을 끼고 플라스틱 양동이를 든 채 발소리를 죽이고 계단을 내려간다. 사람들의 눈에 띄지 않기 위해 계단참 천장에 달린 전등은 일부러 켜지 않는다. 어둠속에서도 계단은 익숙하다. 여덟 개의 계단과 층계참 그리고 다시 여덟 개의 계단으로 이어지는 이 기역자 계단은 일층까지 모두 72개의 계단으로 이루어져 있다. 어둠속에서 발로 더듬거리면서 다음 계단으로 내려서지 않아도 될 만큼 남자의 발은 계단에 익숙해질 대로 익숙해졌다. 삼층에서 이층으로 내려가는 계단 가운데 두번째 계단은 유독 다른 계단보다 높다. 처음 얼마 동안은 이 계단 때문에 곤혹스러웠다. 발목을 삔 적도 있다. 하지만 이제 그곳에 이르면 남자의 본능이 단번에 알맞게 발을 내딛는다.

원통욕조 크기만한 대형 고무쓰레기통이 통로 앞의 화단에 한 개씩 놓여 있다. 가로등 불빛이 가닿지 않는 단풍나무 이파리들에 그림자가 고여 있다. 광장에는 아무도 없다. 쓰레기통 뚜껑을 밀치고 쓰레기통 안을 들여다보기 위해 화단턱으로 올라선다. 쓰레기통은 거의 비어 있다. 가슴패기에 닿을 만큼 깊은 쓰레기통 안에서 쓰레기 봉투를 꺼내기 위해 허리를 잔뜩 구부려야 했다. 쓰레기 봉투에서 새어나온 오물이 고무통 밑바닥에 고여 역한 냄새를 풍기면서 썩고 있다. 오늘 아침에 구청에서 나온 쓰레기차가 쓰레기를 싣고 가 쓰레기통 안에는 한 개의 봉투가 들어 있을 뿐이다. 남자의 양동이는 20리터들이 쓰레기 봉투 한 개가 바듯하게 담겨지게 되어 있다. 맨 처음에는 양동이 없이 쓰레기 봉투를 옮겼다. 다음날 출근길에 남자는 쓰레기 봉투에서 새어나온 물이 계단을 따라 점점이 이어져서 남자의 현관 앞에 멈춰 있는 것을 발견했다. 쓰레기 봉투는 묵직하다. 두 손으로 봉투를 들어내자 조심했는데도 슬리퍼를 신은 남자의 발등 위로 썩은 물이 주르륵 흘러내린다.

비좁은 목욕탕을 개조하면서 욕조를 들어내지 않은 것이 천만다행이었다. 지은 지 십오년이 된 이 낡은 아파트로 이사를 오면서 남자는 벽지와 장판은 물론 싱크대도 새것으로 갈았다. 사기로 만든 욕조와 변기는 군데군데 금이 가고 깨져 있었다. 짙은 감색의 타일도 어느 것 하나 온전한 것이 없었다. 떨어져나가거나 움푹 팬 타일 틈에 물때가 끼어 있었다. 세수를 하고 물을 받은 세면대의 마개를 뽑았다. 하수관으로 흘러내려가야 할 세숫물이 남자의 발 위로 걷잡을 수 없이 쏟아졌다. 배수관의 트랩 이음매가 어긋나 있어 그 사이로 물이 새어나온 것이었다. 수리공은 때가 잘 끼지 않고 가벼운 플라스틱 소재의 세면대로 바꾸어 달면서 욕조를 떼어내라고 권유했다. 이렇게 작은 목욕탕에 굳이 욕조까지 있어야겠느냐고 욕조를 떼어내고 샤워 시설만 다는 것이 요즘 추세라며 끈덕지게 남자를 설득했다. 하지만 남자는 수리공의 말을 무시하고 욕조를 떼어내지 않았다. 수리공이 돌아간 그날 저녁, 남자는 수리공의 말을 듣지 않은 것을 후회했다. 욕조는 터무니없이 작아 평균치의 키인 남자가 들어가 앉아도 물이 흘러넘쳐 겨우 엉덩이에서만 찰랑거릴 뿐이었다. 게다가 길이도 짧아 뜨거운 물에 온몸을 담그려는 생각은 여지없이 깨지고 말았다. 어깨를 물속에 담그려면 두 발은 욕조 밖으로 내뻗어 수도꼭지 위에 걸쳐놓아야 했고 두 발을 담그려면 엉덩이를 욕조 밖에 걸쳐야 했다. 이 일을 시작하기 전까지 욕조는 수리공의 말대로 골칫덩어리가 되었다.

　들고 올라온 쓰레기 봉투를 욕조 속에 집어넣는다. 벌써부터 냄새는 달라져 있다. 여름이 되면 이 일도 더이상 할 수 없을 것이다. 락스로 꼼꼼하게 닦아내고 레몬향의 방향제를 뿌렸지만 십오평 아파트 안은 덜 마른 생선에서 나는 냄새가 배어 있다. 쓰레기 봉투는 묶는 선을 훨씬 지나쳐서 꾸역꾸역 집어넣어 반쯤 터진 옆구리로 내용물의 일부가 비어져나왔다. 매듭은 단단하게 묶여 있다. 좀처럼 매듭이 풀리지 않아 욕조 안으로 허리를 굽히고 선 남자는 엉거주춤 일어서서 허리를 주무른다. 누군가 호되게 묶어놨군. 고무장갑을 벗고 맨손으로 매듭을 풀어보려 하지만 쉽게 풀리지 않는다. 풀기 어렵도록 쓰레기 봉투를 야무지게 묶어버린 누군가를 원망할 수는 없는 일이다. 버린 쓰레기 봉투가 누군가에 의해 다시 풀릴 것이라고 생각하는 사람은 아무도 없을 것이다. 남자도 그 일이 있기 전까지는 그렇게 믿었었다.

　쓰레기 종량제가 시작된 것은 1995년 1월 1일이었다. 남자는 전날 마신 술 때문에 일요일 하루를 꼬박 누워 있어야만 했다. 초인종이 울렸다. 남자를 찾아올 사람은 아무도 없었다. 잠시 사이를 두고 다시 초인종이 울렸다. 어안렌즈로 밖을 내다보았다. 오래된 아파트의 어안렌즈는 뿌옜고 할 수 없이 현관문을 열어주어야 했다. 이 아파트의 부녀회라고 밝힌 여자들이 현관 앞에 몰려와 서 있었다. 한눈에도 열 명이 넘는 숫자였다. 비좁은 현관 앞에 다 서지 못한 여자들은 사층으로 내려가는 계단 아래에까지 늘어서 있었다. 얼굴에 검버섯이 핀 나이든 여자가 옆의 젊은 여자를 어깨로 떠밀었다.

지금 수지침을 배우고 계신가요? 다짜고짜 젊은 여자가 남자에게 물었다. 그제서야 한번도 열어보지 않고 장롱 위에 얹어둔 상자가 떠올랐다. 사무실을 찾아온 세일즈맨에게 어쩔 수 없이 사들인 수지침 용구와 책자가 든 상자를 남자는 한번도 열어본 적이 없다. 어떻게 한번도 본 적이 없는 사람들이 수지침에 대해 알고 있는 것일까. 젊은 여자는 까만 눈동자를 한번도 움직이지 않은 채 물끄러미 남자의 얼굴을 쳐다보고 서 있었다. 수지침협회에서 한달에 한번 보내오는 정보신문이 우편함에 꽂혀 있고는 했다. 그렇다면 남의 집 우편물을 훔쳐본 겁니까? 남자는 슬그머니 울화통이 일었다. 드디어 범인을 잡았네. 여자들이 일제히 환호성을 질렀다. 것 봐요, 성과가 있잖아요. 못 보던 얼굴인데. 여자들이 자기들끼리 소곤거리기 시작했다. 젊은 여자를 밀치고 검버섯 여자가 나섰다. 방귀 뀐 놈이 되레 성낸다더니만, 여기 이런 위인이 또 계시네. 손에 손을 거쳐 올라온 묵직한 봉투를 검버섯이 받아 남자의 발밑에 던졌다. 봉투가 뻥 소리를 내며 터진다. 장터쇼핑 배달 가능이라고 쓰인 붉은 글씨들이 띄엄띄엄 드러나 있다. 한눈에도 남자가 이틀 전 쓰레기통에 버린 쓰레기가 틀림없다. 댁을 찾아내느라 우리가 얼마나 고생을 했는 줄 알기나 해요? 이 쓰레기들을 이 잡듯 샅샅이 뒤졌다구요. 지성이면 감천이지, 결국 우리의 눈에 이 봉투가 발견된 거지요. 검버섯이 우편봉투를 남자의 코앞에 대고 흔들어댄다. 수지침협회라고 한자로 쓰인 봉투다. 봉투의 수신인란에 남자의 이름과 주소가 깨끗한 타자 활자체로 찍혀 있다. 김치 쪼가리가 여기저기 붙었었는지 봉투는 너저분했다. 규격봉투를 사용해야 한다는 걸 설마 몰랐다고 발뺌하지는 않겠지? 계단 아래에서 누군가 큰소리쳤다. 이런 비양심적인 사람 때문에 이 나라가 이 꼴이 된 거라구요. 격앙된 여자가 떨리는 목소리로 말을 이었다. 내가 아홉살 때 우리 아버지 따라 대동강을 건너온 이래로 산전수전 다 겪었지만 남의 집 쓰레기를 뒤진 것은 처음이야. 검버섯이 한숨을 길게 내쉰다. 남자는 어렴풋이 쓰레기 종량제라는 말을 들은 것이 기억난다. 한번만 다시 이런 짓을 했단 봐라. 여자들이 하나 둘 계단을 내려간다. 뒤처진 젊은 여자가 일행을 따라 내려가다 말고 남자를 쳐다본다. 어머, 혼자 계시나보죠? 이해하세요. 요새 이런 일이 어디 한둘이라야지요. 쓰레기 봉투값이 얼마나 된다구, 아예 깊은 밤에 몰래 쓰레기를 갖다버린다니까요. 쓰레기차도 이런 건 수거해가지 않아요. 몇 계단 아래에서 검버섯이 소리친다. 게서 뭐하고 섰어? 얼른 내려오지 않구선. 다른 봉투를 뒤져야지. 젊은 여자가 내려가면서 말한다. 십만원이에요, 벌금요. 이번만 봐드리는 거예요. 저 아줌만 관절염을 앓고 계세요. 다시 오층까지 올라오게 한다면 난리가 날 거예요.

시멘트 바닥으로 내던져지는 통에 옆이 터진 봉투에서 쓰레기들이 꾸역꾸역 밀려나오고 있었다. 계단을 따라 쓰레기 봉투에서 흘러내린 진물 같은 썩은 물이 점선으로 남자의 현관 앞에까지 이어져 있다. 현관 바닥에 흩어진 쓰레기들을 주워모으기 위해 고무장갑을 끼었다. 푸른 곰팡이가 핀 밥알과 사놓고 먹지 않아 버린 곯은 감자알들은 집어들기가 무섭게 손안에서 물크러진다. 고약한 냄새 때문에 몇번이나 헛구역질을 했다. 분명 자신이 버린 쓰레기들인데도 쓰레기들은 낯설었다. 쓰레기를 주워담다가 꼬깃꼬깃 구겨진 편지지들을 발견한다. 편지지는 이미 어느정도 반듯하게 펴져 있다.

이 손에서 저 손으로 옮겨가며 여자들이 이 편지를 읽었을 것이 틀림없다. 편지를 읽으면서 킥킥거렸을 여자들의 얼굴이 떠오르자 참을 수 없이 화가 치밀었다. 자신의 글씨체조차 낯설었다.

——당신이 결혼하려는 그 사람은 결코 당신의 배우자가 될 만한 사람이 아닙니다. 난 그 사람을 당신보다도 훨씬 먼저 알았습니다. 당신에게는 보이지 않는 그 사람의 그늘진 모습을 나는 종종 보았습니다. 하지만 당신은 내 충고를 듣지 않고 결국은 결혼날짜를 잡았더군요. 오늘 회사에서 당신과 그 남자가 나란히 부서를 돌아다니면서 청첩장을 나눠주는 것을 보았습니다. 왜 당신 눈에는 그 남자의 허물이 보이지 않는 건가요. 당신 말대로 진정으로 누군가를 사랑하면 아무것도 보이지 않는 건가요. 지금도 늦지 않았습니다. 당신을 내 몸보다도 사랑합니다.

어느 편지 하나 끝을 맺은 것이 없다. 남자는 만취해서 새벽까지 편지를 쓰고 또 썼다. 결국 그 편지는 부치지 못했다. 봉투를 들자 터진 틈으로 소주병 뚜껑이 쏟아져나와 바닥에서 뚱기쳤다. 안주로 끓여놓고 젓가락도 대지 않았던 라면 가닥이 퉁퉁 불어 완성하지 못한 또다른 편지지에 엉겨붙어 있었다.

가까스로 매듭이 풀린다. 매듭이 풀리자마자 쓰레기 한움큼이 튀어올라 욕조 안에 흩어진다. 먼지가 엉긴 머리카락과 담배꽁초가 한데 뒤범벅이 되어 있다. 낚시 의자를 가지고 와 욕조 앞에 펼쳐놓고 걸터앉는다. 남자는 다시 고무장갑을 끼고 쓰레기들을 유심히 살피기 시작한다. 목욕탕의 백열등은 얼마 전 100와트짜리로 바꾸어 끼었다. 눈이 부실 정도로 목욕탕 안은 밝다.

머리카락의 길이는 이십 센티를 훌쩍 넘는 것들이다. 남자는 머리카락의 양끝을 팽팽하게 잡은 채 전구에 가까이 대고 찬찬히 살펴본다. 필터 끝까지 타들어간 담배꽁초를 집어든다. 필터 끝에마다 잇자국이 나 있다. 욕조 안에 펼쳐놓은 쓰레기를 들여다보면서 무릎을 포개고 그 위에 수첩을 펼쳐놓는다.

4월 23일 오비라거 맥주 뚜껑, 풀무원 콩나물, 신라면, 코카콜라, 참나무통 맑은소주……

남자의 수첩에는 글씨들이 빼곡하게 채워져 있다. 숨은 그림 찾기에서 찾아야 할 항목들처럼 보인다. 남자는 망가진 시계의 부속품을 핀셋으로 집어올리는 시계 수리공처럼 자못 진지하다. 꼼꼼하게 쓰레기들을 뒤지다가 간혹 멈추고 수첩에 글씨를 적는다. 박하향의 쿨 담배다. 쿨 담배. 고무장갑 손가락 끝에 묻은 오물이 수첩에 묻지 않도록 볼펜의 윗부분을 쥐고 글씨를 쓰기 때문에 글씨의 획은 어느 것 하나 반듯한 것이 없다. 즉석면 용기가 두 개 포개져 들어 있다. 모두 스프에 건조 새우가 첨가된 우동이다. 오뚜기 바몬드 카레. 카레에 사용되었을 감자와 양파의 껍질이 속속들이 발견된다.

20리터 봉투 한개의 쓰레기는 헤쳐놓으면 욕조의 반이 찬다. 배춧잎과 감자껍질이 미끈둥거리면서 고무장갑 손가락 사이로 달아난다. 냄새가 제일 지독한 것은 단백질류다. 생선 내장과 머리, 먹다 버린 닭조각들이 썩는 냄새는 새록새록하다. 닭뼈가 붙은 고무장갑이 딸려나온다. 오른손 고무장갑이다. 핑크색이고 팔목에 마미손이라고 눌린 글씨가 보인다. 남자는 수첩을 뒤적이며 며칠 전 쓰레기 봉투에서 발견한 왼손 고무장갑이 적힌 페이지를 찾는다. 3월

23일. 제일제당 비트(750그램), 쿨 담배, 코카콜라, 농심 새우탕면, 마미손 고무장갑(핑크, 왼손)——상표와 색깔까지 똑같다. 이렇게 되면 의심할 여지가 없다. 한집으로 묶는다.

그 또는 그녀는 오비라거와 코카콜라를 즐겨 마시고 쿨 담배를 피우며 새우탕면을 좋아한다. 그 또는 그녀는 왼손잡이고 머리카락이 긴 여자거나 혹은 장발의 남자다. 이렇게 추론하는 것은 쉽다. 초콜릿이나 과자봉투, 종이 기저귀 따위가 발견되지 않은 것을 보면 그 집에는 현재 아이가 없다.

남자는 지난 겨울부터 지금까지 통틀어 백개가 넘는 쓰레기 봉투를 뒤졌다. 쓰레기를 뒤지는 동안 자연스럽게 이 아파트에 사는 90가구의 취향을 조금씩이나마 알게 되었다. 십오평의 이 작은 아파트에는 두 부류의 사람들이 산다. 남자처럼 독신이거나 아니면 신혼부부인 한 부류와 자식들을 모두 출가시키고 난 후 큰 집을 팔고 이사를 온 노부부가 그 한 부류이다. 텔레비전에서 선전하는 신제품의 상품들에 민감한 것은 언제나 젊은 사람들이다. 그들에게는 아직까지 모험심이 남아 있다. 포장이 화려하고 열대지방의 과일이 섞인 펀치류의 음료수도 망설이지 않고 구입한다. 양이나 크기에 비해 값비싼 물건들을 구입하는 것도 그들이다. 그동안의 자료를 가지고 통계를 낸 적도 있다. 이 아파트에 사는 여자들은 손을 보호하는 성분이 들어간 고급 트리오를 쓰고 직장 여성이 많은 까닭인지 린스 겸용의 샴푸를 쓰며 양날개가 달린 생리대를 쓴다.

남자는 욕조 안에 흐트러진 쓰레기를 다시 봉투 안에 쓸어담는다. 물기가 빠진 쓰레기는 그사이 더욱 부피가 줄어 있다. 매듭을 묶은 쓰레기 봉투를 들고 다시 일층으로 내려가 쓰레기통 안에 집어넣는다. 바지 주머니에서 담배를 꺼내문다. 그 여자의 쓰레기를 볼 수만 있었다면 남자는 그 여자의 숨겨진 성격에 대해서 알 수도 있었을 것이다. 그랬다면 그 여자가 까닭없이 코발트색에 약하고 입심이 좋고 단정한 옷차림의 남자에게 끌린다는 것을 알아낼 수도 있었을 것이다.

그 여자는 결혼과 동시에 직장을 그만두었다. 그 여자를 마지막으로 보기 위해 남자는 내키지 않았지만 그 집의 집들이에 갔다. 머리를 질끈 동여매고 앞치마를 두른 여자가 태연스럽게 남자의 옆자리에 끼여앉았다. 미스 김, 아니 이젠 미시즈 박이라고 불러야겠지? 어떻게 미스터 박에게 끌린 거야? 술자리가 무르익자 누군가가 그렇게 물었다. 그 여자는 배실배실 웃으면서 그 남자가 입고 있던 코발트 색깔의 와이셔츠 때문이었다고 말했다.

그 여자와 결혼한 후로도 그 후배는 변한 것이 없었다. 후배는 아직도 경리부서의 같은 사무실에 앉아 있다. 같은 대학의 이년 선배인 남자는 진급이 빨라 후배의 바로 뒤 책상을 쓰고 있다. 풀을 먹인 것처럼 빳빳한 와이셔츠와 주름 없는 양복을 입은 후배의 뒷모습을 볼 때면 타자를 치던 그 여자의 길고 하얀 손가락이 떠오른다. 젠장, 만날 그 여잔 코발트 색깔의 와이셔츠만 사들이는 거야. 이젠 코발트의 코자만 들어도 진저리가 처진다니까. 자동판매기 앞에서 후배가 동료들에게 떠들어대는 소리를 듣기도 했다. 후배가 신입 여사원과 함께 레스또랑에서 나오는 것도 목격했다. 그 여자는 지금은 남편이 된 후배의 실체에 대해 여전히 알지 못하고 있다.

계단으로 올라서다가 남자는 신문배달을 하고 계단을 급하게 뛰어내려오는 아이와 어깨가 부딪친다. 아이가 남자에게서 멀어지면서 코를 감싸쥔다. 흐릿한 백열등 아래에서 아이의 앳된 눈동자가 고무장갑을 낀 남자를 힐끗거린다. 아이도 신문 꾸러미를 들지 않은 한손에 빨간 고무장갑을 끼고 있다. 신문 투입구에 손을 넣고 빼다보면 팔목의 여린 살갗에는 쇳독 때문에 붉은 반점들이 생겨났다. 쇳독을 방지하기 위해 신문과 우유 배달부들은 고무장갑을 끼기 시작했다. 아이는 긴 다리로 겅둥거리면서 다음 통로로 뛰어간다. 욕조와 목욕탕 타일바닥을 락스를 진하게 탄 물로 헹궈내지만 어느새 남자의 집안에는 쓰레기 냄새가 가득 배어 있다. 아이가 스위치를 켜놓고 내려온 계단참의 자동 타이머 전구들이 차례로 꺼지기 시작한다. 벌써 새벽 네시가 지나 있다.

초인종이 울렸을 때 남자는 찢긴 청구서의 조각을 방바닥에 늘어놓고 조각을 맞추고 있었다. 어젯밤 쓰레기 봉투에서 발견한 청구서 조각들이다. 스카치테이프로 붙여놓은 청구서는 군데군데 구멍이 뚫려 있다. 가끔씩 구겨지지 않은 청구서가 발견될 때도 있다. 오물에 젖어 있지 않다면 더더욱 좋은 일이지만 음식물 찌꺼기로 범벅이 된 것이라도 상관하지 않는다. 흐르는 물에 재빨리 씻어내린 후 다리미로 다리면 그럭저럭 글씨를 읽는 데는 지장이 없다. 하지만 지금처럼 잘게 찢어버린 청구서는 아이들의 퍼즐게임처럼 이렇게 일일이 조각을 맞추어야 한다. 겨우겨우 이름이 나타난다. 김○훈. 없어진 한조각을 찾기 위해 방바닥을 살피고 있을 때 초인종이 울린다.

벨을 누른 사람은 문에 등을 대고 기대 서 있는 모양이다. 문을 밀쳤지만 문 뒤에서 완력이 느껴진다. 문은 꼼짝하지 않는다. 사내는 남자의 문에 기댄 채 두 다리를 굄대처럼 버티고 서 있다. 몇번이나 밀친 후에야 미동을 느낀 사내가 뭉그적거리면서 비켜선다. 사내는 몸을 가누지 못할 정도로 만취해 있다. 한손에는 커다란 꽃다발을 들고 있다. 양복 바지춤에서 빠져나온 와이셔츠단이 식탁보처럼 사내의 굵은 다리를 가리면서 치렁거린다. 안니다. 곰처럼 거대한 사내의 몸이 남자의 어깨를 덮치듯 쓰러진다. 사내의 체중을 이겨내기 위해 남자는 두 다리에 힘을 주고 벋댄다. 어림짐작으로도 백 킬로그램에 가까운 몸무게다. 남자는 거대한 곰에게 잡힌 원숭이처럼 버둥거린다. 사내가 남자를 내려다보며 다시 한번 중얼거린다. 안니다. 사내의 입에서 나온 역한 냄새가 남자의 얼굴 위로 고스란히 쏟아진다. 사내는 계속 남자의 몸을 짓누르면서 알아들을 수 없는 말을 중절거린다. 곰곰이 되새겨보니 '미안하다'는 말인 것 같다. 가까스로 눈꺼풀을 뜬 사내가 사시처럼 따로 돌아가는 눈으로 남자를 물끄러미 내려다본다. 남자는 러닝셔츠 바람이다. 사내의 눈이 번쩍 뜨인다. 어? 당신 누구야? 왜 이 집에 있는 거지? 막무가내로 현관 안으로 들어서는 사내를 떠다민다. 이거 왜 이러십니까, 한밤중에. 집을 잘못 찾아오셨습니다. 힘으로는 도무지 사내를 상대할 수 없다. 무슨 소리야? 난 눈감고도 찾을 수 있다구. 너 어디 있어? 숨어 있지 말구 이리 나와. 큰소리를 치던 사내가 별안간 한 발짝 물러서며 걷잡을 수 없이 구토를 하기 시작한다. 현관에 벗어놓은 남자의 구두 위로 바닥에서 튄 토사물이 달라붙는다.

여기 507호 아녜요? 삼광아파트 507호.

술이 조금씩 깨기 시작하면서 사내의 혀도 되돌아오고 있었다. 계단 천장에 달린 백열등은 깨어진 지 오래었다. 507호에 살던 사람이 이사를 가면서 나르던 장롱이 백열등을 깬 모양이었다. 깨진 백열등 전구 안으로 필라멘트가 들여다보였다. 507호와 508호의 벨은 나란히 붙어 있었고 어둠속에서 사내는 507호의 벨을 누른다는 것이 508호의 벨을 잘못 누른 것 같다.

아, 이거 미안합니다. 토사물과 남자를 번갈아 보던 사내가 계단에 가 무너지듯 주저앉는다. 사내가 흘린 토사물에서 시큼한 산(酸)냄새가 풍긴다. 남자가 물을 퍼다 붓고 빗자루로 쓸어내는 동안 사내는 발을 차례로 들어올리면서 507호의 초인종을 누른다. 507호는 비어 있다. 며칠 동안 아무런 인기척을 느낀 적이 없다. 누군가 안에 있었다면 이 소동에 밖을 기웃거렸을 것이 분명하다. 사내는 507호의 초인종을 계속 눌러댄다. 간격을 두고 문 저 안에서 전자음의 뻐꾸기 울음소리가 자지러진다. 문이 열리지 않자 사내는 권투 글러브 같은 커다란 주먹으로 문을 두드리며 소리친다. 미안하다구 했잖어. 이 문 좀 열어.

김○훈. 방바닥을 샅샅이 뒤졌지만 조각 한개는 찾을 수 없다. 아마도 다른 쓰레기에 묻어나간 모양이다. 콩깍지가 들어 있던 쓰레기 봉투에서 발견한 청구서다. 수첩을 뒤적인다. 콩깍지, 시소, 구름사다리, 사내아이, 물웅덩이. 쓰레기 봉투 속에는 폴리프로필렌 수지의 바스락거리는 과자봉투들과 함께 살을 잘 발라먹은 닭뼈가 한움큼 들어 있었다. 손이 여러번 가는 음식을 마다 않는 바지런한 여자임에 분명하다. 칫솔모가 사납게 누운 낡은 칫솔도 발견되었다. 다시 초인종이 울린다. 사내가 남자에게 덥석 꽃다발을 안긴다. 장미꽃 다발이다. 옆집에 이 꽃다발을 좀 전해주세요. 오늘이 생일이거든요. 사내가 벽에 몸을 부딪치면서 휘청휘청 계단을 내려가기 시작한다. 붉은 장미 송이를 세어보니 서른 송이다.

507호 베란다의 빨랫줄에는 며칠째 노란 양말 한켤레만 달랑 걸려 있다. 양말의 발꿈치와 발가락이 닿는 부분에 비누로도 지워지지 않은 검은 때가 그대로 남아 있다. 흙물이 새어든 것도 같다. 사내가 다녀간 지 사흘이 지나고 있다. 하지만 남자는 아직까지도 옆집 여자를 만나지 못했다. 인기척이라고는 느낄 수 없다. 남자는 일부러 아파트 뒷길로 한바퀴 돌아온다. 축대 밑에 선 채 507호의 창문을 올려다본다. 베란다의 창틀에는 깨지고 남은 유리가 간신히 걸려 있다. 그 층에 불이 꺼진 곳은 507호와 508호뿐이다. 요즘 들어 야근이 잦아지고 있었다. 부가가치세 신고기간만 지나면 종전처럼 제 시간에 퇴근을 할 수 있을 것이다.

창가에 걸어놓은 장미꽃잎은 끝부터 검게 타들어가며 둥글게 말리기 시작한다. 507호와 508호는 벽 하나를 사이에 두고 있을 뿐이다. 남자는 507호 안방과 맞닿아 있는 벽에 놓인 가재도구들을 반대편 벽쪽으로 옮기기 시작한다. 장롱을 분해하고 반대편으로 옮겨 다시 조립하는 데 일요일 반나절이 지나가버린다. 장롱이 있던 자리에 침대를 옮기고 눕는다. 벽의 두께는 기껏해야 이십 센티를 넘지 못한다. 손바닥으로 벽을 쓰다듬어본다. 남자는 벽을 향해 모로 눕는다. 귓바퀴가 벽에 닿는다. 밖에서 작은 소리가 들릴 때마다 남자의 온몸에 날이 선다. 오층까지 올라오는 사람은 남자를 제외하고는 두 사람뿐이다. 그 여자 혹은 그 사내. 안방문을 열어두면 계단을 올라오는 발걸음 소리도 모두 들을 수 있다. 남자의 소망과는 달리 매번 발걸음은 아래층에서 끊긴다. 민들레 홀씨처럼 어디선가 날아온 호기심의 씨앗이 남자의 속에서 이미 싹트고 있다. 열쇠구멍 속으로 열쇠가 꽂히고 걸림쇠가 딸깍 소리를 내며 돌아가는 소리를 언뜻 들은 것도 같다. 그 순간 남자의 현관문에 뚫린 신문 투입구의 덮개가 요란한 소리를 내면서 열리고 빨간 고무장갑을 낀 손이 조간을 밀어넣는다.

버스정거장에서부터 일부러 아파트 뒷길로 돌아온다. 507호의 베란다를 올려다본다. 빨랫줄에 걸려 있던 노란 양말이 걷힌 것을 본 후에야 남자는 여자가 돌아왔다는 것을 깨닫는다.

507호 여자 때문에 남자는 쓰레기 뒤지는 일을 중단하고 있었다. 냄새가 새어나갈 것을 염려해서 항상 목욕탕 문을 닫은 채로 작업을 했다. 밀폐된 목욕탕 안은 울림통 같아서 수도꼭지에서 떨어지는 물방울 소리조차도 크게 울린다. 문을 닫은 목욕탕 안에서 밖의 동정을 살피는 것은 불가능하다. 남자는 이른 저녁을 먹은 후부터 벽에 사타구니를 바싹 붙인 채 줄곧 침대에 누워 있다. 화장실에 간 사이 여자가 돌아올지도 모르기 때문에 아까부터 요의도 참고 있었다. 아랫배가 뻐근해지기 시작했기 때문에 남자는 어쩔 수 없이 침대에서 일어난다. 목욕탕에서 나오다가 우연히 바닥에서 꿈틀거리고 있는 구더기 한마리를 발견한다. 여름이 다가오고 있었지만 아직 구더기가 슬 만한 시기는 아니었다. 게다가 락스물에 빤 걸레로 온 집안 구석구석을 몇번이나 훔쳐내기까지 했다. 구더기는 아주 조금씩 꿈틀거리면서 어딘가를 향해 이동하고 있다. 휴지로 구더기를 집어내 변기에 버리고 물을 내린다.

또다른 구더기가 발견된 곳은 안방의 문지방 틈새다. 남자는 낮은 포복 자세로 기면서 방과 부엌을 샅샅이 살피기 시작한다. 장미꽃 다발이 걸린 창가로 다가간다. 벽의 모서리를 타고 끊임없이 구더기들이 내려오고 있다. 벽에 달라붙어 있지 못한 것들은 방바닥으로 떨어져 동그랗게 말린다. 장미꽃 다발을 싼 투명한 비닐 안에 수많은 구더기들이 꿈틀거린다. 남자는 베란다 창문을 열고 장미꽃 다발을 뒤뜰로 내던져버린다.

면도를 하고 있는데 현관문 밖으로 인기척이 느껴진다. 남자는 후닥닥 안방으로 뛰어들어가 바지를 다리에 꿰면서 현관으로 나간다. 너무도 서둘렀기 때문에 되레 바지를 입는 시간이 길어진다. 여자를 만나야 한다. 사내가 찾아왔었다는 것과 사내가 전해주었던 장미꽃 다발에 대해 이야기해야 한다. 다급히 현관문을 밀쳤지만 이미 계단은 텅 비어 있다. 계단 아래쪽에서 또각거리는 구두징 소리가 조금씩 멀어진다. 황급히 계단의 난간 아래를 내려다본다. 일층까지 반복되는 계단의 손잡이들 사이로 무언가 반짝 빛나며 사라진다. 노란 나비 한마리가 순식간에 날아오른 것 같다. 그것은 여자의 베란다에 걸려 있던 노랑 양말이었을까. 남자는 그제서야 신발을 신지 않은 자신의 맨발을 내려다본다. 여자는 언제 집에 돌아온 것일까. 어제 남자는 새벽 세시까지 깨어 있었다. 그때까지도 오층까지 올라오는 발걸음 소리를 듣지 못했다. 애시당초 여자는 외출을 하지 않은 채 집안에 틀어박혀 있었는지도 모른다.

빈 계단의 공기 속에는 그 여자가 흘리고 간 향기만이 흐릿하게 남아 있다. 사무실 여직원들 사이에 한때 유행했던 '독약'이라는 이름의 향수는 아니었다. 은은하면서도 코끝을 톡 쏜다. 남자는 폐가 풍선처럼 부풀어오르도록 크게 숨을 들이마신다. 도대체 그 여자는 어떤 여자일까. 그 여자에 대해 알고 싶다는 생각이 든 것은 그때였다.

스테인리스의 신문 투입구를 들어올리자 안에 또다른 덮개가 나타난다. 덮개를 밀치자 엽서만한 사각 구멍 속으로 507호의 현관이 들여다보인다. 시멘트 바닥에 닿은 한쪽 뺨이 시리다. 현관에 가지런하게 벗어놓은 비닐 실내화가 보인다. 겨자색의 발등 덮개 위에 조잡한 바느질로 꽃이 수놓아진 실내화다. 투입구 속으로 손을 집어넣어 바닥을 더듬거린다. 실내화는 손에 닿지 않는다. 단지 직감으로만 실내화를 찾아야 했기 때문에 더더욱 힘이 든다. 출근시간에 맞춰 집을 나서려면 단지 십분 정도의 여유가 있을 뿐이다. 조금씩 안으로 밀어넣은 팔이 어느새 겨드랑이까지 들어가 투입구에 살이 낀다. 현관문에 닿은 얼굴이 짓눌린다. 팔을 빼 다시 안을 들여다보고 거리를 가늠한 후 다시 팔을 넣어야 했기 때문에 일이 더뎌진다. 생각 끝에 옷걸이를 낚시 모양으로 길게 만들어 투입구 안으로 집어넣는다. 옷걸이의 고리에 걸린 실내화가 남자 쪽으로 끌려온다. 드디어 남자는 실내화 한짝을 손에 넣는다.

프리 싸이즈의 실내화는 낡고 낡았다. 발바닥이 닿는 부분에 눌린 인조털로 가늠해보면 그 여자는 겨우 이백삼십 밀리의 작은 발을 가지고 있다. 발등 덮개의 비닐이 뜯어지고 탈색되어 있다. 겨자색처럼 보이지만 원래는 짙은 노란색이었던 것 같다. 남자는 실내화를 자신의 신발장 깊숙한 곳에 숨긴다. 이것 참, 또 지각이군. 남자는 입술을 오므리고 한숨을 내쉰다. 뜻밖에도 경쾌한 휘파람이 흘러나온다. 어? 내가 휘파람을? 남자는 경쾌하게 계단을 뛰어내려가 버스정거장까지 내달린다.

보름 만이다. 그동안에도 남자는 계속 쓰레기 봉투를 오층으로 날라올리고 있다. 청소차는 이틀에 한번씩 쓰레기통을 비우고 간다. 하루라도 거르면 영영 그 여자의 쓰레기는 찾을 수 없다. 보름

째 되는 날, 남자는 쓰레기 봉투 안에서 여자의 나머지 한짝의 실내화를 발견한다. 꽃 자수의 실내화. 쓰레기 봉투는 헐렁하다. 매듭도 헐겁게 매어져 단번에 풀린다. 여자는 보름 동안 꽃 자수의 실내화 나머지 한짝을 찾기 위해 방과 신발장 안을 샅샅이 뒤졌을 것이다. 기어코 오늘에서야 쓸모없어진 한짝의 실내화를 버렸다. 꽃 자수의 부분에 보라색 과일물이 들어 있다. 남자는 신발장에서 나머지 한짝의 실내화를 꺼내 나란히 두 짝을 맞춰놓는다. 두 짝의 색깔은 차이가 날 정도로 다르다. 비닐 바닥의 해진 틈으로 스펀지 조각이 섞인 솜이 비어져나오고 있다. 남자는 쓰레기 봉투를 벌리고 쓰레기들을 집어올린다. 녹차의 티백 찌꺼기와 두꺼운 오렌지 껍질, 다이어트 코카콜라, 모두 다 저열량의 음식들뿐이다. 돌돌 말린 비닐팩을 들어낸다. 미모사향의 섬유 유연제다. 미끌미끌하게 썩은 밥풀들이 달라붙어 있지만 시큼한 악취 가운데서도 비닐팩에서는 상큼한 향기가 난다. 남자가 복도에서 맡았던 그 냄새다. 쓰레기 봉투 맨 밑바닥에 손도 대지 않은 생크림 케이크가 문드러져 있다. 하얀 우윳빛 생크림이 군데군데 벗겨진 사이로 포도 시럽이 잔뜩 발린 삼단 케이크가 드러나 있다. 그 위에 하늘하늘하게 곰팡이꽃이 피어 있다. 체리가 얹혔던 자리에는 생크림 위에 붉은 테두리가 남아 있을 뿐이다. 여자는 체리와 파인애플, 귤만 골라먹은 것 같다. 아스피린 포장지, 작은 쪽지 하나도 꼼꼼히 펼쳐본다. 구례행 무궁화호 열차표 한장. 지리산을 종주하고 있는 여자의 뒷모습이 떠오른다. 여자가 신은 노란 양말에 흙물이 밴다. 전화번호로 생각되는 일곱 자리 숫자들이 적힌 쪽지. 연체된 호출기 요금청구서가 들어 있다. 생크림을 닦아내자 여자의 이름과 호출기 번호가 드러난다. 최지애. 012-343-7890.

남자는 노란색 플라스틱 장바구니를 들고 거대한 쇼핑몰에 서 있다. 장바구니 속에는 미모사향의 섬유 유연제와 럼주병처럼 손잡이가 달린 대형 락스병이 들어 있다. 사람들이 잘 구입하지 않는 물건들이 쌓인 건반에는 뽀얗게 먼지가 앉아 있다. 화장품 코너 앞에서는 마네킹처럼 짙은 화장을 한 판촉사원이 지나가는 사람들을 붙들고 설문지를 나눠주며 같은 말을 반복한다. 신제품 판촉회입니다. 설문지에 응해주신 분께는 소정의 사은품을 드리고 있습니다.

모든 기업은 한해에 수십가지의 신제품을 내놓는다. 남자가 다니고 있는 회사의 신제품 개발실의 직원들도 농심의 새우깡처럼 히트상품을 제조하기 위해 전전긍긍한다. 소비자들의 구미에 맞는 상품을 개발하기 위해 수천만장의 설문지를 전국에 뿌린다. 남자는 아파트에 살고 있는 사람들의 취향을 환히 꿰고 있다. 쓰레기장을 조사하여 그 지역에 사는 사람들의 생활실태를 알아보는 '가볼러지(garbology)'라는 사회학의 수법이 있다는 것을 책에서 본 적이 있다. 애매모호한 설문지보다는 쓰레기장을 뒤지는 것이 더욱 확실한 방법일 것이다. 쓰레기는 거짓말을 하지 않는다. 쓰레기야말로 숨은 그림 찾기의 모범답안이다. 남자는 진열대 사이사이를 돌면서 그런 생각들을 하고 있었다.

오층 계단 위에 사내가 앉아 있다. 사내의 커다란 몸집이 계단을 막고 있어 남자는 할 수 없이 사내가 비켜설 때까지 계단참에 서 있어야 했다. 인기척을 느끼고 고개를 든 사내가 한눈에 남자를 알아보고 손을 내민다. 권투 글러브처럼 두툼한 손아귀의 힘이 느껴진다. 사내의 두 눈에는 핏발이 서 있다. 사내가 앉았던 계단에는 커다란 케이크 상자가 놓여 있다.

미안합니다. 꽃다발은 전하지 못했어요. 도무지 만날 수가 있어야지요.

여행을 갔었답니다.

그럼 만나셨군요? 그 여자분을.

사내는 양미간을 찌푸리고 손바닥으로 얼굴을 세수하듯 세차게 비빈다.

아뇨. 친구를 통해 들었지요. 아 이건……

남자가 사내의 뒤에 놓인 상자를 힐끗거리자 사내가 상자를 들어 남자에게 내민다. 자꾸 부탁만 해도 될는지 모르겠어요. 이것 좀 전해주시겠어요? 오랫동안 집을 비웠으니 당분간은 집에 있을 겁니다. 한손에 들린 쇼핑백 때문에 나머지 한손으로만 상자를 건네받는다. 상자가 덜컥 흔들리자 사내의 핏발선 눈이 조금 커진다. 조심해서 드셔야 해요. 상자가 움직이면 모양이 찌그러지거든요. '찌그러지거든요'라는 부분에 이르러서는 넓적한 사내의 얼굴이 덩달아 찌그러진다. 생크림 케이크인가봐요? 체리나 파인애플 같은 생과일이 얹힌.

사내가 소리없이 웃는다. 생크림 케이크를 무척 좋아하지요. 물론 저야 생크림광이지만요. 사내가 혼잣말처럼 중얼거린다. 같이 케이크를 먹게 될 날이 올까요?

사내는 남자에게 가볍게 목례를 한 후 계단을 내려가기 시작한다. 생크림 케이크는 묵직하다. 현관문을 여는데 삼층에서 사내의 가벼운 탄성소리가 들린다. 삼층의 도드라진 계단을 헛짚은 것이 틀림없다. 저, 이봐요. 남자는 계단 난간 아래를 내려다본다. 몇 계단 아래에서 사내의 커다란 얼굴이 남자를 올려다본다. 그 여자분 말입니다, 혹시 알고 계세요? 남자는 말을 하려다 멈춘다. 사내는 여자가 생크림 케이크를 좋아하지 않는다는 사실을 알지 못하고 있다. 어쩌면 그들의 결별은 생크림 케이크로부터 연유한 것인지도 모른다. 하지만 어떻게 이 사실을 오해없이 사내에게 전달할 수 있을까. 쓰레기를 뒤졌다는 사실을 말한다면 남자는 단번에 미친 사람 취급을 받게 될 것이다. 여자의 입을 통해 직접 들었다고 말한다면 사내는 두 사람 사이를 오해할 것이 뻔하다. 무슨 일이라도? 사내가 남자의 얼굴을 빤히 올려다본다. 만약에 말입니다, 또 며칠 동안 만나지 못한다면…… 남자는 말끝을 얼버무린다. 사내가 누런 이를 드러내고 활짝 웃는다. 그땐 그냥 형씨가 드십쇼. 사내의 웃음소리가 점점 멀어진다.

여자는 지금 다이어트중이다. 여자가 증오하는 것은 사내가 아니라 백 킬로그램에 육박하는 사내의 몸집일 뿐이다. 여자는 사내가 좋아하는 생크림 케이크를 억지로 먹어주는 데 지쳤고 사내는 여전히 여자가 생크림 케이크를 좋아한다고 믿어버린 데서 생긴 오해가 그들 사이에 틈을 만들었다. 사내가 한번쯤이라도 여자의 쓰레기를 훔쳐볼 수 있었다면 그들은 헤어지지 않았을지도 모른다.

케이크는 냉장고 안에서 조금씩 굳어가고 있다. 남자는 아직도 여자를 만나지 못하고 있다. 매번 엇갈리고 있다. 남자가 뒤쫓아나갔을 땐 여자는 이미 온데간데없고 미모사 섬유 유연제 향기만이 그윽하게 풍길 뿐이다. 남자는 수첩을 펼친다. 최지애. 012-343-7890.

7890으로 호출하신 분이세요? 전화 속의 여자는 껌을 질경질경

씹으면서 나른한 목소리로 말한다. 저, 케이크를 전해드려야 하는데요, 도무지 만날 수가 없군요. 여자가 껌으로 풍선을 분다. 풍선이 터지면서 여자의 입가에 들러붙는다. 무슨 소리예요? 여자가 혀를 돌리며 달라붙은 풍선껌을 떼어내 다시 질겅거린다. 최지애씨 바로 옆집에 사는 남잡니다. 여자가 발끈 화를 낸다. 정말 미치겠군. 한동안은 어떤 남자가 계속해서 이상한 말만 녹음해두더니만. 이봐요, 난 뭐냐, 최지애라는 여자가 아니라구요. 이 번호 바뀐 지 한달도 넘었어요.

507호 문이 활짝 열려 있다. 남자는 냉장고에서 케이크를 꺼내들고 허겁지겁 507호 안으로 들어선다. 부부로 보이는 중년 남녀가 도배를 하고 있다. 가재도구를 들어낸 집안은 생각보다 넓어 보인다. 알싸한 본드냄새가 집안 가득 고여 있다. 풀칠한 도배지를 들고 사다리를 올라가던 중년 남자가 현관에 선 남자를 내려다본다. 왜요? 도배하시게요? 싼값에 해드려요. 풀이 뚝뚝 떨어지는 솔을 들고 중년 여자가 웃으면서 이야기한다. 커다란 유리를 든 두 명의 인부가 계단 위로 올라서면서 남자는 507호 현관에서 물러섰다. 인부들은 베란다로 나가 깨진 유리를 떼어내고 새 유리로 갈기 시작한다.

사내는 뒤뜰에 들어가 무언가를 찾고 있다. 남자가 알은체를 하자 피가 몰린 얼굴을 들며 가쁘게 숨을 몰아쉰다. 남자는 뒤뜰로 들어간다. 웃자란 잡초들이 무릎 높이에 와닿는다. 미안합니다. 케이크는 제가 먹고 말았어요. 그걸 다 먹어치우는 데 꼬박 일주일이 걸렸지요. 사내의 한손에는 부러진 나뭇가지가 들려 있다. 그 여자분은 이사를 갔어요. 물론 아셨겠지요? 사내는 연방 풀더미 사이를 나뭇가지로 두들기면서 고개를 주억거린다.

그런데 여기서 뭘 하십니까?

지난 여름에 제주도로 휴가를 갔었어요. 지애는 바다를 좋아하죠. 사내의 눈은 추억을 회상하기라도 하는 듯 흐릿하다. 최지애가 좋아하는 것은 바다가 아니라 산이었다. 사내는 먼곳에 시선을 고정한 채 계속 중얼거린다. 그때 하르방을 샀었죠. 왜 제주도 기념품 있잖습니까? 구멍이 숭숭 뚫린 돌인형 말예요. 그날 그 소동이 있었을 때 지애가 별안간 그 인형을 유리창 밖으로 던졌죠. 여기 어디쯤에 떨어졌을 텐데 아무리 뒤져도 찾을 수가 없어요.

남자와 사내는 백 미터 길이의 뒤뜰에 서 있다. 무성한 풀숲에서 작은 인형을 찾는 것은 쉬운 일이 아니다. 그럼 서로 양쪽 끝에서부터 다시 뒤져봅시다. 남자는 주위를 두리번거리면서 나무 막대기를 찾는다. 바쁘시지 않으세요? 남자는 막대기를 주워들고 뜰의 가장자리로 걸어가면서 말한다. 제게 남아도는 건 시간뿐이죠. 막대기로 풀을 치면서 땅바닥을 살핀다. 언뜻 고개를 들어보니 사내가 벌건 얼굴에서 흘러내리는 땀을 연방 팔소매로 닦아내고 있다. 후텁지근한 날씨다. 한낮의 기온이 섭씨 이십팔도를 오르내리고 있었다. 오늘밤, 마지막으로 딱 한개야. 딱 한개만 하고 그만둘 거야. 남자는 넥타이를 풀어 양복 주머니에 쑤셔넣는다. 목을 죄고 있던 와이셔츠의 윗단추도 푼다. 도대체 알 수가 없다니까. 진실이란 것은 쓰레기 봉투 속에서 썩어가고 있으니 말야. 남자는 다시 풀숲을 막대기로 사정없이 휘두르기 시작한다.

〔문학동네 1998년 여름호〕

치약

그때는 남자도 최명애도 햇병아리였다.

광고의 주연을 따냈으면서도 스포트라이트를 받지 못한

그 충격을 감당하기에는 최명애는 어린 나이였다.

오늘 이 광고의 주연을 따내기 위해

최명애가 얼마나 먼길을 돌아왔는지 어렴풋이 짐작만 할 뿐이다.

치약

고층빌딩의 옥상 위에 광고탑이 서 있다. 꽃무늬 비키니를 입고 목에 레이를 건 원주민 처녀가 이십층 아래의 사거리를 내려다보며 시종일관 웃고 있다. 처녀의 뒤로 연둣빛 태평양이 펼쳐져 있다. 모터보트가 물살을 가르며 지나가고 서핑보드에 올라선 구릿빛 피부의 청년들이 파도 위에서 균형을 잡느라 몸을 활처럼 구부린다. 야자나무 꼭대기에는 럭비공만한 열매들이 달려 있다.

남자는 버스 손잡이를 움켜쥔 채 먼지 낀 유리창 너머로 광고탑을 올려다본다. 왁자지껄한 외국어와 웃음소리들이 귓가에서 웅웅거린다. 속이 비치는 바다지만 정작 맨발로 들어가려면 산호 부스러기에 발바닥이 찔리기 십상이다. 버스는 좀처럼 움직이지 않는다. 이 도로는 서해 바다의 해안선과 평행을 이루며 나란히 간다. 간척지 위로 아파트 단지들이 들어서기 시작하면서 도로는 한꺼번에 늘어난 교통량을 감당해내지 못했다. 오늘 만조시간은 새벽 네시 십분이었다. 버스 창밖으로 본 바다는 벌써 물이 빠지기 시작해 방파제에서 멀어지고 있었다. 오늘도 버스는 배차간격을 건너뛰고 정류장에 도착했다. 그사이 정류장에는 평소의 배가 넘는 승객들이 몰려들었다. 버스가 좌회전 신호를 받기 위해 끼여들기를 하면서 뒤에 선 짐짝 같은 여자의 몸이 남자를 덮친다. 하중을 이겨내지 못한 남자는 손잡이를 놓치고 쓰러지며 유리창 위에 얼굴이 짓눌린다.

지난 일년 동안 이 상습정체 구간을 버스로 오가면서 남자는 늘 그 광고탑을 올려다보았다. 광고판은 다섯 정거장 떨어진 곳에서부터 서서히 모습을 드러낸다. 지상의 낙원. 당신의 생각보다 가까운 곳에 있습니다. 지금 바로 출발하세요. 광고판에 적힌 문구가 가시거리 안에 들어오는 한 정거장 전까지 남자는 한번도 광고판에서 눈을 떼지 않는다. 두 번이나 좌회전 신호로 바뀌었지만 버스는 여전히 사거리를 벗어나지 못한다. 광고판 속의 처녀는 진눈깨비가 흩날리거나 겨울비가 추적추적 내리는 날에도 어김없이 사거리를 내려다보며 웃고 있다. 나프탈렌 냄새가 채 가시지 않은 가을 양복을 입고, 오리털 파카에 가죽장갑을 끼고서 남자는 늘 그 광고탑을 쳐다보았다. 쓰러지면서 놓친 손잡이는 이미 뒷사람이 앗아가 쥐고 있다. 남자는 버스의 움직임에 따라 회똑거리면서 여전히 광고판을 올려다본다. 일년 전 처음 보았을 때부터 그 구조물은 낡아 있었다. 직사광선을 고스란히 받고 있어 색이 바래고 안료가 들떠 벗겨진 곳도 눈에 뜨인다. 처녀의 미소도 농익어졌다.

보푸라기가 인 나일론 의자시트의 찢긴 틈을 비집고 스펀지 조각들이 새어나오고 있다. 사거리를 벗어나 고속도로로 접어들면 버스는 종착지인 서울역까지 그 속력으로 내처 달릴 것이다. 남자는 얼굴 앞으로 수없이 교차한 팔뚝들 틈으로 광고판을 본다. 버스는 이제 고층건물 바로 앞에 서 있다. 광고판의 윗부분이 잘리고 보이지 않는 대신 먼곳에서는 보이지 않는 자디잔 글씨들을 읽을 수 있다. 이국 처녀의 허벅다리 부분에 행선지와 요금표가 적혀 있다. 방콕/파타야 5일 499,000 보라카이 5일 749,000 랑카위 5일 649,000 하와이 5일 999,000── 프랑스 식당의 메뉴판처럼 낯선 이름들이 섞여 있다. 광고판 속의 처녀는 '천원 빠진 백만원이면 하와이로 날아와 저와 5일을 보낼 수 있어요'라고 사거리를 지나는 사람들을 내려다보며 연방 추파를 던진다.

정작 남자가 보고 있는 것은 고층빌딩 위 사면이 광고판으로 가려진 옥상의 안이다. 그곳은 땅 위에서는 보이지 않는다. 헬기를 타고 저공 비행해야만 볼 수 있는 곳이다. 남자는 군생활 삼십개월의 대부분을 간판 뒤에서 보냈다. 용산에 있는 이십오층짜리 빌딩의 옥상이었다. 한번에 두 시간씩, 하루 서너 번의 보초근무 교대를 위해 빌딩으로 들어설 때마다 남자는 빌딩의 옥상 사면을 가리고 선 거대한 광고판을 올려다보았다. 광고판에는 진홍색 스포츠카 한대가 그려져 있다. 스포츠카의 보조석에는 반라의 금발 미녀가 앉아 있다. 고개를 한껏 뒤로 젖혀야 볼 수 있다. 남자는 단독 군장의 차림새로 비어 있는 운전석을 올려다본다. 남자는 상상 속에서 수백번도 넘게 6기통의 컨버터블 자동차를 몰고 도로를 질주했다. 엘리베이터를 타고 건물 꼭대기로 올라간다. 옥상으로 가려면 엘리베이터에서 내려 비상구 계단을 올라가야 했다. 계단마저 끊기고 출입엄금이라는 글씨가 쓰인 벽이 나타난다. 벽에 쇠사다리가 걸려 있다. 천장에 뚫린 사각형의 철제문을 밀치고 머리를 내밀면 거대한 물탱크와 프로펠러가 쉼없이 돌고 있는 환풍기들이 널린 옥상이 한눈에 들어온다. 옥상의 사방은 광고판으로 가려져 있다. 광고판들 때문에 옥상 위는 뚜껑 없는 상자 속 같다. 그림이나 문구가 없는 광고판의 뒤는 각목들이 양철판에 가로세로로 어지럽게 붙어 있고 녹슨 대못들이 툭툭 불거져 있다. 남자는 그곳에서 혼자 또는 둘이서 대공포와 휴대용 미사일을 지켰다. 간판 뒤에서 '원산폭격'과 구타가 끊임없이 이어졌다. 몽둥이가 엉덩이로 떨어질 때마다 신음소리가 흘러나왔지만 빌딩 밖의 소음에 빨려들었다. 밤이면 정사각형의 하늘 위로 달이 떴다. 교대를 하고 빌딩 밖으로 나오면 그곳에는 여전히 금발 미녀가 있었고 퓨마처럼 날쌘 스포츠카가 있었다. 사방이 막힌 곳에 있으면 초조해지는 신경증이 생긴 것은 그때부터였다.

버스가 광고탑이 선 빌딩을 끼고 둥그렇게 돈다. 버스 한쪽으로 승객들이 일제히 쏠리면서 손잡이 없이 서 있던 남자가 넘어진다. 유리창에 얼굴이 부딪치면서 벌어진 입 사이로 튀어나온 점액질이 유리창에 끈끈하게 달라붙는다. 눌리지 않은 한쪽 눈으로 버스 측면에 붙은 둥근 백미러가 들어온다. 볼록거울 속에 여자의 얼굴이 담겨 있다. 창가로 쏠리는 낯선 얼굴들 사이에서 그 여자의 얼굴은 단박에 두드러진다. 최소한 한번 이상 만난 적이 있는 얼굴이다. 여자는 앞으로 넘어지지 않기 위해 의자의 등받이를 두 팔로 힘껏 떼밀며 뒷사람들을 버텨내고 있다. 하지만 볼록거울 속에서 눈 코 입 사이가 벌어지고 일그러진 얼굴은 스마일 뱃지처럼 우스꽝스럽게 보인다. 화장기 없는 맨얼굴 위의, 어딘가를 노려보고 있는 두 눈 밑으로 검보랏빛 그늘이 져 있다. 고속도로로 진입하면서 버스는 균형을 찾았고 간신히 몸을 일으킨 남자는 다시 백미러를 본다. 하지만 거울 속에서 여자는 감쪽같이 사라지고 없다.

찌그러진 콜라 깡통이 발에 채어 저만치 달아난다. 아이들이 먹다버린 아이스바 비닐껍질이 발에 밟히며 안에 녹아 남아 있던 내용물이 뿜어져나와 구둣등을 적신다. 햇빛빌라는 외양이 똑같이 생긴 달빛빌라 옆에 바싹 붙어 있다. 이곳에 쓰레기를 버리는 자는 엄벌에 처하겠음. 빌라로 들어가는 입구의 담벼락에 경고문이 적혀 있다. 붉은 페인트칠이 글자의 획을 따라 흘러내리며 그대로 말랐다. 경고문을 조롱하기라도 하듯 쓰레기 봉투가 쉰냄새를 풍기며 쌓여 있다. 남자는 지린내가 진동하는 빌라 마당을 가로지른다. 완공된 지 일년이 되었지만 건물 외벽을 따라 식물의 뿌리 같은 가는 금들이 타고 오른다.

남자가 서울에서 떨어진 외곽에 집을 산 것은 두 가지 이유에서였다. 남자는 조간신문에서 이 빌라의 분양광고와 첫대면했다. 높은 투자가치와 저렴한 평당 분양가, 15% 옵션 수준 마감재, 최고급 가스오븐 그릴 장착, 열두 개의 약수터라고 쓰인 천편일률적인 광고들 틈에서 그 광고는 단연 돋보였다. 첫째, 창문을 열면 당신의 눈앞으로 서해 바다가 펼쳐집니다. 매일 저녁 일몰이 진풍경입니다. 둘째, 서울까지의 진입시간 사십분. 인천교통 24번 종점. 앉아서 서울까지 출퇴근할 수 있습니다.

이삿짐을 부리고 서쪽으로 뚫린 미닫이 창문을 밀쳤다. 서해 바다의 수평선 대신 빨래가 잔뜩 걸린 앞동의 베란다가 남자의 시야를 가로막고 있었다. 빨래는 베란다 안쪽이 아닌 난간 밖, 길 위에 걸린 채 바람에 날리고 있었다. 두 동의 사이로 난 길 폭은 너무 좁아서 바람을 한껏 안은 흰 러닝셔츠가 펄럭거릴 때마다 남자의 코를 스쳤다. 서해 바다는 남자가 사는 빌라와 큰길 하나를 사이에 두고 지어진 고층 아파트에 가로막혀 있었다. 밤늦게까지 송도 유원지에서 흘러나오는 대중가요와 놀이기구의 요란한 기계음이 안방까지 스며들었다. 비가 오거나 날씨가 흐린 날이면 유원지의 한쪽에 있는 동물원에서 배설물 냄새가 실려온다. 어쩌다 창문 앞을 지나칠 때면 앞동 베란다 너머로 텔레비전을 보고 있는 사람들과 눈이 마주쳤다. 남자는 커다란 패널을 창문 위에 걸어두었다. 홍콩의 야경을 찍은 사진이었다. '당신을 최고로 상쾌하게 해준다'는 코카콜라와 '드라이 드라이어 드라이스트'라고 적힌 아마도 드라이진의 광고인 듯한 네온싸인의 불빛들이 한데 엉겨 반짝거린다. 그후로 남자의 서쪽 창밖은 언제나 네온싸인이 반짝이는 깊은 밤이다.

알루미늄으로 만든 경비실 부스의 쪽창문이 열리며 늙은 경비의 얼굴이 나와 남자를 불러세운다. 전할 편지가 있습니다. 경비가 편지를 찾는 동안 남자는 부스에 기대서서 빌라의 창문들을 올려다본다. 베란다 밖으로 내걸린 빨래들이 유령처럼 어둠속에 떠 있다. 긴 장대에 빨래들을 꿰어 집밖으로 널어놓는 홍콩 뒷골목의 풍경이 떠오른다. 한낮에도 집안으로 해가 들지 않아 베란다 밖에 빨래를 넌다는 것을 안 것은 얼마 되지 않았다. 경비는 한번에 편지를 찾지 못하고 책상에 달린 서랍마다 뒤적거리고 한쪽에 쌓인 폐짓더미를 들썩이기도 하며 부산을 떤다. 갑자기 생각난 듯 경비는 입고 있던 유니폼 바지의 뒷주머니에서 반으로 접힌 편지봉투를 끄집어낸다.

빌라 마당에 굴러다니던 걸 며칠 전에야 발견하고 보관하고 있었습죠. 경비는 가래침을 돋우어 어두운 화단 너머로 뱉는다. 흰 봉투를 가로지르면서 워커 발자국이 찍혀 있다. 편지봉투는 습기가 배어 눅눅하다. 수취인란에 박성철이라는 이름이 적혀 있다. 가운뎃자가 틀리기는 하지만 남자의 이름과 엇비슷하다. 받침을 유난히 작게 써서 글씨들은 외발자전거 묘기를 보이는 서커스 소녀처럼 위태위태해 보인다. 남자는 방범등 아래에 선 채 서류가방을 무릎 사이에 끼우고 편지봉투를 뜯는다. 방범등 불빛을 따라 크고 작은 날벌레들이 현란하게 날아오른다. 며칠째 오락가락 비가 왔다. 편지지에 적은 글씨는 종이 뒷면으로 배어 번져 있다.

　　──당신의 주소를 알아내는 데 좀 애를 먹었어요. 회사 인사부에 전활 걸었지요. 좀처럼 알려주지 않더군요. 주소를 알아내는 동안 거짓말만 늘었죠. 당신 팬이고 잡지사 기자라고, 인터뷰를 하고 싶다고 하니까 그제서야 주소를 대주더군요. 뭐라고 말을 꺼내야 할지. 물론 모든 것이 당신 본의가 아니었다는 것, 알고 있어요. 그땐 당신도 나도 햇병아리였죠. 하지만 그후로 전 모든 게 틀어져버렸어요. 피어보기도 전에 져버렸죠, 당신 때문에. 박성철씨, 재주를 허튼 데 쓰지 마세요. 거짓말을 밥먹듯이 했지만 한때 당신 팬이었다는 건 거짓말이 아녜요.

　　남자는 방범등의 불빛 가까이에 편지를 갖다대고 몇번이나 읽고 또 읽는다. 좀처럼 감이 잡히지 않는 내용이다. 앞뒤가 잘린 신문기사의 가운데 토막만 읽고 있는 듯한 느낌이다. 글씨체로 봐선 여자가 분명하다. 편지봉투의 앞뒤를 살펴보았지만 발신인의 이름이나 주소를 발견할 수 없다. 아무래도 제게 온 편지가 아닌 것 같습니다. 경비는 책상 위에 두 발을 얹어놓고 텔레비전을 보고 있다. 이틀 동안 이 빌라를 샅샅이 뒤졌습죠. 부스 안쪽에 좌변기 한개가 달랑 달린 화장실이 보인다. 경비가 칵 소리를 내며 변기 속에 가래침을 뱉는다. 결론은 박성철이라는 이름을 가진 사람이 이 빌라 안에 살지 않는다는 겁니다. 하지만 주소가 여기 이렇게 적혀 있지요? 햇빛빌라 나동 201호, 선생님 주소 맞죠? 경비는 편지봉투에 적힌 주소를 손가락으로 또박또박 짚는다. 경비는 박하향의 사탕을 물고 있다. 입을 벌릴 때마다 군내와 섞인 박하향이 남자의 얼굴로 날아온다. 홀쭉한 뺨에 든 사탕이 이와 부딪치면서 달그락 소리를 낸다. 아까도 말씀드렸다시피 제 이름은 박성철이 아니라니까요. 남자는 책상 위에 편지를 던져두고 계단을 올라온다.

스테인리스 개수대 안에 남자가 아침에 흘리고 닦아내지 못한 치약 찌꺼기들이 말라붙어 있다. 책상 위에는 한 다스가 될 양의 치약이 흩어져 있다. 아직 제품의 이름도 정해지지 않아 흰색 튜브 위에는 내용물을 알리는 '치약'이라는 글자만 적혀 있다. 광고 제작은 이십일 정도의 여유가 있을 뿐이다. 벽을 타고 옆집 202호의 그릇 부딪치는 소리가 건너온다. 남자는 칫솔에 치약을 덜어 입에 물고 부엌 겸 거실을 어슬렁거린다. 위층 301호에서 버린 물이 남자의 목욕탕 천장에 얼룩을 만든 후부터 남자는 세수와 양치질을 개수대에서 해결하고 있다. 칠년이 흘렀지만 옥상 위에서 보낸 군생활에서 크게 달라진 것이 없다. 여전히 남자는 사방이 꽉 막힌 정사각형의 협소한 공간 속에 있다. 이곳에서는 달조차 보이지 않는다. 타액과 섞인 치약이 금세 거품으로 변해 와글와글 입안 가득 차오른다. 거품을 문 채 책상으로 다가가 펼쳐진 노트에 몇 글자를 끼적거린

다. 입밖으로 흘러나온 거품이 바닥에 떨어진다. 잇몸질환, 입냄새,
충치, 트리클로산, 억제, 상쾌함, 키스—— 치약 광고의 타깃을 키스
에 맞추는 것은 이미 한물간 것이다. 수돗물로 입안을 헹궈내고 다
시 치약을 덜어 칫솔질을 시작한다. 치약의 민트향에 혀와 입안이
얼얼해진다.

영사기의 피딩 릴(feeding reel)이 돌아가면서 영사막 위에 새로
운 그림들이 나타났다 사라진다. 창에는 두꺼운 커튼이 늘어져 있
다. 남자는 조심스럽게 영상자료실로 통하는 두꺼운 스펀지문을 밀
친다. 남자보다 먼저 들어간 복도의 불빛이 영사막 위로 먼지 소용
돌이를 일으킨다. 지휘봉을 들고 영사막 옆에 서 있던 김부장이 눈
을 찡그리며 손바닥으로 얼굴을 가린다. 영사막 위로 엉거주춤 선
남자의 그림자가 너울거린다. 서울역에 내리니 벌써 출근시간이 한
참 지나 있었다. 서울 진입시간 사십분이라는 분양광고에 적힌 글
은 교통량이 적은 심야나 새벽, 시속 백이십 킬로로 고속도로를 달
릴 때에야 해당되는 것이었다. 잦은 지각 때문에 시말서를 쓸 뻔한
적도 있었다. 오늘도 버스는 배차간격을 건너뛰고 정류장에 와서
섰다. 버스에 채 올라타지 못하고 문에 매달린 사람들을 그대로 달
고 버스가 출발했다. 버스 난간에 가까스로 올라탄 몇몇 사람들이
떨어져나갔다. 버스문이 닫히면서 버스문 사이에 낀 남자도 할 수
없이 버스에서 내려서야만 했다. 정류장으로 되돌아가 다음 버스가
도착하기를 기다렸다. 서울역 지하도에서부터 회사까지 두 블록의
길이를 전력질주했다. 골목에서 튀어나오는 자동차와 부딪칠 뻔하
기도 했다.

바닥에 널린 전깃줄에 발이 걸려 넘어지면서 남자는 허겁지겁 두

손으로 바닥을 짚는다. 영사막으로 향해 있던 눈길들이 일제히 뒤를 돌아 남자를 쳐다본다. 어둠이 눈에 익지 않은 남자는 두 팔을 휘적거리면서 의자를 찾는다. 영상실의 바닥은 극장처럼 경사가 져 있다. 가까스로 출입구에서 가까운 의자에 걸터앉는다. 렌즈에서 뿜어져나오는 빛 한줄기가 영사막 옆에 서서 지휘봉을 휘두르고 있는 김과장의 얼굴을 관통한다.

영사막 위에서는 치약광고들이 지루하게 이어진다. 곱슬머리의 여자 모델이 와삭 소리를 내며 푸른 사과를 한입 베어문다. 치약 이름과 함께 떠오르는 붉은 립스틱을 칠한 여자의 입술. 여자가 혀를 내밀어 법랑 냄비처럼 반짝거리는 치아들을 차례로 훑으면 나오는 멘트. 깨끗해요.

책상 위 곳곳에는 메모할 때 쓸 묵은 광고지들이 산더미처럼 쌓여 있다. 소모품 절약이라는 취지 아래 쓸데없어진 광고지의 뒷면을 재활용하고 있었다. 남자는 이면지에 크고 작은 글씨로 치약이라고 쓰고 또 쓴다. 영사막 위에는 또다른 치약광고가 이어지고 있다. 젊은 미남미녀가 멀리서 뛰어와 부둥켜안는다. 가까이 더 가까이. 클로즈업. 종이 한면이 치약이라는 글씨로 꽉 메워지자 오히려 치약이라는 단어는 '천국'이라는 단어만큼이나 생경해진다. '아얏'이나 '삐약'처럼 의성어의 한 종류처럼 느껴지기도 한다. 수많은 '치약'들로 낙서된 광고지의 반대편에는 낯익은 여자 탤런트의 얼굴이 박혀 있다. 샤워를 막 마친 듯 여자의 머리카락은 물기를 머금고 있다. 목욕 후 갈증이 난 여자가 차게 냉장된 맥주를 잔에 가득 따라 들고 막 한모금 마시려는 장면이다. 남자는 광고지의 여자 얼굴에 싸인펜으로 낙서를 한다. 코밑과 턱에 괴끼 같은 수염을 그려넣는다. 한쪽 눈에 검은 안대를 그려넣어 애꾸눈을 만든다. 활짝 웃느라 드러난 고른 치열에 하나씩 건너뛰며 검정칠을 한다. 남자의 기억에 의하면 이 여자 탤런트는 언젠가 건치 연예인 중의 한명으로 뽑혔었다. 야, 그 이를 다 뽑아도 그 모델은 여전히 웃고 있을 거다. 언제 왔는지 동기생 최가 옆자리에 앉아 남자의 광고지를 넘어다보며 낄낄거린다. 그런 모델 써봐라, 어디 맥주가 팔리나. 이번에는 모델의 광대뼈 부분에 흉터자국을 그려넣는다. 바늘땀을 그려넣는데 갑자기 광고지가 남자의 얼굴 위로 솟구쳐 날아오른다. 광고지는 김부장의 손에 들려 있다. 김부장은 몰골이 흉측해진 여자 모델을 훑어보고 남자가 낙서해놓은 이면지를 본다. 종이 위에는 수많은 크고 작은 '치약'들이 벌레처럼 꼬물거린다. 김부장이 남자의 책상을 지휘봉 끝으로 톡톡 친다. 뭔가 그럴듯한 말을 하기 전이면 김부장은 말에 뜸을 들인다. 적시적소에 어울리는 광고문구나 고사성어로 허를 찌르는 듯한 말솜씨가 일품이었다.

고맙군, 지금 우리가 하고 있는 게 치약광고라는 걸 상기시켜줘서. 참고하도록 하지. 김부장이 영사막 쪽으로 돌아섬과 동시에 여기저기서 웃음이 터져나온다. 김부장은 천천히 걸어내려가 수프 접시의 바닥처럼 오목한 자료실의 한가운데 선다. 그사이 되감기 릴에 다 감긴 필름이 매미소리를 내며 헛돌고 있다. 누군가 전등을 켜려 했지만 김부장이 손을 들어 제지했다. 영사막 위에는 희붐한 정사각형 화면이 떠 있을 뿐이다. 누구에게랄 것도 없이 김부장이 목소리를 높인다. 그렇습니다, 지금 우리에게 맡겨진 건 치약입니다. 물론 저도 에어백이 장착된 볼보나 코카콜라, 맥도날드 햄버거 같은 광고를 맡고 싶습니다. 높은 값과 전통으로 상표 그 자체가 스스로 자기 광고를 할 테니까요. 김부장이 별안간 말투를 바꾸며 빠르게 중얼거린다. 이것들 봐, 뭘 어려워하고 있는 거야. 치약이 치약이지 별수 있어? 치약이 뭐야? 이빨 닦는 거야, 이빨. 치약, 써봐야 알아? 뻔한 거지. 충치? 치약이 충치를 백 퍼센트 예방한다면 전국의 치과들이 왜 지금 성업중일까.

그렇다면 저희더러 과대광고를 하란 겁니까? 어둠속에서 기어들어갈 듯 가느다란 목소리가 묻는다. 김부장은 대답 대신 손에 들고 있던 지휘봉을 삼단으로 접어 양복 안주머니에 꽂는다. 적확한 대답을 위해 일부러 시간을 벌려는 행동이라는 것을 남자는 알고 있다. 김부장은 횡설수설하지 않고 늘 지름길을 택한다. 슈퍼마켓에 가봤어? 치약만 해도 수십종이야. 치약은 다 똑같아. 잇몸질환·구취·충치 억제, 어쩌구저쩌구. 산더미처럼 쌓인 치약들 앞에서 무슨 치약을 사야 할지 망설이고 고민하는 소비자들을 도와주는 거지. 조금 낭만적이고 현혹적인 광고를 통해.

김부장은 이십년 전에 한 소주광고를 히트시킨 당사자이다. 아직도 많은 사람들이 '차차차'라는 노래로 시작하는 그 만화광고의 코가 빨간 주인공을 기억하고 있다. 하지만 김부장은 정작 술 한방울도 입에 대지 못한다. 김부장이 손짓으로 맨 앞자리에 앉아 있던 누군가를 부른다. 남자가 앉은 자리에서는 의자 등받이 위로 드러난 머리통만 보일 뿐이다. 김부장이 다시 손짓을 하자 의자 등받이 위로 천천히 상반신이 나타난다. 긴 머리의 여자다. 자, 이 얼굴이야. 그렇고 그런 치약광고에 활력을 줄 뉴페이스. 이번 광고의 포인트는 열아홉살에서 스물다섯살 사이의 젊은 사람들에게 맞추는 거야. 그러자면 기성 모델들은 참신함이 떨어지지. 개중 대부분의 모델들은 겹치기 광고를 하고 있고 말야. 치약회사 쪽에서도 신인을 원했고. 다들 이 모델을 보면 전광석화처럼 뭔가 떠오르는 게 있을 거야. 미스 최.

미스 최라고 호명된 여자가 쭈뼛쭈뼛 걸어나가 김부장 옆에 선다. 김부장의 반쯤 벗겨진 머리가 여자의 귀쯤에 닿는다. 몇몇이 키드득댄다. 처음 뵙겠습니다, 최명앱니다. 어두운 실내조명 때문에 여자의 길다란 윤곽만 비친다. 창가 쪽에 앉은 누군가 일어나 커튼에 달려 있는 끈을 잡아당긴다. 커튼이 조금씩 한쪽으로 젖혀지면서 서서히 얼굴 윤곽이 드러나기 시작한다. 여자는 햇빛 때문에 실눈을 뜬 채 바닥 어딘가를 보고 서 있다. 여기저기서 휘파람과 환호성이 터져나온다. 여자의 얼굴이 조금 상기된다. 하관이 빤 얼굴과 꾹 다문 얇은 입술. 어디선가 분명 마주친 얼굴이다. 적어도 한번 이상.

직원들이 자료실 밖으로 하나 둘 빠져나가기 시작하면서 영상실 안에는 김부장과 최명애 그리고 남자만 남았다. 김부장은 영상실 안쪽에 있는 자료실의 문을 열고 이곳저곳을 손가락으로 가리키며 연방 속삭이고 있고 최명애는 김부장의 얼굴과 손가락 끝을 번갈아 바라보며 가끔 고개를 끄덕거린다. 남자는 책상에 펼쳐진 서류를 천천히 주워모으면서 최명애의 얼굴을 흘끔거린다. 생각날 듯 생각날 듯 좀처럼 떠오르지 않는다. 김부장을 따라 최명애가 출입구 쪽으로 올라온다. 남자의 곁을 스쳐가면서 잠깐 두 사람의 시선이 마주친다. 혹시 우리 아는 사이 아녜요? 복도로 나가는 최명애의 뒤를 따라잡으며 묻는다. 최명애는 남자의 시선을 피하며 먼저 복도로 나간 김부장을 눈으로 찾는다. 맞죠? 우리 언제 만났었죠? 이렇게 마주보고 이야기한 적이 있죠? 남자가 다그치며 묻자 최명애가 조금씩 뒷걸음질친다. 아뇨. 사람을 잘못 보셨어요. 전 초면인데요. 복도로 나간 김부장이 문 안을 힐끔거리면서 최명애에게 어서 나오라고 손짓을 한다. 최명애가 김부장을 바라보며 웃는다. 김부장님, 제 얼굴이 흔한 인상인가보죠? 김부장이 최명애의 어깨에 자연스럽게 한팔을 올려놓으며 남자와 최명애를 번갈아 쳐다본다. 야, 따봉, 허튼 수작 말고 광고문구나 이번주 내로 뽑아내. 그럴싸한 걸루다가.

광고기획팀 안에서 직원들은 이름 대신 별명으로 불리고 있었다. 자신이 히트시키거나 완전히 빛을 보지 못한 광고의 구절이나 제품 이름 중 가장 인상적인 단어 하나가 별명이 된다. 남자도 이름 대신 '따봉'이라는 별명으로 불리고 있다. 오년 전 오렌지주스 광고를 맡은 이후부터 얻은 별명이다. 김부장이 남자를 따봉이라고 불렀을 때, 남자는 최명애의 한쪽 뺨이 파르르 떨리는 것을 놓치지 않았다. 하지만 금방 최명애의 얼굴은 새치름한 표정으로 되돌아갔다. 우리 밥이나 먹으러 가지. 김부장의 말에 최명애는 김부장에게 바싹 붙어서며 팔짱을 낀다. 걸을 때마다 최명애가 신은 하이힐 굽이 복도에 닿으며 경쾌한 소리가 난다. 최명애는 무릎 위로 깡뚱 올라간 짧은 검정 원피스 차림이다. 등뒤로 다닥다닥 달린 단추들이 엉덩이 뼈까지 내려와 있다. 저 둘 사이 어째 이상야릇하지 않어? 복도에 놓인 재떨이 앞에 서서 담배를 피우고 있던 최가 부스스한 머리를 긁적이며 복도 끝으로 멀어지는 김부장과 최명애의 뒷모습을 바라다본다. 저 원피스의 단추들 말야, 저 많은 걸 혼자서 끼우고 풀려면 힘이 들 텐데 말야. 남자는 최의 말을 흘려들으며 안개 낀 기억속을 헤치고 있다. 좀처럼 생각나지 않는다. 분명 남자는 최명애와 초면이 아니었다. 멀어지는 최명애의 뒤에 대고 남자가 소리친다. 우리는 분명 만난 적이 있습니다. 기어코 생각해내겠습니다. 최명애가 남자의 말을 들었는지 듣지 못했는지는 알 수 없다. 최명애와 김부장은 곧 구부러진 복도 쪽으로 사라진다.

누군가 전등을 깨고 달아났습니다. 벌써 세번쨉니다.

플라스틱 원통형 의자를 밟고 올라서서 출입구 계단참의 전구를 갈아끼우고 있던 경비가 남자를 보고 알은체를 한다. 아 참, 전에 그 편지 말입니다, 주인은 나타났습니까? 백열등의 수나사 부분을 소켓에 끼워맞추지 못해 쩔쩔매는 경비를 내려오게 하고 대신 남자가 의자 위로 올라선다. 웬걸요, 아직도 책상에 그대로 있습죠. 그런데 그저께 또 편지가 배달되었습니다. 편지를 분류하다가 그건 우편함에 넣지 않고 따로 빼두었죠. 여기 어디 그 편지가…… 경비는 유니폼에 붙은 크고 작은 호주머니에 손을 집어넣는다. 전구를 다 끼우고 의자 밑으로 내려설 때까지도 경비는 여전히 호주머니를 뒤적거린다. 벽에 붙은 스위치를 올리자 전등에 불이 들어온다. 경비가 편지봉투를 건네주면서 가래침을 화단 쪽에 대고 뱉는다. 어차어피에 총각이 첫번째 편지도 봤으니, 두번째 걸 본다고 큰일날 것도 없겠죠. 첫번째 편지와는 달리 이번 것은 갓 구운 센베이 과자처럼 와삭거린다. 편지지를 펼치자 받침이 작은 글씨들이 기우뚱거리며 나타난다.

　——오늘 단추가 많이 붙은 원피스를 샀어요. 단추를 다 꿰고 마지막 단추를 꿰려는데 그 단추 몫의 구멍이 없는 거예요. 거울에 뒷모습을 비춰보니까 목덜미 부분의 천이 울어 있더군요. 세번째 단

추를 네번째 단춧구멍에 끼운 거예요. 단추를 일일이 다시 풀고 다시 끼워야 했죠. 단추를 끼우는데 그런 생각이 스치는 거예요. 내 인생의 단추는 어디서부터 잘못 끼워진 것일까. 암만 생각해도 그 후부터였어요. 박성철씨도 물론 힘들었을 거예요. 돌아가서 처음부터 다시 시작하고 싶지만 너무 멀리 와버렸죠. 유행가 가사처럼 들리겠죠? 하지만 유행가 가사처럼 가슴에 와닿는 것도 없어요. 당신은 까맣게 잊어버렸겠죠. 시행착오 정도로 생각하고 말았겠죠. 아무도 날 알아보지 못할 거예요. 난 너무 변했어요. 아니 아무도 날 몰라보는 게 내 소망이에요. 한때는 날 알아봐주는 사람이 있기를 바란 적도 있었지요. 하지만 옛날 일이에요.

편지를 쓴 여자는 박성철이라는 사람을 원망하고 있었다. 이번엔 뭐라고 썼어요? 어느새 남자 곁에 다가온 경비가 슬쩍 편지를 넘어다본다. 싸한 박하향 냄새가 날아온다. 보시겠어요? 경비는 호주머니에서 돋보기를 꺼내 코끝에 걸치고 편지를 멀찍이 떨어뜨려놓고 중얼거리면서 읽어나간다. 남자는 화단턱에 앉아 담배를 꺼내문다. 순간 최명애의 얼굴이 떠오른 건 아마 단추가 많은 원피스 때문일 것이다. 내 경험에 의하면 말이죠. 편지를 다 읽은 경비가 남자 옆에 쭈그리고 앉는다. 박하사탕이 입속에서 달그락거린다. 왜 이런 속담 있잖아요? 무심코 던진 돌에 개구리는 맞아 죽는다는. 남자는 담배 한대를 경비에게 권한다. 경비는 손을 내저으면서 호주머니 속에서 박하사탕을 꺼내 껍질을 벗긴다. 금연한 지 삼년쨉니다. 폐가 석탄가루를 뒤집어쓴 것처럼 까맣게 변했다고 의사가 그럽디다. 사탕 하나 드시려우? 경비가 엉거주춤 일어나며 호주머니 속에 손을 집어넣어 뒤적인다. 아뇨, 박하맛이라면 물릴 대로 물렸습니다.

마감은 일주일 앞으로 다가와 있다. 여전히 남자의 상상은 '키스'에서 더 나가지 못하고 머물러 있다. 치약 생각을 하자마자 또다시 검정 원피스를 입은 최명애가 떠오른다.

최명애를 다시 본 것은 구내식당에서였다. 최명애는 여전히 김부장과 동행이었다. 둘은 식당 입구에서 멀리 떨어진 창가에 앉아 식사를 하고 있었다. 자율식당에는 밥과 반찬이 든 통들이 일렬로 늘어져 있어 차례로 그 앞을 지나면서 원하는 반찬을 원하는 만큼 덜어 먹도록 되어 있었다. 입맛 당기는 것이 없어 그릇들 앞을 건너 뛰다보니 식반 위에는 밥과 국이 달랑 있을 뿐이다. 남자는 식반을 들고 창가 쪽을 훑어보았다. 빌딩 광장의 꽃밭으로 난 창가 쪽에는 이미 빈자리가 없었다. 밀폐된 곳이나 시야가 막히는 곳은 잘 견뎌내지 못해 창가를 골라 앉는 것이 버릇이 되었다. 또다른 창가 쪽으로 시선을 옮기던 남자는 최명애의 얼굴을 발견했다. 그곳은 잔반통이 놓인 자리였다. 계속 스테인리스의 식반과 수저 들이 요란한 소리를 냈다. 창가 쪽의 빈자리는 그곳뿐이었다. 옆식탁 위에 빈자리가 있었지만 남자는 식반을 들고 일부러 최명애 옆자리로 가 앉는다. 활짝 웃고 있던 최명애의 얼굴이 굳어졌다. 부장님, 이거 식당 반찬이 이래도 되는 겁니까? 두부 된장찌개에 두부조림, 두루치기. 혹시 다음 광고는 두부 아닙니까? 남자는 괜히 너스레를 떨었다. 최명애는 의자를 조금 옮기며 남자에게서 떨어져 앉았다. 두부조림을 먹던 최명애가 김부장을 향해 물었다. 두부가 좀 짠 것 같아요. 입에 맞으세요? 남자는 젓가락으로 밥알을 깨작거리고 있었다. 입안에는 늘 민트향의 잔맛이 남아 있었다. 양념맛도 느낄 수가 없었다. 남자는 젓가락을 입에 물고 최명애의 옆얼굴을 물끄러미 바

라보았다. 남자의 시선을 느낀 최명애가 숟가락으로 떠서 입으로
가져가던 국물을 찔끔 치마 위에 흘렸다. 최명애씨, 우리 전에 어디
서 만났죠? 그쵸? 최명애가 순순히 고개를 끄덕였다. 네, 만났죠.
남자는 최명애 쪽으로 돌아앉으면서 물었다. 어디에서였죠? 답답
해서 미치기 일보 직전입니다, 전. 최명애가 남자의 눈을 정면으로
들여다보았다. 한 열흘쯤 전에요, 영상자료실에서요. 지각해서 늦
게 들어오셨고 넘어지셨지요. 김부장이 밥알이 가득 든 입을 벌리
고 웃기 시작했다.

……그래서 지금은 어린아이처럼 사탕만 빨고 있습죠.

최명애 생각에 마음이 뺏겨 남자는 경비의 이제껏 중절거린 이야
기를 흘려듣고 있었다. 이야기를 마친 경비가 엉덩이에 묻은 모래
를 털어내며 일어선다. 내가 지금까지 말한 건, 그냥 늙은이의 푸념
이라고 생각해두시고. 경비는 사탕알을 입안에서 굴리며 알루미늄
부스 안으로 들어간다. 경비가 왜 사탕을 끊임없이 빨아먹고 있어
야 하는지는 끝내 알 수 없을 것이다. 유원지 쪽에서 가사를 알아들
을 수 없는 가요가 흐릿하게 들려온다.

남자는 지금 스크랩북을 보고 있다. 국내외 팜플렛과 그동안 남
자가 맡은 광고지들을 모아놓은 스크랩북이다. 그동안 치약을 네
개나 썼지만 별다른 것이 떠오르지 않았다. 생각은 늘 '키스'에서
머물렀다. 키스를 부르는 숨결. 자신이 키스에 집착하고 있는 것은
단지 치약 때문만은 아닐 것이라는 생각이 들면서 얼굴이 후끈 달
아오른다. 치약의 맛을 보고 치약을 짜서 손가락으로 문질러보며
질감을 느껴보려고도 했다. 식욕이 없어졌다. 된장찌개에서도 박하
냄새가 났다. 시중에 나와 있는 치약만 해도 수십종에 달했다. 차별

화된 치약을 만드는 것이 관건이었다. 남자는 스크랩북을 한장 한 장씩 넘겨나갔다. 아카시아, 죽염, 소금, 안티 프라그, 클로즈업…… 그때 낡은 광고지 한장이 스크랩북 어딘가에 끼여 있다가 팔락거리며 바닥으로 떨어졌다. 광고지를 줍기 위해 바닥으로 상체를 구부리는 순간 남자의 머릿속에 스쳐가는 것이 있었다. 박성철이라는 사람 앞으로 온 두 통의 편지였다. 간혹 경비와 마주쳤지만 세번째 편지를 전해주지는 않았다. 남자는 숨이 차오르고 머릿속이 뜨거워질 때까지 바닥에 떨어진 광고지를 들여다본다. 광고지는 누렇게 변색되어 있다. 신문 사이에 간지로 들어가는 종이 질이 좋지 않은 광고지다. 광고지 위로 마침표만한 하얀 벌레 한마리가 기어가고 있다.

이제는 쉴 시간입니다.

A4용지만한 광고지에는 낯익은 그림이 프린트되어 있다. 밀레의 「만종」이라는 그림이다. 그 그림의 복사품들은 종종 이발소나 시골 역사 근처의 다방 벽에서 마주치고는 했다. 해 지는 들판에서 농사일을 마친 젊은 부부가 교회의 종소리를 들으며 기도를 올리고 있다. 그 광고지는 값싼 인쇄 탓에 색깔이 제대로 나오지 않았다. 원화가 전해주는 해질녘의 평온함을 느낄 수는 없다. "그땐 당신이나 나나 햇병아리였죠." 첫번째 편지에 적혀 있던 한 구절이 떠오른다. 남자의 발치로 떨어진 이 광고는 남자가 처음으로 맡은 광고였다. 이제는 쉴 시간입니다,라는 헤드라인과 평수와 분양가가 적힌 그 사이에는 여러 시의 구절들을 빌려와 꿰어맞춘 글이 인쇄되어 있다. 고등학교 때 처음 서울로 올라와 취직을 할 때까지 남자는 열세 곳의 전셋집을 옮겨다녔다. 이삿짐을 꾸리고 풀 때마다 뿌리를

내리고 편안히 쉴 수 있는 방 한칸이 그리웠다.

남자가 그 아파트에 대해 알고 있는 것은 시공회사의 이름뿐이었다. 이 광고가 채택되었을 때 남자는 포상금까지 받았다. 아파트가 날림공사로 급조되었다는 것을 알게 된 것은 이년 후 텔레비전 뉴스 보도를 통해서였다. 건설회사 광장에서 시위를 하고 있는 입주자들이 비춰지고 있었다. 오합지졸처럼 대열은 흐트러져 있었고 앞에 서서 구호를 선창하던 사람은 카메라를 들이대자 자꾸 말을 더듬었다. 시위를 하다 기진해서 바닥에 쓰러진 노파를 카메라가 잡기도 했다. 거북등처럼 검게 그을리고 두꺼운 피부의 노파는 서울에 집 한칸 갖는 것이 평생 소원이었노라고, 모든 것이 물거품이 되었다면서 울음을 터뜨렸다. 입주자들은 엉성하게 만든 피켓을 들고 있었다. 종잇집을 만든 세호건설은 각성하라. 입주금 반환 때까지 우리는 투쟁하겠다. 카메라가 피켓들을 훑어나갔다. 그때 남자는 피켓에 적힌 낯익은 문구를 발견했다. 우리에게 쉴 공간을 달라. 이년이 넘는 시간이 흘렀는데도 사람들은 아직까지도 분양광고지에 적힌 문구를 기억하고 있었다.

그후로 또 오년이라는 시간이 흘렀다. 그때 그 누구도 광고문안을 작성한 남자를 문책하지는 않았다. 그 시위는 흐지부지 끝이 났다. 당시 김과장이었던 김부장은 말했다. 그건 네 탓이 아니야. 그 사람들의 대부분은 먼저 분양가와 투자가치를 살폈을 거야. 모델하우스도 꼼꼼히 살펴보았겠지. 자식 교육에 신경을 쓴 사람이라면 학군도 따져보았을 거야. 그리고 맨 나중에 네가 쓴 문구를 보았겠지. 오년이 흐르는 동안 남자는 자연스럽게 그 일을 잊어버렸다.

다섯번째 칫솔질을 하고 있을 때 전화벨이 울린다. 입안에 치약

거품을 문 채 전화를 받는다. 전화를 건 사람은 아무 말 없이 조용히 전화를 끊는다. 남자가 들은 것은 전화기 저 너머에서 흘러나온 음악의 한 소절이다. 빠른 템포의 춤곡이었다. 남자는 입안에 든 치약 거품을 뱉어내기 위해 서둘러 개수대로 뛰어가다 방바닥에 떨어진 치약 튜브를 밟는다. 뚜껑이 퉁겨 날아가면서 방바닥으로 치약이 뿜어져나온다. 개수대에 거품을 뱉는다. 하수구를 타고 흘러드는 거품이 핑크빛이다. 거울에 비춰보니 잇몸이 발갛게 부어오르고 상처가 나 있다.

서울역에 내리니 벌써 약속시간은 십분이나 지나 있다. 오늘도 변한 것은 아무것도 없었다. 광고판 속의 원주민 처녀는 변함없이 웃고 있었고 교통체증도 여전했다. 남자는 서울역 지하도의 계단을 한달음에 뛰어내려가 지하도를 통과해 반대편 입구로 뛰어올라간다. 땀이 흐르면서 양복 속에 받쳐입은 와이셔츠가 등에 바싹 달라붙는다. 뒤에서 누군가 남자처럼 뛰어오고 있다. 가벼운 발걸음이 금세 남자를 따라붙는다. 또 지각이시네요. 최명애다. 가볍게 목례를 한 최명애는 남자를 앞질러 회전문 안으로 뛰어들어간다.

촬영장소로 정해진 곳은 남자가 근무하고 있는 빌딩의 로비였다. 화분을 한쪽으로 치우고 공중전화 부스를 로비 가운데로 끌어오고 회전문을 가설하느라 직원들이 분주하게 움직인다. 치약광고에 칫솔질하는 장면이 나오지 않는 건 처음이다. 욕실도 나오지 않고 머리를 수건으로 동여맨 여자 모델이 등장하지도 않는다. 도대체 치약 없는 치약광고가 가능한 거야? 최가 담배를 피워물며 광고콘티를 뒤적인다. 최명애와 상대역을 맡은 신인 남자 모델은 로비 한쪽에서 분장을 하고 있다. 최명애는 머리를 틀어올리고 허리와 엉덩이에 달라붙는 정장 투피스 차림이다. 남자 모델 역시 넥타이까지 매고 있다. 이 치약광고에서는 푸른 사과도 키스도 나오지 않는다. 여러 개의 콘티 중에 마지막에 채택된 것은 김부장이 제출한 것이었다. 수많은 사람들이 지나치는 빌딩 로비, 회전문을 통해 들어오던 남자 모델이 회전문을 향해 다가오는 여자 모델과 마주친다. 여자 모델이 환하게 웃는다. 여자 모델이 회전문을 밀치고 나가면 곧이어 남자 모델이 여자 모델을 쫓아 회전문을 밀치며 뛰어간다. 그 위로 떠오르는 멘트. 천사만이 천사를 알아본다. 우리들만의 치약, 1004.

촬영은 오후 늦게서야 끝났다. 최명애와 남자 모델은 스탭진에 둘러싸여 있다. 야, 신인들이 기성 모델 뺨치는데. 최명애씨, 정말 한번도 이런 일 해본 적 없어요? 감독이 큰 소리로 떠들어댄다. 저기, 잠깐만요. 최명애가 무리에서 벗어나 누군가를 부른다. 그냥 지나치려는 남자를 향해 최명애가 다시 소리친다. 박성철씨. 남자는 주위를 둘러본다. 주위에는 남자말고 아무도 없다. 최명애가 웃으면서 다가온다. 따봉씨라고 해야 알아듣나보죠? 그동안 감사했어요. 언제 시간 내주시면 저녁 한끼 대접할게요. 최명애는 무리들에 섞여 엘리베이터를 탄다. 남자의 이름을 박성철이라고 잘못 알고 있는 사람은 한사람뿐이다.

책장 가득 수백개의 비디오테이프들이 연도별로 꽂혀 있다. 남자는 책꽂이 맨 위칸에서 비디오테이프 한개를 빼낸다. 영상실에 설치된 비디오덱에 테이프를 넣고 화면과 가까운 자리에 앉는다. 텔레비전 속으로 영상이 떠오른다. 오렌지주스 광고다. 이국의 오렌지 농장이 나오고 금빛의 오렌지들이 앞으로 굴러온다. 오렌지 품

질을 검사하는 검사관이 오렌지를 들고 엄지손가락을 들어올리며
말한다. 따봉. 오렌지 농장은 축제 분위기로 바뀐다. 농장에 있던
브라질 원주민들이 오렌지나무 아래서 따봉을 외치면서 춤을 추고
웃는다. 팔자 콧수염을 한 브라질 원주민이 밀짚모자를 쓰고 엄지
손가락을 치켜올리면서 익살맞게 말한다. 따봉. 그 옆에 긴 머리의
원주민 아가씨가 주스를 마시고 활짝 웃는다. 그 밑에 떠오르는 자
막. '따봉'은 '매우 좋다'는 뜻의 브라질 말입니다. 남자는 재빨리
정지 버튼을 누른다. 바로 그 원주민 아가씨가 최명애였다. 그 당시
최명애는 고등학교 졸업반 학생이었다. 얼굴에는 아직도 젖살이 남
아 통통하고 두 눈망울은 크고 맑았다. 콧방울이 둥글해서 원주민
처녀로 보였다.
  이 광고는 선풍적인 인기를 모았다. '따봉'이라는 말을 모르는
사람은 없었다. 술집에 들어가면 테이블 여기저기서 따봉이라고 외
치는 소리를 들을 수 있었다. '따따봉'이라는 신조어도 만들어졌다.
사람들의 입에 오르내리고 있었지만 이 광고는 실패작이었다. 사람
들은 슈퍼로 가서 '따봉주스'를 찾았다. 하지만 따봉이라는 이름의
주스는 없었다. 이 주스의 원이름을 기억하는 사람은 한사람도 없
었다. 뒤늦게서야 주스회사에서는 따봉주스라는 신제품을 내놓았
다. '따봉'에 묻힌 건 또 있었다. 바로 최명애였다. 원주민 남자 뒤
에 선 최명애를 주의 깊게 본 사람은 한사람도 없었다. 최명애를 불
러주는 곳도 없었다. 그렇게 최명애는 사라졌다.
  최명애가 써보낸 편지에서처럼 그때는 남자도 최명애도 햇병아
리였다. 광고의 주연을 따냈으면서도 스포트라이트를 받지 못한 그
충격을 감당하기에 최명애는 어린 나이였다. 오년 동안 최명애가

어떻게 살았는지 남자는 알지 못한다. 김부장과 최명애가 어떻게 어디서 만났는지, 어떻게 최명애에게 치약광고의 주연 자리가 돌아 갔는지 추측할 수 없다. 두 통의 편지를 통해 오늘 이 광고의 주연 을 따내기 위해 최명애가 얼마나 먼길을 돌아왔는지 어렴풋이 짐작 만 할 뿐이다.

　페인트공들은 광고판의 좌우에 매달려 있다. 버스는 좀처럼 움직 이지 않는다. 이 도로의 끝은 서해 바다에 닿아 있다. 간척지 위로 고층 아파트 단지가 들어서면서 도로는 한꺼번에 늘어난 교통량을 감당하지 못한다. 오늘 만조시간은 새벽 세시 십오분이었다. 바닷 물은 남자가 잠든 사이에 가득 찼다 밀려나간다. 로프에 매달린 널 빤지에 앉아 페인트공들은 긴 자루 끝에 달린 롤러로 간판에 흰색 을 덧칠한다. 도르래에 연결된 끈을 잡아당겨 높낮이를 조절하고 간판 아랫부분으로 내려오면 간판을 발로 차서 옆으로 조금씩 이동 한다. 그들이 움직일 때마다 흰 부분이 와짝와짝 늘어난다. 이제 저 광고판 속에는 어떤 것이 그려질까. 남자는 손잡이를 움켜쥐고 광 고탑을 올려다본다. 이 도로가 상습정체 구역이 되면서 광고탑 사 용료도 부쩍 뛰어올랐을 것이다. 버스가 한쪽으로 쏠리면서 남자의 얼굴이 유리창에 짓눌린다. 찌그러지지 않은 한쪽 눈에 버스 측면 에 달린 백미러가 들어온다. 볼록거울 속에 낯익은 여자의 얼굴이 담겨 있다. 남자는 사람들 틈을 비집고 최명애에게 가까이 간다.

　난 인천 토박이예요. 용현동에서 탔지요. 최명애가 웃는다. 그런 데 오늘은 그 질문 안하세요? 우리가 어디서 만났죠? 그 질문. 오 년 전의 통통하던 얼굴은 아니지만 웃을 때마다 슬쩍슬쩍 밑그림처 럼 고등학교 삼학년 소녀의 얼굴이 비친다. 최명애를 한번에 알아보지 못한 것은 바로 코의 모양 때문이다. 둥글둥글하던 콧방울이 날카롭게 서 있다. 최명애씨와 어디서 만났는지 생각났어요. 남자는 최명애의 뺨이 파르르 떨리는 것을 본다.

어디, 어디서요? 최명애가 말을 더듬는다.

한달 반쯤 전이던가, 우리 회사 영상자료실에서요. 난 그날 지각을 했고 넘어졌죠.

최명애가 이를 활짝 드러내놓고 웃는다. 그렇게 웃는 모습은 오년 전 주스광고 이후로 처음이다. 버스가 고속도로로 진입하면서 속력을 높이기 시작한다. 광고가 나가기 시작해서 얼굴이 알려지기 시작하면 이렇게 버스를 타고 다닐 수도 없을걸요? 버스를 타고 다니던 걸 그리워하게 될지도 모르죠. 그런데 이거 아세요? 빌딩 옥상을 가리고 서 있는 간판들 말이죠, 그 간판 뒤에 뭐가 숨겨져 있는지 아세요? 최명애가 양미간을 모으며 남자의 얼굴을 쳐다본다. 법랑 냄비처럼 하얗고 가지런한 최명애의 이에 자꾸 남자의 눈길이 머문다. 누가 뭐래도 최명애는 신제품 치약 1004와 가장 잘 어울리는 모델이 분명하다.

〔문학사상 1998년 10월호〕

올콩

주사위가 사물함 속에 넣어둔 쇼핑백 속에는

갈아입을 옷과 화장도구, 가발이 들어 있었을 것이다.

주사위는 화장실 안에서 옷을 갈아입고 화장을 했다.

남자는 바로 옆을 스쳐지나간 주사위의 얼굴을 알아보지 못했던 것이다.

올콩

악취는 쓰레기장으로부터 날아오고 있었다. 일주일째 수거해가지 않은 쓰레기 봉투들이 아파트 단지 곳곳에 피라미드처럼 쌓여 있었다. 밤이면 쥐들이 모여들어 봉투를 쏠았다. 봉투에서 새어나온 오물이 경사진 아스팔트 바닥을 타고 흘러내리면서 구덕구덕 말라붙었다. 구두 밑창을 더럽히지 않기 위해 남자는 삼단뛰기 선수처럼 앙감질로 얼룩 위를 건넜다. 꽉 죄게 입은 청바지와 윗단추 두 개를 푼 흰 셔츠, 앞이 뾰족한 구두 차림의 남자는 서부영화의 한 장면에서 막 튀어나온 풋내기 카우보이처럼 보였다. 햇빛을 가리지 않은 한손에는 권총 대신 핸드폰을 쥐고 있었다. 주차장까지 걸어가는 동안 남자는 단 한사람도 만나지 못했다. 놀이터도 텅 비어 있었다. 폭염과 악취 때문이었다.

남자는 주차선의 금을 밟지 않고 반듯하게 주차된 자동차 앞에 섰다. 자동차는 양은냄비처럼 뜨겁게 달아 있었다. 차문을 열어젖히고 시동을 건 후 에어컨을 틀었다. 차 안의 열기가 식기를 기다리며 응달진 곳을 찾았다. 주차장 한쪽에 대형 폐기물들이 쌓여 있었다. 낡은 냉장고와 전축, 침대 매트리스에서부터 전기밥통까지 다양했다. 그 사이에 등신대 거울이 세워져 있었다. 비에 젖었는지 거울틀의 니스칠이 버짐처럼 일어나고 있었다. 남자는 바싹 다가서서 거울을 들여다보았다. 양볼에 바람을 넣고 턱을 쓰다듬기도 하고 입을 크게 벌리고 잇새를 들여다보기도 하다가 가끔씩 이를 모두 드러내며 당나귀처럼 소리없이 웃었다.

십오분 후에 남자가 올라탄 차는 매끄럽게 아파트 동문을 빠져나갔다. 때마침 경비 부스 안에는 식곤증을 견디지 못한 늙은 경비가 앉아 졸고 있었다. 남자가 나가는 것을 본 사람은 아무도 없었다.

대로로 나가기 위해서는 사백 미터 길이의 어린이 보호구역을 통과해야만 했다. 수업이 끝난 아이들이 교문 밖으로 쏟아져나오기 시작했다. 방과시간에 맞춰 나온 잡상인들이 맞은편 담벼락 아래 열을 지어 앉아 있었다. 알루미늄 풍선, 약병아리, 설탕과자 등을 파는 좌판으로 아이들이 달려가 동그랗게 모여섰다. 아이들은 도로 한가운데를 점령하고 서서 좀처럼 길을 비켜주지 않는다. 그 바람에 남자의 차는 앞으로 나가지 못하고 자꾸 멈춰서야만 했다. 난데없이 학교 담장을 넘어온 축구공이 전면창에 퉁기고 나가 차 밑으로 굴어들어오고 축구공을 찾으러 나온 운동복 차림의 검게 그을린 아이가 차 밑으로 기어든다. 손안에 쥔 병아리를 놓친 어린아이가 병아리를 잡으러 도로를 가로지르고 아이들이 떼를 지어 아이스크림 가게로 뛰어간다. 남자는 연거푸 클랙슨을 눌러댄다. 아이들은 꼼짝도 하지 않는다. 남자는 창문을 열고 고개를 밖으로 내민 채 아이들을 향해 소리지른다. 아이들이 꼼지락거리면서 길을 터주어 조금 앞으로 나가보지만 그 앞에는 또다른 아이들이 길을 막고 선 채 딱지놀이를 하고 있다. 자신의 패를 보여주고 상대편의 딱지를 가져오느라 남자의 고함소리도 듣지 못한다.

남자의 눈에 아이들 하나하나는 번개처럼 보인다. 번개는 예고가 없다. 번개를 피하기 위해서는 땅바닥에 납작 엎드리거나 번개를 유인하는 피뢰침을 세우는 일뿐이다. 미로처럼 뚫린 골목들을 지날 때마다 남자는 언제 떨어질지 모르는 번개에 대비해 아예 한발을 브레이크 발판 위에 얹고 운전을 했다.

가까스로 대로로 빠져나오니 이십분이 지나 있었다. 남자는 룸미러에 비치는 자신의 얼굴을 슬쩍 들여다보았다. 막 감고 드라이어로 삼십분이나 편 곱슬머리는 빗질한 그대로 머리에 잘 붙어 있었고 기어를 바꿀 때마다 겨드랑이에서 로션의 사향내가 물씬 풍겼다. 대형 쇼핑센터는 세 블록 떨어진 곳에 있었다. 향수를 살까, 귀걸이를 살까, 보석상자 같은 쇼케이스를 들여다보면서 쇼핑몰을 어슬렁거리다보면 오후의 남은 시간은 훌쩍 흘러갈 것이다. 쇼핑센터에서 여자와 만나기로 한 '아테네'까지는 삼십분 거리였다. '웃기는 이야기'는 여자에게 줄 선물을 고르는 동안 생각해내도 늦지는 않을 것이었다.

여자는 남자를 만날 때마다 웃기는 이야기 좀 해보라고 한다. 여자를 만난 육개월 동안 남자가 알고 있는 우스갯소리는 밑천이 드러나버렸다. '참새 시리즈'는 마지막 한마리 참새마저 사냥꾼의 총에 맞았고 '입 큰 개구리 시리즈'의 개구리는 정기휴일 팻말이 걸린 목욕탕 앞에서 막을 내렸다. 남자가 해준 수많은 이야기들을 듣는 동안 여자는 한번도 웃는 적이 없었다. 코미디 프로의 한 코너인 '날 웃겨봐'의 심사위원인 개그맨처럼 잘 웃지 않는다.

남자는 가속페달을 질끈 밟았다. 오늘은 여자의 생일이니만큼 메가톤급의 우스갯소리를 준비해야 한다. 가까스로 속도를 붙이기 시작하자마자 남자는 다시 새로운 번개와 맞닥뜨렸다. 남자는 급브레이크를 밟으면서, 자동차들 사이를 지그재그로 빠져 달려나가 저만치 사라지는 오토바이를 지켜보았다. 오토바이의 라면상자만한 짐칸에 흰색 페인트로 박힌 글씨가 어렴풋이 눈에 들어왔다. 총알 탄 사나이.

자동차 전용도로조차도 이제 마음놓을 수 없었다. '퀵 서비스'라는 신종 직업이 생겨나면서 도로에도 수많은 번개들이 등장했다. 그들은 서울 시내에서 인천까지의 거리를 오십분 만에 주파하는 신속성을 가지고 있었다. 언제 어디서 뛰어들지 모르는 오토바이들 때문에 마음껏 속도를 높일 수가 없었다.

땡볕이었다. 아스팔트 위로 지열이 올라오고 있었다. 쇼핑센터로 가기 위해서는 우회전을 해야 했다. 남자가 우측 깜박이등을 켜고 차선을 바꾸면서 속도를 붙이려는 찰나 남자의 차 앞으로 무언가가 날쌔게 끼여들었다. 급히 핸들을 꺾었지만 무언가 둔탁한 것이 남자의 차와 부딪치면서 날아갔다. 사이를 두고 팔을 열십자 모양으로 편 사내가 차의 전면창에 날아와 부딪히고 퉁겨 떨어졌다. 도로를 벗어난 남자의 차는 인도로 뛰어들면서 갈비집의 담벼락을 들이받았다. 기어코 번개에 맞았구나. 핸들에 가슴이 치이면서 목이 뒤로 꺾였다. 유리창에는 사내가 부딪히면서 흘린 것으로 짐작되는 피가 섞인 침과 기름 묻은 장갑이 찍어놓은 두 개의 손도장이 선명히 남아 있었다. 담장을 박으면서 으그러진 보닛 때문에 차문이 잘 열리지 않았다. 발길질로 문을 박차고 차 밖으로 일어서는 남자의 눈에 제일 먼저 띈 것은 차도의 중앙선까지 튀어가 너부러진 오토바이였다. 깨진 연료탱크에서 기름이 쿨럭쿨럭 새나오고 있었다. 오토바이의 짐칸에 박힌 글씨가 눈에 들어왔다. 번개배달. 675-1234.

갈비집에서 뛰쳐나온 사람들이 여전히 입속의 고깃조각을 올근거리면서 남자의 차와 오토바이를 번갈아 기웃거리고 있었다. 갑작스럽게 뛰어나오느라 신발을 신지 않은 사람도 있었다. 마침 인도를 지나가는 행인이 없었다는 것이 천만다행이었다. 남자의 차에 부딪혀 퉁겨나간 오토바이 운전자는 차도로 떨어져 뒤따라 달려오던 차들이 급정거를 했다. 놀란 운전자들이 차에서 나와 두리번거리고 있었다. 오토바이 운전자는 하늘을 보고 반듯이 누워 있었다. 머리에는 역시 번개배달이라는 회사명과 전화번호가 적힌 붉은 헬멧을 쓰고 있었다. 삽시간에 사람들이 모여들었다. 헬멧 앞의 가리개를 올리자 오토바이 운전자의 얼굴이 드러났다. 기껏해야 고등학생 정도로 보이는 앳된 얼굴이었다. 뺨과 턱에 거뭇거뭇 수염이 나고 있었다. 햇빛이 얼굴에 닿자 번개의 눈꺼풀이 움찔했다. 움직일 수 있겠어요? 번개가 천천히 머리를 흔들었다. 떨어지면서 아스팔트에 긁힌 팔꿈치가 움푹 패어 피가 흐르고 있었다. 남자는 번개의 목이 꺾이지 않도록 조심스럽게 상체를 일으켜세웠다. 인도에 서 있던 누군가가 뛰어와 번개의 한쪽 팔을 어깨에 둘렀다. 양팔에 부축을 받고 일어서던 번개가 한발을 땅에 내딛자마자 신음소리를 내며 풀썩 주저앉았다. 청바지 위로 만져지는 허벅지가 딴딴했다. 청바지 속으로 살이 점점 부어오르고 있었다. 번개는 사방을 휘둘러보며 오토바이를 찾았다. 그사이 차도에서 들어낸 오토바이는 가로수 보호대에 기대어 있었다. 오토바이는 심하게 일그러져 반듯하게 세워놓았지만 앞바퀴가 허공에 들려 있었다. 어? 내 오토바이. 번개의 얼굴이 파랗게 질렀다. 갈비집에서 전화를 건 모양이었다. 구급차가 달려왔다.

번개는 왼쪽 정강이뼈가 부러지고 오른쪽 발목에 금이 갔으며 팔과 얼굴에 약간의 타박상을 입었다. 퉁퉁 부어오른 다리 때문에 청바지를 벗길 수 없어 간호사들이 가위로 잘라내야만 했다. 가위를 대기가 무섭게 잘린 청바지를 비집고 바람 넣은 고무튜브처럼 살이 부풀어올랐다. 엑스선 사진을 찍고 수술시간을 기다리는 동안 번개와 남자는 병원 복도에 단둘이 남겨졌다. 담배 한대 줘요. 금연구역이었지만 번개는 아랑곳하지 않았다. 번개는 담배를 필터 끝까지 피웠다. 헬멧을 안 썼더라면 난 어떻게 되었을까요? 혼잣말처럼 중얼거리던 번개가 히죽히죽 웃어대기 시작했다. 내가, 다리가 부러지다니. 난 말이죠, 이런 사고는 늘 나를 비켜간다고 생각했거든요. 사고는 좀 특별한 사람에게만 일어난다고 말이죠. 아무튼 신기한 경험이었어요. 다리가 부러진 적 있으세요? 번개는 남자의 대답을 기다리지도 않고 계속 중얼거렸다. 암튼 이상해요. 다리 아래에 아무런 감각이 없어요. 내 뇌가 발가락을 꼼질거려, 하고 명령하는데 발가락이 말을 안 듣는 거예요. 참 답답해요. 그러니 엄만 오죽 답답했겠어요. 공부하라, 하라 해도 꿈쩍도 안하는 날 보고 있었으려니 말예요. 번개가 갑자기 훌쩍거리기 시작했다. 엄마가 보고 싶어

요. 암튼 사람들에게 권하고 싶어요. 다리 한번 부러져보라구요. 남
자는 번개의 이야기는 귓전으로 흘려들으면서 복도에 걸린 시계를
흘끗거리고 있었다.

걱정하지 마세요. 번개는 여전히 복도 어딘가에 시선을 준 채 말
했다. 전적으로 형의 잘못이 아니니까요. 공분 못했지만 내 양심까
지 59등은 아녜요. 번개가 제 가슴을 손바닥으로 치며 다시 웃었다.
나도 형도 오늘 일진이 영 젬병이죠, 뭐.

평양갈비집의 담 옆에는 남자의 차가 인도를 가로막은 채 그대로
서 있었다. 행인들이 차를 피해 차도로 내려갔다가 다시 인도 위로
올라서면서 부서진 차와 담벼락을 힐끗거렸다. 차를 치우지 못하게
한 것은 갈비집의 사장이었다. 남자의 차는 범퍼와 헤드라이트 등
이 깨지고 보닛이 굽어 있었다. 열린 차문을 닫으려 했지만 아구가
잘 맞지 않았다. 오토바이도 여전히 그 자리에 세워져 있었다. 오토
바이의 짐칸에는 번개의 말대로 두툼한 서류봉투가 들어 있었다.

저, 부탁이 있어요. 오토바이 짐칸에 서류봉투가 들어 있을 거예
요. 내 대신 그 서류를 좀 전달해주실래요? 신속 · 정확이 우리 회사
의 사훈이걸랑요. 오늘 안으로 그 물건을 전달하지 못하면— 번개
는 검지손가락으로 자신의 목을 자르는 시늉을 해 보였다. 수술실
로 들어가던 번개가 상체를 일으키고 남자를 불러세웠다. 물품 인
도서에 수취인의 싸인란이 있거들랑요. 꼭 싸인을 받으셔야 해요.
잊지 마세요.

견인차가 자동차와 오토바이를 끌고 갔다. 차가 들이박은 담벼락
은 움푹 패어 있었다. 문밖에 서 있던 주차원이 남자를 가게 안으로
데리고 갔다. 오십대 중반의 중년 여자가 카운터에 선 채 거스름돈

을 내주면서 수다를 떨었다. 세상에, 마른하늘에 날벼락이란 말이 딱 맞지. 난 지진이 난 줄 알았다구요. 놀란 손님들이 우르르 밖으로 뛰어나가다가 넘어지고 자빠지고. 사장은 루주가 반쯤 지워진 입술을 손으로 가리며 웃었다. 사장은 남자를 담 가까이 데리고 갔다. 시멘트 벽에 크고 작은 돌을 박아 만든 담이었다. 남자의 차가 박은 곳은 돌멩이들이 빠져나오고 시멘트가 부서져 있었다. 사장은 자신이 직접 강가를 찾아다니며 돌멩이들을 주워왔다고 했다. 이 돌들을 구하기까지 얼마나 고생을 했는지 아는 사람은 다 안다고 엄살을 떨었다. 당장은 할 수 없고 오늘 중으로 담 수리비를 계산해 보고는 내일 전화를 하겠다고 했다. 담처럼 표나는 거야 값을 매기겠지만 놀란 제 가슴은 계산이나 할 수 있는 건가요? 뒤돌아서는 남자에게 사장이 말꼬리를 달았다.

인천행 전철을 타기 위해서는 우선 신도림역까지 가야 했다. 자가용을 갖게 되면서 남자는 좀처럼 대중교통을 이용하지 않았다. 칠년 동안 운전을 하면서 서울 시내의 일방통행로와 소로까지 다 외우고 있었지만 땅밑 길은 막막하기만 했다. 지하철역 안은 미로 같았다. 지하철 노선표는 엉킨 실타래처럼 복잡했다. 환승구를 찾기 위해 화살표를 따라갔다. 하지만 곧잘 화살표를 잃어버리고 걸음을 멈춰야 했다. 그럴 때면 익숙하게 걸음을 옮기고 있는 사람들 틈에서 남자처럼 미아가 돼버린 늙은 노인이나 한눈에도 서울이 초행인 듯한 촌부들과 맞닥뜨렸다. 오렌지색깔의 화살표를 따라가다가 오렌지색의 화살표를 놓쳐 초록색을 따라가다보면 전철에서 내렸던 플랫폼으로 다시 돌아와 있고는 했다. 남자는 몇번이나 갔던 길을 되돌아왔다. 이 세상에는 화살표로 표시되지 않는 것도 있었다. 화살표는 직선으로 이어지다가 갑자기 방향을 바꾸기도 했다. 천장을 향한 화살표를 보는 순간 남자는 제자리에 서버렸다. 할 수 없이 지나가는 사람을 붙들고 물어보는 수밖에 없었다.

여자와의 약속시간은 두 시간 정도 남아 있었다. 계획대로라면 지금쯤 남자는 냉방이 잘 되는 쇼핑몰 안을 산책하며 여자에게 줄 선물을 고르고 있을 것이었다. 어디선가 튀어나온 번개라는 이름의 오토바이 때문에 모든 것이 조금씩 뒤틀리고 있었다.

인천행 전철은 텅 비어 있었다. 남자는 사람들에게서 떨어진 3인용 의자에 앉았다. 객차 안에 띄엄띄엄 앉아 있는 사람들이 한눈에 들어왔다. 책을 무릎 위에 펼쳐놓은 채로 졸고 있거나 햇빛 가리개 사이로 들어오는 밖의 경치를 쫓고 있는 사람들이 대부분이었다. 그제서야 남자는 무릎 위에 놓인 서류를 찬찬히 볼 수 있었다. 책이거나 원고지 뭉치인 것 같았다. 고인돌이라는 출판사에서 대량 주문해 만든 서류봉투에는 수취인의 주소가 매직펜으로 적혀 있었다.

인천시 도화동 435번지 변영석 교수님 귀하.

그 밑에 긴급 우편물이라는 붉은 글씨가 괄호 안에 씌어 있었다. 남자는 인천에 가본 적이 없었다. 무작정 인천행 전철을 타기는 했지만 막막했다. 아파트라면 찾기가 좀 수월할지도 몰랐다. 번지수만 가지고 집을 찾아가야 했다. 어느 역에서 내려야 하는지조차도 알 수 없었다. 일단 종착지인 인천역까지 가는 수밖에 없었다. 서류봉투 뒷면에 종이 한장이 붙어 있었다. 번개가 말하던 싸인을 받아야 할 영수증 같았다. 영수증의 여백에 번개가 메모한 듯한 글씨가 적혀 있었다. 수취인의 전화번호로 짐작되는 일곱 자리 숫자와 함께 약도가 그려져 있었다. 언뜻 보면 닻 모양이거나 남성을 나타내는 표시로 보였다. 글씨는 휘갈겨써서 한눈에 알아볼 수가 없었다.

나산 종합상가 건물, 도화동 삼거리, 민방위 교육장, 동화 낚시상회, 세 갈래 길, 우회전, 광명약국, 목련나무.

메모와 약도를 맞춰가면서 집의 위치를 꿰어맞추는 일은 쉽지 않았다. 메모의 순서로 보아선 동화 낚시상회 근처에 삼거리가 있어야 했지만 약도에는 삼거리가 생략되어 있었다. 거기에다가 목련나무라니. 초봄에 서둘러 꽃을 맺고 서둘러 져버리는 목련나무는 지금쯤 앙상한 가지만 남아 있을 것이다. 남자는 목련꽃이 없는 목련나무를 떠올려보았지만 아무래도 기억나지 않았다. 정시에 아테네에 도착하려면 거리에서 갈팡질팡하며 허비할 시간이 없었다. 왜 번개의 부탁을 딱 잘라 거절하지 못했는지 은근히 짜증이 나기 시작했다.

창밖으로 지루한 풍경들이 이어지고 있었다. 여기저기서 다양한 핸드폰의 전자음들이 울렸다. 네온싸인이 꺼진 모텔들을 지났다. 철도 쪽으로 향한 네온관들은 낡고 틈새마다 먼지가 쌓여 있었다. 엄마, 저 집엔 왜 저렇게 창문이 많아? 남자와 대각선으로 마주보이는 자리에 모녀 사이로 보이는 젊은 여자와 여자아이가 앉아 있었다. 여자아이는 의자 위로 올라가 내내 창밖을 보고 있었다. 이제 막 말에 재미를 붙이기 시작한 여자아이는 쉴새없이 제 엄마에게 무언가를 물어봤다. 아이의 눈에도 모텔들이 신기하게 보인 모양이다. 응, 저긴 모텔이라는 데야. 엄마가 나지막하게 속삭였다. 뭐라구? 안 들려. 아이는 엄마의 볼에 제 얼굴을 비벼대면서 성가시게 물었다. 아이 엄마가 고개를 들고 재빨리 사람들을 훑어보았다. 남자처럼 그 엄마도 비밀스러운 정사 따위를 연상하고 있는지 모른다. 넌 몰라도 돼. 엄마에게서 떨어진 아이는 다시 창틀에 얼굴을 대고 창밖을 내다보았다.

전철이 덜컹거리면서 규칙적인 박자를 만들어내고 있었다. 창문에 기댄 남자의 머리통이 덩달아 덜컹거렸다. 남자는 그 움직임에 몸을 내맡긴 채 우스운 이야기를 떠올리고 있었다. 여자는 우스운 이야기란 이야기는 모두 섭렵하고 있었다. 맨 처음 여자를 만났을 때 남자는 여자가 민담처럼 우스운 이야기들을 채집하고 있는 줄 알았다. 남자는 여자에게 들려줄 우스운 이야기를 찾기 위해 아침마다 오대 일간지를 뒤적이고 PC통신의 이야기방에도 들어가보았다. 은행에 가서도 틈틈이 여성잡지를 뒤적였다. 하지만 남자가 이야기를 꺼내기도 전에 여자는 이미 그 이야기를 알고 있었다. 날 웃겨봐. 날 웃기면 날 너에게 줄게. 턱을 괴고 앉아 남자의 입을 바라보고 있는 여자를 볼 때면 남자는 늘 안달이 났다. 가끔 핸드폰의 벨이 울릴 때마다 남자는 습관적으로 바지 뒷주머니에 꽂은 핸드폰을 만지작거렸다.

완만하게 굽은 철로를 지날 때마다 문이 열려 다른 객차 안이 고스란히 눈에 들어왔다. 객차와 객차를 건너 세 명의 여학생이 이쪽 객차를 향해 걸어오고 있었다. 그들은 한손을 들어 손잡이들을 차례로 훑으면서 걸어오고 있었다. 그들이 지나온 뒤로 손잡이들이 반원을 그리며 흔들리고 있었다. 교복 차림이었다. 줄을 서서 걸어오면서도 여학생들은 쉴새없이 재잘거렸다. 여학생들이 지나갈 때마다 좌석에 앉은 승객들이 그들의 뒷모습을 훑어보았다. 170센티가 될 만한 큰 키의 학생들이었다. 같은 학교 교복임이 분명한데도 세 학생이 입고 있는 교복은 저마다 어딘가 조금씩 모양이 달랐다.

땀에 젖고 구김이 간 교복에서 정갈함을 느낄 수는 없었다. 교복 치마는 세탁소에서 다시 고친 모양이었다. 엉덩이와 허벅지까지 바싹 달라붙다가 치맛단으로 오면서 물고기 지느러미처럼 주름이 졌다. 치마는 무릎 위로 껑뚱 올라가 있었고 걸을 때마다 옆트임으로 허벅다리가 드러났다. 셋 모두 한손에는 똑같은 상표가 인쇄된 대형 종이가방을 들고 있었다.

여학생들이 옆구리를 찔러대고 장난질을 하면서 남자 앞을 지나갔다. 그들에게서는 땀냄새와 함께 향긋한 화장수 냄새가 섞여 났다. 여학생들은 요즘 학생들 사이에서 한창 유행중인 외제 상표의 쌕을 메고 있었다. 불룩한 쌕의 한가운데 달린 주머니의 지퍼에는 마스코트 인형이 매달려 있었다. 도날드 덕 봉제인형이 먼저 지나가고 그 뒤를 일본만화 캐릭터인 호빵맨이 따라갔다. 얼굴을 반쯤 쳐들고 우스운 이야기를 떠올리고 있던 남자의 시선이 우연히 마지막 여학생의 시선과 마주쳤다. 주름 하나 없는 흰 피부에 검정콩처럼 까만 눈을 한 여자아이였다. 여자아이가 지나가면서 쌕에 매달린 마스코트가 눈에 들어왔다. 투명한 플라스틱 정육면체 속에 색깔이 다른 주사위 세 개가 들어 있는 열쇠고리였다. 여자아이의 걸음에 맞춰 주사위들이 서로 부딪치면서 달그락거렸다.

좀처럼 재미있는 이야기가 떠오르지 않았다. 네시 삼십오분. 지금쯤 여자가 일하고 있는 은행에는 출입구 두 군데의 자동셔터가 서서히 내려지고 있을 것이다. 여자는 남자보다 세 살 연상이었다. 오늘은 여자의 스물아홉번째 생일이었다. 여자를 만나기 전까지 남자의 주변에는 늘 입이 큰 여자들만 있었다. 유치원에 다닐 때 '우리 엄마'라는 제목으로 그림을 그린 적이 있었다. 키가 큰 엄마는 늘 남자를 향해 잔소리를 했다. 키가 작은 남자가 엄마를 쳐다볼 때면 그 위에 쉴새없이 움직이는 엄마의 커다란 입이 있었다. 얼굴의 3분의 2가 입인, 남자가 그린 「우리 엄마」는 전국 유아그림대회에서 장려상을 받기도 했다. 은행 창구에서 맨 처음 여자를 보았을 때 남자는 세상에 저렇게 작은 입을 가진 여자도 다 있구나, 했다. 돈을 세는 동안 입을 더욱 꽉 다물고 있어 일본 게이샤의 입처럼 겨우 흔적만 남아 있었다. 남자는 여자의 작은 입을 사랑한다.

땀냄새와 화장수 냄새가 섞인 들척지근한 냄새가 날아왔다. 옆칸으로 넘어갔던 여학생들이 어느새 남자가 앉은 칸으로 되돌아와 있었다. 다른 곳에 넓은 자리가 있는데도 불구하고 여학생들은 남자의 맞은편 자리에 나란히 앉았다. 선반에 물건으로 꽉찬 불룩한 쇼핑백 세 개가 얹혔다. 몸집이 큰 두 여학생 사이에 마른 여학생이 바듯하게 끼여앉았다. 시선을 어디에 두어야 할지 곤혹스러웠다. 여학생들과 시선을 맞닥뜨리는 것이 불편해 남자는 지하철 바닥으로 고개를 숙였다. 남자가 지하철을 타지 않는 이유 가운데 하나가 바로 시선의 불편함 때문이었다. 마주앉은 낯선 사람과 자꾸 눈길이 부딪쳐 오해를 받은 적도 있었다.

지하철 바닥으로 눈길을 주자 자연스레 여학생들의 다리가 보였다. 체크무늬의 짧은 교복 치마는 자리에 앉자 더욱 짧아져 허벅다리 위로 딸려올라가 있었다. 치마 아래로 드러난 여섯 개의 다리는 밭에서 갓 뽑은 무처럼 싱싱했다. 여섯 개의 종아리에는 알이 배어 있었다. 여학생들은 등에서 내린 쌕을 가슴에 부둥켜안고 속삭이기 시작했다. 쌕에 매달린 마스코트 인형과 그 주인들은 서로 닮아 있었다. 도날드 덕, 주사위, 호빵맨은 여느 여학생처럼 까닭없이 잘 웃었다. 도날드 덕은 살진 허벅다리 때문에 두 무릎이 벌어져 있었다. 무릎 위로 틈 하나 없이 붙은 허벅다리가 보였다. 주사위는 두 무릎을 꼭 다물고 있었지만 마른 허벅지 때문에 치마와 허벅지 사이로 삼각형의 틈새가 벌어져 있었다. 남자의 시선은 자꾸 주사위의 삼각형 틈새로 쏠렸다. 전철 안은 조용했고 여학생들이 주고받는 이야기가 또렷하게 남자에게까지 들려왔다. 남자는 조용히 여학생들의 이야기를 들었다. 어쩌면 운이 좋아 웃기는 이야기를 건질 수 있을는지도 모른다.

거무스름한 무르팍과 그 아래의 정강이는 온통 상처투성이였다. 뾰족한 것에 긁히고 넘어져서 딱지가 앉거나 멍이 들고 벌레에 물려 곪은 것도 있었다. 이야기를 듣다보니 그들이 인문계 고등학교 이학년생이라는 것을 알게 되었다. 열여덟. 아직은 넘어지고 부딪히기 쉬운 나이들이었다. 그들은 별로 웃기지도 않는 이야기에 소리 높여 웃었다. 남자가 이미 다 알고 있는 이야기들뿐이었다. 어쩌면 여자도 열여덟살이었을 때는 저렇게 잘 웃었는지 모른다.

걱정이야, 아무래도 반타작한 것 같아. 주사위의 그 말에 여학생들의 얼굴이 갑자기 굳어졌다. 아주 잠깐 동안 그들은 아무 말도 하지 않았다. 하지만 호빵맨처럼 얼굴이 둥근 여학생이 자신의 어깨로 주사위의 어깨를 밀었다. 또 시작이다. 초콜릿이 발린 막대 과자를 똑똑 앞니로 부러뜨려 먹으면서 도날드 덕이 두꺼운 입술을 내밀었다. 치, 전에도 그렇게 엄살을 떨더니 일등까지 하구선. 주사위가 한숨을 내쉰다. 아니야, 이번엔 진짜야. 반 이상을 찍었다구.

여학생들은 쌕에서 시험지를 꺼내들고 정답을 맞춰나가기 시작했다. 자신의 답이 틀릴 때마다 여학생들은 작게 탄성을 질렀다. 그

사이에도 남자는 여학생들의 다리를 흘끔거리고 있었다. 순간 긴장이 풀린 주사위의 꽉 다물렸던 무릎이 조금 벌어졌다. 삼각형의 꼭지점이 벌어지는 것을 남자는 놓치지 않았다. 남자는 헛기침을 하면서 소화기가 들어 있는 벽 쪽으로 몸을 돌려앉았다. 하지만 도날드 덕의 굵은 허벅지가 눈에 들어왔다. 다른 자리로 옮기거나 눈을 감기 전에는 여섯 개의 다리로부터 자유로울 수는 없었다.

여학생들은 자신의 맞은편에 앉은 젊은 남자가 긴장하기 시작한 것을 눈치채지 못한 것 같았다. 그들은 남자 따위는 아랑곳하지 않았다. 도날드 덕이 몸을 외로 살짝 틀면서 오른쪽 다리를 왼쪽 다리 위에 포갰다. 의자 아래로 떨어진 치마 속으로 도날드 덕의 삶은 감자 같은 살진 넓적다리가 드러났다. 밴드 스타킹의 고무줄이 살에 파묻혀 있었다. 다시 엉덩이를 앞으로 당기면서 다리를 바꾸어 꼬았다. 흰색 팬티가 슬쩍 나타났다 사라졌다. 두 개의 넓적다리는 이제 남자를 향해 열려 있었다. 갑자기 살집이 붙은 모양이었다. 허옇게 튼 살이 종아리 아래까지 타고 내려오고 있었다. 주사위가, 이러다간 아무래도 서울에 있는 대학은 포기해야할까봐,라고 말하며 두 팔로 기지개를 켰다. 조금 벌어졌던 무릎이 덩달아 풀렸다. 마름모꼴의 틈 사이로 햇빛이 비쳐들었다. 자개미 근처에 오버 단추만한 크고 검은 점이 도드라져 있었다. 남자는 스물여섯의 신체 건강한 청년이었다. 남자의 상상은 두 개의 허벅다리가 만나는 은밀한 곳까지 달려갔다. 러닝셔츠를 입지 않은 와이셔츠가 땀에 젖어 등에 달라붙었다. 이마에서 땀이 흘러내렸다. 남자는 소매로 연방 땀을 훔쳤다. 허벅다리는 여자아이의 볼록한 엉덩이와 보조개처럼 팬 천골동을 연상시켰다.

여학생들의 부주의한 행동들은 계속되었다. 잘 못 본 기말고사와 진학문제 얘기에 열중하느라 남의 시선 따위는 의식하지 못하는 것 같았다. 짧고 옆트임이 있는 치마를 입은 것이 실수였다. 곁에 나이 든 아주머니가 있었다면 분명 그들에게 주의를 주었을 것이었다. 하지만 전철 안은 텅 비어 있었다. 여학생들은 쉴새없이 몸을 꼼지락거렸다. 다리를 꼬았다가 풀고 브이자 모양으로 펼치기도 했다. 그럴 때마다 깜짝깜짝 놀라면서 무릎을 모은 것은 정작 남자 쪽이었다. 드라이어로 삼십분 동안이나 편 곱슬머리가 땀에 젖어 이마에 닿은 부분이 살아나고 있었다. 여학생들의 눈에 남자는 아예 보이지 않는 것 같았다. 안내방송이 부평역을 알렸다. 여학생들은 느릿느릿 일어나 선반에 얹힌 쇼핑백을 내렸다. 의자에 내려놓은 쌕을 메기 위해 이제 남자에게 등을 보이며 섰다. 허리를 구부리고 쌕을 들자 짧은 교복 치마가 위로 당겨올라가면서 팬티를 입은 엉덩이가 훤히 드러났다. 깡깡춤의 한 장면을 보는 것 같았다. 그 춤은 무희들이 치맛단을 쥐고 관객을 향해 엉덩이를 까 보이는 것으로 끝이 난다. 쌕을 등에 둘러메고 쇼핑백을 든 여학생들이 전철에서 내리기 위해 남자의 옆에 있는 출입구로 가 섰다. 시큼한 땀냄새가 연방 날아오고 있었다.

전철이 천천히 플랫폼으로 들어서고 있었다. 전철이 서기를 기다리던 여학생들이 갑자기 웃음을 터뜨렸다. 내가 이겼지? 주사위가 말했다. 도날드 덕과 호빵맨이 오천원짜리 지폐를 꺼내 주사위의 손바닥에 올려놓았다. 주사위는 지폐를 돌돌 말아 가슴에 달린 호주머니 속에 찔러넣었다. 정말 사내들이란. 도날드 덕은 여전히 과자를 먹고 있었다. 호빵맨이 출입문을 발로 찼다. 파블로프의 개가 따로 없다니까. 종소리만 나면 침을 질질 흘리지. 어느 것 하나 제대로 된 게 없다니까. 호빵맨이 다시 출입문을 주먹으로 쳤다. 예수는 이미 오래 전에 죽었어. 주사위가 도날드 덕이 먹던 과자를 빼앗아 입에 넣으면서 되받았다. 웃기고 있네, 예수는 남자 아닌 줄 알아? 여학생들은 아예 남자의 귀에 들리도록 목소리를 높이고 있었다. 방금 전까지 시험지 답안을 맞추면서 진학을 걱정하던 여학생들이 아니었다. 전철문이 열리고 여학생들이 웃으면서 내렸다.

남자의 얼굴은 아직도 메아리치고 있는 상상력으로 벌겋게 달아올라 있었다. 소매로 얼굴을 닦았다. 흰 소매에 검은 먼지가 묻어났다. 전철이 서서히 출발하기 시작할 때 남자가 기댄 창을 누군가 톡톡 쳤다. 고개를 돌리자 여학생 셋이 유리창에 얼굴을 들이대고 남자를 들여다보고 서 있었다. 여학생들은 짓궂게 웃고 있었다. 주사위가 남자의 얼굴에 대고 천천히 가운뎃손가락을 들어올렸다. 그 뜻을 남자가 모를 리 없었다. 주사위의 입이 천천히 움직였다. 소리는 들리지 않았지만 입술을 읽을 수 있었다. 퍽큐.

인천역 앞의 택시승강장에는 빈 택시들이 줄지어 서 있었다. 손님을 기다리는 동안 기사들이 차 밖으로 나와 담배를 피우고 있었다. 누군가 남자의 팔을 치고 뛰어가는 바람에 서류봉투가 바닥으로 떨어졌다. 남자는 무작정 택시에 올라탔다. 어디로 모실까요. 운전사가 재빨리 담배를 비벼끄고 차에 올라타면서 물었다. 어디로 가야 할지 알 수 없었다. 운전사가 룸미러로 남자를 쳐다보았다. 민방위 교육장요, 아니 나산 종합상가요. 남자가 행선지에 대해 갈팡질팡하자 운전사가 발칵 짜증을 냈다. 얼른 한곳을 정하세요.

운전사는 남자를 낯선 곳에 내려놓고 갔다. 두 블록을 넘게 걷자

나산 종합상가라는 간판이 걸린 건물이 나타났다. 땀에 젖은 청바지가 다리에 바싹 달라붙어 있었다. 걸음을 걸을 때마다 청바지에 쓸린 속살이 따끔거렸다. 샤워를 하고 싶었다. 향긋한 화장수 냄새는 날아가버린 지 이미 오래었다. 겨드랑이에 밴 땀 때문에 셔츠에 누런 얼룩이 져 있었다.

번개가 적어놓은 메모는 뒤죽박죽이었다. 나산 종합상가를 끼고 우측으로 돌자 낚시가게 대신 우래장이라고 쓰인 중국점이 나타났다. 마감을 끝낸 여자는 이제 사복으로 갈아입고 '아테네'로 가기 위해 택시를 잡고 있을 것이다. 선물은커녕 웃기는 이야기조차 생각하지 못했다. 봉투에 적힌 전화번호가 눈에 들어왔다.

변영석씨는 친절하게 위치를 알려주었다. 남자가 서 있는 곳은 차를 타기에도 걷기에도 애매한 곳이었다. 남자는 변영석씨가 가르쳐준 대로 무작정 걷기 시작했다. 땡볕이었다. 깨지고 덜컹덜컹 움직이는 보도블록에 남자의 신발 앞꿈치의 가죽이 긁혔다. 저 앞으로 낚시가게가 보였다. 낚시가게에서 우측으로 돌자 긴 골목길이 나타났다.

비슷비슷하게 생긴 주택들이 줄지어 서 있었다. 담 너머로 솟아오른 나무들 가운데 목련나무를 찾느라 걸음이 더뎌졌다. 남자보다 오십 미터쯤 앞서 여학생이 가고 있었다. 등에 멘 쌕은 책으로 가득 찬 듯했다. 무거운 쌕 때문에 여학생의 걸음은 자꾸 느려졌다. 전봇대가 나타났다. 변영석씨는 전봇대를 찾으면 거의 다 온 것이나 다름없다고 말했다. 여학생이 걸음을 멈추고 서서 두어 번 접어올린 치마의 허릿단을 펼쳐내렸다. 깡뚱하니 짧았던 치마가 무릎 아래로 내려왔다. 그사이 남자는 여학생 바로 뒤까지 다가갔다. 여학생이

힐끗 남자를 돌아보았고 남자는 여학생의 쌕에 매달린 열쇠 고리를 보았다. 투명한 정육면체 속에 색깔이 다른 세 개의 작은 주사위가 들어 있었다.

졸린 듯한 주사위의 눈이 커지면서 검정콩 같은 눈이 반짝 빛났다. 주사위는 눈동자를 굴려 골목 안에 아무도 없다는 것을 재빨리 확인했다. 주사위가 저만치 침을 뱉었다. 그러고는 천천히 남자에게 다가와 얼굴을 마주보고 섰다. 남자와 엇비슷한 키였다. 땀과 비누, 화장수 냄새가 섞여 났다. 전철에서 들고 내린 커다란 쇼핑백은 보이지 않았다. 가슴에 달린 교복의 호주머니에는 어렴풋이 주사위의 초록색 명찰이 비쳤다. 변명주. 순간 남자의 머릿속을 스쳐가는 것이 있었다. 변이라는 성은 그리 흔한 성이 아니었다. 주사위가 낮고 빠르게 혼잣말을 했다. 칫, 용케도 따라왔군. 누구나 무리로 있을 때는 용감해지는 법이다. 하지만 지금 주사위는 혼자였다. 네가 흔드는 종소리를 따라왔지. 남자는 이를 드러내놓고 소리없이 웃었다.

뭘 원해? 따귀 한대? 아님 데이트? 덥석 반말이었다.

오해 말어. 네게 볼일 없어. 난 변영석 교수를 만나러 가는 길이야.

남자는 주사위의 눈동자가 흔들리는 것을 놓치지 않았다. 주사위가 다시 침을 뱉었다. 남자의 구둣등 위에 침이 떨어졌다. 치사한 자식, 그만큼 즐겼으면 된 거 아냐? 앞으로 걸어가려는 남자를 주사위가 두 팔로 가로막았다.

그래 우리 아빠한테 이르시겠다? 칫, 뭘 모르시는 모양인데 난 십일년째 일등 자리를 한번도 놓쳐본 적이 없는 수재라구. 아빠가 처음 본 당신 말을 믿을 것 같아? 그래?

그건 네가 걱정할 게 아니야. 네 허벅지 깊숙한 곳에 있는 점, 그게 물증이다. 남자는 성큼성큼 걸어가며 대문에 걸린 문패들을 살폈다. 주사위가 뛰어와 남자의 소매를 잡아당겼다.

뭘 원해? 주사위의 목소리는 어느새 다시 차분해져 있었다. 주사위가 흥정을 붙여오는 동안 남자는 그저 웃고만 서 있었다. 큰길로 나가 쭉 일직선으로 걸어가면 나산 종합상가라는 데가 나와. 거기서 기다려. 좀 있으면 도서실 갈 시간이야.

주사위가 대문으로 다가가 벨을 눌렀다. 누구세요? 스피커폰에서 점잖은 목소리가 흘러나왔다. 좀전까지 새되던 주사위의 목소리는 금방 피곤에 지친 고등학생 목소리로 돌아가 있었다. 아빠, 나야. 남자는 재빨리 덧붙였다. 퀵 서비습니다. 그제서야 사태를 파악한 주사위가 남자를 쏘아보면서 중얼거렸다. 재수 옴붙었군. 자동문이 열리면서 높은 담 안에 숨어 있던 집이 드러났다. 대문에서부터 현관까지 잔디가 깔려 있었다. 그 위에 한걸음씩 되는 간격을 두고 넓적한 돌들이 깔려 있었다. 앞서 가던 주사위가 돌을 헛밟고 기우뚱거렸다. 꽃이 진 목련나무는 무성한 밤나무에 가려 보이지 않았다. 중년 남자가 현관까지 나와 서 있다가 주사위의 쌕을 받아들었다. 아빠, 나 힘들어서 죽을 것 같아. 주사위는 어느새 응석받이로 돌아가 있었다. 이거 참, 정말 퀵 서비습니다 그려. 변영석씨가 영수증에 싸인을 하면서 웃었다. 그동안에 주사위는 아버지의 뒤에 서서 째푸리며 서 있었다.

남자는 느릿느릿 골목길을 빠져나왔다. 닫힌 문 안으로 부녀의 목소리가 흘러나왔다. 시험은 잘 봤니? 변영석씨의 목소리가 들리고 이어 주사위의 애교 섞인 투정이 들려왔다. 전봇대 앞에 서서 담배를 피워물었다. 퇴근시간이 가까워오면서 거리에는 자동차들의 수가 눈에 띄게 불어 있었다. 남자는 불현듯 잊고 있던 여자와의 약속을 떠올렸다. 시계를 보니 십분 전 여섯시였다. 십분 동안 서울 강남의 아테네까지 갈 수 없었다. 게다가 너무나 덥고 피곤해서 남자의 머릿속은 다 써서 쭈그러든 치약 튜브 같았다. 아무리 짜내려고 해도 우스운 이야기는 떠오르지 않았다. 남자는 청바지 뒷주머니 속에서 한쪽 엉덩이를 누르고 있던 핸드폰을 꺼내들었다. 그러고는 전원을 꺼버렸다.

주사위가 나타난 것은 남자가 다섯 개비째의 담배를 물고 불을 붙일 때였다. 세수를 했는지 이마에 달라붙은 머리칼들이 젖어 있었다. 교복 대신 짧은 반바지와 티셔츠, 맨발에 슬리퍼 차림이었다. 슬리퍼를 질질 끌면서 주사위가 사내를 지나치면서 재빨리 중얼거렸다. 절대 말 걸지 말고 멀리서 따라와. 남자는 얼마간의 간격을 유지하면서 주사위의 뒤를 쫓아갔다. 교복 치마를 경계로 그 아래는 검게 그을려 있었다. 다리 곳곳에 상처가 나 있었다.

주사위는 한번도 뒤를 돌아보지 않았다. 도서대여점의 유리창에 붙은 베스트셀러 목록을 훑어보기도 하고 슈퍼 안으로 들어가 한참 동안이나 무언가를 고르기도 했다. 주사위가 멈춰선 곳은 허름한 건물의 계단 입구였다. 올려다보니 이층 창문에 글씨들이 붙어 있었다. 가람독서실, 냉난방 완비. 건물 옥상에 가로로 걸린 때에 찌든 현수막에는 유명 대학에 붙은 학생의 명단이 인쇄되어 있었다. 주사위는 계단으로 쪼르르 뛰어올라갔다가 가방을 두고 내려왔다. 난 여기서 나고 쭉 여기서 자랐어. 우리 동네에서 내 얼굴 모르면 간첩이야. 게다가 난 모범생이거든. 동네에 소문이 자자하지. 내년이면 저 현수막에 내 이름이 올라갈 거야. 주사위가 먼저 뛰어가 택시를 잡았다.

택시기사는 룸미러로 뒷좌석에 앉은 두 사람을 번갈아 쳐다보았다. 애인 사이신가봐요? 하, 부럽습니다. 택시기사가 농담을 던질 때마다 주사위가 재치있게 되받아쳤다. 택시가 극장 앞을 지나갈 때 주사위가 소리쳤다. 간판 가득 핵폭탄 실험의 후유증으로 거대한 몸집으로 변한 고지라가 그려져 있었다. 매표소 앞으로 사람들이 줄지어 서 있었다. 주사위는 고개를 돌려 극장이 멀어질 때까지 쳐다보다가 중얼거렸다. 저 영화 봤어? 택시기사가 다시 끼여들었다. 영화 좋아해요? 난 비번날마다 비디오를 봐요. 사람이 하루에 몇개의 비디오를 볼 수 있는지 알아요? 다섯 개까지 도전해봤는데 말이죠, 나중에는 줄거리가 뒤죽박죽 섞여버리죠.

주사위가 택시를 세운 곳은 뉴욕제과 앞이었다. 환히 불을 밝힌 가게 안이 유리창으로 들여다보였다. 주사위는 택시에서 내리자마자 토큰판매대 뒤에다 침을 뱉었다. 개자식, 룸미러로 내내 내 다리만 흘끔거리더라니까. 주사위를 따라 뉴욕제과 앞으로 난 지하도 안으로 들어갔다. 지하도는 부평역과 연결되어 있었다. 남자는 출구를 빠져나오는 인파 속에서 주사위를 놓치지 않으려고 잔뜩 긴장을 하고 있었다. 주사위는 사물 보관함 앞에 가 섰다. 파랑색을 칠한 보관함들이 벽 한면을 차지하고 쌓여 있었다. 주사위가 호주머니에서 꺼낸 주민등록증을 남자의 얼굴에 대고 흔들어 보였다. 언니 거야. 요긴할 때가 많아. 물론 언닌 잃어버린 줄 알고 재발급을 받았지. 주사위가 열쇠를 꺼내는 사이에 몇몇의 사람들이 동전을 넣고 사물함의 문을 열어 물건을 넣거나 꺼내 총총히 사라졌다. 도대체 저 상자들 속에는 무엇이 들어 있을까. 주사위가 열쇠를 사물함에 꽂고 동전 투입구에 동전을 넣자 사물함이 열렸다. 주사위는 사물함 속에 구겨넣은 쇼핑백을 꺼내들었다. 사물함의 경첩에 걸리면서 종이백의 귀퉁이가 조금 뜯겨나갔다. 전철 안에서 여학생들이 들고 있던 그 봉투였다. 찢긴 틈으로 안엣것이 들여다보였다. 옷가지였다. 잠깐 여기서 기다려. 주사위는 남자를 화장실 밖에 세워둔 채 공중화장실 안으로 사라졌다.

주사위는 좀처럼 나오지 않았다. 화장실을 드나드는 여자들이 화장실 앞에 선 남자를 힐끗거렸다. 화장실 입구를 통해 지린내가 풍겨나오고 있었다. 남자는 주사위를 기다리면서 자개미에 있던 주사위의 크고 검은 점을 떠올렸다. 얼굴이 달아올랐다. 행여 다른 사람들이 눈치챌까봐 고개를 숙이고 서 있었다. 화장실 안에서 나오던 아가씨가 남자의 발을 밟았다. 하늘색의 굽 높은 하이힐이었다. 굽의 끝은 송곳처럼 날카로웠다. 죄송합니다. 상냥한 말투로 미안해하며 키 큰 아가씨가 고개를 까딱 수그리고는 남자의 곁을 재빨리 지나쳐갔다. 허리까지 내려오는 긴 머리에 끈으로 목을 둘러매는 짧은 하늘색 원피스, 옷에 맞춰 신은 하늘색 하이힐. 언뜻 보았지만 눈두덩에도 하늘색의 아이섀도우를 바르고 있었다. 구둣굽이 타일 바닥에 닿을 때마다 경쾌한 소리가 울렸다. 구둣굽 소리가 멀어진 후에도 여전히 아가씨가 흘리고 간 냄새를 맡을 수 있었다. 약간 더운 느낌이 나는 향기였다.

남자는 주사위를 기다리며 화장실 입구에 한 시간 동안 서 있었다. 퇴근시간이 지나면서 화장실을 이용하는 사람들은 점점 뜸해지고 있었다. 물이 질질 흐르는 대걸레를 끌고 청소부가 화장실 밖으로 나왔다. 복도에 쭈그리고 앉아 타일바닥에 들러붙은 껌을 떼어내던 청소부와 이야기를 나누었다. 저, 혹시 안에 여학생 하나 없어요? 청소부의 두 눈꺼풀은 졸음으로 내려앉아 있었다. 잠깐 화장실 안으로 사라졌던 청소부가 눈곱을 떼면서 화장실 입구 밖으로 고개만 내밀었다. 아무도 없어요. 화장실 문까지 열어 확인했지만 아무도 없어요. 아가씨에게 밟힌 엄지발가락이 뭉근하게 쑤셔오기 시작했다. 그제서야 남자는 자신의 발을 밟고 황망히 사라진 아가씨를 떠올렸다. 문득 종아리에 난 흉터들을 본 것도 같았다. 주사위가 사물함 속에 넣어둔 쇼핑백 속에는 갈아입을 옷과 화장도구, 가발이 들어 있었을 것이다. 주사위는 화장실 안에서 옷을 갈아입고 화장을 했다. 남자는 바로 옆을 스쳐지나간 주사위의 얼굴을 알아보지 못했던 것이다. 주사위는 어디선가 숨어서 허탕을 친 남자를 지켜보며 깔깔대고 있을지도 모른다. 허겁지겁 부평역 광장으로 뛰어올라갔다. 피자 전문점과 화장품 판매점, 옷가게의 네온싸인들로 거리는 대낮처럼 밝았다. 키가 큰 여자의 뒤를 쫓아가보기도 했지만 매번 허탕이었다. 비슷한 옷차림에 비슷한 머리 모양, 똑같은 향수를 뿌린 여자들이 수없이 거리를 활보하고 있었다.

남자는 아까 택시로 지나쳤던 극장까지 뛰어갔다. 개표소 앞으로 길게 줄이 늘어서 있었다. 표를 사려고 했지만 남은 두 타임 모두 매진이었다. 바로 코앞에서도 알아보지 못한 얼굴이었다. 어둑한 극장 안에서 화장을 한 주사위와 맞닥뜨린다 해도 알아볼 수 없을 것이다.

경비실의 수위는 텔레비전을 켜놓고 책상 위에 두 다리를 얹어놓은 채 졸고 있었다. 남자가 들어오는 것을 본 사람은 아무도 없었다. 아파트 단지 안으로 들어서자 악취가 풍겨오기 시작했다. 쓰레기 봉투는 그사이 더욱 늘어난 듯했다. 보안등 아래를 지났다. 문득인기척이 있어 주위를 살펴보니 남자의 옆으로 등신대 거울이 놓여있었다. 누군가 던진 돌에 거울은 거미줄처럼 금이 가 있었다. 금간 거울 속으로 모자이크처럼 조각조각난 남자의 얼굴이 보였다. 땀에 젖어 살아난 곱슬머리가 수세미처럼 뭉쳐 있었고 바지춤에서 빠져나온 셔츠자락이 허벅지 아래로 처져 있었다. 완전히 번개에 맞은 몰골이었다. 그제서야 병원에 입원중인 퀵 서비스의 오토바이 운전자와 정비소에 맡겨놓은 쭈그러진 자동차와 담벼락이 부서진 갈비집이 떠올랐다. 내일은 바쁜 하루가 될 것이다. 남자는 뒷주머니에 꽂은 핸드폰을 꺼내 전원을 켰다. 전원 스위치를 누르자마자벨이 울렸다. 옹헤야, 어절씨구, 옹헤야, 에헤헤헤 옹헤야—— 수없이 울려대는 똑같은 신호음들 가운데서 식별하기 쉽도록 새로 입력해놓은 신호음이었다. 흥겨워야 할 민요가락은 전자음에 실려 경박스럽기까지 했다. 여자로부터의 전화였다. 이십구년이라는 짧지 않은 세월 중에서 이런 모욕은 처음이라고, 다시는 만날 생각 말라며 쉼없이 쏘아붙이고는 일방적으로 전화를 끊었다.

쓰레기 오물이 들러붙은 신발 밑창 때문에 남자는 자꾸 멈춰섰다. 건너편 까마득한 아파트 옥상 위에 한번도 눈여겨보지 않은 뾰족한 것이 박혀 있었다. 피뢰침이었다.

〔세계의 문학 1998년 가을호〕

양파

여자가 무엇에 쫓기고 있는지 남자는 묻지 않는다.

남자는 여자를 보면서 오랫동안 잊고 있던 단어를 떠올린다.

가족. 가족이란 단어는 남자의 머릿속에서 수많은 단어들을 연상시킨다.

된장찌개, 노란 알전구, 세트로 된 수저, 아이들, 세발자전거……

양파

1

견인차의 운전사는 기중기에 감긴 쇠사슬을 끌러 단번에 옥수수 밭 한가운데로 늘어뜨린다. 옥수숫대 사이로 내려가 있던 기사가 뛰어올라 허공에서 대롱거리는 갈고리를 잡는다. 거꾸로 뒤집힌 자동차의 창은 모두 깨어져 있다. 기사는 쇠사슬 끝에 달린 갈고리를 뒤창에서 앞창으로 차례로 통과시켜 바닥 위에서 보자기 묶듯 단단히 그러맨다. 도르래에 쇠사슬이 감기면서 삼 미터 높이의 옥수수 밭 위로 서서히 자동차가 드러난다. 보닛은 아코디언의 주름통처럼 구겨지고 탈선한 의자들은 쇠사슬이 흔들릴 때마다 땅으로 쏟아질 것처럼 들썩거린다.

두 명의 경찰이 아까부터 쭉 길 위에 선 채 자동차를 내려다보고 있다. 도르래에 걸린 자동차가 들어올려지면서 경찰들의 시선은 시계방향으로 조금씩 각도가 바뀐다. 옥수숫대 끝으로 올라온 자동차를 보느라 지금 둘의 고개는 완전히 뒤로 젖혀져서 주름이 이마로 쏠리고 목젖이 크게 부풀어 있다. 하나는 키가 크고 깡말랐으며 다른 하나는 벨트를 맨 바지 허릿단 위로 두툼한 비곗살이 비어져나와 있다. 큰 키의 경찰은 옥수수밭과 방금 전 환자 둘을 싣고 앰뷸런스가 사라진 언덕길을 번갈아 쳐다본다. 파출소 책상 위의 비벼만 놓고 한 젓가락도 먹지 못한 짜장면이 이제는 불을 대로 불었을 것이다. 큰키는 담배꽁초를 구둣굽으로 지그시 밟아 불을 끈다. 똑같이 피우기 시작한 담배지만 곁의 덩치는 아직도 담배를 물고 도로 위에 얼굴을 박고 있다. 급브레이크를 밟았다면 노면 위에는 타이어 자국이 선명하게 남아 있을 것이다. 얼굴과 목을 타고 흐르는 땀이 아스팔트 위에 점점이 떨어진다. 아무리 들여다봐도 아스팔트 위에서는 어떤 흔적도 발견할 수 없다. 필터 끝까지 타들어간 담배를 엄지와 검지 사이에 끼워 퉁긴다. 담배꽁초는 포물선을 그리며 옥수수밭으로 떨어진다. 그사이 차는 도로 위로 들어올려져 덜컹 소리를 내며 바로 놓인다.

운전석과 조수석에 타고 있던 사람들을 꺼내느라 절삭기로 잘라낸 구멍 속으로 검붉은 핏자국이 엉겨붙은 좌석시트가 보인다. 큰키가 사건경위서 꾸러미를 펼쳐 차량번호와 차종을 적어넣는다. 고무깔개 위에 슬리퍼 한짝이 뒤집혀 있다. 분홍색 형광 욕실화다. 발판에 구멍이 뚫려 있고 사이사이 미끄러짐을 방지하기 위한 빨판 같은 것이 붙어 있다. 덩치가 좌석시트 틈에서 얇은 책자를 들어올린다. 군데군데 떨어진 핏방울 때문에 글씨를 알아볼 수 없다. 책자를 시트에 대고 대충 문지르자 붉은 테두리 안으로 문맥이 끊긴 글자들이 나타난다. 백화점 통신판매용 책자다. 책자의 여백마다 자동차 번호가 빽빽하게 씌어 있다. 이런 게임은 이곳으로 오기 전, 시내 네거리에서 보행신호가 바뀌기를 기다리며 해본 것이다. 무작위로 자동차를 한대씩 골라 번호판의 네 자릿수를 합산해서 끝자릿수가 큰 번호를 택한 사람이 이기는 게임이다. 하지만 고속도로에서 떨어진 이 굽은 길은 차량 통행이 뜸한 곳이다. 앞차의 번호판을 보려 했다면 망원경이 필요했을 것이다. 부주의로 인한 사고는 아닌 것 같다. 운전자는 적어도 시속 백 킬로 이상의 속도로 좌로 굽은 이 길을 달리고 있었다. 자네 원심력이라고 알지? 큰키가 덩치에게 담뱃불을 붙여주면서 묻는다. 덩치가 이마의 땀을 훔치며 고개를 설레설레 젓는다. 이거 왜 이래. 안 그래도 숨막히게 더운데. 큰키는 이차선 도로를 가로질러 옥수수밭 건너편으로 간다. 벼랑 아래로 필리핀의 계단식 논처럼 겹겹이 펼쳐진 감자밭이 내려다보인다. 과속으로 도로에서 탈선을 했다면 이 차는 옥수수밭이 아닌 이 벼랑 아래의 감자밭 한가운데로 추락했을 것이다. 덩치가 반쯤 어긋나 덜렁거리는 콘솔의 덮개를 힘주어 떼어낸다. 안에 든 잡동사니들이 바닥으로 쏟아진다. 가스가 바닥난 일회용 라이터들, 포장도 뜯지 않은 면장갑 두 켤레, 먼지가 일어나는 값싼 휴지, 헤드에 엉킨 트롯 테이프. 들고 있던 비닐봉투에 하나씩 주워담는다. 의자 깊숙한 곳에서 무언가 반짝 빛난다. 얼굴을 고무깔개 위에 대고 팔을 의자 밑으로 밀어넣어 간신히 밖으로 끄집어낸다. 붕대 같은 면헝겊으로 친친 감겨 있다. 삼십 센티 길이의 회칼이다. 큰키는 회칼을 햇빛에 들이댄다. 날끝이 광선처럼 빛난다. 무심코 칼날 위에 엄지손가락을 대본다. 순간 손끝이 날에 베이며 피가 솟아오른다.

큰키가 허겁지겁 입으로 손가락을 빨면서 중얼거린다. 끔찍하군.

차를 들어낸 자리에는 아직 채 여물지 않은 옥수수 수십대가 뭉텅 뿌리째 뽑혀 있다. 견인차의 꽁무니에 묶여, 뒷바퀴만 땅에 닿은 자동차가 요란한 소리를 내며 언덕길을 더디게 올라간다. 경찰들도 차에 올라타 시동을 건다. 이봐, 몇시야? 두시 사십분. 에이, 점심은 또 물 건너갔군. 뭘 먹지? 여하튼 오늘은 끈적하고 붉은 건 싫어. 운전대를 잡은 큰키가 사건경위서의 빈칸에서 잠깐 멈칫한다. 덩치는 비닐봉투 안에 든 회칼을 만지작거리고 있다. 이건 예정된 사고가 분명하다. 운전자는 여자를 태우고 마지막으로 바다를 보러 가고 있었다. 하지만 가는 도중 마음이 변했고 속력을 높여 곧장 이 옥수수밭으로 돌진했다. 큰키는 빈칸에 거침없이 휘갈겨쓴다. 동반 자살로 추정.

큰키가 속도를 낸다. 거대한 간판 아래를 지나친다. 새 간판이다. 형광 도료가 구덕구덕 말라가고 있다. 간판 가운데로 원근법을 잘 지켜 그린 큰길이 지나고 있다. '온 세계는 한길로 통한다. 020 한세통신'이라고 적힌 핸드폰 광고다. 경찰차는 언덕길을 내려가고 있는 견인차를 순식간에 추월한다.

2

의자들을 식탁 위로 올리다 말고 남자는 가슴을 더듬어 남방 주머니에서 담뱃갑을 꺼내든다. 담뱃갑은 비어 있다. 비어 있는데도 담배가 꽉차 있던 형태 그대로 온전하다. 갑 뚜껑을 뜯어 안을 들여다본다. 역시 빈 갑이다. 담뱃갑조차도 도무지 종잡을 수 없다. 구겨버린 담뱃갑 속에서 나중에서야 분질러진 담배를 발견할 때가 있다. 그런가 하면 오늘처럼 몇개비 남아 있을 것 같은 담뱃갑이 텅비어 있을 때도 있다. 남자는 빈 갑을 구겨 쓰레받기 위로 던지고 남은 의자들을 식탁 위로 올리기 시작한다. 지난 일주일 동안 남자는 한번도 칼을 잡지 못했다. 강화도에서 비브리오균 감염자 세 명이 발견되었다는 뉴스 보도가 있고부터다. 마지막으로 한개 남은 의자를 거꾸로 들어 식탁 위에 올려놓고 돌아서니 엉덩이가 수족관 유리에 눌린다. 수족관 안에는 족히 1.5킬로그램 정도 나갈 양식 넙치 다섯 마리와 우럭볼락 세 마리, 붕장어들이 들어 있다. 넙치들은 수족관 바닥에 틈을 남기지 않고 까맣게 누워 있다. 그 위로 넙치의 몸을 밟듯 우럭볼락들이 넓은 공간을 유유히 돌아다닌다. 물속에 든 것은 실물보다 훨씬 커 보인다. 수족관은 거리에서 볼 수 있도록 가게 유리창과 맞닿아 있다. 가끔 주방 의자에 앉아 담배를 필 때면 수족관 고기들 사이로 밖에서 안을 들여다보는 사람들의 찌그러지고 눌린 얼굴이 보이기도 한다. 아이들은 한참 동안 수족관 앞을 떠나지 않아 엄마들과 아이들 사이에 승강이가 벌어질 때도 있다.

주방 옆으로 난 뒷문을 열고 공동 화장실로 간다. 남자가 일하고 있는 일식집 '미도리'는 부대찌개와 돌솥비빔밥 전문점 사이에 끼여 있다. 미음자 모양의 상가 텅 빈 가운데의 한쪽에 화장실이 있다. 마당에 서면 모든 가게의 뒷문으로 가게 안이 들여다보인다. 사방에서 취객들의 술 취한 목소리가 흘러나온다. 그 사이사이 부대찌개점 쪽에서 박자가 맞지 않는 유행가가 도드라진다. 고무 양동이 가득 물을 길어와 대걸레를 빤다. 대걸레를 들썩일 때마다 먼지가 섞인 구정물이 발등으로 튄다. 남자는 분홍색 형광 욕실화를 신고 있다. 하루종일 주방에 있다보면 두 발은 늘 물에 불은 세숫비누처럼 되기 십상이다. 주방의 타일바닥에서도 잘 미끄러지지 않고 물도 잘 빠지는 이 욕실화가 제일 편하다. 게다가 욕실화 같은 슬리퍼는 왼쪽 오른쪽 따로 구분이 없어 그냥 발에 닿는 대로 꿰어신으면 된다. 남자는 가게 안쪽부터 지그재그로 걸레질을 하면서 출입문 쪽으로 온다. 등뒤로 인기척이 있어 뒤돌아보니 수족관 유리에 얼굴을 바싹 들이대고 누군가 가게 안을 들여다보고 있다. 지금 헤엄치고 있는 것은 우럭볼락 한마리뿐이어서 남자 쪽에서도 밖이 잘 보인다. 우럭볼락처럼 불거진 두 눈을 끔벅거리면서 누군가 계속 수족관 유리에 붙어 서 있다. 두 눈은 거리를 오가는 사람들처럼 물고기를 쫓아가는 대신 가게 안을 살피고 있다. 남자가 걸레질을 하다 말고 뒤를 돌아다볼 때마다 자꾸 눈이 마주치고는 한다.

화장실 입구에서부터 질금질금 토사물이 쏟아져 있다. 붉고 누런 토사물에 퉁퉁 불은 우동 가닥이 섞여 있다. 부대찌개 가게에서 노래를 부르던 손님 중의 한명이 틀림없다. 토사물처럼 정직한 것도 없다. 열린 화장실 문틈으로 변기를 쥐고 바닥에 무릎을 꿇고 앉은 중년 남자의 등이 보인다. 구겨진 바짓자락은 이미 토사물로 범벅이 되어 있다. 양동이와 대걸레를 제자리에 놔두고 가게 안으로 들어서다가 남자는 멈칫한다. 한 여자가 주방과 연결된 스탠드 앞의 스툴에 걸터앉아 있다. 영업 끝났어요. 일어나기는커녕 여자는 아예 스탠드 위에 얹은 두 팔 사이에 얼굴을 묻고 엎드린다. 남자는 의자를 바닥에 내려놓기 시작한다. 의자들을 다 내려놓을 때까지도 여자는 꼼짝하지 않는다. 다리가 긴 스툴 중간에 대롱거리는 여자의 두 다리가 보인다. 복어처럼 알이 밴 종아리에는 힘줄이 팽팽하게 도드라져 있다. 의자 위에 얹힌 여자의 몸은 이십 킬로그램짜리 쌀부대만하다. 남자는 이런 손님들에 익숙하다. 술에 잔뜩 취해 들어와 술을 시켜놓고 술 마시는 대신 잠만 자는 손님을 택시까지 잡아 태워보낸 경우가 허다하다. 여자의 어깨를 흔들어 깨울 생각으로 의자 가까이 가지만 여자에게서는 술냄새 대신 물에 젖은 신문지 냄새가 난다. 남자는 허리를 굽히고 주방으로 들어가 여자의 맞은편에 가 선다. 헝클어져 보푸라기처럼 곳곳이 뭉친 여자의 머리카락 사이로 난 반듯한 가르마가 남자를 향하고 있다. 인기척을 느끼고 얼굴을 든 여자가 남자를 향해 입을 들썩거리지만 정작 목소리는 나오지 않는다. 여자가 혀를 내밀어 입술을 핥고는 다시 말한다. 아무거나 줘. 너무 늦었나. 미안해. 잘못하면 반말처럼 들릴 수 있을 정도로 말끝이 불분명한 말씨다.

남자는 뜰채로 바닥을 내저어 제일 부피가 작은 넙치 한마리를 떠올린다. 바닥에 붙어 있는 넙치를 떠내느라 겨드랑이까지 물속에 담가야 했다. 물비린내가 숱진 남자의 겨드랑이로 옮겨진다. 수족관에 든 물은 산 오징어를 사면서 함께 받은 동해 바닷물이다. 남자는 한번도 동해에 간 적이 없다. 하지만 수족관의 물에 손을 담고 눈만 감으면 동해 바다가 펼쳐진다. 뜰채 속에서야 넙치는 몸을 활처럼 굽히며 퍼덕인다. 회칼을 들고 다른 손으로 넙치 머리를 누른 후 아가미 아래쪽에 칼집을 낸다. 넙치를 회치는 방법은 이미 남자의 머릿속에 순서도처럼 입력되어 있어 주방 맞은편에 걸린 벽걸이 텔레비전을 보면서도 회를 칠 수 있다. 재빨리 비늘을 떨어내면서 여자의 모습을 훔쳐본다. 남자의 안경알에 비늘이 튀어와 붙는다. 칼을 비스듬히 세워 등뼈 가까이에 칼집을 넣고 꼬리지느러미와 등지느러미는 그대로 살려두고 삼각형 모양으로 살을 뜬다. 부레와 내장은 칼로 쓸어 밑으로 떨어뜨린다. 도마 밑, 남자의 다리 오른쪽에 생선 내장을 담는 빈 돼지기름 깡통이 놓여 있다. 하지만 양철깡통으로 떨어져야 할 내장은 남자의 욕실화 등판으로 떨어져 발가락 사이에 끼인다. 그제서야 주방 바닥을 청소하면서 깡통을 제자리로 옮겨놓지 않은 것이 생각난다. 그 바람에 모든 것이 조금씩 어긋나기 시작한다. 뒤판으로 옮겨 포를 뜨던 칼이 어긋나면서 삼각형으로 떠야 할 포가 중간에서 뚝 끊긴다. 칼을 바닥으로 떨어뜨려 다시 주워야 했고 허둥대느라 헛발질로 양철깡통을 몇번이나 찬다.

주방의 도마는 스탠드의 식탁보다 조금 도드라지게 놓여, 스탠드 앞에 앉은 손님들은 남자가 회를 뜨는 것을 직접 구경할 수 있도록 되어 있다. 여자도 두 손으로 머리를 받치고 있지만 곁눈질로 남자의 손동작을 보고 있다. 무채를 얹은 접시 위에 머리와 등뼈, 꼬리 지느러미, 등지느러미가 달린 넙치뼈를 올려놓고 그 위에 한입에 먹을 크기로 썬 살들을 보기 좋게 담아 여자 앞으로 밀어놓는다. 남자는 회를 뜨는 순서의 마지막에, 아직 넙치의 숨이 끊어지지 않았다는 것을 증명하기 위해 회칼의 끝으로 넙치의 머리를 살짝 찌른다. 대개 손님들이 박수를 치거나 감탄사를 연발하는 때가 바로 이때였다. 한쪽으로 몰린 넙치의 두 눈 아래로 머리 절반을 차지한 주둥이가 천천히 벌어지면서 뾰족뾰족한 이빨들이 드러난다. 그때 넙치의 입속에서 씹다 뱉은 껌처럼 물렁한 혀가 툭 튀어나온다. 순간 여자가 허겁지겁 의자에서 일어선다. 높은 의자의 중간에 달린 발걸이에 구둣굽이 걸리면서 여자의 상체가 걷잡을 수 없이 도마 위로 고꾸라진다. 여자의 손이 도마 위에 놓인 회칼의 손잡이를 친다.

회칼이 공중으로 튀어올라 포물선을 그리면서 남자의 뺨을 훑고 그대로 욕실화를 뚫고 들어가 발등 위에 내리꽂힌다. 칼몸이 부르르 떨며 이상한 소리를 낸다. 언젠가 텔레비전에서 보았던 톱날 연주 소리와 비슷하다. 여자가 외마디 비명을 지르며 얼굴을 가리고 의자 위로 무너지듯 주저앉는다. 남자는 두 손으로 칼의 손잡이를 붙들고 힘겹게 칼을 빼어낸다. 관자놀이가 뛸 때마다 남자의 뺨에서 매화 꽃봉오리 같은 핏방울이 봉곳 솟구친다.

3

용궁어린이집. 이층으로 올라가는 계단에 발을 딛다 말고 여자는 다시 밖으로 나와 맞은편 약국으로 들어간다. 드링크제를 사서 여러번에 나눠 마시며 이층 창문을 올려다본다. 창문 한짝마다 한 글자씩 붙어 있다. 일년 전 이곳에 어린이집을 내면서 여자와 홍선생이 밤새워 붙였던 색글자들은 벌써 변색되어 있다. 어젯밤 퇴근하면서 창문을 잠그지 않은 모양이다. 유리문 한짝이 열려 있다. '이'자와 '집'자가 겹쳐져서 창문의 글씨는 '용궁어린집'이라고 읽힌다. 여자는 핸드백을 고쳐메고 계단을 올라간다. 계단마다 아이들 눈에 띄도록 색종이로 붙여놓은 발자국 모양이 어린이집 문앞까지 이어져 있다.

홍선생이 봉고차로 아이들을 태우고 오면서부터 방안은 순식간에 어질러진다. 선반에 놓인 블록이 방안 여기저기에 굴러다니며 여자의 발에 밟힌다. 그럴 때마다 매번 여자의 몸이 기우뚱거린다. 기어다니는 아이들을 장애물경주 때처럼 넘으며 큰 사내아이 둘이

'슈퍼맨' 놀이를 한다. 한팔은 허리에 붙이고 다른 팔은 앞으로 쭉 뻗고 내달리는 통에 마주 달려오던 여자아이가 가슴을 받혀 울어댄다. 큰 아이가 울면 멀쩡히 놀던 작은 아이들도 덩달아 울기 시작한다. 갓난아이들의 기저귀를 갈아주고 우유를 먹이는데 냉장고 문을 열던 홍선생이 큰 소리로 웃는다. 또 물통의 뚜껑이 없어진 모양이다. 종종 그런 일이 있다. 음료수병과 물병의 뚜껑이 감쪽같이 사라지고 없다.

미끄럼을 타던 아이 둘이 점심으로 먹은 것을 고스란히 카펫 위에 게운다. 작은 아이에게 신발을 신기고 큰 아이의 신발을 꺼내드는데 신발장 깊숙한 곳에서 무언가 딸려나온다. 콜라 뚜껑이다. 손을 넣어보니 뚜껑들이 한움큼 잡힌다. 두 손을 뒤로 숨기는 아이의 두 눈이 까맣게 반짝인다. 어, 뚜껑이잖아. 누가 그랬지? 거짓말을 하는 아이를 보면서 여자는 '성악설'이라는 단어를 떠올린다. 봉고차에 아이들을 태우고 소아과로 간다. 소아과 주차장에 봉고차를 세워두고 병원 안으로 들어선다. 문을 들어서기도 전에 아이들의 자지러지는 울음소리와 왁자지껄한 소음이 새어나온다. 앉을 자리 하나 없이 만원이다. 여자의 발에 아이들이 먹다 흘린 과자알들이 밟혀 으스러지고 사탕이 신발 밑창에 박힌다. 여자의 손에서 벗어난 아이 둘은 경중거리면서 병원 한쪽에 놓인 미끄럼틀로 뛰어가 매달린다. 아침에 나올 때 정수리에 바싹 묶은 머리카락이 어느새 빠져나와 얼굴에 땀과 함께 달라붙어 있다. 간밤 내내 여자는 환청처럼 아이들의 울음소리와 동요 테이프를 들었다. 서른 명이 넘는 아이들을 여자와 대학동창인 홍선생 둘이 돌본다는 것은 힘겨운 일이다.

구석진 곳에 누군가 벗어놓은 옷가지가 보인다. 여자는 옷가지를 한쪽으로 조금 제쳐놓고 의자에 걸터앉는다. 엉덩이 한쪽 끝이 물렁하면서 단단한 것에 배긴다. 누군가 옷 속에 핸드백을 넣어둔 모양이다. 여자는 눈을 감는다. 여전히 귓속으로 아이들의 칭얼대는 소리와 주사실 쪽에서 간격을 두고 자지러지게 터지는 울음소리, 자동판매기에서 음료수 깡통이 떨어지는 소리들이 뒤섞여 들려온다. 미끄럼틀을 애써 올라간 작은 아이가 미끄럼대의 양쪽 난간을 잡고 거꾸로 올라오는 큰 아이와 부딪쳐 싸움이 벌어진다. 선생님. 작은 아이가 울음을 터뜨리면서 여자를 부른다. 엉거주춤 일어서는 여자의 시선 속으로 붉은 고깃덩어리 같은 것이 들어온다. 깔고 앉은 것은 핸드백이 아니라 태열이 채 가시지 않은 신생아였다. 여자의 엉덩이에 코와 입이 눌려 있던 아이의 코와 눈가는 이미 퍼렇게 변해 있다. 조제실에서 약을 받아 나오던 젊은 여자와 눈이 마주친다. 부기가 가라앉지 않은 젊은 여자가 여자 쪽으로 걸어온다. 여자는 미끄럼틀에 매달린 두 아이를 떼어내 양손으로 끌고 병원문 밖으로 뛰어나온다. 여자의 발에 걸려 소파의 가장자리를 짚고 걷던 돌쟁이 아이가 바닥으로 나동그라진다. 하지만 여자는 아랑곳하지 않는다. 작은 아이가 여자의 잰 발걸음을 따라잡지 못하고 계단에서 넘어진다. 닫힌 병원문 속에서 여자의 짐승 같은 비명소리가 들린다. 여자는 두 아이를 양팔에 나눠 안고 주차장까지 뛴다.

검정색 중형 승용차가 주차장 입구를 막고 서 있다. 유리창마다 검게 코팅이 되어 있어 운전자의 얼굴을 볼 수 없다. 여자는 봉고차에 시동을 건 채 검정 승용차가 주차칸으로 들어설 때를 기다리고 있다. 여자의 온몸은 땀으로 젖어 블라우스가 등에 바싹 달라붙어 있다. 요란한 소리를 내며 앰뷸런스가 병원 문앞에 선다. 계단을 뛰어내려오는 발걸음 소리가 겹치고 잠시 후 앰뷸런스는 비상등을 켜고 사라진다. 그때까지도 검정색 중형 승용차는 후진과 전진을 반복하고 있다. 마침내 여자는 클랙슨을 눌러대기 시작한다.

아이들을 어린이집으로 올려보내고 나서도 여자는 봉고차 안에 앉아 있다. 간호사들과 아이를 데리고 온 엄마들은 이상하게 행동했던 여자의 얼굴을 뚜렷이 기억해낼 것이다. 그들 중의 누군가가 여자를 선생님이라고 부르던 아이를 떠올렸을 테고 경찰은 병원 인근에 위치한 놀이방과 어린이집을 수색하기 시작했을 것이다. 버스로 두 정거장 거리에 여자가 세를 내어 살고 있는 아파트가 있다. 경찰이 아파트로 들이닥치기 전에 옷가지 몇개를 챙겨올 수 있을까 생각해보지만 벌써 아파트에는 경찰들이 잠복근무를 하며 퇴근하고 돌아올 여자를 기다리고 있을 것이다. 여자는 머리를 움켜쥐고 핸들에 고개를 묻는다. 그 바람에 클랙슨이 길게 울린다. 봉고차에서 뛰어내린 여자는 곧장 큰길로 간다. 차도로 내려가 두 팔을 흔들며 택시를 잡는다.

터미널에서 용궁어린이집으로 전화를 건다. 전화벨이 열 번이 넘게 울린 후에야 홍선생의 다급한 목소리가 들려온다. 홍선생 뒤로 하루종일 귀에 못이 박이게 들어온 동요 테이프와 아이들의 울음소리가 섞여 있다. 김선생? 홍선생이 소리지른다. 어떻게 된 거야? 도대체 무슨 일이야? 여자는 전화를 끊는다. 벌써 그곳에도 경찰이 다녀간 모양이다. 여자는 주머니 속에 손을 넣어 고속버스표를 조용히 구긴다. 고향집도 은신처가 될 수 없다. 서울 시내를 순환하는 지하철을 탄다. 여자 옆에 앉는 사람들이 여러번 바뀐다. 신문을 사서 얼굴 가까이 들고 있었지만 활자는 하나도 눈에 들어오지 않는다. 여자가 너무 한곳에 집중해 있었기 때문인지 옆에 앉은 중년 사내가 신문 속으로 얼굴을 들이밀고 기사를 훔쳐보기까지 했다. 여자는 잠실역에 내린다. 잠실역을 세 번이나 통과한 것을 여자는 알지 못한다. 다시 반대편 승강장으로 가서 전철을 기다리는 무리들 속에 줄을 선다. 퇴근을 하려는 사람들로 승강장이 붐빈다. 누군가의 시선과 부딪친다. 이십대 후반으로 보이는 젊은 사내다. 사내는 여자와 눈이 마주치자 살짝 웃는다. 몸에 딱 달라붙는 검정색 진바지를 입고 있다. 아까 반대편 승강장에서 계단을 올라갈 때 앞서 올라가던 사람의 바지 같다. 그렇다면 이 사내는 왜 다시 승강장을 바꿔서까지 여자를 따라온 것일까. 그때 전철이 와서 섰고 여자는 재빨리 전철에 올라타 문간에 바싹 기대선다. 사람들이 다 올라타고 문이 서서히 닫힐 때 여자는 몸을 날리듯 바깥으로 뛰어내린다.

구둣굽이 다 닳아 자꾸 몸이 왼쪽으로 쏠린다. 여자는 하루종일 아무것도 먹지 못했다. 거리는 어느새 어둠침침해지고 있다. 가로등 불이 켜지기 시작한다. 여자는 담벼락에 몸을 기대고 선다. 머리는 다 풀어헤쳐져 머리를 묶었던 노랑 고무줄이 파마기가 남은 머리 몇가닥과 엉켜 있다. 구두 이음매에 쓸리면서 구멍이 뚫린 스타킹은 구멍을 따라 거미줄처럼 풀려 올이 여자의 허벅지까지 타고 오른다. 여자는 어느 아파트 단지의 축대 아래 서 있다. 물받이 구멍 아래로 흘러가다 마른 녹물 자국이 남아 있다. 담벼락에 기댄 여자의 등이 조금씩 흐르는 물에 젖는다. 술 취한 사내 한명이 비틀거리며 걸어가다 여자를 발견하고는 길게 휘파람을 분다. 여자는 다시 걷기 시작했지만 접시 위에 썰어놓은 낙지의 다리처럼 두 다리는 제각각 움직인다. 저 앞으로 환히 불이 켜진 간판이 보인다. 일식집 미도리. 출입구를 제외한 유리창이 거대한 수족관의 한면이다. 조도가 낮은 불빛 아래로 한가롭게 헤엄을 치는 물고기들이 보인다. 여자는 유리창에 얼굴을 들이댄다. 물고기들 너머 가게 안이 들여다보인다. 한 남자가 대걸레를 들고 가게 바닥을 훔친다. 종아리까지 걷어올린 바지 아래로 분홍색 형광 슬리퍼가 들어온다. 가게는 텅 비어 있다. 여자는 대나무로 엮은 문을 밀치고 가게 안으로 들어선다. 식탁마다 의자들이 뒤집혀 올라가 있어 앉을 곳이 없다. 여자는 스탠드로 다가가 다리 긴 의자 위로 몸을 끌어올린다.

4

의자를 식탁 위에 다 올리고 남자는 대걸레로 가게 안쪽부터 닦기 시작한다. 깁스를 한 왼쪽 다리 때문에 청소시간이 평상시의 배나 걸린다. 대걸레는 자꾸 식탁다리로 가 부딪치면서 물을 튀긴다. 대걸레를 겨드랑이에 끼고 선 채 담배를 피워문다. 마취를 했던 왼쪽 뺨은 아직도 감각이 없다. 회칼은 남자의 뺨에 부메랑 모양의 흉터를 남기고 발등 위로 떨어져 발뼈에 삼 센티 정도의 틈을 벌려놓았다. 잠을 자다 불려나온 정형외과의 여의사는 수술 내내 엷은 하품을 했다. 까딱했으면 눈까지 상할 뻔했어요. 안경에 고맙다고 해야 해요. 여의사는 터진 치맛단을 꿰매듯 남자의 뺨을 감침질했다. 바늘땀을 셀 수도 있다. 발목까지 석고붕대를 바르고 나니 새벽 두시가 넘어 있었다. 대기실을 기웃거렸지만 병원문까지 뒤쫓아온 여자는 보이지 않았다.

무더운 날씨다. 깁스를 한 발등이 간지러워지기 시작한다. 발등인가 싶으면 허벅지로, 또다시 귓속으로 옮겨져서 어디가 가려운지 찾아낼 수가 없다. 감전된 것처럼 온몸이 저릿저릿하다. 대걸레를 바닥에 내동댕이치고 열 손가락으로 무턱대고 온몸을 긁어댄다. 살갗 위로 손톱자국이 벌겋게 부풀어오른다. 숨어 있던 상처들이 도드라진다. 왼쪽 엄지손가락의 끝마디를 감싸고 손바닥에서 손등을 따라 난 흉터는 이곳으로 오기 전 '명동스시'에서 얻었다. 상처가 아물기 전에 물을 묻히는 바람에 덧나 말없음표처럼 점점이 끊긴 흉터가 남았다. 상이군인이 가슴의 유탄자국을 손으로 더듬듯 남자는 손가락 끝으로 바늘땀 흔적을 만지작거린다. 그때도 남자는 회를 치고 있었고 바에는 건장한 청년 둘이 술을 마시고 있었다. 회를 치면서도 남자는 두 청년이 주고받는 말들을 모두 듣고 있었다. 술이 취하면서 둘의 대화는 어긋나기 시작했다. 한 청년의 화제는 말세론으로 빠졌고 다른 한 청년은 그에 응수하는 듯 보였지만 요즘 청소년 세태에 대해 혀를 차고 있었다. 둘은 결론이 다른 것에 대해 신경질을 냈다. 청년 하나가 친구의 머리통을 친 것이 화근이었다. 머리통이 와사비를 푼 간장 종지를 박으면서 흰 와이셔츠로 간장이 번진다. 와이셔츠를 두 손으로 털면서 일어난 청년이 상대방의 가슴팍을 밀어붙인다. 의자가 쓰러지면서 청년의 몸이 바닥으로 나뒹군다. 벌떡 일어선 청년의 눈에 남자의 회칼이 들어온다. 청년이 순식간에 남자의 손에서 칼을 빼앗아 허공을 육등분으로 가른다. 그 칼은 남자가 회를 치기 시작하면서부터 쭉 가지고 다니던 것이다. 실리콘 재질의 손잡이는 손에 한번 쥐면 잘 미끄러지지 않고 스테인리스 칼날은 무광이라 번뜩거림이 없다. 손잡이와 칼날의 경계선에 독일제 쌍둥이 상표를 입증하는 마크가 새겨져 있다. 남자는 청년에게 달려들어 칼을 빼앗는다. 하지만 남자가 쥔 것은 칼날 쪽이었다. 칼날이 남자의 엄지손가락에서 한바퀴 돈다. 하마터면 남자는 그때 엄지손가락을 잃을 뻔했다. 실밥을 풀기까지 왼쪽 엄지손가락에 붕대를 친친 감고 있어야 했다. 정작 오른손이 칼질을 하는데도 칼질에 속도를 붙일 수가 없었다. 붕대에 물을 묻히지 않기 위해 히치하이크를 하는 사람처럼 손가락을 곧추세우고 있어야 했다. 손가락은 여섯이어도 넷이어도 불편하다. 남자는 손등과 손바닥을 천천히 뒤집어가면서 흉터들을 들여다본다. 십이년 전 노량진 수산시장에서 잡역부로 일할 때 가오리 대신 갈고리에 손등이 찍힌 것을 시작으로 일식집과 횟집을 옮겨다닐 때마다 크고 작은 흉터들을 얻었다. 부산상회, 섬마을횟집, 스시, 일해, 미당, 명동스시, 미도리…… 흉터는 남자의 이력이다.

양동이의 물을 화장실에 버리고 가게 안으로 들어서다 남자는 다리를 헛놓는다. 스툴 위에 그 여자가 앉아 있다. 이번에는 여자 쪽에서 먼저 말을 걸어온다. 미안해, 어떻게 사과를 해야 할지 모르겠어. 여전히 말끝이 불분명하다. 그렇게까지 놀랄 필요 없었는데. 물고기는 통점이 없어요. 남자가 말을 할 때마다 부메랑 모양의 상처 양끝이 동그랗게 모아진다. 그러니까 무슨 짓을 해도 아픈 걸 모른다구요. 여자의 옷차림은 그날 밤 그대로다. 내가 놀란 건 물고기의 혀 때문이었어. 물고기에 혀가 있으리란 생각을 해본 적이 없었어. 말은 끝으로 갈수록 희미해져서 한숨소리처럼 들린다.

여자의 구둣굽은 닳아 쇠징이 드러나 있다. 한발씩 내디딜 때마다 조금씩 다른 소리가 난다. 인적이 끊긴 보도블록 위에 경쾌한 구두징 소리가 울린다. 여자는 일정한 간격을 지키면서 줄곧 남자의 뒤를 쫓아온다. 남자가 보폭이 크게 걸으면 여자는 잰걸음으로 따라온다. 남자가 걸음을 멈추고 뒤돌아보면 여자도 걸음을 멈춘다. 깨진 보도블록 사이로 구둣굽이 낄 때마다 여자의 발이 구두 밖으로 빠져나와 땅바닥을 밟는다. 여자는 되돌아가서 주저앉아 힘겹게 못을 빼듯이 구두를 빼 다시 신고는 남자의 뒤를 따라잡기 위해 거의 뛰다시피 걷는다. 여자의 구두징이 울리면서 탭댄스 추듯 리듬이 살아난다.

5

남자와 여자는 지금 동해안의 포구로 가고 있다. 콘솔 안에는 남자가 오년째 가지고 다니는 회칼이 들어 있다. 보름이 넘게 매상이 오르지 않는 것을 걱정하던 사장도 남자를 붙잡지 않았다. 일년 팔개월 동안 일했던 미도리에서 남자가 들고 온 것은 회칼과 형광 욕실화가 전부다. 깁스를 한 발에 맞는 신발은 욕실화뿐이었다. 포구에 가면 남자는 오징어잡이 김씨를 만날 생각이다. 김씨는 미도리에 산 오징어와 활어를 대주던 사람이다. 동해에서 밤 동안 차를 몰아 서울로 와서 산 오징어와 함께 동해 바닷물을 수족관 가득 채워주고는 했다. 물탱크가 달린 트럭도 한대 살 것이다. 김씨에게 떨이로 넘겨받은 오징어를 서울의 횟집에 넘기면 곱절 이상의 수입을 올릴 수 있다. 상상 속에서가 아니라 창을 열면 실제로 동해 바다가 한눈에 펼쳐지는 곳에 작은 횟집을 차릴 것이다. 저치야. 저치가 계속 우리 차를 따라오고 있어, 아까부터 쭉. 여자의 돌출된 안구가 쉼없이 흔들린다. 남자는 조수석 옆에 달린 백미러로 옆차선을 살핀다. 빨간 스포츠카의 운전자는 지루함을 달래기 위해 목운동을 하고 있을 뿐이다.

동해안으로 가는 고속도로에는 수많은 차들이 줄지어 서 있다. 찻속은 조금씩 양은냄비처럼 달아오르기 시작한다. 하늘에는 방송국 헬리콥터 한대가 떠서 여름 휴가철 대이동을 찍고 있다. 가끔 헬리콥터가 시야에 들어올 때마다 열린 헬리콥터의 문으로 어깨에 무비 카메라를 짊어진 카메라맨이 보인다. 헬리콥터가 다가올 때마다 굉음과 함께 회전날개의 그림자가 차 지붕 위로 너울댄다. 남자는 브레이크 발판의 가장자리에 발가락만 얹어두고 헬리콥터를 보기 위해 상체를 차 밖으로 내밀고 있다. 차문을 열어두고 바깥으로 깁스를 한 왼쪽 다리를 내놓았지만 바람은 느낄 수 없다. 깁스를 하지 않은 오른쪽 발마저 욕실화의 등판에 쓸리면서 살갗이 벗겨지기 시작한다. 남자의 차는 이미 단종이 되어 서울에서도 몇대 남지 않은 차다. 기어를 바꿀 때마다 차 밑바닥에서는 톱니바퀴가 엇물리는 소리가 난다. 군데군데 칠이 벗겨진 곳에는 녹이 슬어 있다.

조수석 위에 맨발을 올려놓고 여자는 엄지손톱을 물어뜯고 있다. 발이 붓기는 여자도 마찬가지여서 여자의 발등에는 구두의 테두리 자국이 붉게 둘려 있다. 수갑 같다. 여자의 손톱은 어느 것 하나 온전한 것이 없다. 포개진 넓적다리와 젖가슴 사이에는 대금청구서와 함께 발송된 백화점 통신판매용 책자가 끼여 있다. 상품안내가 자잘하게 인쇄된 활자들 사이사이의 여백마다 깨알 같은 글씨들이 빼곡하다. 여자는 쫓기고 있다. 여자가 무엇에 쫓기고 있는지 남자는 묻지 않는다. 우럭볼락 눈처럼 생긴 두 눈망울은 지금 유리구슬처럼 투명하다. 남자는 여자를 보면서 오랫동안 잊고 있던 단어를 떠올린다. 가족. 가족이란 단어는 남자의 머릿속에서 수많은 단어들을 연상시킨다. 된장찌개, 노란 알전구, 세트로 된 수저, 아이들, 세발자전거…… 그때 뒤차가 클랙슨을 울려댄다. 정체가 풀리면서 남자의 앞을 가리고 있던 탱크로리가 저만큼 앞서 달려가고 있다. 남자는 허겁지겁 깁스한 다리를 차 안으로 들여놓으면서 문을 닫고 차를 출발시킨다. 잠시 후에야 남자는 깁스 위에 덧신은 욕실화 한 짝을 도로 위에 떨어뜨렸다는 것을 깨닫는다. 옆차선으로 나란히 달리던 빨간 스포츠카가 굉음을 내며 남자의 차 앞으로 끼여든다. 여자는 손톱 물어뜯는 것을 멈추고 다시 통신판매용 책자를 넘긴다. 돌침대의 가격표와 러닝머신 사진 위의 여백에 자동차 번호를 쓰기 시작한다. 수많은 번호판의 번호가 빽빽하게 적혀 서로 겹치고 뭉개져서 숫자를 식별할 수가 없다. 경기도와 강원도의 경계선을 지나면서 여자가 적는 차 번호는 점점 강원도 것이 많아진다.

휴게소에서 남자가 기름을 넣고 포장 김밥을 사는 동안 여자는 공중전화 부스를 찾는다. 주머니에 넣어둔 쪽지를 꺼내 전화번호를 누른다. 신호음이 울리고 간호사가 전화를 받는다. 114 안내원의 목소리처럼 피곤이 묻어 있다. 저, 7월 12일인데. 간호사의 목소리가 도드라진다. 뭐라구요? 여자의 목소리도 덩달아 커진다. 7월 12일요. 간호사가 여자의 말허리를 자른다. 잘 안 들려요. 잠깐만요. 어머니들, 아기들을 좀 조용하게 해주세요. 이렇게 떠들면 진료를 할 수가 없다구요. 전화기에서 멀어졌던 간호사가 다시 수화기를 집어든다. 아기 생일이 며칠이라구요? 여자의 목소리가 떨리기 시작한다. 7월 12일 수요일인데, 그날 혹시 병원에서 질식사한 신생

아가 있었나? 수화기 건너편에서는 아무런 대꾸가 없다. 간호사가
야멸치게 쏘아붙이면서 전화를 끊는다. 얻다 대고 반말이야. 할 일
없으면 잠이나 자.

6

빈 밭은 투해머 경기장처럼 패어 있다. 뙤약볕 아래 곱사등이는
잡초를 뽑는다. 몸뻬를 입은 엉덩이가 허공으로 들릴 때마다 잡풀
이 뿌리째 뽑혀올라온다. 곱사등이는 뒤도 돌아보지 않고 뽑은 잡
초를 밭 밖으로 내던진다. 한번도 뽑은 잡초가 밭 안으로 떨어진 적
이 없다. 곱사등이가 훑고 지나간 뒤로 비뚤배뚤한 구멍이 패어 있
다. 여름 내내 곱사등이는 잡초를 뽑는다. 비가 한차례 퍼붓고 나면
어느새 잡초는 무성해지고는 한다. 잡초를 뽑고 다시 새 잡초가 자
라고 그러면 다시 잡초를 뽑는다.
　국도에서 보면 이 산장은 그냥 지나치기 십상이다. 국도변에 산
장을 알리는 허름한 입간판조차도 없다. 산장은 온통 밤나무에 가
려 있다. 밤나무 끝으로 언뜻언뜻 드러나는 붉은 기와의 용머리가
겨우 여자의 눈에 띈다. 차가 간신히 통과할 좁은 길을 따라 다리를
건너고 언덕길을 올라가니 산장의 뒷마당이 나타난다. 곱사등이가
뙤약볕 아래 주저앉아 잡풀을 뽑아내다 차를 보고 엉거주춤 일어선
다. 가늘게 휘어진 곱사등이의 다리 사이로 누렁개가 보인다. 낯선
사람을 발견하자 턱을 땅바닥에 문지르며 으르렁거린다.
　남자와 여자가 묵은 방은 복도 맨 끝방이다. 앞창문으로는 뒷밭
이 옆창문으로는 컨테이너로 지어놓은 부엌이 들여다보인다. 부엌

에는 모터가 낡은 구식 냉장고가 하루종일 요란한 소리를 낸다. 부엌의 한쪽에 마루를 얹어 만든 가게가 있다. 나무선반 위에는 올풀이로 파는 모나미 볼펜 상자와 편지봉투, 일회용 칫솔과 치약, 비누, 사탕, 과자, 즉석면 등속이 먼지를 뒤집어쓴 채 진열되어 있다. 먼지가 자욱이 내려앉은 사탕봉지를 사들고 오면서 여자가 투덜댄다. 폭이 좁은 복도를 사이로 방 네 개가 마주보고 있다. 복도는 남자가 똑바로 서서 팔을 벌리면 양끝이 닿는다. 가끔 복도에서 다른 방에 묵은 사람들과 마주칠 때가 있다. 그럴 때면 몸을 옆으로 돌려 벽에 바싹 붙어 있어야 한사람이 지나갈 수가 있다.

밭 끝까지 간 곱사등이가 이번에는 다시 방향을 바꾸어 풀을 뽑으며 이쪽으로 온다. 밭이 끝나는 곳에 남자의 차가 주차되어 있다. 네 개의 바퀴는 비로 웃자란 잡초에 가려 있다. 일회용 면도기에 남자의 뺨이 쓸리면서 도독한 흉터가 만져진다. 남자는 여자의 분첩에 붙은 거울에 얼굴을 비춰가면서 수염을 깎는다. 김을 매는 곱사등이를 맨 처음 보았을 때 남자는 밭에 씨앗을 뿌리려는가보다 생각했다. 하지만 잡초를 뽑아낸 뒤로 곱사등이가 한 것은 다시 잡초가 돋아나기를 기다리는 것이었다. 이제 여름도 거의 끝나가고 있다. 옥수수를 파종하기에도 너무 늦었다.

여자는 비닐의자에 앉아 햇빛을 바라보고 있다. 과일향 사탕 봉지 속에 구겨진 사탕 포장지가 가득하다. 셀로판 포장지를 눈에 대고 태양을 올려다본다. 과일향 사탕은 과일향에 따라 색이 다른 셀로판지로 포장되어 있다. 이 놀이를 할 때면 아이들은 창가에 딱정벌레처럼 붙어 떨어질 줄을 몰랐다. 남자가 여자를 돌아다보고 웃는다. 당신 피부는, 마치. 남자의 얼굴 한쪽은 밀다 만 수염이 그대로 있다. 마치 산 오징어 같아. 속엣것이 다 비칠 것처럼 말야.

　방에 비해 목욕탕은 턱없이 크다. 여자는 어둑한 목욕탕 세면대 앞에 서서 세수를 하다 말고 문득 벽에 달린 거울을 본다. 얼굴 전체에 흰 비누거품이 묻어 있다. 지난 한달간의 일들이 백년 전의 일처럼 아득하게 느껴진다. 이 산장에서 나가는 순간 여자의 머리칼은 백발이 되고 얼굴은 주름골이 깊게 패고 손톱과 발톱은 실타래처럼 길게 자라 있을 것 같다. 여자는 어제 용궁어린이집으로 전화를 걸었다. 전화벨이 열 번이 넘게 울린 후에야 낯선 여자의 음성이 흘러나온다. 거기, 혹시? 전화번호를 확인하려 했지만 그럴 필요가 없다. 너무도 낯익은 아이들의 목소리가, 동요 가락이 들려온다. 여자는 조용히 전화를 끊는다. 용궁어린이집에 이제 여자의 자리는 없다. 여자가 만들고 써붙인 종이모자, 글씨들, 모빌은 조금씩 새로 온 다른 사람의 작품으로 바뀌고 여자의 흔적은 어느새 사라져버릴 것이다. 모든 것이 어릴 적 하던 땅따먹기 게임 같다. 흙바닥에 핀을 놓고 손가락으로 쳐서 핀이 가는 방향마다 줄을 그어 자기 땅을 만드는 놀이였다. 핀을 튀길 때마다 핀은 항상 여자의 마음과는 달리 터무니없는 곳으로 갔다. 비누거품이 눈 안으로 흘러들어 눈이 따끔거린다. 여자는 재빨리 냉수 꼭지를 비튼다. 순간 물을 받으려 모은 손 안으로 뜨거운 물이 쏟아진다. 여자는 비명을 지르면서 세면대에서 떨어진다. 온수와 냉수의 수도꼭지 색깔이 바뀌어 있다.

　누렁이가 남자의 뒤를 졸졸 따라다닌다. 남자가 신발을 꿰어신을 때면 어디선가 달려와 남자의 어깨에 두 발을 얹고 혓바닥으로 안경알을 핥는다. 남자가 야구공을 주워와 누렁이의 입에 물려준다.

　여자는 마루에 놓인 전화로 소아과에 전화를 건다. 남자는 하루종일 마당에서 누렁이를 훈련시킨다. 공을 던지면 누렁이는 큰 눈을 멀뚱거리며 서 있을 뿐이다. 짜증이 뒤섞인 간호사가 전화를 받는다. 저, 7월 12일인데. 간호사가 옆에 선 간호사에게 속삭인다. 또 그 여자야. 여자는 다급하게 소리친다. 중요한 일이에요. 그때 질식사한 아이는 어떻게 되었나요. 앰뷸런스가 병원에서 누군가를 실어가는 걸 내 눈으로 직접 봤어요. 그래도 시치미를 뗄 건가요? 간호사가 웃음을 터뜨린다. 아, 그거요? 뭔가 오해를 했군요. 병원에 아이를 데리고 온 임산부가 진통이 시작됐어요. 벌써 자궁문이 열려 아이의 머리가 보이기 시작했구요. 아이의 이름은 이 병원 이름을 따서 짓기로 했다지요? 전화를 끊고 나서도 여자는 한참 동안 전화기 앞에 앉아 있다. 창문 밖으로 남자가 보인다. 깁스를 한 다리를 절룩이면서 공을 주워와 다시 누렁이 앞에 던진다. 누렁아 물어, 물어, 물라니까. 누렁이가 입을 벌리고 공을 물어 남자에게로 다가온다. 그렇지, 착한 것. 남자가 누렁이를 끌어안고 땅바닥에 뒹군다. 누렁이의 입에는 침이 잔뜩 묻은 공이 물려 있다.

전화번호부의 상호편을 뒤적여 횟집과 일식집 밑에 밑줄을 그어놓는다. 동해횟집이란 이름만 해도 열 곳이 넘는다. 이곳에 도착한 첫날 남자는 김씨에게 전화를 걸었다. 오징엇배는 일본을 거쳐 북상하는 폭풍으로 항구에 묶여 있었다. 오징엇배가 출어를 하더라도 일단 오징엇값이 내릴 때까지 기다려야 했다. 그동안 포구에서 일자리를 얻어야만 한다. 남자의 찻속에는 독일제 쌍둥이칼이 잘 들어 있다. 강릉횟집, 경상도횟집, 경춘횟집. 혹시 조리사 필요하지 않으세요? 전화를 걸지만 매번 일자리는 없다. 기역에서 키읔항까지 마흔 군데가 넘는 횟집으로 전화를 걸지만 남자가 이야기를 꺼내기도 전에 전화는 일방적으로 끊긴다. 포구는 이곳에서 사십분 거리에 있다. 가족, 된장찌개, 노란 알전구, 아이들, 세발자전거, 그리고 누렁이. 마당에서 누렁개를 키우고 싶다. 마지막 히읗 항목을 뒤적인다. 해동횟집. 주인인 듯한 중년 사내가 전화를 받는다. 놋그릇 부딪치는 소리가 요란하다. 요즘 젊은 사람들, 어디 힘든 일 좋아하나. 달면 삼키고 쓰면 뱉고. 우리 젊었을 적엔 그러지 않았지. 요즘 젊은것들이란…… 사내는 쉬지 않고 떠들어댄다. 사내는 카운터에 앉아 있는 모양이다. 전화 중간중간 식사비를 계산하고 거스름돈을 내준다. 어제 잔소리 한번 했더니 무단결근입니다. 이럴 수가 있나. 사내가 컥 소리를 내며 된가래를 뱉는다. 전 회를 치고 난 물고기를 물속에서 헤엄을 치게 할 수도 있습니다. 남자는 다급하다. 뭐라구요? 하여튼 다른 거 다 필요없소. 성실한 게 제일이지. 출근 시간이 좀 빠른 걸 빼면 다른 데하고 비슷해요. 보자, 오늘밤 열시 정도가 좋겠군. 제일 한가한 시간이니까. 열시에 봅시다. 난 약속시간 안 지키는 사람을…… 사내가 별안간 말을 멈춘다. 적당한 단어를 머릿속에서 떠올리는 모양이다. 안 지키는 사람을 경멸, 경멸합니다. 이따 봅시다. 사내는 제 할말만 하고 전화를 끊는다. 전화를 끊고서 전화번호를 다른 종이에 옮기면서야 남자는 자신이 건 전화번호가 해동횟집이 아닌 다음줄의 해랑해장국집이라는 것을 안다.

　시내로 들어가는 길은 막바지 피서 차량들이 한꺼번에 몰려 심한 정체를 빚고 있습니다. 올 여름은 유난히 길군요. 교통방송을 들으면서 남자는 '전국도로교통지도망'을 꺼내놓고 시내까지 우회할 길을 찾는다. 해랑해장국 주인과의 약속시간은 한 시간 정도 남아 있다. 여자는 자꾸 머뭇거린다. 시내로 들어가는 대로 터미널에 내려

달라고 말할 셈이다. 아슬아슬하게 폭이 좁은 길을 벗어나 국도로 나온다. 다리까지 쫓아 달려오던 누렁이가 뒤처진다. 산장은 어느새 어둠과 밤나무에 가려 보이지 않는다. 띄엄띄엄 세워진 가로등 불빛에 길이 희부옇게 드러난다. 저 앞으로 아스팔트가 깔린 새 길이 희뜩희뜩 보이기 시작한다. 길은 차 한대 없이 시원하게 뚫려 있다. 남자는 액셀러레이터를 힘껏 밟아 새 길을 향해 돌진한다.

도로를 벗어난 남자의 차가 철골 구조물을 받으며 퉁겨진다. 차는 옥수숫대를 훑으며 날아가 옥수수밭 한가운데 뒤집힌다. 차가 들이박은 것은 거대한 간판을 지탱하고 있는 두 개의 철제빔 중의 하나다. 간판 위에는 형광 도료로 길이 그려져 있다. 남자 차의 불빛에 살아났던 간판 속의 길은 잠시 후 다시 어둠속에 묻힌다. 차가 들이받은 철골 구조물은 눈에 띄지 않게 조금 휘었을 뿐이다. 옆좌석에 앉은 여자의 머리카락이 땅으로 쏠려 있다. 머리카락은 물속을 헤엄치는 오징어다리처럼 꿈틀거린다. 여자의 이름을 부르지만 입이 떨어지지 않는다. 팔목을 들어 손목시계를 보려 하지만 팔에 힘이 전달되지 않는다. 두 다리도 왼쪽 팔도 고개도 꼼짝할 수가 없다. 하지만 통증이 없다. 남자는 아무래도 자신이 물고기가 된 모양이라고 생각한다. 정신은 너무도 말짱해서 약속시간 늦은 것에 대해 해랑해장국 사장에게 늘어놓을 변명거리를 생각하기 시작한다.

7

허공에 헬리콥터 한대가 떠 있다. 정오의 태양은 헬리콥터 주회전 날개 위에서 팽팽하게 빛난다. 사내는 어깨 위에 짊어진 대형 무

비 카메라에 얼굴을 들이대 초점을 잡는다. 장난감 미니어처 같은
차들이 고속도로 위에 줄지어 서 있다. 사내가 찍은 이 필름은 아홉
시 저녁뉴스에 이십초 정도 방영될 것이다. 사내는 이십초를 위해
두 시간 전부터 작열하는 태양 아래 떠 있다. 갈증이 난다. 사내는
시원한 생수를 들이켜는 상상을 하면서 카메라의 초점을 끝간데 없
이 이어진 차량들의 지붕 한곳에 들이댄다. 헬리콥터를 발견한 사
람들이 차 밖으로 손을 내밀고 이쪽을 향해 흔든다. 십자형의 초점
속에 우연히 슬리퍼 한짝이 들어온다. 분홍색 형광 슬리퍼다. 사내
는 줌렌즈로 슬리퍼를 당겨온다. 한눈에 보기에도 욕실화가 분명하
다. 사내는 언젠가 꼭 영화 한편을 찍겠다는 야심을 가지고 있다.
휴가를 가면서 누군가 도로변에 흘리고 간 슬리퍼를 사내는 꼼꼼히
필름 속에 담는다. 아홉시 저녁뉴스에 사내가 찍은 슬리퍼는 방영
되지 않는다. 거물급 인사의 방한이 길게 보도되는 바람에 필름은
편집과정에서 다 잘리고 먼데서 찍은 정체된 차량들의 물결만 오초
동안 방영된다.

〔문학과사회 1997년 겨울호〕

잿빛 도시에 내려앉은 촛농 날개의 꿈

백 지 연

도시 일상의 정밀한 해부도

소설집 『루빈의 술잔』(1997)과 장편소설 『식사의 즐거움』(1998)을 통해 일상의 사물에 대한 정밀한 묘사를 극대치까지 밀어올린 작품들을 보여온 하성란이 두번째 소설집 『옆집 여자』를 독자의 앞에 내놓는다. 하성란의 작품을 처음 대하는 독자는 그의 소설에 찬찬하게 묘사되는 온갖 사물들의 세계에 놀라움과 기이함을 느끼지 않을 수 없을 것이다. 오물이 흘러나오는 찢어진 쓰레기 봉투, 찌그러진 맥주 뚜껑, 잇자국이 나 있는 담배 필터, 먹다 버린 닭조각, 식용유가 튄 허름한 앞치마, 하다 못해 올 풀린 스타킹까지도 작가의 시야에 들어오는 순간 신기한 관찰대상이 된다. 치정과 신파가 얽힌 저잣거리의 입소문에는 무심한 채, 일상의 변두리에서 꿈틀거리는 미미한 사물들의 속삭임에 귀를 기울이는 작가의 모습은 우리에게 낯설게 다가온다. 부드럽고 달콤한 로맨스도 아니고, 스릴 있는 모험이나 유쾌한 만담도 아닌 무미건조한 일상사의 보고서 앞에서 독자는 잠시 경악하고 침묵할 수밖에 없다.

이질적이고 기괴한 꼴라주를 연상시키는 사물들의 조합은 도시의 일상을 기록하는 새로운 소설 기법의 출현을 암시한다. 자기 체험의 진술이나 나르시시즘적인 작가의식을 처음부터 거세하고 나온 하성란의 작품은 인물의 감정적 내면을 의도적으로 제어하는 서술방식을 고집한다. '통점이 없는 물고기'처럼 희로애락의 감정을 잃어버린 무감각한 인간들이 빚어내는 엉뚱한 행위는 좁고 답답한 일상의 풍경을 거짓없이 보여준다. 문자예술의 상상력에 최대한의 신뢰를 표명하는 그의 소설은, 도시인의 관습적 일상에 대한 정밀한 문학적 해부도라 명명할 수 있다. 하염없이 진부하고 지루한 일상의 풍경들을 자신만의 화첩에서 개성적인 형태로 그려냈다는 점에서 하성란은 보기 드문 역량을 지닌 작가다.

섣부른 권태와 낭만을 경계하는 하성란의 소설은 사물들이 춤추는 세계에 해부의 칼날을 들이댐으로써 역설적으로 인간존재의 왜소함과 허약함에 대해 발언한다. 뒷골목 쓰레기통에 버려져 썩어가는 미미한 사물들은 일상의 반복 속에서 마모되어가는 현대인의 우울한 초상을 상징적으로 반영한다.

하성란이 들여다보는 일상이라는 깊은 우물 속에는 헤아릴 수 없이 많은 낯선 얼굴들이 자리잡고 있다. 잿빛 도시의 골목을 허깨비처럼 떠도는 무표정한 얼굴들, 친근한 이웃이란 가면을 벗고 괴물처럼 달려드는 섬뜩한 얼굴들이 우리의 앞에 현시한다. 어느샌가

하성란의 소설은 '우물처럼 깊은 눈' 뒤의 어두운 심연으로 슬그머
니 독자를 이끌고 들어간다.

은폐, 지연, 반전의 서사

『옆집 여자』에 실린 열 편의 작품들을 읽어가면서 하성란의 소설
이 보여주는 개성적인 서술방식의 의미를 다시금 환기하지 않을 수
없다. 현재형 묘사, 객관적 관찰자의 시선을 유지하는 작가, 익명성
의 기호로 묘사되는 개인들, 그로테스크한 이미지로 병치되는 사물
의 풍경, 일정한 순간에 등장하는 반전의 기법, 주제를 암시하는 상
징물 등은『루빈의 술잔』과『식사의 즐거움』에서도 같은 형태로 선
보인 것들이다.
　이번 소설집에서 다른 점이 있다면 이야기를 끌어나가는 방식이
나 인물의 묘사가 한층 극적인 속도감을 확보했다는 것이다. 특히
이전의 소설들에서 지루하고 밋밋하다 싶을 정도로 일정한 톤으로
서술되던 사물 묘사가 서사의 긴장감과 어우러지는 적절한 장치로
활용되고 있는 점은 발전적인 면모이다. 이야기의 진행과정에 따르
는 적절한 긴장과 이완이 사물 존재가 갖는 상징성을 높여주고 있
다. 소설적 주제 역시 이전의 작품들보다 좀더 효과적으로 드러난
다. 표제작을 포함한 열 편의 단편이 일정한 주제의 연속선상에서
통일감과 균일한 미적 형식을 확보한 것은 이번 소설집의 큰 자랑
이다.
　여러 측면의 변모에도 불구하고 지속적으로 사용되는 현재 시제

형 묘사는 그의 소설이 파편화된 이미지를 시각적으로 전달하는 데
주력하고 있음을 알려준다. "여자는 콩을 까고 있다. 깍지를 비틀
때면 벌어진 깍지 사이로 얼룩무늬의 강낭콩 알들이 나란히 나타난
다. 여자의 손가락은 풋내가 물씬하다. 깍지에서 튄 콩이 모래밭 위
로 날아가면 여자는 허겁지겁 엉덩이를 공중으로 쳐들고 콩을 줍는
다"(「곰팡이꽃」)에서도 볼 수 있듯이 "까고 있다" "나타난다" "물씬하
다" "줍는다" 등으로 이어지는 현재형 묘사는 인물들의 동작을 끊
임없이 단절하는 효과를 가져온다. 자세하고 꼼꼼한 묘사처럼 보이
지만 이러한 분절적 응시가 현실 속의 대상을 낯설고 생경한 이미
지로 바꿔주는 소격 효과로 작용하는 것이다.

　일관된 현재형 시제의 사용은 평범한 인과론적 서사에 대한 의도
적 반역을 암시한다. 지나간 기억을 더듬는 대목마저도 현재형으로
기록하는 서술방식은 주인공들이 겪었던 오래 전의 일들을 마치 지
금 일어난 사건처럼 인식하게 만든다. 하성란의 소설이 구축하는
'기억의 서사'란 과거뿐만 아니라 현재와 미래에도 동시에 걸쳐진
다. 과거·현재·미래는 전후의 관계를 따질 수 없는 똑같은 '순간
들'일 뿐이다. 하성란의 소설에서 사건들은 시간의 흐름 속에서 변
화하고 상대적으로 규정되는 것이 아니라, 작가에 의해 절단된
시·공간 속에서 고정된 풍경으로 존재하는 무수한 '순간들' 그 자
체이다.

　시·공간과 인물의 동작이 제어되는 현재형 시제의 서술방식을
통해 인물의 내면 묘사나 작가의 감정 이입은 의도적으로 '은폐'된
다. 더불어 인과론적 질서를 보여주는 시간의 변화는 계속 '지연(遲
延)'된다. 소설의 말미에 이르러서는 사람 대신 기호화된 사물들이

전면에 나서면서 평범한 일상이 짧은 순간 ‘반전’의 계기를 맞는다.

하성란 소설에서 적용되는 ‘은폐’와 ‘지연’ ‘반전’의 서사전략은 무수한 사물들을 소설 속에 현시한다. 「양파」에서 교통사고 현장에서 발견된 분홍색 형광 욕실화와 회칼은 횟집 남자의 불운한 일생을 압축적으로 전달하며, 「깃발」의 광고판과 팬티는 물신화의 비극 속에 소외된 일상인의 존재를 대변한다. 「악몽」의 자명종시계, 「춧농 날개」의 그네와 체조복, 「곰팡이꽃」의 쓰레기 봉투, 「옆집 여자」의 뒤집개와 드라이버 등도 인간 대신 소설의 주인공 역할을 충실히 수행하고 있다.

인물의 내면 묘사가 거세되는 대신 사물들은 시간의 흐름을 충실히 반영한다. 사물들은 살아 있는 생물처럼 시간의 풍화작용을 자신의 온몸에 기록한다. 낡아가고 썩어가고 먼지 묻고 악취가 나는 변화의 과정은 마치 인간존재의 생로병사를 기록하는 것처럼 세심하게 그려진다. 환풍기의 날개마다 달라붙은 먼지(「즐거운 소풍」), 낡고 고장난 세탁기와 국물 얼룩이 지워지지 않는 냄비(「옆집 여자」), 악취가 나는 쓰레기 봉투(「올콩」), 닳아서 몸을 왼쪽으로 쏠리게 하는 구둣굽(「양파」), 푸른 곰팡이가 핀 밥알과 곯은 감자알(「곰팡이꽃」) 등등 부패하고 낡아가는 사물들만이 시간의 흐름을 외롭게 기억한다.

작가는 마치 신문지면의 숨은 그림 찾기에 열중하는 것처럼 일상의 구석구석에서 소외된 존재들을 끊임없이 찾아낸다. 영혼의 드라마를 통한 길찾기의 역사가 거부되는 대신, 사물 묘사에 대한 집요한 응시가 멀고먼 길을 돌아서 거꾸로 인간존재의 형상에 도달한다. 그것은 소외된 인간관계의 축도로 우리 앞에 놓인다. 결국 우리가 받아들이게 되는 것은 쓰레기 봉투와 곰팡이 핀 밥알이 아니라, 무심한 풍경 속에서 유령처럼 존재하는 가여운 인간들의 모습이다.

성장의 거부와 망각의 도주

타인의 시선을 적극적으로 요구하는 나르시시즘의 자기 연기술은 현대인의 인성적 특징으로 자주 거론되어온 항목이다. 하성란이 포착하는 일상인들 역시 폐쇄된 자기 연기술로 무장한 차디찬 인간 군상이다. 그의 소설은 이미지와 기호가 실재를 대신하는 도시적 일상성을 배경으로 다루면서도, 문화적 삶을 감각적으로 향유하는 미학적이고 쾌락적인 인간 유형에 주목하지는 않는다. 작가가 관심을 두는 것은 자율적으로 살아갈 의지를 상실한 채 고된 노동과 잡무에 시달리는 현실적인 일상인들이다. 고상하게 심미적인 일상을 영위하는 프리랜서는 하성란 소설에 좀처럼 등장하지 않는다.

생존경쟁의 직업 현장에서 마모되어가는 일상인들을 주인공으로 내세운 하성란 소설은 이들이 무장한 자기 연기술이 초래한 분열의 순간으로 향해 간다. '보는 나'와 '보여지는 나' 사이의 갈등과 분열이 시작되는 고통의 시간은 한편으로 사회제도로의 편입을 준비하는 시간이기도 하다. 사회적인 질서에 의해 호출되고 구조화되는 개인임을 깨닫는 진통의 시간이 지나간 후에야 성장과 편입이 가능해진다. 그러나 하성란 소설의 인물들은 그러한 질서화의 단계를 순조롭게 통과하지 못한다. 이들은 자신과 타인의 환상적 이미지가 파열되는 순간 내면적인 강박과 고착을 경험한다.

　이 소설집에서 성장의 모티프를 다룬 「악몽」과 「촛농 날개」는 제도와 질서로의 편입과정에서 정신적 강박증을 앓는 개인의 형상을 보여주는 흥미로운 작품이다. 여기서 사회적인 성장은 주인공들의 내면에서 거부되고 유예된다. 특히 「악몽」은 하성란의 소설에서는 드물게 환각과 기억의 몽롱한 수사를 통해 내면의식의 분열을 추적한 대단히 매력적인 작품이다. 부모와 평화로운 나날을 보내던 과수원집 딸은, 어느날 새벽 몽롱한 의식상태에서 낯선 사내의 침입을 경험하면서 악몽에 시달리기 시작한다. 부모도 자신의 말을 믿어주지 않는 상황에서 딸은 다시 숨어든 사내를 가위로 찔러 살해하고 배밭에 묻어버린다. 그러나 부모와 함께 찾아나선 사내의 시체는 배밭 어디에서도 발견되지 않는다. 불안과 공포의 이미지를 효과적으로 발산하는 이 작품은, 사회적 성장을 거부한 채 앓게 되는 정신의 분열증을 상징적으로 보여준다. 육체적으로는 성숙했지만 온전한 어른의 세계에 진입할 수 없는 과수원집 딸은 꿈과 현실의 경계를 분별하지 못함으로써 성장을 유예한다. 그에게는 위선과 거짓의 현실이 악몽보다 더 끔찍하고 낯설다. 자신을 속이는 부모, 범행을 부인하는 과수원 인부, 그 어느 누구도 믿을 수 없다. 성장이라는 것이 부조리한 사회에 부딪쳐 획득한 모종의 타협의 산물이라면, 「악몽」의 주인공은 차라리 꿈속에 머물면서 성장을 영원히 멈추고자 한다.

　「악몽」과 여러모로 유사한 형식을 갖춘 「촛농 날개」에는 성장의 거부를 암시하는 상징물로 '시계' 모티프가 등장한다. "자명종이 울리지 않는 아침이었다"로 시작되는 「악몽」의 도입부와 "너의 시계는 세시 십사분에서 멈췄다"라는 「촛농 날개」의 발단 부분은 정지된 성장을 암시한다는 점에서 같은 맥락을 지닌다. 「악몽」에서 성장을 저지하는 육체적인 사건이 '겁탈'로 나타났다면 「촛농 날개」에는 '절단된 다리'가 등장한다. 「촛농 날개」의 주인공은 갑자기 키가 커버려 체조선수의 대열에서 탈락하면서 삶의 비극을 맛보는 소녀이다. 그녀에게 어느날 찾아온 '육체적 성숙'은 아름다운 체조선수의 꿈을 가로막은 비극적 조짐이다. 체조선수를 그만둔 소녀는 결국 경리 보조일을 하게 되고 비디오 가게에서 일하는 허황한 청년으로부터 실연당하고 행글라이딩 동호회에 가입해 하늘을 나는 꿈을 실현하려 하지만 결국 사고를 당한다. 이 작품에서도 성장은 끊임없이 유예되고 지연된다. 주인공은 비둘기를 싼 체조복을 땅에 묻음으로써 어린 시절의 꿈을 잊으려 하지만, 끝내 현실과 타협하지 못한 채 한쪽 다리를 잃고 만다.

「악몽」과 「촛농 날개」는 영혼의 자기 성숙에 도달하지 못하는 환멸과 어둠의 서사를 보여준다. 온전한 사회인이 되기 위한 입사식을 치르지 못하고 정신적으로 강박당하는 인물들은 자기만의 고유한 '이름'으로도 불리지 못한다. '남자' '여자' '옆집 여자' '주사위' '사내' '과수원집 딸' 등의 호칭은 하성란 소설이 응시하는 익명화된 개인의 모습을 그대로 표현한 것이다.

남자와 여자라는 것 외에 별다른 차별을 갖지 못하는(심지어 「당신의 백미러」의 최순애는 결말의 반전이 있기 전까지는 성별조차도 숨기는 존재로 등장한다) 인물들은 누군가를 위협하고 속이는 충격적 이미지 속에서야 익명성을 극복하고 특별한 의미를 갖는다. 학교와 가정에서는 얌전한 모범생인 아이가 어른을 능가하는 속물적인 모습을 보인다든지(「올콩」), 순박한 얼굴의 어린 연기자가 화려한 성형미인이 되어 광고의 메인 모델을 맡는다든지(「치약」), 무대 위에서 도도하고 아름답던 모델이 밤에는 취객의 접대부 역할을 하는(「깃발」) 것 등은 평범한 익명성을 벗고 기괴한 개성이 현현하는 순간을 드러낸다.

지독한 환멸과 충격을 동반하는 익명성의 파열과정은 「즐거운 소풍」과 「옆집 여자」에서 잘 드러난다. 「즐거운 소풍」에서 '태광빌딩' 건물주는 순간적 실수로 아버지 친구인 입주자를 살해하고 급기야는 빌딩 입주자 전부를 살해하려는 끔찍한 계획을 궁리하며, 입주자들은 자신들의 권익을 보호하기 위해 암묵적으로 건물주를 없애버리기로 합의한다. 오해와 음모 속에 떠나는 '즐거운 소풍'은 '죽음의 소풍'과 다름없다. 이들이 소풍을 떠나기 전 함께 모여 어색한 웃음을 지으며 사진을 찍는 장면은 부조리한 일상 풍경을 상징적으로 희화화한 것이다. 친근한 이웃이 어느 순간 나의 존재와 사랑하는 가족마저도 위협하는 침입자로 돌변하는 과정은 「옆집 여자」에서 선명하게 그려진다. 물건을 빌리며 접근하던 옆집 여자가 어느샌가 아이와 남편을 빼앗고 자신마저 정신병자로 몰아가는 아이러니컬한 상황은 타인의 낯선 얼굴을 적나라하게 보여주는 효과를 발휘한다.

하성란의 소설에서 타인에 대한 환상이 깨어지는 순간은 '금 간 거울' 혹은 '일그러진 얼굴'의 이미지로 종종 출몰한다. "금 간 거울 속으로 모자이크처럼 조각조각난 남자의 얼굴"(「올콩」)은 "깨진 백미러 속으로 보이던 두 다리"(「당신의 백미러」)와 "볼록한 감시경 속에 흉하게 일그러져" 있는 얼굴(「옆집 여자」), "어딘가를 노려보고 있는 두 눈 밑으로 검보랏빛 그늘이 져 있"는(「치약」) 그로테스크한 타자의 이미지와 겹쳐진다. 충격적인 사실은 이러한 타자의 얼굴이 사실은 자기 안에 숨겨져 있는 또다른 자아의 모습이라는 점이다. 학생답지 않게 뻔뻔스럽고 당돌한 눈을 가진 소녀의 얼굴은 잠깐이나마 소녀의 어린 육체에 호기심을 보였던 추레한 욕망덩어리의 자기 모습과 겹쳐진다(「올콩」).

결국 인물들이 부정하는 타자의 이미지는 자기 안에 숨겨져 있는 검은 욕망의 모습이다. 이들은 자신이 목격한 타자의 얼굴을 잊기 위하여 '기억'으로부터 도망치기 시작한다. 옆집 여자의 틈입을 허용하면서 주인공은 조금씩 기억을 상실하고 급기야는 세계 각국의 수도를 일부러 암기하는 훈련을 해야 할 정도로 정신이 흐릿해지며(「옆집 여자」), 자신이 묻은 사내의 시체를 찾지 못한 채 배밭을 헤맨다(「악몽」). 거울에 금이 가는 순간 사람들은 서로의 맨얼굴을 보게 되지만 진실이 주는 충격과 공포를 감당하지 못한 채 필사적인 도주를 감행한다. 그것은 뛰쳐나올 수 없는 일상의 무거운 쳇바퀴를 의식한 절실한 탈주의 몸짓이다.

가냘픈 촛농 날개의 꿈

기억으로부터 도주하는 하성란의 소설 주인공들은 일상의 벽에 부딪쳐 원점으로 회귀하거나, 혹은 비극적인 결말을 맞는다. 거울에 등장한 매혹적인 이미지들이 깨어지는 순간은 곧이어 닥쳐올 더 큰 비극을 예감하는 징조이다. 우연한 사건이 진실에 이르는 기회를 열어주지만, 그것은 주인공의 삶을 다시 절벽으로 내몬다. 하성

란 소설에서 제시되는 우연의 비극은 일상이 다시 일상으로 봉합될
수밖에 없는 현실을 가리킨다.

「당신의 백미러」에서 '보조 백미러'로 불리는 백화점 매장의 감
시원은 매장 물건을 훔치러 온 최순애에게 연민을 느끼며 친밀해진
다. 감시원이라는 직업을 그만두고 나이트클럽의 마술쇼를 하는 최
순애를 돕던 남자는 부산의 미라보 관광호텔로 함께 일하러 떠나다
가 불의의 교통사고를 당한다. 사고 당시 남자는 "깨진 백미러 속
으로 보이던 두 다리"로 인해 최순애가 남자라는 사실을 알고 충격
으로 기억을 상실한다. 그는 '백미러'에 불과한 조립품 인생을 스스
로 박차고 나오지만, 또다른 '백미러' 앞에서 힘없이 좌절한다. 병
원 복도에서 "혹시 절 아세요?" "제가 사람을 잘못 보았군요"라는
건조한 인사로 스쳐지나가는 남자와 최순애의 모습은 끝끝내 자기
연기술로 회귀할 수밖에 없는 현대인의 고독을 의미심장하게 전달
한다.

우연한 계기가 만들어낸 동정과 연민이 돌연한 사고에 의해 파국
을 맞는 플롯은 「양파」에서도 되풀이된다. 어린이집 교사인 여자는
원아들을 데리고 소아과를 찾았다가 실수로 신생아를 깔고 앉는 바
람에 겁에 질려 정처없는 도주를 시작한다. 그녀가 결국 몸을 의탁
한 사람은 '미도리' 횟집에서 일하던 남자이다. 떠돌이 인생을 살던
횟집 남자는 무엇인가로부터 쫓기는 듯한 그녀를 숨겨주고 함께 도
피처를 마련하기 위하여 떠난다. 여자의 처지에 연민을 느끼며 함
께 가족을 꾸릴 생각까지 하는 남자와 달리, 여자는 자신이 깔고 앉
았던 신생아가 죽지 않았다는 사실을 발견하고 남자로부터 도망칠
궁리를 한다. 남자와 여자에게 덮친 갑작스러운 교통사고는 이들의

관계가 가져올 파국을 앞당긴 것뿐이다. 이들은 각자의 내면에 다른 집을 마련하고 있는 소외된 존재들이다.

일상이라는 단단한 벽에 부딪쳐 추락하는 존재들이 순간적으로나마 서로에게 갖는 관심은 하성란 소설이 지닌 유일한 희망의 메시지이다. 비극적 일상으로의 회귀를 전제한 관심과 소통욕구는 잠깐이라도 날아보기 위해 공중에서 뛰어내리는 '촛농 날개'의 시도와도 같이 절실하다. 익명의 개인들은 동정과 연민의 미약한 공감대 위에서 잠시나마 긴장을 풀어놓는다. 「깃발」에서 전화국 직원이 "일요일을 같이 보낼 가족도 애인도 없는" 이름모를 구두와 팬티의 주인에게 품는 호기심과 기다림도 이러한 맥락에서 해명된다. 양복과 양말과 구두를 차례로 벗으며 전신주에 올라가 맨 꼭대기에 자신의 삼각팬티를 걸어놓고 사라진 사내의 모습을 상상하는 남자는 힘차게 나부끼는 '깃발'에서 일상에서 탈주하고 싶은 자신의 욕망을 읽어낸다. 전화가 오지 않을 줄 알면서도 사내로부터의 전화를 기다리는 남자의 심리에는 "그 꼭대기 위에 나도 내 깃발을 꽂아두고 싶다"라는 욕망이 잠재해 있다.

일상인의 초월욕망과 소통욕구를 그려낸 「곰팡이꽃」도 「깃발」과 더불어 뛰어난 은유를 전달하는 수작으로 기억해둘 만한 작품이다. 일상의 쓰레기 더미에서 피어나는 곰팡이꽃과도 같은 가냘픈 소통욕구를 따뜻하게 그려낸 「곰팡이꽃」은 하성란 소설 중에서 가장 훈훈한 인간적 온기를 전해준다. 이 작품에서 우리는 가닿을 수 없는 짝사랑의 대상을 떠올리며 쓰레기 봉투를 집으로 가져와 해체하는 한 남자의 권태로운 일상을 만난다. 아파트 단지의 백개가 넘는 쓰레기 봉투를 뒤지는 남자라니! 정신나간 스토커라고 할 만한 인물이지만, 왠지 이 남자가 남몰래 목욕탕에서 쓰레기 봉투를 뒤지는 장면은 연민의 감정을 자아낸다. 그는 정작 여자한테 말 한마디 걸지 못하고 "콩깍지, 시소, 구름사다리, 사내아이, 물웅덩이" 등 여자가 스쳐지나간 사물의 풍경만을 열심히 기록한다. 대화나 인간적 접촉을 기피한 채 그녀의 집에서 나오는 쓰레기를 조사하여 거꾸로 소통을 시도하는 장면은 소외된 사랑의 안타까움을 느끼게 하기에 충분하다.

자신이 사랑하는 여자가 코발트색 와이셔츠를 좋아한다는 사실만 알았더라면 연애에 성공했을 거라고 믿는 남자는, 연인의 진정한 마음을 알아채지 못하고 실연당한 사내를 돕기 위해 쓰레기 해부를 계속한다. "쓰레기는 거짓말을 하지 않는다"라는 철칙 아래 남자가 밝혀낸 사실은 사내가 알고 있는 것과 달리 여자가 생크림 케이크를 혐오하며 바다가 아닌 산을 좋아한다는 것이다. 사내를 거들어 화단에서 하르방 인형을 같이 찾는 남자의 모습은 진지하면서도 희극적이다. 자신의 사랑의 실패를 대신해서 또다른 타자와의 소통을 희망하는 연약한 개인은 그야말로 우리 시대의 사랑학이 만들어낸 소박한 일상인의 모습이다. 진실은 쓰레기 봉투 속에서 썩어간다고 믿는 이 고지식한 인간의 형상이야말로 우리 자신의 또다른 분신이 아닌가. 적어도 이 작품에서만큼은 하성란은 타자와 소통하고 싶어하는 현대인의 간절한 욕구를 직설적으로 발설하는 듯하다. 그것은 다름아닌 잿빛 도시의 일상을 박차고 날아오르고 싶은 욕구에 대한 고백이기도 하다.

텅 빈 도시 속에서 칸칸의 밀실에 갇혀 익명화된 개인들, 그리고 그 개인들을 둘러싼 무수한 사물과 기호의 세계는 하성란뿐만 아니라 수많은 작가들이 매혹당하고 있는 현실이다. 일상이라는 거대한 망망대해를 표류하는 고독한 현대인을 직시하는 하성란 소설은 부조리한 일상성의 테마에 주목하는 최근 소설의 흐름을 충실히 잇고 있다. 가족에 대한 기억과 공동체적 유대를 상실한 단자화된 개인의 아픔을 투시하는 하성란 소설은 건조한 기록 속에 희망에의 가냘픈 기대를 감추고 있다. 그의 소설이 보여주는 치밀하고 세심한 도시적 삶의 묘사는 일상에 대한 지극한 애정의 시선이 거둔 놀라운 성과이다.

문자예술의 상상력을 신뢰한다는 점에서 하성란은 문학의 존재 의미 자체를 회의하는 일군의 전위적 대열과 거리를 두고 있는 작가이다. 그의 글쓰기 방식에는 이미지 중심의 상상력이 작용하고 있지만 대중문화의 모방과 변형 속에 소설 장르의 파괴를 도모하는 전위적 실험의 면모는 보이지 않는다. 이렇듯 엄격한 묘사력과 미학적 장치를 고집하는 하성란 소설의 단단한 짜임새는 때때로 일종의 형식적 카테고리로 작용할 우려도 낳게 한다. 감정을 차단한 무표정한 인간 군상의 형상화는 한편으로는 혼란스러운 외부세계와의 부딪침을 일찌감치 방어하는 손쉬운 장치로 흐를 수도 있다.

그럼에도 불구하고 날렵한 전위예술가의 길과 낭만적 예술가의 길 사이의 좁은 틈을 통해 하성란이 바라보는 낯선 사물들의 세계는 일상성을 통찰하는 새로운 계기를 마련하고 있다. 정결한 문체 뒤에 숨겨진 일상의 섬뜩하고 무심한 풍경은, 기호화되어 떠도는 타자의 진정한 얼굴을 찾으려는 소리없는 반란을 함축한다. 지금도 작가는 곰팡내 나는 욕조와 쓰레기통의 썩은 감자알, 그리고 전철 안에서 지쳐 잠든 직장인들의 어깨 위로 분주하게 시선을 옮기고 있을 것이다.

무료하게 한숨을 쉬며 설거지를 하는 주부의 치맛자락 끝에서도 삶의 먼지들을 채집하는 이 섬세한 작가의 손끝이 어떠한 직조물을 앞으로 만들어낼지 자못 기대가 크다.